STEFAN KÖNIG

Gletscherkalt

ALPEN KRIMI

emons:

Bibliografische Information der Deutschen Nationalbibliothek
Die Deutsche Nationalbibliothek verzeichnet diese Publikation in der Deutschen Nationalbibliografie; detaillierte bibliografische Daten sind im Internet über http://dnb.d-nb.de abrufbar.

MIX
Papier aus verantwortungsvollen Quellen
FSC® C083411
FSC
www.fsc.org

Umschlagfoto: istockphoto.com/Jayne McCarthy
Umschlaggestaltung: Tobias Doetsch
Druck und Bindung: CPI – Clausen & Bosse, Leck
Printed in Germany 2012
ISBN 978-3-89705-967-2
Alpen Krimi
Originalausgabe

Gletscherkalt

Stefan König, 1959 in München geboren, gilt international als Bergexperte. Er leitet das FILMFEST ST. ANTON (www.filmfest-stanton.at) und hat Sachbücher und Romane zu alpinen Themen geschrieben: unter anderem die Biografie Luis Trenkers »Bera Luis«, die preisgekrönten Erzählungen »Sternstunden des Alpinismus«, den Himalaja-Thriller »Die Nanga-Notizen« und die dramatische Liebesgeschichte »Auf dem hohen Berg«. Stefan König lebt in Iffeldorf (Oberbayern) mit Blick auf die Berge. Im Emons Verlag erschienen »Schattenwand« und »Kalter Fels«.

Eine alte Geschichte

Regen war angesagt. Regen in den Tälern, Schneefall in den Hochlagen über zweitausend Metern.

Dass es in den Bergen auch Ende September schon schneite, war so ungewöhnlich nicht. Oft hüllte ein Vorbote des Winters die Felsen, Wälder, Weiden und Wege in dichtes Weiß, ehe dann ein milder Herbst alles noch einmal abschmolz und ausapern ließ. Die Menschen, die in Tirol lebten, ließen sich von der Nässe und dem frühen Schnee nicht deprimieren: Sie lebten schließlich in der Hoffnung, dass der Sommer noch nicht gänzlich zu Ende sein würde.

Am Brennerpass hatte Reinhold Spiss seine blutjunge Begleiterin mit dem Schirm vom Wagen zur öffentlichen Toilette geleitet, die nasse Kälte war durch sein Jackett und das Hemd bis auf seine Haut und noch tiefer in ihn hineingekrochen. Ihn fröstelte fürchterlich während der paar Minuten, da er vor dem Klo stand. Im Licht der Scheinwerfer am Grenzübergang flirrte der Regen. Einen Moment lang beneidete er die italienischen Zollbeamten, die ihren stumpfsinnigen Dienst wenigstens in dicken Anoraks ableisten konnten. Und er hatte fast Mitleid mit Carla: Sie trug keine Strumpfhose, und ihr Mini reichte nicht einmal bis zur Mitte ihrer Oberschenkel.

Carla, dachte er, süßes, kleines Biest, du wirst dich verdammt erkälten, wenn wir nicht schnell wieder wegkommen von hier. Der Brennerpass ist nicht das Richtige für ein Mädchen, das fast nichts anhat. Nicht bei diesem Sauwetter.

Er schaute zurück. Die Straße, die von Süden den Pass heraufkommend den Ort durchzog, lag in nächtlicher Stille. Ein paar müde Straßenlaternen warfen orange Lichtscheine auf den schwarz glänzenden Asphalt. Linker Hand war das Bahnareal erleuchtet, und er konnte hören, dass Waggons rangiert wurden; es quietschte und donnerte, und in die Geräusche von Stahl auf Stahl mischte sich eine unverständliche Lautsprecherstimme. Klingt, als würde jemand durch ein Handtuch ins Mikrofon sprechen, dachte er.

Ganz hinten rechts drang Licht aus einer Bar. Als sie vorhin daran vorbeigefahren waren, hatte er gesehen, dass noch einige Gäste darin gewesen waren. Ein paar Autos parkten zu beiden Seiten der Straße. Jetzt kam wieder eines herangerollt, ein Lieferwagen oder Lastwagen, wie die Anordnung der Scheinwerfer vermuten ließ. Das Fahrzeug verlangsamte, der Blinker wurde gesetzt, es fuhr links ran, und kurz darauf stiegen zwei Leute aus und überquerten die Straße zur Bar hin.

Was Spiss nicht sah, war, dass keine zwanzig Meter von ihm entfernt ein Auto am Straßenrand stand, das ihm schon eine ganze Weile gefolgt war. Die Scheinwerfer waren ausgeschaltet, das Innenlicht ebenfalls. Er bemerkte nicht, dass jemand hinterm Steuer saß und ihn beobachtete.

»Puh, saukalt!«

Spiss erschrak und musste dann aber gleich über sich selbst lächeln. Carla war lautlos zurückgekehrt, war plötzlich neben ihm gestanden, und er hatte sie erst bemerkt, als er ihre Stimme hörte.

»Komm!«, sagte er. Er drückte sie an sich, nahm sie in den Arm, beschirmte sie und hastete mit ihr zum Auto.

»Jetzt müssma aber schaun, dass wir nach Innsbruck kommen«, sagte sie. »Du weißt, ich muss um zwölf zu Haus sein.«

Sie schüttelte sich und rieb sich die Hände.

Spiss ließ den Wagen an und sagte: »Das schaffen wir.«

Er rangierte den Mercedes in die Straßenmitte und ließ ihn im zweiten Gang auf die Grenze zurollen.

Er blickte kurz zu ihr hinüber. Durch die grellen Scheinwerfer an der Grenze war es im Wagen hell genug, dass er eine Sekunde lang ihr rotbraunes Haar sah und wie wunderbar leicht es ihr auf die Schultern fiel. Dass der Schnitt ein bisschen bieder war, nicht sehr sexy, machte ihm nichts. Im Gegenteil – es reizte ihn doppelt.

Lächelnd nahm er wahr, wie Carla sich den kurzen Rock straff zog, sich ihren roten Mantel vom Rücksitz holte und über den Schoß legte.

»Passaporti, per favore«, sagte der Zollbeamte durchs halb heruntergekurbelte Seitenfenster. Es genügte ihm, einen kurzen Blick auf die Ausweise zu werfen, dann winkte er Spiss weiter.

Doch die Prozedur war noch nicht vorüber. Keine fünfzig Meter weiter trat ein österreichischer Grenzer aus seinem verglasten Häuschen, der Atem kam ihm als kleines Wölkchen aus dem Mund, er schlug den Kragen hoch, beugte sich zum Wagen herunter und erbat ebenfalls die Papiere. Er hatte eine Taschenlampe bei sich und leuchtete in den Innenraum des Fahrzeugs, woraufhin Spiss die Innenbeleuchtung anschaltete.

»Haben Sie was zu verzollen?«, fragte der Beamte. »Spirituosen, Tabak, Schmuck?«

Spiss lächelte ihn an und reichte ihm seinen Ausweis. »Nein, nichts. Wir haben nur einen Ausflug gemacht. Meine Nichte und ich. Bozen. Wir waren in Bozen.«

»Einen Augenblick«, sagte der Beamte. Er nahm den Ausweis und trat damit in sein verglastes Häuschen. Im kranken Neonlicht seines Arbeitsplatzes begutachtete der Beamte die Papiere. Aber er tat es wohl nur, weil ihm langweilig war.

»Der fadisiert«, sagte Spiss zu Carla.

»Deine Nichte ...«, sagte sie und kniff ihn in den Oberschenkel. Und sie fasste ihm ganz kurz in den Schritt. »Mein Onkel.« Sie lächelte anzüglich und schob ihre Zungenspitze ein klein wenig zwischen den Lippen hindurch.

»Danke«, sagte der Beamte, reichte die Ausweise wieder zurück und wünschte »eine gute Fahrt noch«. Und in dem Augenblick, da Spiss den Automatikhebel auf N stellte, sagte der Mann noch: »Geben Sie Obacht, könnte glatt werden heut Nacht ...«

Spiss dankte mit einem Nicken, dann fuhr er los: langsam und mit der Eleganz, die automatikgetriebenen Limousinen nun einmal eigen ist.

Er drehte die Heizung voll auf, um die Kälte, die am Grenzübergang ins Fahrzeug gedrungen war, schnell wieder in den Griff zu bekommen. Und natürlich wollte er, dass Carla den Mantel, der ihren Schoß und ihre Schenkel bedeckte, wieder weglegte. In einer guten halben Stunde würde er sie aus dem Auto steigen sehen, ein letztes Mal für lange Tage, gar Wochen. Er würde sie vermissen in jeder Stunde dieser Tage, und in den Nächten würde er von ihr träumen oder, in den seltenen Fällen, da dies noch geschah, würde er an sie denken, wenn er mit seiner Frau schlief.

Carla schien seine Gedanken zu erraten. Sie warf den Mantel auf den Rücksitz. Im Licht der ersten Ortschaft – Gries am Brenner –, durch die sie gerade fuhren, konnte er ihre helle Haut sehen.

Die Heizung war hochgestellt, und im Wagen war es während der wenigen Minuten, die sie vom Pass hierher gebraucht hatten, wohlig warm geworden.

»Du bist so schön«, sagte Spiss. »Ich möchte dich nicht heimbringen. Möchte dich immer bei mir haben.«

Carla lächelte ihn an. Sie sagte nichts.

»Weißt du, was das Allerschlimmste für mich ist?«, fragte Spiss.

Carla lächelte weiterhin, zog aber die Augenbrauen ein wenig in die Höhe.

»Das Schlimmste ist, dass ich nie ganz dein Mann sein kann. Selbst wenn ich mich von meiner Frau, meiner Familie trennen würde. Selbst, wenn wir irgendwohin gingen und ganz neu anfangen würden.«

Das Lächeln verschwand aus Carlas Gesicht. Sie sah ihn jetzt nur mehr fragend an.

»Schau mich nicht so an«, sagte er. »Bitte, schau nicht so.« Und nach einem Augenblick der Stille fügte er hinzu: »Du bist so jung. Ein Jahr jünger als Evelyn, meine Tochter …«

»Ich weiß«, sagte sie. »Aber was ist das Problem?«

Jetzt lächelte Spiss. Aber er spürte in seinem Lächeln die ganze Wehmut, die ihn immer dann befiel, wenn ein Treffen mit Carla zu Ende ging.

»Ich mache mir nichts vor, Kleines«, sagte er. »Jetzt bin ich interessant für dich. Und ich traue mir schon zu, das noch einige Zeit zu sein. Aber in ein paar Jahren …«

Er zögerte, sprach dann aber weiter: »In ein paar Jahren bin ich für dich alt. Du könntest dein Leben nicht mit mir verbringen, du würdest ausbrechen, davonfliegen. Ich bin dreiundvierzig. Du bist siebzehn, knapp – wir wären ein komisches Paar.«

Er merkte, dass ihn Carla unterbrechen, ihm widersprechen wollte. Er nahm die rechte Hand vom Lenkrad und drückte ihr mit zwei Fingern sanft die Lippen zu.

»Sag nichts. Glaub mir einfach. Es ist so, wie ich es sage.«

Als er aber die Finger von ihrem Mund nahm, sprach sie doch.

»Wir könnten einfach abhauen, du und ich. Am besten auf eine Insel in der Südsee. Hab erst neulich Fotos in einer Zeitschrift gesehen: tiefblaues Meer, der Sand am Strand ganz weiß, Kokospalmen und das ganze Jahr lang Sommer. Ich würde von früh bis spät nackt für dich herumlaufen – Ehrenwort.«

Und wie um ihm einen Beweis zu liefern, hob sie ihr Hinterteil an, rückte ihr Minikleid nach hinten und zog es sich dann mit etwas ungelenken Bewegungen über den Kopf.

»Schau!«, sagte sie. »So!«

Spiss sah sie nackt neben sich sitzen. Nackt bis auf die Schuhe, zier-

liche Ballerinas. Draußen war es dunkel, und im Wagen war es warm. Ihre Haut war weiß, alles andere war schwarz. Nur die Beleuchtung der Armaturen gab in Blau und Rot ein schwaches Licht ab.

Er schaute in den Rückspiegel. Weit hinten sah er ein Scheinwerferpaar. Wer auch immer darin saß, konnte nicht sehen, dass er ein nacktes Mädchen bei sich im Auto hatte. Die Schülerin Carla, deren Haut er sah, deren Körper er roch, die er vor Kurzem geliebt hatte, körperlich und zwei Stunden lang, und deretwegen er am liebsten rechts herangefahren wäre und das Gleiche noch einmal getan hätte.

»So wäre ich immer für dich da«, sagte Carla. Und sie strich ihm mit den Fingerspitzen über den Oberschenkel, ganz leicht nur und ganz langsam. Vor und zurück und dabei seinem Schritt immer näher kommend.

Einen Moment lang fragte sich Spiss, woher ein so junges und bis vor nicht allzu langer Zeit zweifellos unerfahrenes Mädchen derart viel sexuelles Selbstbewusstsein und so viel erotische Raffinesse nahm.

»Du kleine, süße Hexe«, sagte er. Und er hatte dabei Mühe, sich auf das Fahren zu konzentrieren. Er steuerte das Auto durch die Kurven zwischen Gries und Wolf, sah schon die Lichter von Steinach.

»Du musst dir wieder etwas anziehen«, sagte er zu Carla. »Da vorn kommt Steinach, da ist um die Zeit noch alles hell erleuchtet. Wenn dich jemand sieht …«

»Und wenn schon«, sagte sie.

»Wenn dich jemand so nackt sieht … So können wir doch nicht durch die Gegend fahren …«

»Dann fahr halt noch mal rechts ran«, sagte sie. »Nur zehn Minuten. Bitte.«

Wie ein schmollendes Kind, dachte Spiss. Wie ein Kind, das im Supermarkt so lange quengelt, bis es endlich bekommt, was es will.

Er sah wieder in den Rückspiegel. Da waren noch immer die Scheinwerfer des Wagens, der eine ganze Weile schon in etwa gleichem Abstand hinter ihnen fuhr.

Er überlegte ein paar Sekunden lang, wo die nächste Parkbucht oder wo eine Einfahrt in einen Waldweg wäre. Es erschien ihm sehr verlockend, sein Glück der letzten Stunden um einige weitere Minuten zu strecken, ihre Haut zu schmecken, ihre Haare zu riechen, sein Gesicht an ihre kleinen, festen Brüste und in ihren flaumigen Schritt zu drücken.

Wenn die Scheinwerfer nicht gewesen wären …

Es irritierte ihn, dass ein Fahrzeug hinter ihnen war. Dass es, sobald er verlangsamen und rechts ranfahren würde, an ihm vorbeizöge. Und dass dann der Fahrer oder die Fahrerin und alle Insassen dieses Wagens sehen würden, dass er, Spiss, mit einem splitternackten Mädchen durch die Nacht fuhr.

Er fasste nach ihrer Hand, schob sie sanft beiseite, sagte: »Heute nicht mehr, kleiner Schatz«, und trat fester aufs Gas. Was er gelernt hatte im Verlauf seines Lebens, war, dass man einen Genuss nicht größer machen konnte, indem man ihn zu verlängern versuchte.

»Wir kommen zu spät«, sagte er. Und er fingerte den Mantel vom Rücksitz und gab ihn Carla. »Zieh dir wenigstens den über.«

Er fuhr durch Steinach, schneller als erlaubt, die hell erleuchtete Straße war leer – kein Wagen, kein Passant, nichts rührte sich mehr. Nur weit hinter ihnen war weiterhin das Scheinwerferpaar zu sehen. Natürlich hätte er nicht sagen können, ob es sich immer noch um dasselbe Fahrzeug handelte. Und Carla bekam ohnehin von alldem nichts mit. Doch irgendwie beunruhigte es ihn. Und so beschleunigte er am Ortsende von Steinach stark und fuhr mit hoher Geschwindigkeit auf der langen Geraden nach Matrei.

***

Der fährt ja wie ein Verrückter, dachte Tinhofer. Der Tacho seines Opels stieg auf hundert, hundertzehn, hundertzwanzig.

»Das ist doch Wahnsinn, bei diesem Sauwetter«, maulte er vor sich hin. Sein Fahrzeug war bejahrt, der Motor röhrte laut bei solch einer Geschwindigkeit, und der Scheibenwischer schmierte mehr, als dass er reinigte.

Wenigstens kommt kaum noch ein Fahrzeug entgegen, dachte Tinhofer. Die Nässe, die schlechten Scheibenwischer – und wenn dann noch der Gegenverkehr blendet …

Die Kamera mit dem großen Tele hatte er neben sich auf dem Beifahrersitz liegen. Eigentlich hätte er mit der Ausbeute des Abends zufrieden sein können: Ein paarmal hatte er Spiss und das Mädchen zwar nicht küssend, aber doch in traulicher Umarmung »erwischt«. Und doch war er nicht sicher, ob die Bilder beim Entwickeln wirklich so viel zeigen würden, wie er brauchte, um einen guten Schnitt zu machen.

Er hoffte inständig, sie würden noch einmal wo anhalten, aussteigen, sich küssen. Oder sie würden in eine Nebenstraße hineinfahren und sich im Wagen befummeln. Er wagte gar nicht, darauf zu hoffen, dass dies geschehen würde und er sich hinschleichen könnte und Fotos bekäme, die einschlagen würden wie eine Bombe.

Das brächte Kohle, dachte er. Richtig Kohle.

Er sah die Titel in fetten Lettern vor seinem geistigen Auge: »Sex-Affäre: Reifen-Multi Spiss verführt Minderjährige« oder »Schülerin wird Millionär zum Verhängnis« oder auch »Lolita-Sex: Wie Reinhold S. Frau und Familie betrog«.

Tinhofer verscheuchte die Gedanken. Die Geschwindigkeit war hoch, und er spürte, dass er sich ganz aufs Fahren konzentrieren musste. Bei diesen Verhältnissen durfte man sich keinen Fehler erlauben. Weiß Gott nicht.

Vielleicht ist das, was ich hier mache, ja schon ein Fehler, dachte er. War es richtig, sein Zielobjekt zu verfolgen? Musste es Spiss nicht auffallen, dass er immer dasselbe Fahrzeug hinter sich hatte? Wäre es nicht besser, ihn ziehen zu lassen und den Faden ein anderes Mal neu aufzugreifen? Oder war es genau das Richtige, sich auf seine Fährte zu setzen und ein »Alles oder nichts« zu versuchen?

Lauter Fragen. Keine Antwort, die beruhigen konnte. Er tat, was er tat, wie so oft in seinem Job, aus dem Bauch heraus. Er verließ sich auf seinen Instinkt. Und dieser Instinkt sagte ihm, dass er heute noch ein starkes Bild bekommen würde.

***

Bald hinter Matrei begannen die Kurven. Eng geschnitten, zwischen Kilometer fünfzehn und Kilometer acht immer eine an die nächste gereiht, schon bei Tag und im Sommer mit einiger Vorsicht zu genießen. Früher, als der Verkehr hier noch stärker floss – bevor die Autobahn durchs Wipptal zum Brenner inklusive der 1963 fertiggestellten Europabrücke gebaut worden war –, hatte es hier reichlich Verkehrsunfälle gegeben.

Doch auch jetzt noch war die Strecke berüchtigt. In unschöner Regelmäßigkeit erwischte es hier Motorradfahrer, die sich selbst über- oder die Straße unterschätzten. Und dann waren da natürlich die überforderten Urlaubsreisenden, die sich auf dem Weg nach Süden oder auf dem

Rückweg aus den Ferien die Autobahnmaut sparen wollten, dabei aber viel zu wenig Fahrroutine besaßen, um diesen durchaus anspruchsvollen Streckenabschnitt sicher bewältigen zu können. Die Autos wie die Motorräder schossen über die Kurven hinaus und sausten im Schatten der gewaltigen Europabrücke in den Abgrund.

»Wenn du weiterhin so schnell fährst …«, hauchte ihm Carla ins Ohr. Sie hatte den Mantel wieder zu Seite geschoben und drückte sich an ihn. »Wenn du weiter so schnell fährst, wirst du uns noch ins Verderben stürzen.« Sie sagte es, meinte es aber nicht ernst. Das spürte er.

»Ich hab doch gute Reifen«, sagte er lächelnd. »Reifen-Spiss ist doch ein erstklassiges Unternehmen.« Und er sagte lachend den Werbeslogan seines Unternehmens auf: »Sommerreifen. Winterreifen. Erstklassiges Profil. / Sicherheit und Qualität kosten gar nicht viel. / Reifen-Spiss. Innsbruck, Kufstein, Salzburg, Bregenz, Feldkirch, Linz / Und demnächst auch in Graz und Wien.«

Er sah zu ihr hinüber, sah ihre Brüste im Halbdunkel, sah die Knospen steif und lüstern, sah in Carlas junge Augen, die trotz des geringen Lichtes zu leuchten schienen, und er spürte, wie sie ihm sanft die rechte Hand vom Lenkrad nahm und an ihren Schritt führte. Ihren Flaum spürte er und die warme Feuchtigkeit, die er bei seiner Ehefrau schon lange vermisste.

Eine Lust stieg in ihm auf, wie er sie in seinem Leben nur mit Carla erfahren hatte, nie mit einer anderen Frau, schon gar nicht mit seiner eigenen. Eine Lust, die ihn berauschte und verzauberte, die ihn jedes Mal schweben ließ und ihn glauben machte, er würde für eine halbe Stunde den Boden unter den Füßen verlieren.

Und er verlor ihn wie noch nie.

***

Als der kurvige Streckenteil begann, verlangsamte Tinhofer die Geschwindigkeit. Die Straße war nass, die Temperatur nur knapp über null. Er befürchtete, dass sich hier im Wald stellenweise Glätte gebildet haben konnte, und das war nun doch zu viel.

Ich riskier doch nicht mein Leben, dachte er.

Und er sah seine kleine Tochter, die jetzt mit ihrem Kuschelteddy im Arm schlief, und seine Frau, die im fünften Monat schwanger war. Das stimmte ihn glücklich.

Er nahm den Fuß vom Gaspedal und ging mit nicht einmal fünfzig Stundenkilometer in die erste scharfe Rechtskurve. Die Rücklichter von Spiss' Mercedes waren längst hinter der nächsten Biegung verschwunden. Es war fraglich, ob er ihn noch einmal einholen würde.

»Scheiß einfach drauf«, sagte Tinhofer halblaut zu sich selbst. Er fingerte sich eine HB aus der Packung, die halb voll neben der Kamera auf dem Beifahrersitz lag. »Halt, mein Freund! Wer wird denn gleich in die Luft gehen?«, rezitierte er den bekannten Werbeslogan der Marke. »Greife lieber zur HB, dann geht alles wie von selbst!«

Mit dem glimmenden Anzünder steckte er die Zigarette an, zog mehrfach kräftig und inhalierte den Rauch tief in die Lungen. Er liebte das Gefühl, wenn der Rauch rau durch seine Atemwege strömte, ihn wärmte und kühlte zugleich, und wenn er sich plötzlich leichter fühlte, so als wäre es ein Gas, das den Ballon zum Aufsteigen brachte.

Einen Moment lang sah er die Rücklichter von Spiss' Wagen, doch schon Sekunden später waren sie wieder verschwunden.

Fährt auch langsamer jetzt, der geile Bock, dachte er. Und er musste schmunzeln. Die Chance war noch nicht ganz vertan.

Der Asphalt glitzerte nass im Licht seiner Scheinwerfer. Der Regen wurde wieder stärker. Und es war Weiß mit dabei – ein Hauch von Schnee. Die Scheibenwischer quietschten über das Glas. Hätte ich schon längst auswechseln sollen, dachte er. Es war nicht nur das Quietschen, das ihn störte, sondern auch der Schmierfilm, der entstand, wenn die Wischer den Regen mit dem Schmutz vermischten.

»Zum Kotzen, zum Kotzen, zum Kotzen«, maulte er.

Der Wischer quietschte und schmierte. Ein Lieferwagen kam entgegen, und die schlecht eingestellten Scheinwerfer blendeten, und das Licht brach sich an der verschmutzten Scheibe. Tinhofer musste die Augen zusammenzwicken, um nicht über die Maßen geblendet zu werden.

Intuitiv ging er vom Gas. Hätte er das nicht getan, wäre er gegen die Felsen gedonnert, die linker Hand die Straße begrenzten. So aber brachte er den Wagen gleich wieder unter Kontrolle.

Hektisch stäubte er die heruntergefallene Glut der Zigarette von seiner Hose. Er atmete schwer, und seine Finger zitterten. Er wusste, dass er gerade noch einem Unglück entgangen war. Und wieder sah er das Gesicht seiner kleinen Tochter und die Augen seiner Frau. Beruhigen konnte ihn das nicht.

Er verfluchte seinen Job, und er verfluchte die Redakteure, die rauchend in ihrem Großraumbüro saßen und nicht Kopf und Kragen riskieren mussten, um ihr Geld zu verdienen. Und er bedauerte sich selbst, nicht Reise- oder Modefotograf geworden zu sein, sondern nur ein gottverdammter Paparazzo, der angesehenen Geschäftsleuten nachspionierte, die Schulmädchen fickten.

Der Adrenalinstoß hatte ihn hellwach gemacht. Es war ihm, als hätte er drei Caffè corretto con Cognac hinuntergekippt und wäre jetzt in der Lage, die ganze Nacht und den folgenden Tag pausenlos durchzufahren. Doch aus Erfahrung wusste er, dass dieser Zustand nicht ewig anhalten würde. Im Gegenteil, bald würde der überstandene Schrecken seinen Tribut fordern. Zum Glück war es nicht mehr weit.

In einer halben Stunde bin ich zu Hause, dachte er. Und dann leg ich mich ins Bett, kuschle mich an ihren warmen Körper und lass mich vom Rest der Welt am Arsch lecken.

Wie hätte er ahnen können, dass er vom Adrenalin, das wie eine Droge wirkte, noch eine Überdosis abbekommen sollte?

***

Die Straße war feucht, und die Nacht war kalt. So kalt, dass die Nässe in einigen waldbeschatteten Kehren zu gefrieren begann. Spiss ließ den Wagen elegant durch die Annemarie-Moser-Pröll-Kurven gleiten. Er selbst hatte dieser weichen Kurvenfolge unterhalb der Europabrücke den Spitznamen gegeben: Sie waren in ihrer Aneinanderreihung so gleichmäßig wie die Schwünge der prominenten Skifahrerin auf einem steilen Hang.

Spiss genoss es jedes Mal, sein Auto durch diese Kurven zu steuern, Riesenslalom zu fahren und zu spüren, wie der starke Motor den schweren Wagen durch die Biegungen schob. Er genoss es sehr, und an diesem Abend noch mehr als sonst. Es war ein ganz besonderes Gefühl, neben sich ein nacktes Mädchen sitzen zu haben und ihre Hand an seinen Genitalien zu spüren.

Spiss war stolz auf sich. Er hatte es zu etwas gebracht. Firma, Familie, Erfolg, Vermögen. Und eine Geliebte, von der andere aus seiner Generation nur träumen konnten.

Er dachte ein paar Augenblicke an die Zeit, als er sechzehn oder siebzehn gewesen war, heftige Akne im Gesicht, die Haare widerspenstig gegen jede Art angesagter Frisur – ein junger Kerl, der bei den Mädchen kaum Chancen hatte, selbst Elli mit den schlechten Zähnen und der Knollennase hatte ihm einen Korb gegeben, damals beim Tanzkurs im Stadtsaal. Standardtänze: Samba, Bossa nova, Walzer natürlich. Und Tango. Den kapierte er überhaupt nicht – und genoss ihn dennoch, bot er doch die für ihn seltene Gelegenheit, einen Mädchenkörper so dicht an seinem zu spüren. Er roch das Haar des Mädchens und einen Hauch von Parfüm und den Schweiß in den Achseln. Ellis Brüste streiften seinen Oberarm, ihr harter Blick traf den seinen – die unattraktive Elli erregte ihn und war doch unerreichbar.

Spiss' nur Momente währende Träumerei ließ ihn die nötige Achtsamkeit vergessen. Im selben Augenblick, da sein Auto ins Schlingern geriet, war ihm klar, dass mit Glatteisgefahr zu rechnen gewesen wäre, wie der Grenzer es gesagt hatte. Er erfasste in aller Deutlichkeit, worin sein Fehler lag. Und er erkannte, dass er die Herrschaft über sein Fahrzeug verloren hatte. Über sein Fahrzeug und auch über sein und Carlas Leben.

***

Tinhofer fuhr vorsichtig in jene Kurvenabfolge ein, von der er nicht wusste, dass Spiss sie nach einer Skirennfahrerin benannt hatte. Er fuhr höchstens fünfzig, meist sogar noch langsamer. Ein gutes Stück vor ihm, einige sanfte Biegungen weiter, sah er die Rücklichter des von ihm observierten Autos. Und er merkte, dass irgendetwas nicht stimmte.

Er sah für den Bruchteil einer Sekunde Funken aufsprühen, sah Bremslichter aufleuchten, sah dann die Lichter ihre Richtung verlieren, schlingernd über die Straße tanzen. Keine Frage: Spiss' Wagen schleuderte, stieß rechts gegen die Leitplanken, wurde zurückkatapultiert und rammte auf der anderen Seite die Felsen, die hier die Fahrbahn begrenzten.

Tinhofer verlor das erschreckende Schauspiel in der nächsten Biegung aus den Augen. Doch danach war er dem außer Kontrolle geratenen Wagen näher gekommen, sah mit noch größerer Deutlichkeit, was da vor ihm geschah. Und sogar die Insassen des Wagens meinte er erkennen zu können: Spiss, den Fahrer, und den Kopf des Mädchens, der hin und her gewirbelt zu werden schien.

Später hätte er nicht sagen können, was Realität und was Einbildung gewesen war. Später war nur mehr Chaos in seinem Kopf, Bilder zer-

borstenen Metalls, zersplitternden Glases, verdrehter Gliedmaßen und von Blut, Blut, Blut.

Er sah das Auto nicht abstürzen. Er merkte nur, dass die Lichter plötzlich verschwunden waren. Hinter einer weiteren Kurve? Tinhofer fuhr, die Glatteisgefahr höchst vorsichtig beachtend, weiter, hielt Ausschau nach dem Wagen, nach den roten Lichtern, die wie zwei glühende Pupillen in die Nacht geleuchtet hatten.

Zugleich suchte er im Licht der eigenen Scheinwerfer nach Spuren des Crashs, der sich vor wenigen Sekunden hier ereignet haben musste. In Schrittgeschwindigkeit fuhr er durch die letzte Kurve. Und da wurde er fündig: Am Gestein linker Hand war eine lange weiße Kratzspur. Und gleich danach knirschten seine Reifen über Glas. Hier musste es passiert sein. Aber wo war das Auto? Wo war Spiss? Wo war das Mädchen?

Die Antwort fand sich fünfzig Meter weiter talwärts – da war neben der Straße ein diffuses Licht, rechts, dort, wo es steil bergab ging.

Tinhofer hörte sein Herz schlagen. Er biss die Zähne aufeinander und umfasste das Lenkrad ganz fest. Es war etwas passiert, etwas Schlimmes, dessen war er sich bewusst. Das Auto musste von der Straße abgekommen und über den Abhang hinabgestürzt sein. Es war nur noch die Frage, wie weit.

Und da war noch eine andere Frage: Was würde er dort vorfinden? Schwerverletzte? Tote?

Verdammt noch mal, dachte er, und er spürte, dass sein Atem gepresst kam. Verdammt noch mal, ich will damit nichts zu tun haben.

Er war schon bei zahllosen Unfällen als Fotograf vor Ort gewesen. Frontalzusammenstöße von Autos, schwer gestürzte Motorradfahrer, ein Eisenbahnunglück. Und einmal war er zu einem Flugzeugunglück gerufen worden. Eine zweimotorige Maschine war abgestürzt und dabei auseinandergebrochen. Wie schrecklich das alles auch gewesen sein mochte: Er hatte es immer nur als Fotograf gesehen, immer nur durch die Kamera wahrgenommen. Und ihm war so gewesen, als hätte er mit jedem Druck auf den Auslöser die fürchterlichen Bilder gleichsam auf Film gebannt und gar nicht erst vordringen lassen bis in seine Seele und seine Gedanken.

Das Wichtigste dabei aber war stets, dass er nicht der Erste an einem Unfallort zu sein brauchte. Rettungskräfte, Polizei, Feuerwehr – alle waren bereits vor ihm da und hatten das Nötige veranlasst. Nie war er in die Verlegenheit gekommen, Ersthilfe leisten zu müssen. Nie hatte er einen verletzten Menschen anfassen müssen. Nie waren ihm Schmerz, Leid und Tod emotional wirklich nahegekommen. An den Unfallorten hatte er das in Blaulicht getauchte Geschehen stets als Titelfoto der Zeitungen gesehen – real nur als gedrucktes Bild.

Er fühlte Panik in sich aufsteigen. Die Fotos, die er gemacht hatte, bekamen für Sekunden ein Eigenleben, und in seinem Kopf wurden sie zu kleinen Horrorfilmen mit einem Soundtrack aus Schmerzensschreien und Martinshörnern. Er fuhr weiter, fuhr vorbei an der Stelle, wo keine Leitplanke den Absturz hatte verhindern können, fuhr vorbei an dem schwachen Lichtschein, der aus der Tiefe heraufleuchtete, fuhr nach Innsbruck.

***

Nein, nach Innsbruck fuhr er nicht! Er hatte es tun wollen, das ja. Aber er war Fotograf. Und in die Bilder des Entsetzens mischten sich Selbstbildnisse von ihm als Fotograf: wie er in jedem Chaos stand, die Kamera vor dem Gesicht, ruhig, sicher, eine Autorität, um die selbst Rettungssanitäter einen Bogen machten.

Er lenkte den Wagen an den Straßenrand, sodass er mit den rechten Rädern auf dem schmalen Bankett zum Stehen kam, schaltete die Warnblinkanlage ein, schnappte sich die Kamera vom Beifahrersitz und ging hinaus in die kalte Nacht.

Er atmete die eisige Luft tief ein und ganz langsam aus.

Ich bin Fotograf, dachte er. Ich mache meinen Job. Mache nur meinen Job.

Seine Hände zitterten noch, aber er wusste, dass er sie zum Fotografieren ruhig bekommen würde. Es war immer so gewesen, es würde heute so sein. Egal, was geschehen war.

Er musste mehr als dreihundert Meter zurückgehen. Die Warnblinkanlage seines Wagens warf ein pulsierendes Rotlicht auf den Asphalt. Die Straße war stellenweise glatt, die Nässe war gefroren, und er musste im grasigen und kiesigen Bankett laufen, damit es ihm nicht die Beine wegzog.

Nach ein paar Minuten stand er an der Absturzstelle des Wagens. Er sah Reifenspuren, die das Bankett tief durchpflügt hatten. Und er sah den Wagen, oder besser: was davon übrig war, etwa fünfzehn Meter tie-

fer verkeilt zwischen Bäumen. Das Rücklicht des Wagens brannte, und im Schein dieses Lichts konnte er sehen, dass irgendwas an dem Fahrzeug qualmte oder dampfte.

Wenigstens brennt es nicht, dachte Tinhofer.

Aber auch so war sein Vorhaben alles andere als einfach. Von dort, wo er stand, konnte er nicht einmal vom Fahrzeugwrack ein vernünftiges Foto schießen. Nicht jetzt bei Nacht. Und was hätte es ihm genutzt. Welche Zeitung will schon einfach nur einen Blechhaufen abbilden – und das, wo doch drinnen im Wrack ein Mann von zumindest lokaler Prominenz lag.

Ich muss da hinunter, dachte er.

Das Gelände brach steil ab. Der Boden machte einen beinharten Eindruck. Das lange Gras war feucht, und es würde rutschig sein. Ausgleiten würde er nicht dürfen. Denn Bäume wie die, wo sich das Auto daran verfangen hatte, gab es nicht viele hier. Lediglich dünnes Gesträuch wuchs an diesem Hang, und das Geäst bot den einzigen Halt beim Nachunten-Steigen.

Tinhofer zögerte. Dann aber tat er den ersten Schritt.

Die Kamera hatte er sich umgehängt, nun ertastete er mit den Händen die biegsamen Zweige der Sträucher. Er hatte Glück: Das Gezweig war zäh, er konnte sich daran halten und ein Stück den Hang hinabrutschen. Und es hatte keine Dornen!

Nichtsdestotrotz war seine Vorgehensweise mühsam, anstrengend und gefährlich. Trotz der Kälte kam er ins Schwitzen. Und er wusste zugleich, dass es eine verdammt schwierige Angelegenheit werden würde, dort wieder hinaufzukommen.

Doch so weit war es noch nicht. Er musste noch ein paar Meter hinunter, ehe er sehen konnte, was mit den Insassen des Fahrzeugs geschehen war. Nicht etwa, dass er noch Zweifel gehabt hätte. Aber er dachte schon wieder in Bildern. In möglichen Bildern. Und so ein Unfall konnte schließlich so oder so aussehen. Er hatte schon Verunglückte fotografiert, die aussahen, als wären sie sanft entschlafen …

Als er beim verklemmten Wrack ankam, sich daran festhielt und langsam auf die aufgeklappte Beifahrertür zurutschte, sah er seine düsteren imaginären Bilder bestätigt. Es war schlimm. Nicht schlimmer als erwartet. Aber auch kaum weniger schlimm.

Er klammerte sich an die Beifahrertür, prüfte, ob der Wagen sich nicht etwa noch lösen konnte von den ihn haltenden Bäumen, merkte, dass da *kaum Gefahr bestand. Er lehnte seine rechte Hüfte gegen die Tür, nahm die Kamera von der Schulter, entfernte die Objektivkappe und …*

Droben hörte er ein Auto vorbeifahren, langsam, aber gleichmäßig, und er sah den Lichtkegel gelb kommen und rot verschwinden.

Irgendwie war er froh, ungestört zu bleiben. Aber er wunderte sich auch, dass jemand einfach so an einem mit Warnblinker abgestellten Fahrzeug vorbeifuhr.

Er nahm die Kamera vors Gesicht, justierte das aufgesetzte Blitzgerät und drückte ab.

Es war schrecklich!

Das Blitzlicht schuf für den Bruchteil einer Sekunde eine bizarre, grelle, schreiende Szenerie.

Das Mädchen war nackt. Sein Körper übersät von winzigen Glassplittern. Die leuchteten im Blitz auf, und es sah aus, als umhülle sie ein durchsichtiger, paillettenverzierter Stoff. Eine erotische Modefotografie. Wäre da nicht das Blut gewesen, das viele Blut. Und das fürchterlich entstellte Gesicht: Das Mädchen musste mit dem Kopf in die Scheibe oder den Fensterholm gekracht sein, als das Fahrzeug in die Bäume gerast war.

»Scheiße, scheiße, scheiße«, murmelte Tinhofer.

Die rechte Gesichtshälfte war eingedrückt. Der Mundwinkel zeigte verzerrt nach oben, aus der Augenhöhle kam ein Streifen Blut. Das meiste Blut aber kam aus dem Kopf, wo die Haut auseinanderklaffte. Das Blut rann ihr über die weniger versehrte Gesichtshälfte, zog dünne Spuren über den Hals und lief bis auf die Brust.

Tinhofer drückte den Auslöser.

Im Blitzlicht erkannte er weitere Details. Er wollte sie nicht sehen. Nicht hier, nicht jetzt. Erst in einer Stunde, wenn die Dunkelkammer ihn beschützen würde.

Ein Bein des Mädchens war unnatürlich nach innen geknickt, sodass das Knie über dem anderen Oberschenkel lag. Und im Unterschenkel hatten Knochen die Haut durchbohrt, ragten weiß aus dem Bein heraus.

»Gottverdammte Scheiße.«

Er spürte, wie wichtig es war, in dieser Minute seine eigene Stimme zu hören. Irgendwie beruhigte das, zumindest ein wenig.

Ein weiterer Druck auf den Auslöser. Und noch einer. Er bückte sich, um auch Spiss ins Bild zu bekommen.

Der Kopf war auf die Brust gesunken, die Hände lagen auf den Ober-

schenkeln, Blut war keines zu sehen. Spiss sah kaum anders aus als ein Mann, der auf einer Parkbank am Innrain einem Herzschlag erlegen war und den Tinhofer zu fotografieren gehabt hatte. Der Mann war schließlich prominent gewesen – ein Schauspieler am Landestheater. Ansonsten hätte ja niemanden das Bild eines Herzinfarktlers in der Zeitung interessiert. Er erinnerte sich daran, damals gedacht zu haben, wie schön dieser Tod gewesen sein musste: keine lange Krankheit, kein Dahinvegetieren auf einer Intensivstation, stattdessen Blick auf die Nordkette des Karwendelgebirges, das Rauschen des Flusses und das Rauschen des Verkehrs. Vielleicht ist gerade noch eine junge Frau in einem verdammt aufreizenden Minirock vorbeistolziert. Vielleicht hat er sich noch gedacht, wie das wäre, wenn er mit ihr … Und dann, ratzfatz, von einem Moment auf den anderen: Weg. Aus. Äpfel. Amen.

Tinhofer machte noch drei weitere Aufnahmen, und bei allen waren beide Opfer des Verkehrsunfalls ins Bild gesetzt: im Vordergrund das Mädchen, entstellt, nackt, blutig und zugleich glitzernd. Im Hintergrund der Unternehmer Reinhold Spiss, in sich zusammengesackt, die Brust leicht gegen das Lenkrad gedrückt. Tot.

Dann packte er die Kamera zusammen, hängte sie über die Schulter und wollte den Aufstieg zur Straße beginnen.

Droben fuhr wieder ein Auto vorbei, es fuhr Richtung Brenner.

Ich muss schauen, dass ich hier wegkomme, dachte er.

Doch als der Motorenlärm des vorbeifahrenden Wagens verklungen war, geschluckt von den Kurven und dem sie säumenden Wald, hörte er neben sich ein Röcheln.

Er hielt in seiner Bewegung inne, war körperlich wie psychisch schlagartig wie versteinert. Und er hoffte inständig, sich getäuscht zu haben.

Die Anzeigen am Armaturenbrett gaben nicht viel Licht, aber immerhin genug, dass er die beiden Verunglückten zumindest schemenhaft erkennen konnte. Ein zarter bläulicher Schimmer lag auf ihnen. Es sah gespenstisch aus. Tinhofer wollte nur weg.

Doch das Röcheln war keine Einbildung. Es kam leise und doch unüberhörbar aus der Tiefe des zerstörten Mädchenkörpers. Da war noch Leben.

Blödsinn, dachte Tinhofer. Leben! Das ist kein Leben mehr! Das ist nix mehr. Gar nix mehr.

Es sah, dass die rechte Hand des Mädchens, die aus der Tür heraushing, zuckte. Nichts sonst regte sich. Aus dem Motorraum des Fahrzeugs kam ein gleichmäßiges dünnes Pfeifen, so ähnlich wie bei einer Fahrradpanne, wenn die Luft eines Reifens ganz langsam durch ein winziges Loch entweicht. Aber sonst nichts. Keine Bewegung und auch kein Röcheln mehr.

Ich verschwinde.

Verschwinden war das Einzige, was er jetzt noch wollte. Weg, nur weg.

Er hastete bergauf, so schnell, wie es das steile Gelände nur zuließ. Er hangelte sich an den Büschen nach oben, rutschte weg, zerriss sich die Hose am Knie, spürte, dass er sich auch die Haut stark abgeschürft haben musste, aber er hielt nicht an, hastete weiter, als wäre ein wildes Tier hinter ihm her gewesen. Er keuchte, die Lungen schmerzten, und er verfluchte die Raucherei, die ein Übriges tat, dass er so schnell außer Atem geriet.

Fast wäre er auf den letzten Metern, kurz bevor die Fahrbahn erreicht war, noch einmal gestürzt. Aber er konnte sich aufrappeln, erreichte seinen Wagen und fuhr davon, ohne sich noch einmal umzuschauen.

Sein Hemd war vom Schweiß durchnässt, seine Hände zitterten wieder, und er hatte das Gefühl, dass ihn diese Nacht verfolgen würde bis an sein Lebensende.

Und er sollte recht behalten.

***

Die Rettungskräfte, die um zehn vor zwei am Morgen zum Unfallort kamen – alarmiert sonderbarerweise durch einen anonymen Anruf – sahen es ganz ähnlich: Verdammte Scheiße. Man musste kein Fachmann sein, um zu erkennen, dass es eine überaus schwierige Bergung werden würde.

Und sie wurde schwierig, schwieriger als erwartet. Denn rasch stellte sich heraus, dass es nicht darum ging, ein Wrack mit toten Insassen zu bergen – die Verunglückten, ein Mann in mittleren Jahren und eine nackte junge Frau – lebten. Noch …

Noch lebten sie!

Die vor die Münder gehaltenen Spiegelchen beschlugen, Puls war zu verspüren, der Mann, die Frau, beide waren ohne Bewusstsein, aber noch war der Tod nicht eingetreten. Noch gab es Hoffnung.

»Ob man bei ihr hoffen soll?« Der Notarzt meinte das nicht als Frage. »Was wäre das noch für ein Leben …«

In der Innsbrucker Uniklinik wurde alles Menschenmögliche getan, die beiden zu retten. Es gelang, Spiss' Zustand zu stabilisieren. Eine Gehirnblutung wurde operativ entfernt, und er wurde in einen künstlichen Tiefschlaf versetzt.

Carla aber, Carla Manczic, siebzehn Jahre alt und Schülerin am Bundesrealgymnasium Innsbruck, hauchte um zehn vor halb sechs am Morgen ihr letztes Restchen Leben aus.

Ihre Eltern warteten auf kalten Stühlen im Vorraum der Intensivstation, weinend die Mutter, leise Gebete sprechend der Vater. Als ein Arzt durch die milchgläserne Schiebetür trat und auf sie zukam, wussten beide sofort, dass es vorbei war.

***

Tinhofer hatte die ganze Nacht nicht geschlafen. Zum einen, weil er seinen Job erledigen musste. Zum anderen, weil ihn diese Sache mehr aufgewühlt hatte als jede andere. Es ließ ihn nicht kalt, dass sich das Mädchen noch bewegt hatte. Nein, es trieb ihn um, ließ seine Hände noch zittern, als er schon in der Dunkelkammer zugange war. Zugleich war er sich bewusst, dass er sich einen großen Fisch geangelt hatte. Was er da wusste und schwarz-weiß auf Fotopapier hatte, war bares Geld wert. Viel Geld.

Morgens um fünf – als Carla im Sterben lag, was er freilich nicht wissen konnte – brühte er sich einen starken Kaffee. Die Abzüge hatte er vor sich auf dem Tisch ausgebreitet. Er trank mit schlürfenden Schlucken und wandte seinen Blick nicht von den Fotos ab.

Er musste Entscheidungen treffen. Die Bilder gehörten der Tageszeitung, in deren Auftrag er sich auf die Spur von Spiss gesetzt hatte. Keine Frage. Aber auf die Informationen, die nur er haben konnte, hatten sie nicht automatisch ein Anrecht.

Tinhofer spürte, dass aus dieser Sache, wie beschissen sie auch immer sein mochte, mehr herauszuholen war.

Er zögerte. Doch er wusste auch, dass ihm dieses Zögern nichts nützen würde.

Die Zeitung bringt die Meldung erst morgen, dachte er. Im Radio wird schon vorher was berichtet werden. Über den Unfall sowieso. Und dann wird es nicht mehr lange dauern, bis sie auf Spiss kommen und auf seine junge Geliebte.

Um halb sieben Uhr morgens griff er zum Telefon und riss mit seinem Anruf einen Redakteur beim Rundfunk aus dem Schlaf. Öffentlich-rechtlicher Rundfunk! Seriös. Geld konnte man aber auch da abzocken.

»Tinhofer …? Du hast wohl den Arsch offen! Weißt du, wie spät es ist …?«

Doch legte sich der Ärger beim Rundfunkmann schnell, als er erfuhr, was Tinhofer zu bieten hatte.

»Ja, klar. Ich hab die Bilder fertig. Die kannst du zwar nicht senden, aber sie dürften Beweis genug dafür sein, dass alles stimmt, was ich dir sage.«

Eine halbe Stunde später brachten die Nachrichten erste Meldungen zum tragischen Verkehrsunfall auf der Brennerstraße B 182.

***

Auf den langen Fluren der Innsbrucker Uniklinik begegneten sich, ohne voneinander zu wissen, die Eltern Carlas und die Ehefrau von Reinhold Spiss. Den einen stand das Entsetzen ins Gesicht geschrieben. Sie hatten ihre Tochter verloren, das war gewiss. Ungewiss war, warum sie nicht bei einer Freundin gewesen war, sondern auf der Brennerstraße verunglückte. Wie sie überhaupt in das Auto des Mannes gekommen war, was sie mit ihm zu tun hatte. Die Tochter war tot, und es gab nichts Schrecklicheres. Und doch konnten die Eltern noch gar nicht richtig trauern, weil diese Fragen ihre Gedanken quälten und sich in ihre Herzen und Seelen brannten.

Die Frau hingegen zeigte ein Gesicht, das auch voll Schmerz war, in dem es aber auch Hoffnung gab. Sie wusste noch nichts von dem Mädchen, hatte nur die Benachrichtigung erhalten, dass ihr Mann schwer verunfallt war, sehr schwer, und eilte mit sich jagenden und überstürzenden Gefühlen in die Klinik.

Die Hoffnung, dachte sie, und sie glaubte dabei sogar ihre Gedanken zittern zu spüren, die Hoffnung stirbt immer zuletzt. Wie abgedroschen, dachte sie. Und doch: wie wahr, wie wahr, wie wahr.

***

Vom Sender bekam Tinhofer achtunddreißigtausend Schilling für seine Information. Er musste sich verpflichten, dass er sie an diesem ersten Tag an keinen anderen Sender, egal, ob Hörfunk oder Fernsehen, weitergab.

Er hatte sich mehr ausgerechnet. Mit sechzigtausend war er in die Diskussion gegangen; fünfundvierzigtausend hatte er sich erhofft. Aber sein Gegenüber hatte natürlich auch gewusst, dass nicht viel Zeit blieb – und dass Tinhofer das Geld, auch wenn es weniger als gedacht war, sicher gut gebrauchen konnte.

Tinhofer war dennoch zufrieden. Hatte er doch bei der Zeitung, dem »Tiroler Stern«, zusätzlich zum vereinbarten Recherche- und Bildhonorar noch mal achtundzwanzigtausend Schilling für die exklusiven Fotos aushandeln können. Und er hatte auf Informantenschutz bestanden: Woher die News kamen, wer das Foto gemacht und geliefert hatte – kein Wort darüber. Tinhofer fürchtete, wegen unterlassener Hilfeleistung belangt werden zu können. Auch wenn er noch der Meinung war, dass sie das Mädchen nie und nimmer lebend gefunden haben konnten.

Wer würde sich schon Gedanken darüber machen, ob sie beim Unfall oder eine halbe Stunde später gestorben war?

Tinhofer stellte sich in die Badewanne und duschte lange, heiß und ausgiebig. Danach rasierte er sich über dem Waschbecken, schabte sich den Schaum samt den Bartstoppeln vom Gesicht und beobachtete sich selbst dabei im Badezimmerspiegel.

Er war allein. Seine Frau war zur Arbeit gegangen, das Töchterchen spielte im Kindergarten. Die Klinge schabte über die raue Haut, riss einen Pickel auf, Tinhofer verzog das Gesicht, ein wenig Blut färbte den Schaum rosa.

Ich sollte weniger rauchen, dachte er. Weniger rauchen, weniger Pickel.

Aber es war nicht der richtige Zeitpunkt, mit dem Rauchen aufzuhören. Ganz im Gegenteil. Sein Verlangen nach Zigaretten, nach Tabak und Nikotin, war selten größer gewesen.

***

Als am darauffolgenden Tag die Zeitung auf der Titelseite ein Foto vom Unfallfahrzeug brachte – man konnte Carla und Spiss darauf sehen, und wer sie kannte, vermochte sie unter Umständen auch zu erkennen –, wurde das in Innsbruck und dem Umland zum Tagesgespräch. Spiss war von überregionaler Prominenz, hatte aus der Kfz-Werkstatt seines Vaters einen Reifenfachhandel gemacht, um sodann erst Tirol und schließlich ganz Österreich mit gut gehenden Filialen zu überziehen. Spiss war ein Markenname. Und zugleich eine Persönlichkeit. Man kannte diesen Mann, der es aus eigener Kraft geschafft hatte, sich ein kleines Imperium aufzubauen. Man kannte ihn aus der Zeitung, aus dem Fernsehen, wusste, dass er jedes Jahr vor Weihnachten großzügig spendete, dass er oben in Hötting lebte, seit achtzehn Jahren verheiratet war und eine halbwüchsige Tochter hatte. Man wusste auch von Gerüchten, wonach er mehrfach in Rotlichtlokalen gesichtet worden sein sollte, wonach seine Ehe keine besonders gute wäre, wonach er und seine Frau nur den Schein wahrten. Wer hätte sagen können, was dran war an diesen üblen Nachreden?

Niemand konnte Gewissheit haben über die dunkle Seite des honorigen Herrn Spiss – bis zu diesem Tag, bis zu diesem Foto.

Die Zeitung weidete das Unglück gnadenlos aus. »Unternehmer S. rast mit Schülerin ins Verderben« – »Das tragische Ende einer (verbotenen) Liebesnacht« – »Tragödie nach Tête-à-Tête mit Schülerin – Innsbrucker Reifenhändler S. überlebt schwer verletzt« – so und ähnlich lauteten die Headlines und die Zwischenüberschriften am ersten Tag. Und was in den Lauftexten stand, war eine Mischung aus Bericht und Spekulation, immer wieder unter die Gürtellinie zielend. Leicht konnte man den Eindruck gewinnen, dass nicht der fürchterliche Unfall und der Tod des Mädchens die eigentliche Nachricht waren, sondern das Verhältnis des reifen Mannes mit der Schülerin, die ansonsten, so die Zeitung, »unauffällig gewesen ist, keinen Freund gehabt hat und bei den Klassenkameradinnen eher als graue Maus galt«.

Es war eine üble Geschichte.

***

Staatsanwalt Dr. Magnus Kröninger war außer sich. Er hatte am Morgen den noch nach Druckerschwärze riechenden »Tiroler Stern« auf den Tisch bekommen. Das Foto auf der Titelseite war groß. Es war nicht zu übersehen.

Seine Sekretärin erschrak. So hatte sie den jungen Staatsanwalt, für den sie seit gut eineinhalb Jahren arbeitete, noch nicht kennengelernt. Im Allgemeinen schien er seine Emotionen gut im Griff zu haben.

»Welches Arschloch hat dieses Bild gemacht und an dieses Schmierblatt gegeben?«

Kröninger leitete bei diesem Verkehrsunfall mit Todesfolge die Ermittlungen. Er hasste es, wenn die Medien während laufender Ermittlungen auf gleichem Wissensstand mit der Polizei waren – oder ihr gar noch voraus. Und noch mehr hasste er es, wenn Texte oder gar Bilder veröffentlicht wurden, wodurch die Würde betroffener Menschen verletzt werden konnte.

»Schaun S' nicht so belämmert«, schnauzte er die Sekretärin an. »Ich will alle Beamten, die am Unfallort waren, hier in meinem Büro. Und zwar innerhalb der nächsten halben Stunde.«

Es ging nicht ganz so schnell, wie Kröninger es eingefordert hatte – zwei der vier Beamten, die am Unfallort gewesen waren, hatten gerade einen Einsatz. In einem Vorstadt-Beisl war es zwischen notorischen Trinkern zum Streit und zu handgreiflichen Auseinandersetzungen gekommen.

Aber nach eineinhalb Stunden waren dann alle da. Sie konnten glaubwürdig versichern, dass nicht einer von ihnen ein solches Foto gemacht habe. Foto ja, aber nur zum Zwecke der Dokumentation des Unfalls. Niemand hatte ein Bild an die Presse gegeben. Und es hatte auch keiner von ihnen beobachtet, dass einer der Sanitäter oder der Notarzt … Und als dann das Bergungsfahrzeug mit der Seilwinde kam, da waren die Verunglückten ja längst abtransportiert.

Kröninger glaubte den Polizisten. Keiner von ihnen suchte seinem strengen Blick auszuweichen. Keiner zeigte Anzeichen unangebrachter Nervosität. Er glaubte ihnen und schickte sie weg, zurück an ihre Arbeit.

»Machen Sie den Chefredakteur dieses Schmutzblattes ausfindig. Ich will ihn sprechen.« Er war noch immer wütend. »Stimmt nicht«, fügte er hinzu. »Ich will ihn nicht sprechen. Was ich wirklich will, ist ihm mit Anlauf in seinen platt gesessenen Arsch treten.«

Zehn Minuten später hatte er ihn in der Leitung. Marius M. Hellwage.

Ein Deutscher, dachte Kröninger. Mir bleibt auch nichts erspart. Ein arroganter Deutscher.

Er wusste, dass es ein Vorurteil war. Aber nach Fairness oder Neutralität war ihm an diesem Tag nicht zumute.

Kröninger verzichtete auf jegliche Höflichkeitsform, sagte weder Guten Tag noch Bitte und Danke. »Ich will wissen, vom wem das Foto stammt, das heute Ihre geschmacklose Titelseite ziert.«

Die mühsam unterdrückte Wut war ihm anzuhören.

Doch der Chefredakteur ließ sich davon nicht beeindrucken.

»Ihnen wird bekannt sein«, sagte er mit einer Stimme, der ein leises Lächeln zu entnehmen war, »dass es so etwas wie Informantenschutz gibt …«

Kröninger schwieg. Er musste ein paar Sekunden lang darüber nachdenken, wie er mit diesem arroganten deutschen Journalistenarschloch umgehen sollte.

Dann sagte er, sehr leise und dabei sehr drohend: »Dieses Foto kann nur entstanden sein, bevor die Rettungskräfte eingetroffen sind. Als die Sanitäter, die Polizei und die Feuerwehrleute kamen, war niemand außer den Unfallopfern da.«

Er schwieg wieder eine Sekunde. Auch am anderen Ende der Leitung keine Regung.

»Ich nehme an, dass Sie nicht Chefredakteur geworden wären«, sagte er dann schärfer, »wenn Sie nicht genug Journalistenverstand hätten, um zwei und zwei zusammenzählen zu können …«

Hellwage wollte ihn unterbrechen, wollte einhaken, etwas erwidern. Doch Kröninger ließ es nicht zu.

»Seien Sie still!«, fuhr er ihn an. »Als das Foto gemacht wurde, waren beide Unfallopfer noch am Leben. Eines davon ist verstorben. Gestern früh im Krankenhaus. Was meinen Sie: Hätte der Fotograf nicht die Verpflichtung gehabt zu helfen? Hat er aber nicht. Soviel ich mir im Moment zusammenreimen kann, ist der Unfall noch vor Mitternacht passiert. Die Rettung wurde wesentlich später alarmiert – anonym. Und da kommen Sie mir mit Informantenschutz?«

»Es ist unser unverbrüchliches Recht«, sagte der Chefredakteur. »Ohne den Schutz unserer Informanten – und dazu gehört gegebenenfalls auch ein Fotograf –, also ohne diesen Schutz gäbe es keine Pressefreiheit.«

»Ich scheiße auf Ihre Pressefreiheit!« Kröninger war außer sich. Er hatte ohnehin keinen allzu guten Kontakt zu den Medienleuten. Er verachtete ihr ständiges Bemühen, aus Katastrophen, Tragödien und dem Leid der Menschen Kapital zu schlagen und damit die Auflagen zu steigern. Und er hatte einige Vertreter der schreibenden Zunft auf dem Kieker, weil er sie für verdammte Besserwisser hielt: ewige Kritiker der Justiz und der Polizeiarbeit, jedoch absolut sprachlos, wenn sich ihre eigenen Thesen wieder einmal als haltlos herausgestellt hatten.

»Ich bekomme diesen Fotografen wegen unterlassener Hilfeleistung dran – und Sie gleich mit!«

Er warf den Hörer auf das Gerät, sodass die Wählscheibe fast in Bewegung geriet. Doch schon im nächsten Moment nahm er ihn wieder zur Hand, wählte die Nummer eines Chefarztes der Uniklinik, die ihm bestens vertraut war, und ließ ihn mit der Autorität seines Amtes, seiner Persönlichkeit und seiner Stimme an den Apparat holen.

»Karl«, sagte er. »Ich bin's, Kröninger. Ich habe noch keine Information, wer Spiss ärztlich betreut und wer das Mädchen als Erster auf den Tisch bekommen hat. Kannst du mir die Ansprechpartner besorgen? Ja, es eilt. Ich wär dir sehr dankbar, wenn das in der nächsten halben Stunde passieren würde ...«

Kröninger wartete auf den Rückruf. Und während er wartete, überlegte er, wie er an den Fotografen herankäme – und wie er diesem Hellwage einen Strick drehen könnte.

Dann läutete das Telefon. Ein Dr. Mast war dran. Von dem hatte er noch nie etwas gehört. Aber die Klinik war schließlich groß. Mast war Unfallchirurg und hatte am gestrigen Morgen mit seinem Team um das Leben von Carla Manczic gekämpft.

»Es war klar, dass es keine Chance mehr gab«, sagte der Arzt. »Schon als wir sie in den OP bekamen. Aber es geschehen ja auch in der Medizin immer wieder Wunder. Nicht oft, aber immerhin. Doch selbst, wenn es so ein Wunder gegeben hätte, es wäre kein richtiges Leben mehr geworden. Nichts, was Sie als Leben akzeptieren würden.«

»Ein Pflegefall?«

»Hmm. Kommt darauf an, was Sie darunter verstehen. Ich gehe davon aus, dass die junge Frau nie mehr aus dem Koma erwacht wäre. Ein Fall für die Intensivmedizin.«

»Was wäre gewesen, wenn sie schneller Hilfe bekommen hätte?«

»Wie meinen Sie das, Herr Staatsanwalt? Wir haben umgehend reagiert. Wir haben wirklich getan, was wir konnten ...«

»Dafür seid ihr bekannt«, sagte Kröninger. »Und darum geht es auch gar nicht. Was mich interessiert, ist, was geschehen wäre, wenn man sie schneller gefunden hätte. Die Eltern des Mädchens hatten es spätestens um Mitternacht zurückerwartet. Sie wussten nicht, dass es mit einem Mann unterwegs war. Sie vermuteten die Tochter bei einer Freundin. Und Va-

ter wie Mutter betonen, dass ihr Mädel immer zuverlässig gewesen sei. Deshalb denke ich, dass sich dieses Unglück vor Mitternacht ereignet hat. Erst viel später wurde die Rettung alarmiert. In der Zeit dazwischen muss jemand am Unglücksort gewesen sein und fotografiert haben. Das Bild können Sie heute im ›Tiroler Stern‹ bewundern. Wenn der Mensch, der das Foto gemacht hat –«

Dr. Mast hakte ein: »Ich weiß, was Sie meinen. Wenn dieser Mensch Hilfe geleistet oder wenigstens gleich bei der Rettung angerufen hätte … Aber um ehrlich zu sein, viel geändert hätte sich nicht. Die Verletzungen der jungen Frau waren so schwerwiegend, dass es eh schon an ein Wunder grenzt, hier im OP noch Herztöne von ihr festgestellt zu haben. Moralisch ist diese unterlassene Hilfeleistung sicher verwerflich, rein medizinisch aber ist sie von nachrangiger Bedeutung.«

»Und Spiss? Wie steht es um den Fahrer des Wagens? Was wäre, wenn …«

»Nichts wäre. Wenn Komplikationen ausbleiben, wird er den Eingriff gut überstehen. Wir haben ihn in künstlichen Tiefschlaf versetzt, und wir werden ihn morgen oder übermorgen langsam in den Wachzustand holen. Mit letzter Gewissheit kann man das alles erst in ein paar Tagen sagen. Aber ich bin sehr optimistisch.«

Kröninger schwieg. Das Gespräch mit diesem Arzt, seine sachliche und ruhige Art wirkten gleichsam beruhigend auf ihn. Seine Wut verflog. Er war froh zu hören, dass Spiss überleben würde. Zugleich befiel ihn Traurigkeit darüber, dass dieses Mädchen – es war noch ein Mädchen, das wusste er, egal, auf was sie sich eingelassen hatte – so tragisch hatte enden müssen.

Es verstrichen einige stille Sekunden, ehe Kröninger wieder etwas sagte.

»Ich danke Ihnen für die Auskünfte. Geben Sie mir doch bitte noch Ihre Nummer. Es ist wahrscheinlich nicht das letzte Mal, dass ich mit Ihnen reden möchte.«

Er kritzelte sie auf einen kleinen Block, bedankte sich noch einmal und legte auf.

Zurückgelehnt in seinem Bürostuhl, dachte er, dass es wenig Sinn ergeben würde, den verfluchten Fotografen ausfindig zu machen und vor den Kadi zu zerren. Für die Eltern des Mädchens würde es alles noch viel schlimmer machen.

Wenn schlimmer überhaupt noch geht, dachte er.

Aber er wusste, schlimmer ging.

Er wusste, der Tod des Mädchens war durch das Foto noch schlimmer geworden. Das Foto war nicht mehr zurückzunehmen. Das war grausam, fürchterlich. Kröninger hätte den Fotografen gerne fertiggemacht, nach allen Regeln seiner juristischen Kunst – und insgeheim auch darüber hinaus: psychisch und körperlich. So dachte und fühlte der eine Teil von ihm. Der andere sagte, dass nichts dadurch besser würde, wahrscheinlich aber alles noch ärger.

Es ist schlimm genug, dachte er.

Die Sache war in der Welt.

Und es würde lange dauern, bis sie wieder daraus verschwand.

Sehr lange.

1

Paul Schwarzenbacher lag auf der Bettcouch und las Zeitung. Am Kopfende dieser Kombination aus Schlafstatt und Sitzgelegenheit stand auf einer alten Kommode eine Stereo-Kompaktanlage mit Tuner, CD-Player und einem beinahe antiken Kassettendeck, daneben ein Plattenspieler. Neben seinem Lager, am Boden, auf einem kleinen Tisch, zwischen Player und Plattenspieler, auf dem Fensterbrett – überall lagen CDs und Plattencover. Schwarzenbachers Rollstuhl stand zusammengeklappt in der Ecke.

Aus der Anlage kam laute Musik. Schwarzenbacher hatte das Booklet der Doppel-CD »Bitches Brew« in Händen und blätterte darin herum. Ihm schien es nichts zu machen, dass »Miles Runs the Voodoo Down« wild, schräg, fast free-jazzig in den Raum blies. Er blieb ganz ruhig dabei. Zumindest so lange, bis Ellen in den Raum trat.

»Mensch, Paul, du hörst seit Tagen nichts anderes mehr als so eine Katzenmusik. Das muss dir doch selbst irgendwann auf die Nerven gehen.«

»Das ist Miles Davis«, sagte Schwarzenbacher. Er sagte es laut, um sich gegen den Sound behaupten zu können. Im nächsten Moment machte er die Musik mit der Fernbedienung leiser.

»Miles Davis!«, sagte er noch einmal, und er tat es mit einem dicken Ausrufezeichen.

»Katzenmusik«, sagte Ellen. Und sie lächelte dabei.

Er schüttelte den Kopf. »Wir passen eigentlich gar nicht zusammen.« Doch als er das sagte, musste auch er ein wenig lächeln.

Paul Schwarzenbacher und Ellen Heins lebten seit einigen Monaten zusammen. Wobei dieses Zusammenleben nicht in erster Linie als räumliches zu verstehen war. Sie war viel bei ihm, hatte persönliche Dinge zu ihm geschafft und blieb oft drei, vier Tage hintereinander. Aber er wusste, dass sie auch ihre Eigenständigkeit brauchte, für sich allein sein wollte, ihre eigene Wohnung nie aufgeben würde.

»Wir passen wirklich nicht zusammen«, sagte er noch mal. »Du mit deinen Popschnulzen …«

»Und du mit Jazz und Rock und all dem Zeug, bei dem man sich anstrengen muss, eine Melodie herauszuhören.«

Sie war an die Couch herangetreten und hatte ihm übers zerstrubbelte Haar gestrichen.

»Ich geh jetzt einkaufen. Bist du mit Spaghetti all'amatriciana einverstanden? Und ein Salat dazu? Ja? Brauchst du sonst noch irgendwas?«

Schwarzenbacher schüttelte verneinend den Kopf. Doch dann, als sie schon fast wieder durch die Zimmertür draußen war, rief er ihr noch nach, sie möge die »TT«, die »Tiroler Tageszeitung«, mitbringen. Und dass sie sich ruhig Zeit lassen könne, so habe er wenigsten Gelegenheit, die Musik zu hören, die er hören wollte. Und so laut, wie er wollte.

Ellen ignorierte ihn.

Als er wenig später die Haustür hatte ins Schloss fallen hören, drehte er die Lautstärke wieder auf. Er ließ sich tiefer in sein Kissen sinken. Er wollte die Tränen zurückhalten, aber es gelang ihm nicht.

»Ich bin ein verkrüppeltes, selbstmitleidiges, kaputtgehendes Arschloch«, sagte er sich, wütend über sein Selbstmitleid. »Ich hab die Ellen gar nicht verdient.«

Als er sich ein wenig beruhigt zu haben glaubte, begann er darüber nachzudenken, ob er je so viel Charakter und Stärke aufbrächte, sie wegzuschicken.

Ellen und Marielle liefen sich zufällig über den Weg. Innsbruck war eine Stadt und zugleich ein Dorf. Wenn man in der Altstadt alle Augenblick lang jemandem begegnete, den man kannte, glaubte man sich in einem Dorf – und dann tat sich Marielle jedes Mal schwer zu akzeptieren, dass hier, im ziemlich engen Tal zwischen den Bergen, hundertzwanzigtausend Menschen wohnten.

Sie kam aus dem »Sportler Alpin Innsbruck«, wo sie sich fürs Klettern ein paar Bandschlingen und einen Beutel mit Magnesia gekauft hatte.

Ellen stand vor den Schaufenstern eines Modegeschäftes, drehte sich gerade um – und wäre beinahe mit Marielle zusammengestoßen.

»Hallo«, sagte Ellen mit einem überraschten und zugleich erfreuten Lächeln.

»Hi«, sagte Marielle im Moment des Erkennens. Sie waren sich einige Male begegnet, in einem Gasthaus oder einem der klassischen Innsbrucker Cafés, wenn sich Marielle und ihr Freund Pablo mit Schwarzenbacher getroffen hatten, um mit ihm, dem Ex-Kriminaler, an einer alten, ungeklärten Geschichte herumzutüfteln. Marielle war auch schon zwei- oder dreimal bei Paul Schwarzenbacher und Ellen in der Wohnung gewesen – aber das war jetzt auch schon wieder lange her; in den letzten Monaten hatte es keinen Fall gegeben, den zu lösen sie sich auferlegt hatten. Und einmal war Ellen auch mit dabei gewesen, als ein Treffen in der Kanzlei von Dr. Reuss anstand. Das war zu der Zeit, als Schwarzenbacher mit seinem nächsten MS-Schub zu kämpfen hatte und die Krankheit ihm besonders schwer zu schaffen machte.

»Lang nicht mehr gesehen«, sagte Ellen. »Eigentlich schade. Was treibst du immer so?«

»Alles und nichts.« Marielle grinste. »Studieren, nach wie vor – Sozial- und Wirtschaftswissenschaften. Allerdings mit wenig Auftrieb im Moment. Außerdem Lehrgänge absolvieren zur Bergführerausbildung. Und halt selbst viel bergsteigen und klettern. Und du? Wie geht's dir?«

Statt auf die Fragen sofort eine Antwort zu geben, schlug Ellen vor, auf einen Kaffee zu gehen.

»Ins ›Central‹?«

»Ach, nein«, sagte Ellen. »Da vorn, wo es zu den Rathausgalerien geht, ist im Durchgang so eine kleine Café-Bar.«

Es war nicht weit bis zum Café in der Norz-Passage. Sie ergatterten einen Platz in der winzigen Café-Bar, und Marielle zeigte sich erstaunt: »Ich habe gar nicht gewusst, dass es das gibt … Nur ein paar Schritte von der Fußgängerzone entfernt und doch abseits vom Trubel.«

Sie bestellte eine Melange, Ellen einen Verlängerten und dazu ein Kipferl.

»Wie geht es Paul?«, fragte Marielle.

»Nicht gut«, gab Ellen zur Antwort. »Mittlerweile fällt es ihm oft schon schwer, mit dem Rollstuhl zu fahren.«

»Scheiße«, sagte Marielle. Sie legte die Stirn in Falten und sog die Unterlippe ein. »Wie soll das weitergehen?«

Ellen biss in ihr Hörnchen, wischte sich mit der Papierserviette den Mund ab und sagte kauend: »Die körperlichen Beschwerden sind nicht das Schlimmste. Das Schlimmste ist, dass er Depressionen hat. Die plagen ihn sehr. Und damit plagt er mich und überhaupt alle in seiner Umwelt.«

Sie sah Marielle in die Augen. »Es ist schwierig«, fügte sie hinzu. Dann schaute sie in ihre Kaffeetasse, als wenn darin die Lösung eines Rätsels zu finden wäre.

Marielle legte die Hand auf die ihre. Sie waren vom Typ her zwei ganz verschiedene Frauen: Marielle noch sehr jung, Mitte zwanzig, mittelgroß, schlank, sportliche Figur, sportliches Outfit. Ihre etwas burschikosen Gesichtszüge wurden durch den Haarschnitt – etwa die Länge wie bei den Beatles in ihren Anfangsjahren – noch unterstrichen. Doch ihre Lippen waren fraulich, strahlten etwas Sinnliches aus. Und ihre Augen, die bei genauem Hinsehen eine zarte Mandelform verrieten, gaben ihr einen leicht exotischen, rätselhaften Ausdruck. Eine bemerkenswerte junge Frau also.

Bemerkenswert war auch Ellen. Sie hätte vom Alter her leicht Marielles Mutter sein können. Sie war dreiundfünfzig, was man ihr aber erst ansah, wenn man ihr direkt gegenüberstand. Dann nämlich ließen sich die vielen Fältchen im Gesicht nicht mehr verbergen. Das mittellange Haar trug sie mit Vorliebe zu einem kurzen Pferdeschwanz zusammengesteckt – von Weitem wirkte es blond, aus der Nähe sah man die grauen Strähnen. Doch sie verweigerte sich beharrlich den gut gemeinten Ratschlägen ihrer Friseurin, zu färben oder wenigstens mit einer leichten Tönung das vordringende Grau zu bekämpfen. Man muss auch als Frau zu seinem Alter stehen können, war ihre Devise.

Marielle hielt sie nicht nur deswegen für eine starke Frau. Sie empfand auch große Achtung für sie, weil sie eine Beziehung mit einem ziemlich schwer behinderten Mann eingegangen war. Für sie selbst war das nicht vorstellbar. Gut, wenn Pablo einen Unfall erleiden würde und dann vielleicht gelähmt wäre, würde sie nicht weglaufen. Das hatte sie sich schon überlegt. Aber sie fragte sich auch, ob sie dann noch Jahre mit ihm aushalten würde. Das war das eine. Etwas ganz anderes war es schließlich, einen Mann erst kennenzulernen, wenn er schon behindert war – und sich auf ihn einzulassen, ihn zu lieben zu beginnen und dabei zu wissen, dass man ihn wahrscheinlich irgendwann würde pflegen müssen.

Wenn es zum Arschwischen kommt, hatte sich Marielle einmal gedacht, geht doch jede Liebe in die Binsen.

Ellen schaute auf. »Du fragst, wie das weitergehen soll. Schwer zu sagen. Die Krankheit kommt in Schüben. Soweit ich weiß, war Pauls Zustand in den letzten beiden Jahren ziemlich gleichbleibend. Dann kamen die Krämpfe, die Schmerzen, die schlaflosen Nächte. Das war der Schub. Gut vier Monate ist das her. Jetzt dauert es hoffentlich wieder Jahre, bis der nächste Schub kommt.«

»Und man kann nichts dagegen tun?«, fragte Marielle.

Ellen schüttelte den Kopf. »Nicht wirklich. Medikamente, die die Zeit zwischen den Schüben verlängern sollen. Massagen und Krankengymnastik. Doch das bringt alles nur kurzzeitige Linderung. Verbesserung oder gar Heilung gibt es nicht. Und dann …«

Ellen nahm einen Schluck vom Kaffee.

»Und dann ist Paul ja auch nicht gerade ein Vorzeigepatient. Der und Krankengymnastik! Ich bin mir nicht mal sicher, ob er seine Tabletten regelmäßig nimmt. Er ist ein Macho, und die Krankheit ist sein Feind. Er hasst sie aus tiefster Seele …«

»Was man aber auch verstehen kann«, warf Marielle ein.

»Verstehen schon. Doch es wird ihm jeder Arzt und jeder halbwegs vernünftige Mensch sagen, dass er die Krankheit annehmen muss, als Teil seiner Persönlichkeit akzeptieren lernen muss. Tut er das nicht, macht er alles nur noch schlimmer.«

Sie schwiegen. Ein Gast bezahlte am Tresen und ging hinaus, wobei er die paar Anwesenden grüßte. Marielle sah ihm nach, sah die festen großen Schritte, den entschlossenen Gang und die aufrechte Haltung – und es war ihr zum Heulen zumute.

»Am ärgsten ist, dass die Depressionen immer häufiger kommen«, hörte sie Ellen weitererzählen. »Dann igelt er sich noch mehr ein, lässt auch mich kaum noch an sich heran und hört ständig diese Kakofonie, Jazz und Free-Jazz. Er behauptet, dass es ihm gefällt. Ich sage, davon würde er krank werden, wenn er es nicht schon wäre.«

»Jetzt übertreibst du aber«, sagte Marielle.

»Natürlich übertreibe ich. Aber das Problem ist, dass mir diese Musik psychedelisch vorkommt, dass ich glaube, sie macht ihn noch depressiver. Er verlässt die Wohnung nicht mehr, liegt nur rum, hört Musik, schaut Fernsehen und verflucht die ganze Welt. Ich habe ihm vorgeschlagen, so ein Elektrofahrzeug für Handicapler anzuschaffen. Da hat er mich angeschrien und gesagt, dass er sich nicht für viel Geld auf so ein Gefährt setzen würde. Ich bin ratlos. Wirklich, ich bin ratlos.«

»Gibt es denn gar nichts, was ihm Freude macht?«

Ellen überlegte. Nach einer Weile, deren Stille nur gestört wurde durch das Zischen und Fauchen des Milchschäumers an der Kaffeemaschine, sagte sie: »Was ihm fehlt, sind Morde.«

Marielle wusste sofort, worauf Schwarzenbachers Freundin hinauswollte. Er war einmal Kriminalbeamter gewesen, noch heute wurden in Innsbruck Legenden um seinen Instinkt, seinen besonderen Riecher gestrickt. Dann hatte ihn die Krankheit dienstuntauglich gemacht. Dienstuntauglich, aber nicht denkunfähig. Er hatte sich zusammen mit dem Rechtsanwalt Dr. Reuss alter Fälle angenommen, die von der Justiz als Unfälle statt als Tötungsdelikte deklariert worden waren. Und er hatte zuletzt – auch das war aber nun schon wieder eineinhalb Jahre her – das Rätsel um mysteriöse Steinschlagopfer gelöst. Und sie selbst, Marielle Czerny, hatte dabei eine ganz entscheidende Rolle gespielt.

»Ich glaube, es täte ihm verdammt gut, wenn ihr wieder in einem Kriminalfall ermitteln würdet. Du und Reuss und dein Pablo. Und er natürlich. Auch wenn er sich immer weniger bewegen kann – er würde euch eine große Hilfe sein. Das steht für mich so fest wie die Annasäule da draußen.«

Marielle schüttelte nur den Kopf. Ihr Gesichtsausdruck war ernst und auch ein bisschen traurig.

»Hör mir bloß damit auf«, sagte sie. »Damals, als ich nach dieser Wintertragödie an der Schattenwand in der Uniklinik lag, hat Paul mich besucht. Ich kannte ihn überhaupt nicht. Er war einfach so da. Er war es, der mich dazu überredet hat, mitzumachen bei seinem Detektivspiel –«

»Detektivspiel ... Mach dich nicht lustig, bitte«, unterbrach Ellen sie.

»Entschuldige. Aber versteh bitte auch, dass mich die nächste Geschichte bis auf die Knochen und bis in die tiefste Seele hinein erschüttert hat. Es ist kein Spaß, wenn man plötzlich einem Mörder gegenübersteht, der nicht ganz richtig im Kopf ist. Und wenn man sieht, dass er einen Stein in der Hand hat. Man braucht nicht viel Phantasie, um herauszufinden, was er damit vorhat.«

»Aber es war doch wohl nicht –«

»Nein, es war nicht Pauls Schuld. Ich hab mich da ganz von allein hineinmanövriert. Es war so eine Mischung aus Jagdfieber, Naivität und einfach Dummheit. Meine innere Stimme hat mich mehr als einmal gewarnt. Aber ich hab nicht auf sie gehört – und wäre beinahe draufgegangen. Du wirst verstehen, dass mein Interesse am Lösen von Kriminalfällen ein sehr begrenztes ist. Ich mag nicht mal mehr Krimis lesen.«

Ellen zeigte volles Verständnis. Und zugleich wirkte sie so hilflos, schien sich an jeden kleinen Strohhalm zu klammern.

»Auch von Reuss kommt nichts. Er war zu Besuch da, ruft immer mal wieder an. Aber es ist, als wäre sein Interesse an alten Fällen völlig eingeschlafen.«

»Das liegt an etwas anderem«, erwiderte Marielle. »Reuss hat momentan reichlich mit sich zu tun. Soweit ich weiß, stimmt es in seiner Ehe schon lange nicht mehr. Dem ist wahrscheinlich nicht nach noch mehr schlechten Schwingungen zumute. Der braucht im Augenblick keine Mordfälle.«

»Aber Paul braucht sie«, sagte Ellen. Sie trank den Verlängerten aus und bat Marielle, möglichst bald bei Paul vorbeizuschauen.

Was sie nicht wusste war, dass die »TT«, die sie für Paul hatte besorgen sollen und die in der modischen Umhänge-Einkaufstasche steckte, eine Meldung enthielt, die Paul Schwarzenbacher aus seiner Lethargie wecken würde.

Als sie in die Wohnung kam, war es still, keine Musik, kein Fernseher. Sie betrat das Zimmer, in dem Paul meist seine Tage verbrachte, und fand ihn ausgestreckt, wach, die Augen an die Decke gerichtet, als gäbe es dort, am Plafond, etwas Interessantes zu lesen.

»Soll ich uns einen Tee machen?«

Er brummte etwas, was mit etwas gutem Willen als Bejahung verstanden werden konnte.

»Schwarztee? Oder Früchtetee? Oder magst den Grünen mit den gerösteten Reiskörnern drin?«

»Den grünen«, sagte er. Und dann fragte er, ob sie seine Zeitung mitgebracht hatte.

»Freilich.« Sie holte sie aus der Tasche und warf sie ihm auf die

Couch. Als sie nach kurzer Zeit mit einem Tablett samt Teekanne und zwei japanischen Teeschalen zurückkam, sah sie einen anderen Paul Schwarzenbacher vor sich. Er hatte den Oberkörper aufgerichtet und sich ein Kissen hinter den Rücken geklemmt, die Lesebrille saß leicht nach vorn gerutscht auf dem Nasenrücken, und er war so vertieft in die Zeitung, wie sie es schon lange nicht mehr erlebt hatte.

»Also, wenn die ›TT‹ so spannend ist, dann sollten wir sie abonnieren«, sagte Ellen und goss den Tee ein, allerdings erst, nachdem sie auf dem Couchtisch einiges Zeug zur Seite geschoben und so wenigstens ein Minimum an Platz geschaffen hatte.

»Ich hol uns noch was zum Naschen – hab beim ›Murauer‹ Mandelbögen mitgenommen, die magst du doch so gern –, und dann erzählst mir aber, was dich so fesselt.«

Als sie zwei Minuten später aus der Küche kam, war Schwarzenbacher bereits in ein Telefonat vertieft. Sie ahnte, mit wem er sprach, konnte sich aber nicht sicher sein. Aus den Sätzen Pauls versuchte sie den Sinn herauszuhören, und das war schwierig, ohne die Antwort der Person am anderen Ende der Leitung zu kennen.

»Dir ist dieser Spiss doch ein Begriff. Nicht? … Ja, er hat einen Reifenhandel aufgebaut, von Innsbruck aus … Wann er damit angefangen hat, weiß ich nicht. Ich weiß nur, dass er vor Jahren an irgendeine Großkette verkauft hat … Kein Nachfolger. Er war ein schwerreicher Mann … Hötting. Tolle Villa … So einer hat auch viele Feinde …«

»Dein Tee wird kalt«, flüsterte Ellen.

Er sah sie, telefonierend, aus großen Augen an. Ihr kam es vor, als wüsste er einen Augenblick gar nicht, wo er sich befand, wer sie war, was sie hier tat. Dann aber huschte ihm ein kurzes Leuchten des Erkennens übers Gesicht, und er schob die aufgeschlagene Zeitung zu ihr hinüber.

»Ich frage mich, warum der Mann Selbstmord begangen hat. Und ausgerechnet an dieser sonderbaren Stelle …«

Ellen las die Überschrift in der »TT«, den Bericht über den »Selbstmord des Innsbrucker Unternehmers Reinhold Spiss«. Die Zeile unter der dicken Überschrift lautete: »Erhängt neben der Brennerstraße gefunden – Motiv rätselhaft«.

»So einer hängt sich doch nicht neben der Straße auf … So wie ich das lese, war sein Leichnam, als man ihn in den Morgenstunden gefunden hat, weithin sichtbar … Ja, genau das meine ich: Entweder wollte er sich ganz dramatisch in Szene setzen – oder sein Tod ist von jemandem in Szene gesetzt worden … Nein, mit Hosp habe ich noch nicht gesprochen, wollte erst mal mit dir drüber reden …«

Ellen überflog den Zeitungsbericht. Viel Neues war für sie nicht mehr daraus zu entnehmen. Alle Eckdaten hatte sie aus Pauls Telefonat heraushören können. Lediglich ein paar Details aus dem Privatleben des Verstorbenen konnten ihre Aufmerksamkeit noch zusätzlich wecken.

Dass er vor Kurzem seinen fünfundsiebzigsten Geburtstag gefeiert hatte, im Kreise seiner Familie und engster Freunde; dass er unweit der Hungerburg ein nobles Anwesen besaß; dass er einen lange zurückliegenden Skandal gut überstanden hatte und das verloren gegangene Ansehen nachhaltig hatte zurückgewinnen können; dass er sich auch als Privatmann nach dem Verkauf seines Unternehmens noch sozial engagiert hatte – er hatte hohe Geldbeträge für die Computerausstattungen an Tiroler Schulen zur Verfügung gestellt, und er hatte alle Jahre in der Adventszeit für diverse Hilfsaktionen gespendet – und dass er das Tiroler Landestheater seit Langem als Förderer unterstützt hatte.

»Weißt du, in welchen Skandal dieser Mann verwickelt war?«, fragte sie Paul, als der sein Telefonat beendet hatte.

»Keine Ahnung. Aber das wird sich herausfinden lassen.«

Er trank einen Schluck vom grünen Tee, wischte sich den Mund, ignorierte den Mandelbogen von »Murauer« völlig und griff wieder zum Telefon.

»Ich muss mit Hosp reden«, sagte er zu Ellen. »Ich möchte wissen, ob er genauso denkt wie ich. Mit Reuss ist im Augenblick kein Staat zu machen.«

Sie erinnerte sich an die Worte Marielles. Es war kaum eine Stunde her, dass sie sich getroffen hatten. Und plötzlich schienen sowohl Marielles Aussagen Bestätigung zu finden wie auch Ellens Wunsch nach neuen Aufgaben für ihren alten Kriminologen Paul Schwarzenbacher neue Hoffnung.

Sie biss in ihren Mandelbogen, hielt sich den Teller dabei dicht unters Kinn – sie wusste aus Erfahrung, dass dieses ein wenig an den italienischen Torrone erinnernde, mürbe Gebäck zwar gut schmeckte, aber auch ein mittleres Fiasko auslösen konnte. Und sie hatte keine Lust, gleich mit der Kehrschaufel oder dem Staubsauger anrücken zu müssen.

Sie wollte hören, was Paul mit Hosp besprach. Mit diesem Innsbrucker Kommissar verband ihn nicht nur kriminalistisches Interesse, sie interessierten sich auch beide sehr für Musik, insbesondere für Jazz, Hosp mehr für den etwas altmodischeren aus den fünfziger Jahren, Paul mehr für das Ekstatische, das danach kam: Coltrane, Davis und dann die ganzen Fusion- und Jazzrock-Projekte.

Damit kann ich nun wieder gar nicht viel anfangen, dachte sie.

Jazz war nicht das Ihre. Sie mochte Musik, doch zumeist mehr nebenbei. Sie ging bisweilen auch in eine Oper, wenn sie nicht zu schwer zugänglich war. Die Klassiker des Repertoires eben: Verdi, Puccini, Bizet, Rossini, auch mal Mozart. Aber die Musik war ihr nicht ansatzweise so wichtig wie Paul. Wobei sie Verständnis hatte für ihn.

Was würde ich wohl machen, wenn mich ein Unfall oder eine Krankheit derart aus meinem normalen Leben gerissen hätte?, fragte sie sich manchmal.

Ellen war froh, dass er Hosp anrief, dass er etwas unternahm, dass seine Depression gerade begann, sich zu lichten wie ein Herbstnebel überm Inntal.

***

Hosp war ein überaus erfahrener Kriminalbeamter. Er war der Leiter des Innsbrucker Morddezernats – und er war zunehmend überlastet, weil es schließlich, wie er zu sagen pflegte, meist viel schwieriger ist, einen Mord aufzuklären, als ihn durchzuführen.

Es hätte des Anrufs von Schwarzenbacher nicht bedurft, um bei ihm Zweifel an Spiss' Selbstmord zu wecken. Aber es tat ihm gut, den früheren Kollegen zu hören, seine Überlegungen, sein plötzliches Engagement. In den vergangenen Monaten hatte er ihn stets nur deprimiert erlebt, ohne den geringsten Auftrieb, ja nicht einmal die Fachsimpelei über Musik und Musiker, über Platten und

CDs hatte die alte Begeisterung auch nur ansatzweise zu schüren vermocht.

»Weißt du, was es mit dem Skandal auf sich hat?«, hörte er Schwarzenbacher fragen. »Es muss da vor langer Zeit etwas gegeben haben.«

»Bis jetzt weiß ich nichts. Wasle ist dran und recherchiert. Dürfte nicht allzu schwer sein, das herauszufinden. Aber ich befürchte fast, dass es eine alte Geschichte ist, die sich vor unserer Zeit ereignet hat.«

»Derlei alte Geschichten fallen eigentlich in mein Ressort«, gab Schwarzenbacher zur Antwort, und Hosp war sich fast sicher, dass er dabei grinste.

»Du weißt, dass ich während laufender Ermittlungen auch mit dir nicht über die Fälle sprechen kann«, sagte er. Doch er war sich im selben Moment bewusst, dass seine Worte leer und kraftlos klangen. Dass ihn Schwarzenbacher in diesem Augenblick garantiert nicht für voll nahm.

»Kennst du Johannes Enders?«, fragte Schwarzenbacher.

Hosp war perplex. Er hätte sich Spott erwartet oder eine andere, ungehaltene Reaktion.

»Wer soll das denn sein?«

»Trompeter. Aus Deutschland. Hab vor einiger Zeit eine CD geschenkt bekommen. Vielleicht hast du Lust, sie mit mir anzuhören. Müsstest aber schon vorbeikommen bei …«

Enders, dachte Hosp. Nie gehört. Er tippte den Namen in die Suchmaschine und wurde rasch fündig. Was spricht dagegen?, dachte er.

»Spricht nicht allzu viel dagegen«, sagte er zu Schwarzenbacher. »Wann? … Heute? … Ich weiß nicht, wann ich heute hier wegkomme …«

Schwarzenbachers Antwort war so lakonisch wie logisch: »Komm, wann du willst. Ich werd eh da sein.«

Die Fotos zeigten nichts anderes als einen Selbstmord. Reinhold Spiss hing am starken Ast einer Buche, keine zehn Meter von der Fahrbahnbegrenzung der Brenner-Bundesstraße entfernt. Der Tote hing so, dass man ihn kaum übersehen konnte. Der Baum war ein »Einzelgänger«, der nächste war bestimmt dreißig Meter entfernt.

Der Strick, an dem Spiss hing, war kurz, ein farbiges Stück Kletterseil, gelb mit einem grünen oder blauen Muster.

Ellen ertrug solche Bilder nur schwer. Sie ging hinaus, nachdem sie einen kurzen Blick darauf geworfen hatte.

Das Stück von der Johannes-Enders-CD hieß »Brooklyn Blue« – ein perkussiver Beginn, überleitend in einen zunächst meditativen Bläsersound, der aber bald abgelöst wurde von einem treibenden Groove.

Hosps Bilder lagen ausgebreitet auf dem Tisch, den Ellen abgeräumt hatte. Sie zeigten den Erhängten in der Totalen, in einer Supertotalen mit der Umgebung, aber auch Nahaufnahmen vom Kopf, von den Händen, von den Füßen.

»Ist nicht schlecht, dieser Enders«, sagte Hosp. »Aber doch mehr dein Stil, oder?«

»Wart's ab«, sagte Schwarzenbacher.

Er nahm eines der Bilder zur Hand, legte die Lesebrille zur Seite und hielt es sich dicht vor die Augen. Es war eine der Nahaufnahmen: Der Kopf im Nacken beinahe rechtwinklig zur Seite geknickt, das Gesicht aufgedunsen, die geschwollene Zunge wie durch die Lippen gepresst.

»Schaut immer beschissen aus, so ein Aufgehängter«, sagte Schwarzenbacher.

Er nahm ein anderes Foto, eine Totale. Der Tote hing mit leicht vom Körper weggespreizten Armen etwa einen Meter über dem von dünnem Unterholz bewachsenen Boden. Einer seiner Schuhe, ein dunkelbrauner Slipper, war ihm vom Fuß gerutscht und lag zwischen dürrem Geäst. Die Hose wies vom Schritt bis zur Mitte des linken Oberschenkels einen großen dunklen Fleck auf.

»Ich würde mich nicht aufhängen«, sagte Schwarzenbacher. »Ich möchte nicht, dass man mich mit vollgepisster oder vollgekackter Hose auffindet. Aber wahrscheinlich …« Er legte das Foto auf den Tisch, sah Hosp an: »Wahrscheinlich gibt es keinen Selbstmord, bei dem man sich nicht vollmachen würde.«

»Es war kein Selbstmord«, sagte Hosp. »Mittlerweile haben wir das Ergebnis von der Gerichtsmedizin. Spiss war schon tot, als er an den Baum geknüpft worden ist. Aber, sei mir nicht böse, mir wäre ein anderer Sound jetzt doch lieber …«

»Du bist und bleibst ein Kulturbanause«, sagte Schwarzenbacher.

Er ließ noch ein paar Takte von »400 Years Ago Tomorrow« weiterklingen, drückte dann die Stopp-Taste an der Fernbedienung und sagte mit einem Grinsen, das fast keines mehr war: »Kannst Ellen fragen, ob sie dir eine Neil-Diamond-Scheibe einlegt. ›Song Sung Blue‹ …«

Hosp reichte ihm ein Foto, das ein ganz besonderes Detail zeigte: den Knoten, mit dem das Seil um den Hals gebunden war.

»Ich war beim ÖAV und habe das so einem Kletterexperten gezeigt. Er sagte mir, es handle sich um einen Bulinknoten. Früher hat man sich damit angeseilt, einfach so um den Bauch. Dann ist der Knoten weitgehend aus der Mode gekommen, ehe er in den letzten Jahren bei den jungen Kletterern wieder an Bedeutung gewonnen hat. Er wird dazu genutzt, das Seil in den Klettergurt einzubinden.«

Schwarzenbacher besah sich den Knoten.

»Den hätte aber auch Spiss selbst binden können, oder?«

»Das schon. Ich sehe es auch gar nicht als Indiz für den Mord. Da liegt die Beweislage ganz woanders. Zum einen haben die Mediziner deutliche Würgemale festgestellt, die nicht vom Erhängen herrühren. Allen Erkenntnissen zufolge ist Spiss mit bloßen Händen erwürgt worden, und zwar von hinten. Das Zungenbein ist eingedrückt. Man geht davon aus, dass es die Kraft eines ziemlich starken Mannes erfordert hat …«

»Da bin ich skeptisch. Wenn ich mir vorstelle, was unsere Marielle alles so klettern kann – du kennst die Fotos –, dann hätte die in den Händen wohl genug Kraft, um ein Kalb zu erwürgen.«

»Da hast du auch wieder recht«, sagte Hosp nachdenklich.

»Was ist zweitens?«, fragte Schwarzenbacher. »Du hast mit ›erstens‹ das Erwürgen genannt, also gibt es auch ›zweitens‹ …«

»›Zweitens‹ und sogar ›drittens‹. Zweitens hat man an seiner Kleidung Spuren von Erde gefunden, die nicht von der Fundstelle stammt. Er ist erwürgt worden, dann irgendwo abgelegt und schließlich dorthin transportiert worden, wo man ihn gefunden hat.«

»Wer?«

»Ein holländisches Ehepaar, das sich die Mautgebühr auf der Autobahn hat sparen wollen. Beim nächsten Mal fahren die Autobahn, das garantier ich dir. Und selbst da schauen die nicht nach links und rechts. Die Frau muss so geschockt gewesen sein, wahrscheinlich träumt die den ganzen Urlaub lang Nacht für Nacht von dem baumelnden Toten.«

»Ich nehme an, du weißt noch nicht, wo der eigentliche Tatort war«, sagte Schwarzenbacher.

Hosp schüttelte den Kopf. »Danach suchen wir noch. Was wir bisher wissen, ist, dass er am Nachmittag ausgegangen ist. Er ist mit einem Taxi in die Innenstadt gefahren, hat im ›Café Munding‹ Bekannte getroffen, Geschäftsleute im Ruhestand wie er. Wir haben alle befragt; sie treffen sich regelmäßig dort, trinken Kaffee oder ein Viertel Roten, reden über Gott und die Welt.«

»Und denen ist nichts aufgefallen an Spiss?« Schwarzenbacher zog die Augenbrauen in die Höhe.

Blass sieht er aus, dachte Hosp. Wirklich blass. Und ausgezehrt. Als wäre er in den letzten zwei Monaten um fünf, sechs Jahre gealtert.

»Sagen wir so«, gab Hosp zur Antwort, »ihnen ist im Nachhinein aufgefallen, dass er kein bisschen anders war als sonst. Nicht die Spur von besonderer Unruhe oder besonderer Niedergeschlagenheit. Nichts, was auch nur im Geringsten darauf hätte hindeuten können, dass er sich ein paar Stunden später aufhängen würde.«

Hosp griff in die Innentasche seines Sakkos. »Ich habe da noch etwas – und es geht dich eigentlich noch weniger an als diese Fotos.«

Schwarzenbacher grinste.

»Das ist eine Kopie des Obduktionsberichtes.« Er faltete sie auseinander und reichte sie Schwarzenbacher. »Behalt das bitte für dich ...«

Schwarzenbacher überflog die rechtsmedizinischen Ergebnisse. Beim Stichwort »Mageninhalt« stockte er, sah auf, blickte wieder auf das Formular und sagte dann: »Spiss war im Kaffeehaus. Hat er dort gegessen?«

»Nein. Das wissen wir. Er hatte zwei kleine Bier.«

»Heißt das, er hat danach noch gegessen? Gut und reichlich, wie es den Anschein hat? Rindfleisch, Salat, auch noch Obst oder Obstsalat?«

»Stimmt – und das ist mein ›drittens‹: So was macht man nicht, bevor man sich umbringt«, sagte Hosp lächelnd.

»Außer man hat Humor«, gab Schwarzenbacher zurück. »Aber welcher Selbstmörder hat schon Humor …«

Er schob die Fotos zusammen, fragte, ob er die auch behalten könnte, und wollte zuletzt noch wissen, wo genau man Spiss gefunden hatte.

»Nicht ungefähr – genau. Ich möchte mir das gerne anschauen.«

»Du?«, fragte Hosp perplex. »Deine Freundin hat mir gesagt, dass du das Haus kaum mehr verlässt. Und dass du mit dem Rollstuhl auch nicht mehr klarkommst. Wie willst du denn …«

»Ach, Hosp, lass das nur meine Sorge sein. Mit fällt schon etwas ein«, sagte er. Und dabei dachte er an Marielle und ihren Freund Pablo.

»So, und jetzt wird's Zeit, dass du mich wieder in Ruhe lässt. Bin schließlich ein kranker Mann.«

Er ließ sich wieder ins Kissen sinken, zog die Wolldecke bis zur Brust hoch und sagte noch: »Es hat mich gefreut, dass du gekommen bist. Ein Pech, dass dir die Enders-CD nicht gefallen hat.«

Er lächelte.

Hosp hatte den Eindruck, dass die zurückliegende Dreiviertelstunde dem schwer kranken Schwarzenbacher einen neuen Lebensschub verpasst hatte.

Einer geht vor die Hunde, ein anderer lebt auf, dachte er. Verrückte Welt.

2

Die Bergwanderung von Lajen hinauf zur Raschötz gehörte zu Hellwages Lieblingstouren. Noch während seiner Zeit als Chefredakteur hatte er sich in Südtirol ein kleines Häuschen erworben – eigentlich mehr einen besseren Stadel, den er zu einem bescheidenen Feriendomizil umbauen ließ –, und er war von da an in jeder freien Minute hierhergekommen. Seine Mitarbeiter in der Redaktion hatten in den Urlaubswochen weite Reisen unternommen, erst nach Griechenland, Spanien und in die Türkei, später zu immer ferneren Zielen, wie zum Beispiel Nepal, Patagonien oder die Philippinen. Er hingegen hatte alles in der Nähe gefunden: Die Berge waren ihm genug; das Wandern ließ ihn Kraft schöpfen; das Unterwegssein in der Natur war etwas, wodurch er seinen Kopf frei bekam und sich gleichsam reinigte vom Schmutz des Alltags und vom Schmutz, der sich in seinem Beruf nicht auf der Haut, sondern auf der Seele absetzte.

Er war jetzt vierundsechzig, und er hatte sich vor etwas mehr als zwei Jahren zur Ruhe gesetzt. Seither verbrachte er die meiste Zeit in Südtirol; kaum mehr als zehn Wochen im Jahr, die er in seiner Innsbrucker Altstadtwohnung lebte.

Der Anstieg verlief zunächst im Wald, und nur wenn sich dieser Wald etwas lichtete, war ein Ausblick auf die grandiose Felsszenerie zu erhaschen, die jenseits des Grödnertales lag. Dann tat sich das Bollwerk des Schlern auf, ostwärts begrenzt von den markanten Pfeilern der Santner- und der Euringerspitze. Oder, von Fichten- und Tannengeäst gerahmt, das berühmte Langkofelmassiv: Plattkofel, Grohmannspitze, Fünffingerspitze und schließlich – tausend Meter lotrechte, gelborange Wände – der Langkofel selbst.

Hellwage genoss jeden Augenblick des Wanderns. Am liebsten war er allein unterwegs, seinen Gedanken nachhängend, bisweilen sinnierend, wie er das nächste Kapitel seines aktuellen Buchprojektes angehen würde. Nach den Jahren auf dem Chefsessel des »Tiroler Stern« hatte er seine zu jener Zeit meist ungenutzte Kreativität der Publikation von Sachbüchern zugewandt. Vor einem Jahr war das Buch »Abgründe – Wohin führt uns der Jugendwahn?« erschienen und hatte sich innerhalb weniger Monate beinahe hunderttausend Mal verkauft. Das neue Projekt trug den Arbeitstitel »Jugend. Zu unserer Zeit war alles besser«, und es sollte sich ein wenig sentimental, ein wenig provozierend, alles in allem aber mit nicht allzu viel Tiefgang damit befassen, dass die Jugend vor vierzig und fünfzig Jahren noch mehr Elan hatte, noch auf wahre Ziele zusteuerte, der Gesellschaft noch etwas zu geben vermochte. Zielgruppe der Marketingabteilung des Verlages war das gewaltige Heer der rüstigen Senioren. Und dass Hellwage schon vorab Auszüge in Kolumnenform im »Tiroler Stern« veröffentlichte, galt als Garant für einen guten Verkaufserfolg.

Er machte eine kurze Rast im Stehen und atmete die erfrischende Bergluft ganz tief ein. Zuerst durch den Mund, damit sich die Lungen mit der reinen, staubarmen Luft füllen konnten. Dann durch die Nase, um auch das Aroma bis in die hintersten Nebenhöhlen zu saugen: Duft von Nadelwald und von Harz, von feuchter Erde und von der Ahnung des Schnees, der weiter oben noch immer die Gipfel bedeckte.

Was für ein herrlicher Tag, dachte er.

Der Tag war noch jung. Es ging gerade erst auf neun Uhr zu. Hellwage war von seinem Haus die paar Kilometer bis Lajen gefahren, hatte beim Sportplatz geparkt und war auf dem alten Poststeig nach Tschöfas gewandert und dort, oberhalb des Dorfes, in den Wald eingetaucht. Er rechnete mit rund vier Stunden für den Aufstieg. Und etwa zweieinhalb für den Rückweg. Es war werktags, und so kam es nicht von ungefähr, dass er ganz allein unterwegs war. Am Wochenende wäre mehr los gewesen, aber gerade diese Einsamkeit war es ja, die er besonders schätzte.

Nachdem er wieder ein Stück gegangen war, drängte sich ihm erstmals der Eindruck auf, er wäre doch nicht allein. Mal hörte er ein Knacksen im Wald, mal überraschte ihn das aufgeregte Zwitschern von Vögeln irgendwo abseits des Weges. Er blieb stehen, sah sich um: niemand.

Du bildest dir was ein, sagte er in Gedanken zu sich selbst. Da ist niemand.

Er wusste natürlich, dass schon ein fliehendes Karnickel im Unterholz so viel Krach machen konnte, dass man glaubte, ein Hirsch komme aus dem Wald. Oder ein Mensch.

Da ist niemand, dachte Hellwage.

Das Gefühl aber blieb.

***

Pablo, Marielle und Schwarzenbacher fuhren in Schrittgeschwindigkeit auf der Brennerstraße unterhalb der Europabrücke. Hinter ihnen wurde die Schlange der Fahrzeuge immer länger.

»Ich kann hier nicht so rumkriechen«, maulte Pablo.

Sie wurden von einem Wagen riskant überholt; der Fahrer schaute wütend zu ihnen herüber und zeigte Pablo den Vogel.

»Die sollen sich nicht so haben«, sagte Schwarzenbacher. »Siehst du die Einbuchtung da vorn? Da kannst du wahrscheinlich so halb reinfahren. Hier müsste das irgendwo sein.«

Pablo schaltete die Warnblinkanlage ein und ließ das Auto rechts heranrollen. Hupend zogen die Fahrzeuge, die hinter ihnen hergezockelt waren, an ihnen vorbei.

»Idioten«, schimpfte Schwarzenbacher, und er zeigte den Leuten durch die Frontscheibe den Stinkefinger.

»Man merkt, dass du schon länger nicht mehr im Polizeidienst bist«, sagte Pablo. »Ist ja nicht gerade gesetzeskonform, was du da tust ...«

»Wenn Polizeiarbeit vor allem gesetzeskonform wäre«, sagte Schwarzenbacher mürrisch, »dann wären wir immer drei Schritte hinter den Verbrechern gewesen.«

Eine Aussage, die Pablo überraschte und ein wenig verstörte, doch ließ er sie auf sich beruhen. Es gab Wichtigeres zu tun.

Gemeinsam mit Marielle hievte er Paul aus dem Auto. Es war noch nicht allzu lange her, da konnte Schwarzenbacher so etwas noch selbst: sich aufrichten, sich an irgendetwas hochziehen, ein Stück irgendwo entlanghangeln. Aber das war vorbei. Seine Beine trugen ihn oft überhaupt nicht mehr, und seine Arme hatten viel von jener Kraft verloren, die sich einmal durch das Rollstuhlfahren aufgebaut hatte.

Marielle und Pablo stützten Schwarzenbacher zu beiden Seiten; sie spürten sein Gewicht schwer auf ihren Armen. Es war kein geringes Problem, mit dem schwerbehinderten Mann die rege befahrene Straße zu überqueren. Und es war gefährlich!

Doch irgendwie gelang es ihnen, Schwarzenbacher auf die andere Seite zu bringen. Damit aber waren längst nicht alle Schwierigkeiten gemeistert. Vom Bankett fiel das Gelände nicht allzu steil ab: Ein geneigter Wiesenhang mit ein paar großen, vereinzelt darin stehenden Laubbäumen. Vor nicht allzu langer Zeit war gemäht worden, das Gras stand kurz, sie konnten in einiger Entfernung eine schwarz-weiß gefleckte Katze streifen sehen.

»Setzt mich erst mal da ab«, sagte Schwarzenbacher. Seine Stimme kam angestrengt, sein Atem ging gepresst. Die Aktion musste ihn genauso viel Kraft gekostet haben wie die beiden jungen Leute.

Die Katze blieb stehen, äugte zu ihnen herauf, schien misstrauisch zu sein, setzte ihren Weg schleichend und mit gehörigem Abstand zu ihnen fort.

»Hier irgendwo muss es sein«, sagte Schwarzenbacher. »An einem dieser Bäume hat sich Spiss erhängt. Was aber gar nicht stimmt. Irgendwer hat ihn hier aufgehängt. Warum, weiß der Teufel.«

Sie hockten ein paar Schritte unterhalb der Straße. Das Gelände bildete einen schmalen Absatz, so als wäre hier früher, als noch eine landwirtschaftliche Nutzung üblich war, ein schmaler Fahrweg oder Fußweg verlaufen. Über ihnen röhrten Lastwägen in der Auffahrt Richtung Brenner, Pkws fuhren viel zu hochtourig, ab und an brummte ein Motorrad durch die nahe Kurve, um dann, in ihrem geraden Auslauf, aufheulend zu beschleunigen.

»Nicht sehr gemütlich hier«, sagte Pablo.

Schwarzenbacher grinste. Marielle hatte ihn schon lange nicht mehr so … wie sollte sie sagen … so voller Leben und unternehmungslustig gesehen.

»Das Einzige«, sagte er, »was uns passieren kann, ist doch nur, dass uns der Himmel auf den Kopf fällt.« Und er grinste noch mehr.

»Wohl zu viele Asterix-Hefte gelesen«, sagte Pablo.

»Ich kenn sie auswendig«, gab Schwarzenbacher zurück. Dann wurde sein Gesicht wieder ernst. Er zog ein Foto aus der Jackentasche, jenes, auf dem der Leichnam und der Baum zu sehen waren. »Welcher ist es?«

Auf dem abschüssigen Gelände standen fünf Bäume, die in Größe und Stärke in Frage kamen. Zwei davon waren nicht weit von ihnen entfernt. Zwei Buchen mit glatten, silbergrauen Stämmen und starken, weit ausladenden Ästen.

»Der rechte«, sagte Pablo. »Ganz sicher: Es ist der rechte!«

Der Baum stand majestätisch am Hang, etwa zwanzig Meter von ihnen entfernt und auch einige Meter tiefer.

»Bringt mich hin«, sagte Schwarzenbacher. »Bitte.«

Sie stemmten ihn wieder hoch und zerrten und schleppten ihn zu dem Baum. Seine Beine vermochten ihn wirklich kaum mehr zu tragen, und so war er ihnen keine große Hilfe. Überhaupt war es heikel, ihn dorthin zu verfrachten – zwar war das Gelände nicht wirklich steil, doch ein gemeinschaftlicher Sturz hätte schlimme Folgen haben können.

»Ich frage mich«, keuchte Schwarzenbacher, »wie man eine Leiche hierhergeschafft haben könnte. Dazu sind normalerweise zwei Mann notwendig. Und es ist ganz offensichtlich, dass Spiss nicht lebend hierhergelangt ist. Man hat ihn überwältigt und ermordet. Und dann hat man ihn hier aufgehängt …«

»Aber wozu?«, fragte Marielle.

»Das sollten wir den Täter fragen. Mit Sicherheit verbirgt sich ein Symbol hinter dieser Vorgehensweise. Der Mörder, oder sollte ich vielleicht besser sagen: die Mörder wollten den Toten zur Schau stellen.«

»Pervers«, sagte Marielle.

Sie erreichten den Baum. Im Schatten der dicht belaubten Äste setzten sie Schwarzenbacher ab. Pablo nahm sich das Foto, umrundete den Baum, blieb unter einem weit herausragenden Ast stehen, ging zögernd weiter, kehrte dann um, zeigte auf den Ast und rief: »Hier, der da muss es sein. Hier muss es geschehen sein.«

Er stand wieder bei Schwarzenbacher, zeigte ihm das Bild, auch Marielle beugte sich darüber: Es bestand kein Zweifel – das war der richtige Baum.

»Seht euch um«, forderte Schwarzenbacher sie auf. »Seht euch um und fragt euch, warum sich jemand hier aufhängen würde. Oder warum ein Mörder sein Opfer genau hier präsentiert. Schaut euch um.«

Während er auf dem Boden zum Stamm krabbelte, sich seitwärts bewegte wie ein Käfer, blieben Marielle und Pablo stehen und besahen sich das ganze Szenario.

»Wer mit dem Auto die Straße heraufgekommen ist, der konnte den Toten hängen sehen.« Marielle zeigte auf den Abschnitt der Straße, der dafür in Frage kam.

»Du meinst, die von oben Kommenden sahen ihn wohl eher nicht«, sagte Pablo. »Denkst du, dass so etwas Zufall ist?«

»Ich denke …«, setzte Marielle an, doch sie wurde von Schwarzenbacher unterbrochen.

»Ich sage euch eines: Der Täter hat beabsichtigt, dass der Leichnam leicht zu finden ist. Zugleich hat er eine Stelle ausgewählt, in der er nachts, bei der Ausübung seines Vorhabens, nicht allzu leicht zu entdecken ist. Das passt hier alles.«

Er lehnte sich mit dem Rücken an den Stamm des Baumes und sah hinauf zur Europabrücke.

Pablo, der seinem Blick gefolgt war, sagte: »Da ist schon mal einer runtergeflogen.«

»Einer?«, erwiderte Schwarzenbacher. »Viele. Allein aus der Zeit, wo ich im Dienst war, weiß ich von mehreren Selbstmördern, die da oben über die Brüstung gestiegen sind.«

»Ich red nicht von Selbstmördern. Da ist einer als Basejumper runter, mit so einem Fledermaus-Anzug, wo die Arme mit dem Körper so eine Art Tragflächen bilden.«

Schwarzenbacher sah ihn ungläubig an. »Du erzählst Scheiß, oder?«

Pablo schüttelte den Kopf. »Nein, ganz im Ernst. Irgendwer hat das gefilmt, und ich hab davon erfahren. Auf YouTube findest du einen Clip.«

»Und ihr würdet so etwas Wahnsinniges am liebsten auch machen, oder?« Er sah von Pablo zu Marielle und wieder zurück.

Pablo sagte nichts. Marielle hingegen gab eine Antwort: »Mit Fliegen hab ich nichts am Hut, rein gar nichts. Ich kann mich nicht mal dran gewöhnen, beim Klettern ins Seil zu fallen. Und mir reicht noch das Erlebnis im Wilden Kaiser, in der Südostwand der Fleischbank …«

Damals hatte sie einen schlechten Tag erwischt. Sie war die schwierigste Seillänge vorgestiegen. Bald hatte sie bemerken müssen, dass bei ihr nichts richtig zusammenpasste – sie schaffte es nicht, sich voll zu konzentrieren, sie spürte die mentalen Nachwirkungen ihres traumatischen Erlebnisses in der Schattenwand, und da war es nur logisch, dass sie verkrampfte. Und wenn man beim Klettern verkrampft, dann geht einem die Kraft aus wie einem Fahrradschlauch die Luft, wenn man in einen Nagel gefahren ist.

»Alles, nur nicht fliegen«, fügte sie hinzu.

Pablo setzte sich neben Schwarzenbacher, Marielle ging hinter ihm in die Hocke. Eine Sekunden schwiegen sie alle drei, lauschten dem Verkehrslärm von der Autobahn und den auf der nahen Bundesstraße vorbeifahrenden Autos. Ein Vogel zwitscherte im Geäst hoch über ihnen.

»Hört ihr das?«, fragte Schwarzenbacher. Er zeigte nach oben. Der Vogel verstummte. Marielle und Pablo nickten.

»Wir müssen alles sehen und hören und riechen«, sagte Schwarzenbacher. »Alles wahrnehmen, was wir mit unseren Sinnen erfassen können. Nicht nur die üblichen Indizien, die von den Spurensicherern eingetütet werden. Sondern alles.«

Was meint er damit: alles?, dachte Marielle. Gibt es etwas, was die Spurensucher nicht finden würden?

Es war, als hätte er ihre Gedanken gelesen.

»Jeder Tatort birgt Geheimnisse. Mir ist es früher des Öfteren passiert, dass ich immer wieder zu einem Tatort gegangen bin, und erst dann, nach längerer Zeit, hat er sein Geheimnis preisgegeben.«

»Aber die Leute von der Spurensicherung, die …«

»Die machen ihren Job«, sagte er. »Und sie machen ihn gut. Die meisten von ihnen sind wie Computer: Sie sammeln alle Fakten, stellen sicher, katalogisieren, analysieren – und abends gehen sie nach Hause, waschen sich das Blut von den Händen, schütteln sich wie die Pudel und löschen die düsteren Bilder aus ihren Gedächtnissen und ihren Seelen. Es ist kein schöner Job. Sie machen ihn gut, und ich möchte nicht mit ihnen tauschen. Ihr Vorteil allerdings ist, dass sie die meisten Geschehnisse nicht so weit an sich heranlassen müssen wie ein Ermittler.«

Er schaute hinauf zur Brücke, als gäbe es dort Spannendes zu sehen. Dann blickte er zu Marielle.

»Als Ermittler musst du so tun, als wärst du das Opfer, als hättest du jede Qual erlitten. Und genauso musst du der Täter sein, musst dir vorstellen, wie du als Mörder vorgegangen bist. Die perversesten Tötungen musst du zu deinen machen, nur so lernst du, den

Mörder zu begreifen. Du musst seine Beweggründe verstehen lernen, dann kannst du ihn vielleicht auch erkennen, wenn er dir über den Weg läuft.«

»Das klingt aber ziemlich mystisch«, sagte Pablo. »Ich war eigentlich der Meinung, dass die meisten Aufklärungen auf Indizien beruhen. Täusche ich mich da?«

Schwarzenbacher lächelte und sah wieder zur Brücke empor.

»Wir werden ja sehen«, sagte er. »Wir werden sehen.«

***

Hellwage war überrascht und verwirrt, als er beim Aufstieg über den grobblockigen Gipfelaufbau von einem Berggeher eingeholt wurde. Mehrmals hatte er das Gefühl gehabt, an diesem einsamen Weg nicht allein zu sein, doch wirkliche Anzeichen dafür hatte er nicht entdecken können. Es war immer nur so ein Gefühl gewesen.

Wo kommt der denn jetzt her?, dachte er.

Er wich dem Mann, der mit großen Schritten und kleinem Rucksack unterwegs war, am schmalen Weg aus, grüßte kurz und wurde ebenso knapp zurückgegrüßt. Er sah ihm noch eine Weile nach, wie er kraftvoll den Berg hinaufstürmte.

Der Mann war das genaue Gegenteil von Hellwage; ein schneller Geher, fast schon Läufer – er hingegen ein gleichmäßig ruhiger Wanderer. Der Mann athletisch, groß, stark, etwa Anfang, Mitte vierzig. Er hingegen in die Jahre gekommen, die Stille suchend, die Muße genießend.

Der ist wahrscheinlich in der halben Zeit hier raufgerannt, dachte er bei sich.

Er blieb noch eine Weile stehen, sah hinab ins unten eng werdende, dicht waldige Tal, machte sich dann wieder auf den Weg. Sein Gang war etwas schwer, und es dauerte einige Minuten, ehe er wieder seinen guten Rhythmus gefunden hatte. Nach etwas mehr als einer Viertelstunde erreichte er den Gipfel.

Die Aussicht in die Dolomitenlandschaft war famos!

Welch ein Lohn für die Mühen des langen und weiten Anstiegs.

Freilich, Hellwage wäre lieber allein gewesen hier oben, so wie er es schon einige Male erlebt hatte. Allein mit sich und seinen

Eindrücken vom Gebirge. Dass der Gipfelstürmer auch da war, mit dem Rücken am Gipfelkreuz lehnte und sein Gesicht in die Sonne hielt, missfiel ihm, ohne dass er genau hätte sagen können, warum.

Hellwage grüßte ein weiteres Mal, setzte ein paar Schritte vom Gipfelkreuz entfernt den Rucksack ab, zog das verschwitzte Hemd aus und streifte sich ein trockenes T-Shirt über. Ein kleiner, ebener Platz gewährte ihm angenehmes Sitzen, ein von der Sonne schon erwärmter Felsbrocken diente als durchaus bequeme Rückenlehne.

Er öffnete seinen Rucksack, holte eine Flasche mit einem Elektrolyt-Getränk und eine Tupperbox mit Proviant heraus, stellte beides neben sich, rührte aber zunächst einmal weder vom Essen noch vom Trinken etwas an.

Er wollte nur dasitzen, verschnaufen und das wahrhaft überwältigende Panorama auf sich wirken lassen. Beherrscht wurde diese Breitwand-Bergsicht vom Langkofel-Massiv, das sich jenseits des Grödnertales erhob. Begeisterter Bergwanderer, der er geworden war, kannte Hellwage jede der markanten Felsgestalten dieser Gebirgsgruppe, die sich in den seidig blauen Himmel reckte. Ganz rechts der Plattkofel; eine gleichmäßige, wie mit dem Lineal gezogene schiefe Ebene führte von Südwesten her zum Gipfel. Daneben die Grohmannspitze, beinahe unspektakulär im Vergleich zum östlichen Nachbarn, der Fünffingerspitze. Es gelang ihm nicht ganz, den Ringfinger vom kleinen Finger zu unterscheiden, die Perspektive war etwas ungünstig. Aber es war ganz zweifelsfrei die Form einer Hand, die sich nach oben reckte, und der Daumen war ein Daumen, daran konnte schon überhaupt kein Zweifel bestehen. Am mächtigsten freilich zeigte sich der Langkofel selbst; seine massige Nordkante maß etwa tausend Höhenmeter, und man sah ihr an, dass es sich dort um schwierige Kletterei handeln musste.

Weiter im Osten lag der lang hingestreckte Sellastock, ein von Bändern durchzogenes Felsgebirge, das im Süden von den berühmten Sellatürmen eindrucksvoll begrenzt wurde. Und jenseits der Sellatürme, viel weiter noch im Süden, da prangte mit mattem Weiß der Gletscher an der Marmolata. All das, der Langkofel, die Sella und vor allem auch die Marmolata, waren Berge, die Hellwage viel zu ernst und zu schwierig waren. Er mochte es viel lieber, wenn ein ganz normaler Weg zum Gipfel führte. Das Spektakuläre der Dolomitenlandschaft genoss er wandernd, schauend, staunend …

Aber vielleicht hätte mich ja auch das richtige Bergsteigen gereizt, dachte er, und das Klettern, wenn ich nur früher Zugang dazu gefunden hätte.

Doch unglücklich war er deswegen nicht. Er genoss jede Stunde.

»Toller Tag heute«, sagte der Mann, der zuvor an ihm vorbeigestürmt war.

»Mmh«, machte Hellwage. »Kann man wohl sagen.«

»Sie kennen Berge hier?«, fragte der Mann und zog sich ein eng anliegendes Shirt über den muskulösen Oberkörper. Er deutete auf die Sella und auf die Felsspitzen, die sich nördlich davon erhoben.

Hellwage nickte. Ihm fiel auf, dass das Deutsch des Mannes nicht akzentfrei war.

»Ja, kenn ich schon. Nicht jeden einzelnen beim Namen, aber so die wichtigsten weiß ich.«

Der Mann trat näher heran. Hellwage sah auf dem linken Unterarm eine große, verwaschen wirkende Tätowierung unergründlichen Motivs. In seiner langen journalistischen Laufbahn hatte er immer wieder mit tätowierten Männern zu tun gehabt, und es hatte sich dabei zumeist um Leute aus zumindest zwielichtigem Milieu gehandelt. Und ganz für sich hatte er für diese Tätowierungen den Begriff »Halbweltsstempel« geprägt – das war allerdings vor der Zeit gewesen, da Tattoos zu modischen Accessoires wurden und jedes vierzehnjährige Schulmädchen ein Teufelchen oder einen Haifisch oder eine winzige Meerjungfrau in die babyspeckigen Bauchschwarten gestochen haben wollte.

»Und?«, sagte der Mann. »Sagen Sie, welche Berge sind.«

Hellwage war nicht aus auf ein Gespräch. Aber was sollte er tun?

Er veränderte seine Sitzposition ein wenig, deutete nach Osten und sagte: »Das dort drüben, dieses breite Felsband, ist die Sella. Links davon sehen Sie einen Einschnitt, wo von links her Wiesenhänge hinabziehen. Man kann es nicht wirklich sehen, aber dort irgendwo ist das Grödnerjoch. Die spitzen Gipfel darüber sind die Cirspitzen. Ja, und dann …«

Er drehte sich weiter Richtung Norden.

»Ja, und dann noch diese markanten Türme hier, das sind die Berge der Geislergruppe. Ich kann Ihnen wirklich nicht sagen, wie die im Einzelnen heißen. Nur der eine dort drüben, der mit dem etwas runderen Gipfel, das ist der Sass Rigais. Ein Dreitausender. Ich war mal oben. Weiß es aber allein schon deshalb, weil Messner darüber geschrieben hat: Es soll sein erster Dreitausender gewesen sein, man stelle sich vor, im Alter von fünf oder sechs Jahren.«

Der Mann besah sich alles. Er stand jetzt neben Hellwage und biss in einen Apfel. Der Saft rann dem Mann übers Kinn.

»Ich kann Namen merken, Namen und Gesichter«, sagte der Mann. »Berge kann ich nicht merken. Zehn Minuten, und ich weiß nicht von einem mehr, wie heißt.«

Hellwage wollte kein Gespräch. Es interessierte ihn kein bisschen, ob dieser Mann sich Berge merken konnte oder nicht. Er wollte seine Ruhe haben, war nicht auf Gesellschaft aus und schon gar nicht auf die – von diesem Mann mit seinem Apfel ging etwas Unbehagliches aus. Er versuchte, dieses Gefühl zu verscheuchen, so wie er zuvor am Weg versucht hatte, die Ahnung des Nicht-allein-Seins davonzujagen.

Doch sein Gegenüber hatte wohl nichts gegen Gesellschaft; im Gegenteil. Der Mann schien das Gespräch zu suchen, froh, jemanden zu haben, der ihm zuhören musste.

Es kommt mir vor, als hätte der Typ auf mich gewartet, dachte Hellwage. Als wäre er nur hier … Er zögerte, misstraute seinen Gedanken, seinem Vorurteil. Aber da ließ sich nichts aufhalten. Als wäre er nur hier, dachte er weiter, weil ich hier bin … Doch wozu? … Was soll das?

»Sie zum Beispiel kenn ich«, sagte der Mann.

Hellwage erschrak. Er kannte diesen Mann nicht, konnte sich zumindest nicht daran erinnern, jemals mit ihm zu tun gehabt zu haben.

Was wollte der von ihm?

»Mich?«, fragte er. »Ich wüsste nicht –«

»Doch, doch«, sagte der Mann. »Aus Innsbruck. Waren lange der Chef von Zeitung. Stimmt?«

Hellwage war dieser Mann überhaupt nicht geheuer. Üblicherweise ging es bei Gesprächen in den Bergen um das Woher und

Wohin, um das Wetter und um Touren, die man gemacht hatte oder die man noch machen wollte. Man fragte nicht danach, um wen es sich beim Gegenüber handelte. Zumindest nicht gleich. Dazu musste man schon erst ein Stück Weg zusammen gegangen sein oder sich auf einer Hütte näher kennengelernt haben.

Es blieb ihm nichts übrig, als zustimmend zu nicken.

»Ist aber schon eine ganze Weile her«, sagte er. »Bin im Ruhestand. Vielleicht sind wir uns ja mal irgendwo in den Bergen begegnet«, fügte er hinzu, ohne diese Möglichkeit ernsthaft in Erwägung zu ziehen. Er hatte schon von Berufs wegen immer ein gutes Personengedächtnis gehabt. Jetzt war er ziemlich sicher, diesem Mann noch nie begegnet zu sein.

Er spürte, wie sich sein Magen verkrampfte und die Schultermuskulatur anspannte. Wie oft war er während seiner langen Berufslaufbahn in die Schusslinie von Politikern, Stars und Juristen geraten, die ihm wegen einer ihnen unliebsamen Story ans Bein hatten pinkeln wollen. Mit der Zeit waren ihm solche Situationen zur Routine geworden, unerfreuliche Begleiterscheinungen seines Jobs. Er war mit den Jahren gewissermaßen abgehärtet, doch gänzlich unempfindlich zu werden, das war ihm nie gelungen. Solche Dinge hatten stets an der Schutzschicht seiner Nerven gekratzt, hatten muskuläre Verspannungen und des Öfteren auch Migräne-Attacken ausgelöst.

Was wollte dieser Mann von ihm? Ihm ans Bein pissen wie die anderen alle?

Er kniff die Augen ein wenig zusammen – seine übliche Reaktion auf besondere Herausforderungen: genauer sehen, besser wahrnehmen, sich nicht die geringste Kleinigkeit entgehen lassen.

»Ruhestand«, sagte der Mann und grinste dabei. »Ruhestand also. Beruf an Nagel gehängt. Arbeit fertig. Gut Geld gemacht, jetzt alles hinter sich lassen. Stimmt?«

Hellwage fiel auf, dass der Mann seine Ausführungen zum wiederholten Mal mit der Frage »Stimmt?« beschloss – und es ging ihm auf die Nerven.

»Wenn Sie so wollen«, sagte er. »Ja, alles an den Nagel gehängt. Sie haben recht, ich war Journalist, Redakteur. Und lange Chefredakteur beim ›Tiroler Stern‹. Ein Beruf, der zehrt und der zermürbt. Ich war froh, es bis in den Ruhestand geschafft zu haben.

Nicht wenige Kollegen sind viel zu früh gestorben. Herz oder Krebs …«

»Jaja, Tod«, sagte der Mann. »Tod ist schlimm.«

Er stand neben Hellwage und schaute in die Ferne. Nicht zu den spektakulären Dolomitenbergen, sondern hinüber nach Westen, wo die Region von Ritten und Kassianspitze mit sanften Wiesen und eingestreuten Weilern beinahe so etwas wie Lieblichkeit vermittelte.

Hellwage folgte seinem Blick. Er sehnte sich nach Hause, in seinen zum Ferienhaus umgebauten Stadel. Da wäre er jetzt gerne im Wohnraum gesessen, Blick zum Ritten, ein Glas Wein oder eine Tasse Kaffee und dazu die Goldberg-Variationen in Glenn Goulds langsamer Version von 1981. Oder, beinahe genauso bezaubernd, in der swingenden Bearbeitung von Jacques Loussier. Gern wäre er jetzt allein gewesen, in seinem Haus, die Fenster geschlossen, die Tür verriegelt, unerreichbar, unberührbar, unverletzlich.

»Der Tod«, sagte der Mann wieder. Er sah Hellwage an. »Sie haben Angst wegen Sterben. Stimmt?«

***

Als sie Schwarzenbacher wieder zum Wagen hinaufschleppten, klingelte dessen Mobiltelefon in der Jackentasche.

»Setzt mich hier ab«, sagte er.

Marielle und Pablo zögerten.

»Jetzt stellt euch nicht so an. Ich kugle schon nicht den Berg runter.«

Sie setzten ihn ab, hockten sich daneben und ließen ihn telefonieren. Nach wenigen Augenblicken konnten sich beide denken, wer ihn angerufen hatte. In Schwarzenbachers Gesicht sahen sie zunächst angespannten Ernst, dann lösten sich die Züge, und ein Lächeln legte seine Augenwinkel in unzählige kleine Falten.

»Hosp«, sagte Schwarzenbacher, als er das Handy abgeschaltet und wieder in die Tasche geschoben hatte.

»Und?«, fragte Pablo.

»Erzähl ich euch auf der Heimfahrt«, sagte Schwarzenbacher.

Logisch, dachte Marielle. So kennen wir ihn ja mittlerweile – sobald ihn etwas ernsthaft bewegt, braucht er erst einmal Zeit für sich und seine Gedanken. Kann man verstehen. Nervt aber trotzdem.

Zusammen mit Pablo zerrte sie Schwarzenbacher auf seine hilflosen Beine, und gemeinsam schleppten und schleiften sie ihn zur Straße hinauf.

Marielle hielt sie für ein gutes Team: den genialen Ermittler Schwarzenbacher, Rechtsanwalt Reuss, Pablo und sich selbst. Aber nun, in diesen Minuten, da sie Schwarzenbacher den Hang hinaufwuchteten, kam ihr das alles nur erbärmlich vor.

Wenn uns wer sieht, dachte sie, dann denkt der doch, wir Jungen hätten unseren behinderten Vater zum Scheißen getragen.

Irgendwie war es ihr peinlich.

Und irgendwie war sie wütend, weil Schwarzenbacher sich in Schweigen hüllte.

»Schau nicht so bitter«, sagte Schwarzenbacher. »Für mich ist es auch nicht besonders lustig, von euch herumgetragen zu werden, das kannst du mir glauben.«

Marielle blieb stumm.

3

Jonas Parth kannte den Mann, der im Anschluss an die Morgenmesse eine Kerze anzündete und noch minutenlang in stillem Gebet verharrte. Seit drei Jahren war Parth als Pastoralpraktikant in Wilten, und in den drei Jahren hatte er ihn dreißig Mal oder öfter in der Kirche gesehen, meist betend am Kerzenfach in der Seitenkapelle.

Und seine Kollegen vom Stift kannten ihn auch. Und der Geistliche Rat Müller, der vor nicht allzu langer Zeit in den Ruhestand eingetreten war und nur mehr gelegentlich Messen las, hatte sich erinnern können, dass dies schon über zwei Jahrzehnte so ging.

Man wusste natürlich, wer der Mann war. Innsbruck war immer noch ein Dorf, wenn man die Zwiebelhäute abpellte, wenn man nur jene Menschen meinte, die wirklich hier lebten. Viele kamen ja nur zur Arbeit hierher und fuhren abends wieder raus. Andere hatten sich in der Altstadt teure Eigentumswohnungen gekauft oder wohnten mit Blick über die Dächer der Stadt droben in Hötting. Aber Anteil am Leben der Stadt nahmen die meisten davon ja nicht – wohnten in ihren vier, acht, sechzehn, hundert Wänden und gestalteten ihre Umgebung dabei so austauschbar wie die Läden in der Rathausgalerie.

Parth beobachte den Mann, wie er es oft schon getan hatte. Früher noch hatte er sich gewundert, dass dieser fromme und vom Schicksal so gebeutelte Mann nie zur Beichte kam, immer nur zum Gebet, bisweilen zu einem Gottesdienst. Oft schon hatte er überlegt, ihn einmal anzusprechen. Doch es war, als hätte ihn noch jedes Mal eine besondere Aura, die diesen stillen, in sich gekehrten Beter zu umgeben schien, davon abgehalten.

An diesem Tag aber gelang es ihm, die unsichtbare Barriere zu durchbrechen. Langsamen Schrittes ging er von hinten auf den Mann zu. In der beinahen Lautlosigkeit seines Ganges – lediglich die Sohle seines rechten Schuhs knarzte ein wenig – lag auch der Ausdruck seiner Achtung vor dem Betenden und dessen Zwiesprache mit Gott. Im Abstand von etwa drei Metern blieb er stehen, nahm eine Hand vor den Mund und räusperte sich, um seine Anwesenheit kundzutun.

Der Mann zeigte keinerlei Reaktion.

Parth räusperte sich noch einmal und sagte dann, leise und mit betont sanfter Stimme: »Ich freue mich, dass Sie so oft in unsere Kirche kommen. Ich habe Sie schon öfters gesehen, wenn Sie hier gebetet und Kerzen …«

Der Mann drehte sich langsam zu ihm um. Ein altes Gesicht. Fahle Haut mit tiefen Falten. Vor allem die steilen Falten auf der Stirn fielen dem Geistlichen auf. Die Augen aber …

Parth hielt ihn für mindestens achtzig. Das spärliche Haar war grau, die Schultern hingen herab, krank, sehr alt, vom Leben gezeichnet, ja, so wirkte sein Gegenüber auf ihn. Aber die Augen passten nicht dazu. Passten überhaupt nicht dazu. Sie waren jünger. Sie waren nicht achtzig, nicht siebzig, nicht sechzig. Die Augen eines Vierzigjährigen vielleicht. Und sie waren kalt und hart und zeigten gar nichts Demütiges. Mit diesen harten, kalten Augen sah der Mann ihn an.

»Wo Sie so oft kommen … Ich dachte mir, wir könnten uns einmal unterhalten. Ich bin sozusagen noch ein Priester alter Schule, einer, der seine Schäflein, wie es so schön heißt, gern noch persönlich kennenlernt …«

Der Mann senkte den Blick und schüttelte den Kopf.

»Verstehen Sie mich nicht falsch«, sagte der Geistliche. »Ich will mich um Gottes willen nicht aufdrängen. Aber ich würde Ihnen gerne signalisieren, dass Sie in mir vielleicht einen Gesprächspartner finden könnten.«

Und er fügte mit etwas leiserer Stimme hinzu: »Sie sind ja kein Unbekannter. Man weiß um Ihr schweres Schicksal. Und ich darf wohl hinzufügen: Es ist gut, dass Sie es in der Hinwendung zu Gott meistern. Gottes Liebe wird Sie befreien.«

Der Mann sah wieder auf. Sah den Priester mit eisig funkelnden Augen an. Und dann sagte er etwas zwischen den zusammengepressten Zähnen hindurch, was Parth zutiefst erschütterte: »Gottes Liebe … Die kann mir gestohlen bleiben. Um seinen Hass bete ich, um seinen abgrundtiefen Hass. Jeden Morgen, jeden Abend. Um nichts sonst.«

Dann ging er an Parth vorbei, ohne ihn noch einmal anzusehen, ging hinaus aus der Kirche, und die schwere Tür schloss sich hinter ihm mit einem dumpfen Schlag.

Der Pastoralpraktikant war konsterniert. Alle möglichen Reaktionen hätte er sich erwartet, eine solche aber nicht. Er setzte sich in eine Kirchenbank und schaute ins Leere. Er rang um Fassung. Zwar hatte er schon in mehreren Fällen erlebt, dass sein Wohlwollen auf taube Ohren oder gar Ablehnung gestoßen war, doch hatte es sich dabei um todkranke oder geistig stark verwirrte Menschen gehandelt. Nie zuvor war ihm indes so viel Wut und so viel Hass in derartiger Unmittelbarkeit begegnet.

Die Worte des Mannes empfand er als gotteslästerlich. Doch das war ihm egal. Was ihn bewegte, tief in seinem Herzen und seinem ganzen Empfinden, war der Wunsch herauszufinden, was es mit diesem Mann auf sich hatte.

Ich will wissen, von welchem Schicksal der Mann so geplagt wird. Was ihn derart verbittert hat. Ich muss es wissen, dachte er.

***

»Reinhold Spiss war 1979 in einen medienträchtigen Skandal verwickelt«, berichtete Hosp. »Er hatte sich eine ganze Kette von Reifen-Service-Häusern aufgebaut, hatte Familie, Frau und eine halbwüchsige Tochter. Und er war ausgesprochen erfolgreich. Was er anfing, schien zu Gold zu werden. Er war einer von denen, die aus Scheiße Geld machen können, wie es so schön heißt. Das blieb übrigens auch nach 1979 so. Er hatte ein Händchen für Geschäfte …«

»Und was war 1979?«, fragte Schwarzenbacher ungeduldig, der sich noch ein wenig erinnern zu können glaubte – auch wenn er da noch ein Jungspund war und jetzt alles ewig zurücklag.

Sie saßen um den Couchtisch in Schwarzenbachers Wohnung: Hosp, Marielle, Pablo. Schwarzenbacher selbst lag mehr, als dass er saß, auf der Couch. Dr. Reuss, der Anwalt, hatte zunächst auch kommen wollen, dann aber kurzfristig absagen müssen wegen eines dringenden Termins in der Kanzlei – was ihm aber keiner abnahm. Seit seine Ehe angefangen hatte, ganz offen in die Binsen zu gehen, war er, zumindest was solche Treffen anging, nicht mehr sehr verlässlich.

»Also, nun sag schon, was ist damals geschehen?«

Das Zimmer war überheizt. Außerdem hätte Lüften mal nicht geschadet. Aber wenn Ellen nicht da war, geschah das viel zu selten.

Marielle hatte das Gefühl, dass es nach Krankheit und Verzweiflung roch. Was sie nicht ahnen konnte: Es war jetzt schon viel besser. Vor ein paar Tagen noch war dieser morbide Geruch viel schlimmer gewesen.

Endlich fuhr Hosp in seinen Ausführungen fort: »Spiss machte das, was viele Männer tun, nicht nur die Reichen: Er nahm sich eine Geliebte.«

»Wäre vielleicht ja auch etwas für Reuss«, sagte Pablo lakonisch, und alle starrten ihn einen Moment lang an, weil diese Schlagfertigkeit und dieser bergstrohtrockene Humor gar nicht so recht zu ihm zu passen schienen. Meist war er ja der Stillste in diesen Runden.

»Er nahm sich also eine Geliebte. Was an sich noch nicht den Skandal ausmacht. Wenngleich, die Boulevardpresse hätte auch das schon genüsslich aufgegriffen und medial breitgetreten. Der Skandal war dann ein doppelter: Die Geliebte war eine Schülerin, noch keine siebzehn Jahre alt. Spiss war da schon über vierzig …«

»Doppelt?«, warf Marielle fragend ein.

»Doppelt deshalb, weil das Mädchen auf tragische Weise ums Leben kam.«

Hosp schwieg. Und alle anderen taten es auch. Es war, als müssten sie diese Nachricht erst verdauen.

»Sie waren für einen Abend nach Bozen gefahren. Haben im Weißen Rössl gegessen und dann noch eine Stunde in einem Hotel verbracht – der Name ist mir entfallen. Die Obduktion des Mädchens hat damals ergeben, dass sie nicht Englisch oder Mathe gebüffelt haben auf dem Zimmer –«

»Wie alt war sie noch mal?«, fragte Marielle dazwischen. »Und er?«

Hosps Antwort quittierte sie mit einem Kopfschütteln.

»Und was ist dann passiert?« Schwarzenbacher hatte sich auf der Couch aufgesetzt, seine Haltung verriet Gespanntheit und Erwartung.

»Komm, los, erzähl!«

Hosp schien es zu genießen, Schwarzenbacher ein ganz klein wenig auf die Folter zu spannen. Er griff zu der Flasche Stiegl-Goldbräu, die geöffnet vor ihm auf den Tisch stand, lehnte sich zurück und nahm genüsslich zwei tiefe Schlucke. Den Mund wischte er sich mit dem Handrücken ab. Jetzt erst war er bereit, weiter zu berichten.

»Auf der Heimfahrt kam der Wagen von Spiss von der Fahrbahn ab und raste gegen einen Baum. Spiss überlebte, das Mädchen, eine gewisse Carla Manczic, starb. Sie war allerdings nicht sofort tot. Vielleicht hätte sie gerettet werden können. Wenn …«

***

»Wenn ihr früher geholfen worden wäre, hätte sie vielleicht überlebt«, sagte der Geistliche Rat zu Jonas Parth. »Die Zeitungen und das Fernsehen haben den Skandal damals breit ausgetreten. Dabei konnte man noch von Glück sagen, dass es die Privatsender noch nicht gab. Ich glaube, dann wäre alles noch viel schmutziger und blutiger geworden als ohnehin schon.«

»Und dieser Mann, der so oft in die Kirche kommt und doch nur um Hass und nicht um Erlösung betet – er ist also der Vater?«

»Richtig. Er ist der Vater. Er ist an seinem Schicksal zerbrochen. Und ich sage das nicht einfach so dahin. Dieser Mann ist am Tod seiner Tochter kaputtgegangen, verrückt geworden.«

Der Geistliche Rat tippte sich an die Stirn. »Er ist wirklich nicht mehr richtig im Kopf. Er hat alles verloren: seine Familie, sein Geld, seine Existenz, seinen Verstand.«

Parth hatte den Geistlichen Rat nach dem klösterlichen Abendessen angesprochen, ihn um seine Meinung zu dem rätselhaften Alten gebeten. Es machte ihn immer ratlos, wenn einer armen Seele nicht geholfen werden konnte.

»Nein, dem kann man nicht helfen. Der ist wirklich nicht richtig im Kopf. Er hätte einen Psychiater gebraucht – aber schon vor langer Zeit, damals, nachdem geschehen war, was geschehen war. Jetzt müsste man ihn eigentlich in ein Heim stecken. Aber da er an sich ja harmlos ist, sich selbst versorgt und niemandem Böses tut, lässt man ihn.«

»Er wohnt hier in der Stadt? Ganz allein?«, fragte Parth.

Der Geistliche Rat musste schmunzeln: »In Innsbruck leben doch eine ganze Menge Irre. Da kommt es doch auf einen mehr nicht an.« Doch er wurde gleich wieder ernst. »Spaß beiseite: Das Leid dieses Mannes ist ganz einfach unbeschreiblich. Die Tochter starb, und alle Welt erfuhr, dass sie ein leichtes Mädchen war, sich mit dem Unternehmer eingelassen hatte … Sex, verstehen Sie? Bei der Obduktion war sein Sperma festgestellt worden – und das konnte man dann in der Zeitung lesen.«

Parth schlug die Augen nieder.

»Man muss sich das vorstellen: Wie entsetzt der Mann gewesen sein muss, allein weil die Tochter tödlich verunglückt ist. Und dann muss er diese fürchterlichen Meldungen in der Zeitung lesen! Sein Ansehen war doch schlagartig zerstört. Was dann wirklich geschehen ist, kann ich auch nicht sagen. Es gab viele Gerüchte, und die meisten haben sich dann wohl bestätigt. Schleichend wurde all das offensichtlich, was schon vor Längerem gemunkelt worden war. Soweit ich weiß und mich erinnern kann – du weißt, Jonas, dass ich nicht mehr der Jüngste bin, und musst berücksichtigen, dass mich meine Erinnerungen trügen können –, kam damals eins zum anderen. Er trank. Was aber weiter nicht verwundern kann, oder? Er verlor seine Arbeit – ich glaube, er hatte eine Stelle bei der ÖBB, irgendwas in der Verwaltung. Der Mann war nicht mehr in der Lage, einer geregelten Tätigkeit nachzugehen, psychisch, physisch und vor allem auch wegen seines Alkoholismus. Dann verließ ihn die Frau. Es muss einige Jahre nach dem Tod der Tochter gewesen sein. Kein Einzelfall übrigens, dass nach derartigen Schicksalsschlägen, bei denen Kinder das Leben verlieren, Ehen in die Brüche gehen.«

»Aber …«

»Was aber?«

»Aber … man sollte doch meinen«, stammelte Parth, »dass Schicksalsschläge die Menschen enger aneinanderbinden?«

Der Geistliche Rat Müller lächelte ein wenig, was Parth aber nicht sah.

»Du bist noch sehr jung. Wenn du mal mein Alter hast, wirst du verstehen, dass das Leben da draußen komplexer ist, als wir Kirchenleute es glauben – und wenn schon nicht glauben, dann immerhin predigen.«

Parth schüttelte den Kopf. Er hatte Antworten erhalten, und zugleich waren ganz neue Fragen aufgetaucht. Er stand auf, nickte dankend und sagte: »Ich muss mir das alles durch den Kopf gehen lassen. Die schlimmen Worte des Mannes haben mich geschockt, und mein Innerstes scheint immer noch zu zittern.«

Als er dann im Begriff war hinauszugehen, blieb er noch einmal stehen, wandte sich um und sah nachdenklich auf Müller, der entspannt zurückgelehnt auf seinem hohen Stuhl saß.

»Eines noch: Von was lebt dieser alte Mann? Ich meine: Wie kommt er durchs Leben, so allein und mit seinem kranken Hass?«

Müller hob die Hände in einer kraftlosen Bewegung.

»Man geht nicht ganz unter hierzulande – wenn man es nicht will. Vielleicht hat er eine kleine Rente, vielleicht bekommt er Stütze vom Amt, ich weiß es nicht. Jedenfalls kam er mir nie ungepflegt vor, seine Kleidung ist ordentlich. Er ist mit Sicherheit kein Sandler, der auf den Bänken am Rennweg schläft.«

Und nach einer kurzen Stille, in der die Holzwürmer in den alten Klostermöbeln zu hören waren, fügte er hinzu: »Wir sollten diese arme Seele in unser Gebet einschließen.«

***

»Das Mädchen … war es von hier?«, fragte Marielle.

Hosp nickte. »Innsbruckerin. Ging hier zu Schule. Kam aus gutem Haus. Mittelstand. Der Vater bei der Bahn, die Mutter Hausfrau. Sie war das einzige Kind.«

Wieder breitete sich Stille aus. Doch diese Stille wurde von Ellen durchbrochen. Schwungvoll betrat sie das Zimmer, begrüßte einen nach dem anderen, küsste Paul auf die Wange und meinte dann: »Ihr macht ja ziemlich betretene Gesichter. Ist wer gestorben?«

In dem Moment, da sie das sagte, wurde ihr an den Augen von Pablo und Hosp bewusst, dass sie voll ins Schwarze getroffen hatte. Sie biss sich auf die Unterlippe, murmelte etwas von Fettnäpfchen, verschwand aus dem Zimmer und machte sich in der kleinen Küche daran, allen ein paar Kleinigkeiten zum Knabbern herzurichten.

»Ja!«, rief Schwarzenbacher ihr nach, wobei er sich noch mehr in Sitzposition brachte. »Ja, verdammt noch mal, es ist jemand gestorben. Das ist zwar lange her – aber es wirkt nach bis heute. Weil jetzt wieder jemand tot ist. Und zwar wegen der Sache von damals.«

Pablo und Marielle starrten Schwarzenbacher an. Meinte er wirklich, dass da ein unmittelbarer Zusammenhang bestand? Dass Spiss ermordet worden war, weil er der vermeintlich Schuldige war am Tod von Carla Manczic?

Hosp sah Schwarzenbacher nicht an. Er saß, den Oberkörper nach vorn geneigt, auf der Kante eines Polstersessels, den Kopf hatte er gesenkt, er schien zu grübeln und Schwarzenbachers Geplärre keinerlei Bedeutung beizumessen.

Erst als er von ihm direkt angesprochen wurde, hob er den Kopf und nickte.

»Ich sehe es genauso wie du«, sagte er leise. »Da besteht ein Zusammenhang.«

»Ihr meint, dass jemand Rache nimmt?«, fragte Marielle. »Nach so langer Zeit?«

»So etwas in der Art«, gab Hosp zur Antwort. »Ich weiß nicht, warum dieser Mensch so lange damit gewartet hat. Kann es mir selbst nicht erklären. Aber ich bin mir ganz sicher, dass der Tod von Carla 1979 mit dem Mord an Spiss einunddreißig Jahre später ganz unmittelbar zu tun hat.«

Ellen kam mit einem kleinen Tablett herein, stellte Schalen mit Salzstangen, gerösteten Erdnüssen, mandelgefüllten Oliven und fingerfertigen Parmesanstückchen auf den Tisch – mitten hinein zwischen Zeitungen, CD-Booklets, die Gläser und Flaschen. Wortlos machte sie sich wieder davon.

»Die Frage ist: wer?«

Es war Pablo, der die Frage in den Raum stellte. Und der danach knirschend zwei, drei Salzstangerl auf einmal zerkaute.

»Das ist immer die Frage«, sagte Hosp lakonisch.

Das Telefon klingelte. Es lag irgendwo draußen im Flur; Ellen ging dran, die anderen schwiegen und versuchten herauszufinden, wer der Anrufer wohl war.

»Reuss«, sagte Ellen, die hereinkam und das Telefon an Schwarzenbacher weitergab. »Ich glaube, er will wissen, ob ihr Fortschritte macht.«

Schwarzenbacher zog verächtlich eine Augenbraue in die Höhe.

Das Telefonat dauerte nicht lange. Als er dann nach höchstens zwei Minuten die rote Aus-Taste am Telefon drückte, sagte er: »Reuss sieht es genauso. Irgendjemand nimmt späte Rache. Der

Vater vielleicht. Die Mutter. Oder auch ein Mann, der damals ihr Jugendfreund gewesen sein könnte.«

Marielle wollte das nicht akzeptieren. »Warum wartet jemand dreißig Jahre darauf, Rache zu nehmen?«

»Sie hat recht«, sagte Pablo. »Wie kann man den Hass so lange am Schwelen halten?«

Er bekam keine Antwort darauf.

Niemand wusste eine Antwort darauf.

Jeder im Raum schien sich ganz den eigenen Gedanken hinzugeben, den Überlegungen, wie man selbst reagiert hätte in der Situation eines vom Schicksal so gestraften Menschen. Wäre man in der Lage, jemanden zu töten? Und hätte man die unglaubliche, ja die wahnsinnige Kraft, dieses Vorhaben über Jahrzehnte aufrechtzuerhalten? Es gleichsam auf kleiner Flamme köcheln zu lassen, um dann plötzlich ein großes Feuer zu entfachen?

»Der Vater ist alt. Um die achtzig.« Hosp fasste sich als Erster wieder. »Ihm könnte man eine solche Tat zutrauen. Ihm hat das Unglück seiner Tochter das Leben zerstört. Alkohol, Beruf passé, Frau weg – das volle Programm für den völligen Absturz. Aber er ist zu alt, zu schwach, und er ist ziemlich kaputt im Kopf. Wahrscheinlich kennt ihr ihn eh. Er ist dieser Sonderling, der oft durch die Altstadt tippelt und halblaut irgendwelches Zeug vor sich hin murmelt. Und oft steht er auch vor den Kirchen, geht rein oder kommt raus und wirkt dabei orientierungslos. Ein armer Irrer, wirklich.«

»Was ist mit der Mutter dieses Mädchens?«

»Da hätten wir gerne angesetzt. Von ihr hätten wir uns zumindest halbwegs vernünftige Informationen erhofft. Aber sie ist im vergangenen Herbst gestorben. Wasle ist dran herauszufinden, ob das Mädchen damals einen jugendlichen Liebhaber hatte – nicht nur den alten Sack Spiss, der sie wohl ein bisschen ausgehalten hat. Doch es dürfte nicht einfach sein, so etwas nach so langer Zeit herauszufinden.«

»Und wie können wir dir nun helfen?« Es war Schwarzenbacher, der diese Frage stellte.

»Bis jetzt ist nichts davon nach draußen gesickert, dass Spiss ermordet worden ist«, sagte Hosp. »Die Presse geht von Selbstmord aus, und seine Angehörigen halten im eigenen Interesse vorerst dicht. Es ist aber nur eine Frage der Zeit, bis diese Wahrheit ans Licht kommt. Bis dahin könntet ihr mir helfen, indem ihr ein Auge auf den Vater werft.«

Er sah alle nacheinander an. Sah in die Augen von Schwarzenbacher und entdeckte ein kleines Leuchten darin. Sah in die fragenden Gesichter von Marielle und Pablo und sagte dann: »Schaut doch nicht so, als wenn ihr nicht verstehen würdet. Wenn ich ›ein Auge auf ihn werfen‹ sage, meine ich: Beobachtet ihn. Wechselt euch ab und studiert, was er tut. Wohin er geht, wen er trifft. Findet seinen Lebensrhythmus heraus. Achtet auf jede Kleinigkeit …«

»Brauchst mir nicht zu sagen«, warf Schwarzenbacher mit einem Grinsen ein.

»Dir nicht. Aber den Youngsters hier sage ich es.«

Er nahm einen Zettel aus der Jacketttasche und legte ihn auf den Tisch.

»Da wohnt der Mann. Er heißt Manczic. Und irgendwann wird er das Haus verlassen, und dann sollte jemand von euch in der Nähe sein.«

»Und du meinst, dass dieser alte Mann in der Lage wäre …« Schwarzenbacher war skeptisch.

»Ich meine gar nichts«, sagte Hosp. »Aber er ist im Moment der Hauch eines Fußabdrucks, die Andeutung eines Verdachts.«

Er trank den Rest aus der Flasche. »Und? Kann ich mit euch rechnen?«

Schwarzenbacher nickte. Pablo zuckte erst mit den Schultern und nickte schließlich auch. Dann sahen alle zu Marielle. In den Blicken, mit denen sie Marielle anschauten, lag unausgesprochen die Frage, ob sie sich überhaupt noch einmal auf so ein »Detektivspiel« einlassen würde – beim letzten Mal war es für sie zum Kampf auf Leben und Tod gekommen.

»Was schaut ihr denn alle wie Fische aus dem Aquarium?«, fragte sie. »Es ist ja wohl kaum ein lebensgefährliches Hasardspiel, wenn man einen trotteligen alten Mann zu beschatten hat. Eigentlich klingt der Job eher langweilig. Aber gefährlich nicht.«

Sie nickte Hosp zu und sagte: »Ich bin auch dabei.«

***

In den Bergen hielt der Sommer Einzug. Auf den Halbhöhen, dort, wo die Zivilisation sich allmählich verlor und wo die höchsten Bergbauernhöfe einsamen Vorposten menschlichen Widerstands gegen die raue Natur glichen, waren die Tage jetzt angenehm: Warm um die Mittagszeit, erfrischend am Morgen und am frühen Abend. Nachts zogen bisweilen Gewitter durch, die oft aber nur als fernes Leuchten oder als örtlich undefinierbares Donnerecho wahrgenommen werden konnten.

Oberhalb von zweitausend Metern lag, zumindest in schattseitigen Bergflanken, noch Schnee, und es würde wohl noch eine ganze Weile dauern, bis Sonne, Wind und gelegentlicher Regen diesen Schnee, so er nicht ohnehin vorhatte, das ganze Jahr über zu bleiben, aus kalten Felswinkeln, Schluchten und Rinnen wegzuschmelzen vermochten.

Es war eine schöne Zeit, für Hellwage die schönste Zeit des Jahres. Am ehesten vergleichbar mit den Tagen des Herbstes, nur dass er jene nicht gleichermaßen genießen konnte: Allzu sehr wohnte ihnen schon das Ende, das Absterben, der Tod inne.

Er liebte den Frühsommer. Wenn es im Eisacktal oder gar in Bozen oft bereits unerträglich heiß war, genoss er das milde Klima auf zwölfhundert Höhenmetern, wo zwischen Lajen und Gufidaun sein Häuschen stand. Die Lage war nicht spektakulär. Zumindest dann nicht, wenn man wusste, dass nur zwei, drei Kilometer weiter südöstlich Ausblicke auf die Felsformationen der Dolomiten zu genießen wären. Hellwages Bleibe stand am oberen Ende einer Streuwiese, sie war nach Westen ausgerichtet, von der Terrasse konnte er übers Eisacktal hinüberschauen zu den Orten, Weilern, verstreuten Höfen in den Wiesen- und Waldflanken der Kassianspitze. Es war ein schöner Ausblick, mit viel Grün tagsüber und unzähligen Lichtpunkten des Nachts. Dass er nicht auf Schlern und Langkofel schauen konnte, nichts sah von diesen Berggiganten und wie sie wirkten im Spiel von Witterungen und Jahreszeiten, machte ihm gar nichts aus.

Wenn ich das sehen will, brauche ich ja nur die Schuhe anzuziehen und rauszugehen.

Er saß auf der kleinen Terrasse, die er sich aus Holzbohlen vor dem Haus hatte anbringen lassen, trank ein Viertel roten Lagrein und brach sich ab und an ein Stückchen Schüttelbrot ab, das er, ins

Landschaftsgenießen und Nachdenken versunken, beinahe achtlos aß.

Das Licht der Sonne, die längst hinter den gegenüberliegenden Bergen, dem Ritten und der Kassianspitze, verschwunden war, färbte den Himmel in einem Ton, der stumpfem Mattgold glich. Die Häuser an den Hängen lagen im Schatten, der sich grau-blau über die Region legte. Erste Lichter funkelten herüber. Bald würde es auch vorm Haus kühl werden.

Hellwage trank sein Glas leer und räumte den Tisch ab.

Er machte Licht, ein warmes Licht, das in der urgemütlichen Stube ein Übriges tat. Nieder war der Raum, getäfelt mit dunklem Holz. Ein schlichter Holztisch, eine Bank, zwei einfache Bauernstühle, ein Schrank für Geschirr, ein prallvolles, aber nicht sehr großes Bücherregal, ein bequemer Lesesessel und dazu noch ein eiserner Schwedenofen, bei dem man, war er angeheizt, den Scheiten beim Brennen zusehen konnte, das war das ganze Inventar des behaglichen Wohnraumes.

Die Tür ließ er noch offen stehen – er liebte die Luft hier, die nach Wald und Harz, nach frisch geschnittenem Holz und vor Kurzem gemähter Wiese duftete, und er mochte sich keinen Atemzug davon entgehen lassen.

Während er in der Kochnische sein Geschirr reinigte, dachte er wieder einmal darüber nach, sich einen Hund anzuschaffen.

Er gehörte nicht zu jenen Leuten, die ein Leben ohne Hund für leer und unvollendet gehalten hätten. Im Gegenteil: Oft schon hatte er die Nase gerümpft über den Hundewahn, der insbesondere in den Städten ausgebrochen war und wie eine Epidemie um sich gegriffen hatte. Hunde als Kinderersatz – und oft besser behandelt als jene, das war nichts für ihn. Doch hier, bei seinem Leben in und mit der Natur …

Und ich wäre auch nicht mehr so allein, dachte er. Hätte einen Begleiter bei meinen Wanderungen und einen Genossen hier im Haus. Ihm fiel die Geschichte von Robinson Crusoe ein, der auf seiner einsamen Insel zumindest einen Hund gehabt hatte.

Er schaute in die Stube. Auf dem Fleckerlteppich, der auf dem gebürsteten Holzboden lag, würde sich ein schwarzer Labrador gut machen. Vielleicht sollte ich demnächst mal in ein Tierheim fahren, dachte er. Es muss ja kein Labrador sein, kann auch irgend so ein mit allen Wassern gewaschener Rasselbinder sein. Hauptsache, er ist ausdauernd genug für die Bergwanderungen.

Oft ist das Alleinsein hier am Berg sehr schön, dachte er.

Bisweilen aber ist es auch belastend.

***

Pastoralpraktikant Jonas Parth schloss den verwirrten alten Mann namens Manczic in das Abendgebet ein.

Lange hatte er gelesen. Zunächst in einer schmalen Biografie des H. M. Enomiya-Lassalle. Dass dieser Jesuitenpater zugleich Zen-Lehrer war, hatte ihn verstört und doch auch seine Neugier geweckt. Aber irgendwie hatte er an diesem Tag nicht die nötige Konzentration für ein Sachbuch aufgebracht und war übergewechselt zur Unterhaltungsliteratur. Ein Krimi. »Erbarmen«, von Jussi Adler-Olsen.

Spannend. Grauenvoll und spannend. Trotz des schlechten Gewissens, das ihn immer dann plagte, wenn er sich von derartig abgründigen Büchern verführen ließ, war es ihm nicht gelungen, das Buch vor Mitternacht wegzulegen.

Das Nachtgebet fiel kurz aus, und er sprach es schneller als sonst. Doch er nahm sich die Zeit, für Manczic zu bitten: dass der Herr ihn einschließe in seine Fürsorge, ihm die Angst und Verzweiflung von den Schultern nehme, ihn erlöse von Hass und Hoffnungslosigkeit, im Namen des Vaters und des Sohnes und des Heiligen Geistes. Amen.

***

Als Marielle und Pablo kurz nach Mitternacht aus dem »Treibhaus« kamen, wo sie bei zwei Bieren und zwei sauren Radlern beraten hatten, wie sie vorgehen wollten, und außerdem überlegt hatten, ob Reuss wohl die Kosten für dieses »Detektivspiel« tragen würde, hallte aus den Bergen südlich der Stadt Donner wider. Und als sie ein Stück gegangen waren und der Blick zwischen den Häuserzeilen einmal freier wurde, sahen sie heftiges Wetterleuchten hinter der Serles, jenem Berg, der sich im blauen Gewitterschein wundervoll pyramidenförmig in den Nachthimmel reckte.

»Schauen wir, dass wir heimkommen, bevor es uns einpisst«, sagte Pablo.

Marielle drückte sich an ihn, er nahm sie in den Arm, und mit großen Schritten – nicht immer im Gleichschritt – machten sie sich auf den Weg.

***

Als Parth sein Gebet beendet hatte und sich zur Nacht hinlegte, sah er im Quadrat des Fensters das unheimliche Lichtspiel des Gewitters, das noch unschlüssig schien, ob es herannahen oder weiterziehen sollte.

Gewitter machten ihm Angst. Das hatte in seiner Kindheit begonnen. Und es hatte nicht aufgehört bis heute.

Er lag wach und musste unablässig an den Mann denken, den vielleicht nichts anderes als Hass am Leben erhielt. Und das machte ihm noch mehr Angst.

***

Als Hellwage gerade im Begriff war einzuschlafen, schreckte er noch einmal hoch. Es war nicht das Donnergrollen, mit dem ein Gewitter ins Grödnertal hineinzog, das ihn geweckt hatte. Er hatte, im Halbschlaf und schon auf der Schwelle zu den Träumen, ein Geräusch wahrgenommen, das ihm zu dieser Stunde fremd war. Ein Geräusch, das nicht hierhergehörte. Es war ihm, als wäre jemand vor dem Haus, als hätte jemand die Terrasse betreten.

Er machte kein Licht, lag nur ganz still, versuchte über seinen Atem hinweg jedes kleinste Geräusch draußen zu hören und zu analysieren.

War es ein Mensch? Oder doch ein Tier? Oder hatte er sich alles nur eingebildet, und es war gar nichts?

Durch das halb geöffnete Fenster hörte er das Konzert der Grillen und, in einiger Ferne, den Donner. Bisweilen knarzten Bäume im nahen Wald – diese Geräusche kannte er, sie waren ihm vertraut.

Nichts regte sich mehr vor dem Haus.

Doch die Angst war da, hatte ihn erfasst und drang jetzt durch die Haut bis in sein Innerstes. Und mit der Angst kam die Erinnerung an den Mann, den er am Gipfel der Raschötz getroffen hatte. Den Mann, den er als unheimlich und mysteriös empfunden und den er rasch aus seinem Gedächtnis zu streichen versucht hatte.

Jetzt waren die Bilder wieder da: die herrliche Landschaft, der Dreihundertsechzig-Grad-Rundumblick und mittendrin dieser Kerl, der mit ihm redete, obwohl er weder reden noch zuhören wollte.

Ein unerfreuliches Erlebnis.

Und dazu noch die Angst.

Wenn ich doch nur einen Hund hätte, dachte er.

Einen großen, starken Hund.

4

Die Aufgabe, den alten Manczic zu beschatten, war für Marielle und Pablo einfach und schwierig zugleich. Schwierig deshalb, weil es ein Ding der Unmöglichkeit war, ihm rund um die Uhr auf den Fersen zu sein beziehungsweise die ganze Nacht vor seiner Haustür zu sitzen und zu warten, ob er noch mal rauskäme.

Leicht war es deshalb, weil es kaum Mühe machte, seine Aktivitäten zu überwachen. Es kostete viel Zeit, das ja. Aber ansonsten gab es überhaupt keine Probleme.

»Hätte mich ja auch gewundert«, sagte Marielle, als sie einmal von Pablo abgelöst wurde. »Er ist um neun aus dem Haus gekommen, mit der Straßenbahn bis zum Bahnhof gefahren, dann im Zickzack durch die Straßen: Bozner Platz, am ›Café Central‹ vorbei, Ferdinandeum, Hofburg, Hofgarten, Dachl, vorbei am Strip-Lokal beim ›Treibhaus‹ und dann in die Jesuitenkirche. Ich bin da nicht mit rein. Hab gedacht, das könnte ihm auffallen, dass ich immer in seiner Nähe bin, sogar in der Kirche noch. Hab zwanzig Minuten gewartet. Dann kam er wieder.«

»Und dann? Ist er heimgegangen?«

»Noch nicht. Er ist wieder Richtung Hauptbahnhof, hat sich unterwegs mit einem ›20er‹-Verkäufer unterhalten – weißt schon, so einer, der das Stadtmagazin auf der Straße verkauft – und ist dann in die Adamgasse, wo er sich bei der Tafel Lebensmittel geholt hat. Dann erst ist er heim.«

»Sehr aufregend«, sagte Pablo. »Ich weiß nicht, was Hosp sich davon verspricht. Der alte Mann mag verrückt sein. Vielleicht ist er besessen, träumt jede Nacht von blutiger Rache. Aber dass der noch in der Lage ist, jemanden zu ermorden, das kann mir keiner erzählen.«

Auch die weiteren Tage von Pablo und Marielle waren völlig unspektakulär. Sie beobachteten einen Menschen in seiner Einsamkeit und Verlorenheit, konnten nichts Außergewöhnliches notieren und wussten, dass die Tage dieses Mannes allein schon vom Alter her, wahrscheinlich aber auch wegen der schlechten Lebensbedingungen gezählt waren.

Sie waren schon nahe dran, Schwarzenbacher zu informieren, dass das alles keinen Sinn habe – als sich dann doch etwas ereignete. Nichts, was sofort die Alarmglocken hätte auslösen können. Aber doch eine auffällige Durchbrechung des bisher festgestellten Lebensrhythmus des Herrn Manczic.

Es war an einem Freitag, und Pablo wartete unweit des Mietshauses, in dem Manczic wohnte. Vormittags war der wieder wie ziellos durch die Stadt gelaufen, gegen Mittag war er heimgegangen, und es wäre beinahe nicht anzunehmen gewesen, dass er das Haus noch einmal verließ. Doch er tat es. Um halb eins machte er sich in ungewöhnlicher Zielstrebigkeit auf den Weg zum Bahnhof und löste einen Fahrschein.

»Scheiße, scheiße, scheiße«, fluchte Pablo vor sich hin. Er hatte keine Ahnung, wohin der Mann fahren wollte, welchen Fahrschein er nun lösen sollte. Es blieb ihm nichts anderes übrig, als ihn zu verfolgen, zu checken, auf welchem Bahnsteig er wartete, dann zurückzulaufen zum Ticket-Automaten und eine Karte nach Kufstein zu kaufen. Vielleicht fuhr Manczic ja nur bis Wattens, bis Jenbach oder bis Wörgl. Doch woher hätte er das wissen sollen?

Der Zug stand bereits abfahrbereit am Gleis, als Pablo im Laufschritt ankam und bei der nächstbesten offenen Tür aufsprang.

Er brauchte nicht lange, um Manczic an einem Fensterplatz zu entdecken. Er hielt sich ein paar Reihen hinter ihm, bereit, jederzeit auszusteigen, sobald Manczic das Gleiche vorhaben würde.

Pablo war erstaunt über das Verhalten des alten Mannes: dass er so ruhig am Fenster saß, hinaussah in die Vorstadt von Innsbruck, die, Gewerbezone an Gewerbezone reihend, nahtlos in die alte Stadt Hall überging. Dass er so gänzlich unauffällig wirkte, nicht vor sich hin sprach, einfach nur dasaß, wie jeder andere Fahrgast auch. Es war ihm, als würde er bei dieser Zugfahrt einen anderen Manczic erleben als bisher. Einen, der nicht verrückt war, zumindest nichts davon erkennen ließ.

Manczic fuhr auch tatsächlich nur bis Fritzens-Wattens. Pablo ärgerte sich, dass er den Fahrpreis bis Kufstein gezahlt hatte.

Wahrscheinlich besucht er hier irgendjemanden, dachte er. Und deswegen fahr ich nach Wattens und lauf hier rum …

Am Bahnhof stieg Manczic in den Bus, der zu den Kristallwelten von Swarovski fuhr. Pablo stieg kurz nach ihm ein. Er war sich ganz sicher, dass er bislang nicht bemerkt worden war. Manczic ahnte gewiss nichts davon, dass er einen besonderen Schatten hatte.

Als Manczic dann unweit des »Liegenden Riesen«, der die Kristallwelten beherbergte, zu den Kassen ging, glaubte Pablo immer noch, er würde hier jemanden kennen. Dass Manczic, der nichts war und der nichts hatte, eine Karte kaufen würde, um dann einzutauchen in die Kitsch-Kunst-Phantasie-Welt des André Heller, wäre ihm im Traum nicht eingefallen.

Doch er tat genau das. Kaufte eine Karte für elf Euro und ging hinüber zum Eingang, der hinter der Wasserfallzunge des Riesen verborgen lag.

Wieder sagte Pablo: »Scheiße, scheiße, scheiße.«

Es gab gleich zwei Gründe, Manczic nicht in den Riesen zu folgen. Der eine war, dass er Gefahr liefe, doch noch aufzufallen. Er war vor Jahren einmal in den Kristallwelten gewesen und wusste, dass man sich da nicht leicht verbergen konnte – höchstens, wenn sich gerade eine Busladung Touristen durchschob und man sich irgendwie daruntermischen konnte.

Der andere war noch viel lapidarer: Ihm ging das Geld aus. Von den knapp dreißig Euro, die er dabeigehabt hatte, waren fast vierzehn für das blöde Ticket nach Kufstein draufgegangen. Dann hatte der Bus hierher gekostet, die Rückfahrt nach Innsbruck hatte ihren Preis – verdammt, dachte er, ich spar mir das und warte, bis Manczic wieder rauskommt. Selbst, wenn er in der kleinen Cafeteria noch was trinkt, wird das wohl kaum länger als eine Stunde dauern.

Er wusste, dass der Eingang nicht mit dem Ausgang identisch war. Dass Manczic irgendwo an der Rückseite rauskommen, den Riesen gleichsam durch den Enddarm verlassen würde, dort, wo auch ein Labyrinth in Form einer Hand angelegt war. Doch das konnte ihm egal sein: Um wieder zum Bus und zur Bahn zu gelangen, würde er hier, nahe den Kassen, vorbeikommen.

Ich warte, dachte Pablo.

Er hockte sich am Ufer des Teichs, der vom Wasserfall gespeist wurde, in die trockene Wiese, holte das angestoßene Taschenbuch aus der Gesäßtasche – »Die Maschine des Aldo Christofari«, phantastische Erzählungen des italienischen Schriftstellers Dino Buzzati – und las die Geschichte »Bergsturz« weiter.

Obgleich die Erzählungen Buzzatis einen enormen Sog auf einen Leser auszuüben vermochten, gelang es Pablo nicht so recht, sich zu konzentrieren, sich hineinfallen zu lassen in die obskuren Begebenheiten, die hier geschildert wurden. Immer wieder schaute er auf, ob Manczic vielleicht schon zurückkäme. Und von dem Weg, den er kommen musste, sah er zum Kopf des Riesen: Ein freundlicher Riese, das Gesicht von Efeu oder so etwas Ähnlichem überwuchert; die Wasserfallzunge zeigte kein »Zunge-Rausblecken«, sondern wirkte auf ihn wie eine Preisgabe der Persönlichkeit, eine Geste der Offenheit, einladend, verlockend, dabei nichts Schlechtes verheißend. Anders verhielt es sich mit den Augen: Groß und rund, wechselten sie ständig die Farbe. Gerade noch weiß wie Gletschereis, waren sie im nächsten Moment himmelblau, violett oder rosa.

Dieses Augenspiel hatte etwas Faszinierendes und zugleich Beunruhigendes. Fast hätte er meinen können, es wäre in der Lage, einen Menschen von labilem Gemüt zu hypnotisieren.

Bin nicht labil, dachte er.

Und doch: Diese sanften Augen mit ihren wechselnden Farben kündeten von Wundern und Geheimnissen. Lautlos sagten sie, dass drinnen im Riesen etwas Besonderes vor sich ging. Etwas Geheimnisvolles. Etwas, das nicht von dieser Welt war. Oder nicht in diese Welt gehörte …

***

Schwarzenbacher ließ sich von Ellen durch die Stadt schieben. Es war ein wunderbar milder Frühsommernachmittag, die Cafés hatten draußen bestuhlt, die Menschen flanierten durch die Maria-Theresien-Straße, genossen ihren Latte macchiato oder ließen sich von den Schaufenstern bezirzen.

»Tut gut, ein bisschen rauszukommen. Oder?«, sagte Ellen.

Es tat ihm gut. Aber Schwarzenbacher war nicht in der Stimmung, das zuzugeben.

»Wollen wir uns auf einen Verlängerten irgendwo in die Sonne setzen? Ich hätte Lust darauf.«

Er nickte und sagte dann: »Jetzt Kaffee, und nachher fährst du mich zu Hosp. Ich möchte kurz was mit ihm bereden.«

»Bis in die Kaiserjägerstraße? Da hab ich morgen Muskelkater in den Armen und wieder ganz verspannte Schultern. Geht das nicht telefonisch?«

Er sah mit einem Hundeblick zu ihr auf, so lieb und so bittend, dass sie gar nicht Nein sagen konnte. Allerdings dachte sie bei sich, dass sie wieder mal ein heikles Thema zur Sprache bringen sollte: einen Elektro-Rollstuhl. Sie hatte sich kürzlich im Internet informiert und war erstaunt gewesen, wie breit da die Angebotspalette war.

Doch spürte sie intuitiv, dass jetzt nicht der richtige Moment war, um Paul darauf anzusprechen. Es hatte schon Überredung genug erfordert, ihn überhaupt nach draußen zu locken.

Nach dem Kaffee schob sie Schwarzenbacher quer durch die Innenstadt. Sie ging mit ihm durch die touristisch arg frequentierte Fußgängerzone, die direkt auf das Goldene Dachl zuführte, bog dort rechts ab, ging durch den Torbogen bei der Hofburg, überquerte den Platz beim Landestheater und nahm den Durchgang zur SOWI, der Hochschule für Sozial- und Wirtschaftswissenschaften. Als sie vor der Polizei angekommen waren, sagte Schwarzenbacher, sie möge veranlassen, dass Hosp herunterkomme. Ihm sei es ja wohl nicht zuzumuten, sich da hinaufzuplagen.

»Du hättest wenigstens vorher anrufen können, ob er da ist«, sagte sie. »Oder ob er überhaupt Zeit hat.«

»Er ist da«, sagte er. »Und natürlich hat er Zeit.«

Er kann einem gehörig auf die Nerven gehen, dachte sie. Und sie sagte: »Woher willst du das eigentlich wissen?«

»Weiß ich halt«, sagte er, schaute hinauf zu ihr und fügte mit geradezu spitzbübischem Grinsen hinzu: »Ich spür das im Urin.«

Wenig später stand Hosp neben dem Rollstuhl.

»Du hättest anrufen können, Paul.«

»Hätte ich«, sagte Schwarzenbacher. »Aber ich hatte einfach Sehnsucht nach dir.«

Hosp lächelte. Doch sein Gesicht wurde gleich wieder ernst.

»Es wäre mir lieber, wenn du keinen Scheiß reden würdest. Habe jede Menge zu tun …«

Er sah Schwarzenbachers fragenden Blick.

»Eine Tote im Milieu. Erwürgt, wahrscheinlich von einem Freier. Aber du bist sicher nicht deshalb zu mir gekommen.«

»Stimmt«, sagte Schwarzenbacher, jetzt ebenfalls ernst. »Es geht, du kannst es dir ja denken, um den Mord an Spiss. Ich habe mir viele Gedanken gemacht. Hab ja genug Zeit dazu und sonst nichts zu tun. Frage: Habt ihr euch mal mit der Verwandtschaft von diesem Manczic befasst? Wen gibt es da? Brüder, Neffen, Stiefsöhne? Und woher kommt dieser Mann? Das solltet ihr mal hinterfragen. Es liegt auf der Hand, dass der Alte den Spiss nicht erwürgt, zu dem Baum geschleppt und dann aufgehängt hat. Da besteht kein Zweifel. Doch er könnte Helfer gehabt haben. Oder jemanden, der das für ihn erledigt hat.«

Hosp sah Schwarzenbacher lange an. Dann nickte er, zuerst zögerlich, dann mehrmals kräftiger.

»Da ist was dran, Paul. Ich kümmere mich drum. Und ich sag Bescheid, wenn wir mehr wissen.«

Jetzt nickte Paul Schwarzenbacher. Und als ihn Ellen nach Hause schob, war er in bester Stimmung und lächelte beinahe unablässig vor sich hin.

***

Manczic betrat den Riesen, als wenn es der Eingang in eine Höhle wäre. Innerlich geduckt, ein wenig ängstlich und besonders achtsam. Und irgendwie war es ja eine Höhle: düster, verschlungen, bewohnt von guten oder bösen Fabelwesen mit kristallenen Gefiedern und aufleuchtenden Augen. Die Kunstwerke, die dieser »Höhle« ihr Leben einhauchten, interessierten ihn nicht. Er schaute nur auf die Leute, die einzeln oder in Grüppchen vor den verstörenden und bezaubernden und glitzernden Objekten und Installationen standen. Er wusste, dass er erwartet wurde. Irgendwo hier musste der Mann sein.

Er sah ihn im sogenannten Kristalldom, einer riesigen Kuppel aus unzähligen Spiegel-Dreiecken. Oder sah er ihn nicht? Sah er nur ein Spiegelbild, eines, das den Körper zerbrach und an anderer Stelle wieder zusammensetzte? Was war Täuschung, was war echt?

Manczic hatte das Gefühl, den Boden unter den Füßen zu verlieren, während ihn die Spiegel, die Bilder und die Farben darin auslachten. Doch das dauerte nur wenige Augenblicke, dann hatten sich seine Sinne arrangiert. Er bekam wieder Halt, sah den Mann, den er suchte, ließ sich von dem Spiegelgeflirre nicht mehr irritieren, hatte wieder Gewalt über sich selbst.

»Café«, flüsterte der Mann, ohne sich dabei an ihn zu wenden, ohne ihn auch nur anzuschauen. Vielleicht schaute er ja eines der Spiegelbilder an …

»Café«, sagte der Mann. Nur dieses eine Wort – und es wiederholte und wiederholte sich in dieser Spiegelkuppel, kam von oben, von unten, von dieser Seite und von der anderen. »Caffffeeee … Cafffeeee … Caffeee … Caffee … Cafee … Café …«

Manczic wusste, was das bedeutete, und er wusste, dass er keine Antwort zu geben brauchte.

Kurz darauf sah er den Mann in der Cafeteria wieder, er besah sich die Gemälde an der Wand, ging wie achtlos an ihm vorbei – und er hörte, diesmal ganz ohne Widerhall, das eine kleine Wort »Shop«.

Kein Blickkontakt, kein Ja, kein Nein, kein Nicken. Der Mann verließ die Cafeteria; Manczic sah ihn wieder, wie er im Shop zwischen den Vitrinen umherging. Scheinbar interessiert besah er sich die Ausstellungsstücke: Swarovski-Glasfiguren; mit Kristallen verzierte Kleider, Handtaschen, Brillen; Luxusartikel aller Art. Manczic sah die Glastiere: zierliche Elefanten, Schwäne, in zartem Rosa strahlende Flamingos – die Augen wurden ihm feucht, weil er einen Moment lang daran denken musste, wie viel Freude sein Mädchen, seine kleine Carla, daran gehabt hätte.

Dann stand der Mann neben ihm. »Kennen Sie Park draußen, wo aussieht wie Hand?«

Er erwartete keine Antwort. »Ist schön. Sehr schön.«

Das war alles. Der Mann ging davon, passierte die Kasse, ohne etwas zu kaufen, und verließ den Riesen durch einen langen Tunnel.

Es waren nur ein paar Schritte bis zur Hand. Hecken bildeten die Umrisse der Finger, und sie bildeten auch das Muster, das dem der hennabemalten Hand einer arabischen Frau ähnelte. Manczic brauchte mehrere Minuten, um den Mann in diesem poetischen Labyrinth zu finden.

Auf Kroatisch und mit verärgertem Gesichtsausdruck sprach ihn der Mann an.

Manczic zog die Stirn in Falten. »Rede wenigstens Deutsch mit mir. Du kannst es. Und mein Kroatisch gerät in meinem alten Kopf allmählich in Vergessenheit. Aber was soll das überhaupt: Ich würde nicht aufpassen? Ich passe auf!«

»Nein«, sagte der Mann. »Sitzt einer vor dem Eingang. Ist dir gefolgt ganze Zeit.«

Manczic riss die Augen weit auf. »Das gibt es doch nicht!«, stammelte er. »Das kann gar nicht sein … Ich war sehr, sehr vorsichtig …«

»Nicht genug vorsichtig. Er ist jung, ist groß, ist nicht dick. Hat Anorak an und Jeans und so Turnschuh, so dicke Schuh, weißt du. Kannst ihn schon erkennen nachher. Ist aber kein Bulle, merkt man. Ist irgend anderer Schnüffel.«

»Schnüffler«, korrigierte ihn Manczic. »Es heißt ›Schnüffler‹.«

»Scheiß ich drauf!«, fuhr ihn der Mann an. »Problem ist, was der Mann will von dir. Und noch ein Problem: Warum hier treffen. War nicht ausgemacht. Und ist für mich ein Risiko, verstehst du?«

Manczic trat ganz nahe an den Mann heran. So nahe, dass er seinen Schweiß und ein billiges Rasierwasser riechen konnte. Der Mann war mindestens einen Kopf größer als er, doch davon ließ er sich nicht beeindrucken.

»Nun hörst du mir mal zu«, sagte er sehr bestimmt. »Du erledigst Aufträge, richtig? Und ich zahle dich dafür, ja? Ich zahle dich gut. Und zwar so gut, dass du dir in deinem beschissenen Dorf in Kroatien etwas aufbauen kannst. Und weil das so ist, wirst du dich auch in Zukunft mit mir treffen, wenn ich das will.«

Der Mann trat einen halben Schritt zurück. Weniger forsch fragte er nun, was Manczic eigentlich von ihm wolle.

»Was ich von dir will? Dass du deine Aufträge so ausführst, wie wir sie besprochen haben.«

»Ich …« Der Mann wollte etwas erwidern, doch Manczic ließ ihn nicht zu Wort kommen.

»Ich habe dir gesagt, du sollt ihn büßen lassen. Für jedes Jahr, das ich seit Carlas Tod durchlitten habe, sollst du ihn büßen lassen. Langsam sollte der sterben, stimmt's? Du solltest ihn an einen Baum hängen, nicht weit entfernt von dem Ort, wo Carla ums Leben kam. So solltest du ihn aufhängen, dass er langsam erstickt. Langsam und qualvoll. Was machst du stattdessen? Du erwürgst ihn irgendwo und bescherst ihm einen Tod, der kaum schlimmer ist, als wenn einem ein Herzinfarkt oder eine Lungenembolie den letzten Schnaufer aus dem Leib zieht.«

Er spuckte wütend aus.

»Verrecken sollte dieses Schwein! Elendig verrecken!«

Er wischte sich mit der Hand über den Mund, wandte sich ab, ging ein paar Schritte und kam wieder zurück.

»Ich weiß nicht, was sich mein Neffe gedacht hat, als er dich empfohlen hat. Guter Mann, hat er gesagt, kriegserfahren. Hat schon viele fertiggemacht, hat er gesagt. Soldaten genauso wie Zivilisten. Auch Frauen und Kinder. Zuverlässig seist du, verschwiegen und unsichtbar. Und dann? Du versaust es!«

»Ich versaue nix«, sagte der Mann. Die Kritik an ihm hatte ihn wütend gemacht. Er konnte sich zwar beherrschen, wurde nicht laut, aber auch so war seine Stimmungslage unverkennbar. Seine Augen schienen zu funkeln, die Lippen hatte er fest aufeinandergepresst, und er atmete wie ein wilder Stier hörbar durch die Nase.

»Ich versaue nix. War ein Unfall. Wollte den Mann nur überwältigen. Aber sein Hals war so schwach. War schon tot, bevor ich hab zugedrückt. Verstehst du?«

Der Mann war nicht nur wütend, er war auch nervös. Ständig bewegte er die Hände, und seine Finger erweckten den Eindruck, er mache mit ihnen Dehn- und Beugeübungen wie ein Gewichtheber, der gleich eine enorme Last stemmen müsste.

»Es war nicht geplant«, sagte er. »Nicht so. Aber ist es meine Schuld, wenn altes Aas schnell krepiert?«

Manczic hätte ihn am liebsten wieder korrigiert, hätte ihm gesagt, dass Aas was Totes ist und dass etwas Totes nicht mehr krepieren kann. Doch das war letztlich nicht wichtig. Wichtig war nur der nächste Schritt.

»Was ist mit dem anderen?«, fragte er. »Dir ist klar, dass nichts mehr schiefgehen darf, oder?«

Der Mann knetete die Finger. Seine Wut wich einer gewissen Demut. Ob sie echt war, hätte Manczic nicht zu sagen gewusst. Ihm genügte es, dass er nicht mehr auf Aggression stieß.

»Geht nichts mehr schief«, sagte der Mann. »Kannst dich verlassen.«

Manczic kratzte sich am Kopf. Er dachte nach. Und er ließ den Mann in der Stille und der Ungewissheit warten.

»Was? Was denkst du? Was ist los? Du musst mir sagen!«

»Ich bin skeptisch, ob du der Richtige bist. Das ist los. Der Auftrag erfordert nämlich, dass du nicht nur deine starken Hände gebrauchst, sondern auch mal deinen Verstand.«

Der Mann grinste. »Fehler macht man«, sagte er. »Aber nicht oft. Nicht immer selben. Verstehst. Ich habe mir den Mann angesehen. Bisschen beobachtet. Wie er lebt und so, weißt du. Bin gut informiert …«

»Was alles nichts nützt, wenn du ihm dann die Gurgel zudrückst, bevor er uns den Namen sagt.«

Der Mann grinste noch mehr.

»Wird ihn sagen, brauchst nicht Sorge haben. Wird ihn ganz gewiss sagen … Und dann? Wenn wir Namen haben – hängen wir ihn auch an einen Baum?«

Manczic überlegte kurz. Dann sagte er: »Ist mir egal. Mach mit ihm, was du willst. Hauptsache, er kann niemals mehr irgendeinem Menschen Schaden zufügen.«

Jetzt nickte der Mann. Manczic hatte den Eindruck, er würde in Gedanken schon ganz genau überlegen, wie er sein Opfer zuerst zum Reden und dann zum Schweigen brächte. Und wie zur Bestätigung sagte der Mann noch: »Gut.«

»Ich gehe jetzt«, sagte Manczic. »Wann kann ich damit rechnen, den fehlenden Namen zu erfahren?«

»Wenn du willst, ist es so weit nächste Woche.«

»Das ist gut«, sagte Manczic. »Ich erwarte deine Nachricht. So wie immer.«

Als er sich schon abwendete, um dem Ausgang aus der Labyrinth-Hand entgegenzugehen, rief ihn der Mann noch einmal zurück.

»Warte«, sagte er. »Wenn du rausgehst, zum Bus gehst und in Innsbruck dann bist – hab Auge auf den Jungen. Er will nix Gutes. Find das raus und sag mir Bescheid.«

Manczic lächelte. »Ich finde das raus. Verlass dich drauf. Und du – besorg uns du den Namen. Mach der Drecksau die Hölle heiß. Richtig heiß.«

Er wartete nicht auf eine Reaktion, war nicht interessiert daran, die Brutalität oder den Sadismus in den Zügen des Mannes zu sehen. Auch wenn er Mist gebaut hatte, als er Spiss so leicht davonkommen ließ – Manczic war sich sicher, dass er diese Aufgabe vorzüglich erledigen würde.

Er hatte Berichte gelesen über die Folterungen und Tötungen kroatischer Kämpfer im Balkankrieg. Kein Zweifel: Dem Opfer würde das Lachen vergehen.

Der würde die eigene Tochter verraten, dachte er.

In diesen Minuten war Manczic ein ziemlich glücklicher Mensch.

***

»Du hast was?«

Schwarzenbacher war fassungslos. Pablo stand ihm gegenüber, machte ein betretenes Gesicht, und es hätte nur noch gefehlt, dass er die Schultern hängen ließ.

»Du hast ihn da reingehen lassen, bist ihm nicht nach und weißt nicht, was er in der halben Stunde getrieben hat? Was ist nur in dich gefahren?«

»Ich hatte nicht genug Geld dabei«, sagte Pablo.

»Das kann doch nicht wahr sein! Wegen ein paar läppischer Euro hast du den Kerl laufen lassen.«

Jetzt aber wurde Pablo störrisch. »Vielleicht sind es für dich ein paar läppische Euro, für mich nicht. Ich habe keine Arbeit, und ich beziehe auch keine Rente, falls du das vergessen hast. Ich studiere noch! Und überhaupt: Was soll schon gewesen sein in diesen zwanzig Minuten, während Manczic da drin war. Es waren nicht mehr als zwanzig Minuten, das schwöre ich dir.«

Schwarzenbacher verzog das Gesicht. Es besagte, dass der Junge nicht die geringste Ahnung hatte. Doch es dauerte nur ein paar Sekunden, bis seine Züge weicher, versöhnlicher wurden.

»Pablo, denk mal nach: Wenn einer sich von Innsbruck aus mit Zug und Bus zu den Kristallwelten auf den Weg macht – hier also schon mal Kosten und Mühen nicht scheut, dann von seinem wenigen Geld, das er zur Verfügung hat, einen gewiss ganz stattlichen Eintrittspreis berappt –, geht der dann rein, rennt durch, ist nach zwanzig Minuten wieder draußen und steigt in den Bus? Das wäre doch idiotisch, oder?«

Was hätte Pablo da entgegnen sollen? Natürlich hatte der alte Kriminaler-Fuchs in allen Belangen recht. In den Kristallwelten war etwas geschehen. Manczic musste einen anderen Grund für den Besuch gehabt haben als die Freude an André Hellers Phantasien. Manczic hatte jemanden getroffen, mit jemandem gesprochen, vielleicht irgendwas vereinbart. Nur was?

Und ich bin so nahe dran gewesen, dachte er.

»Jetzt mach nicht so ein Gesicht«, sagte Schwarzenbacher. »Die Welt geht nicht unter deswegen. Wenn er jemanden getroffen und vielleicht etwas besprochen hat, was für uns von Interesse gewesen wäre, dann hätte er es dir wohl kaum zum Mitschreiben diktiert. Zu gut Deutsch: Du hättest eh nichts davon mitbekommen. Aber es wäre immerhin interessant gewesen zu erfahren, mit wem er sich da trifft. Hätte uns vielleicht etwas erzählt über ihn. Etwas, was wir bisher nicht geahnt haben.«

Pablo musste nicht überzeugt werden. Er wusste, dass etwas schiefgelaufen war. Und er hatte Angst. Eine undefinierbare Angst vor möglichen Folgen.

Schwarzenbacher schien auch das zu bemerken.

»Mach dir nicht so viele Gedanken. Es ist vorbei, und es lässt sich ohnehin nichts mehr ändern. Das, was dir jetzt passiert ist, ist jedem Kriminalbeamten auch schon passiert. Und bestimmt mehr als nur einmal.«

Es war ein Trost für Pablo. Aber nur ein schwacher.

***

Das nächtliche Geräusch, das Hellwage neulich vernommen hatte, und damit verbunden die unselige Erinnerung an den Mann von der Raschötz hatten ihn sensibilisiert. Er ging jetzt immer erst zu Bett, nachdem er sich davon hatte überzeugen können, dass Tür und Fenster gut verschlossen waren. Meist lag er dann noch länger wach, horchte auf die knarzenden Geräusche, die ein altes Haus, bei dem viel aus Holz gebaut ist, so von sich gibt. Er lauschte nach draußen, aber seither vernahm er nichts Ungewöhnliches mehr.

Er hatte sich getäuscht. Freilich hatte er sich getäuscht.

Die Ursache des verstörenden Geräuschs vor einigen Nächten würde gewiss eine ganz simple Erklärung haben, beschwichtigte er seine Befürchtungen.

Doch da war auch noch die Journalistenseele in ihm, der Zweifler, der Skeptiker, der unstillbar Neugierige. Und diese Stimmen ließen sich nicht mit gleichsam homöopathischen Mitteln ruhigstellen. Tagsüber, wenn er beim Wandern war oder beim Einkaufen in Lajen oder wenn er auf seiner Terrasse vor dem Haus saß, dann drängten sich diese Stimmen in den Vordergrund.

Was ist denn schon zu befürchten?, fragte er sich selbst. Ein Einbrecher? Das erschien ihm am wahrscheinlichsten.

Seit die Region für Zweitwohnsitze und Ferienwohnungen immer attraktiver geworden war, hatte es gelegentlich derartige Einbrüche gegeben – vereinzelt nur, wie aus der »Dolomitenzeitung« zu erfahren war, und stets nur dann, wenn niemand zu Hause war.

Meine Sorgen sind unbegründet, dachte er.

Doch er dachte auch: Man kann nicht vorsichtig genug sein.

Er hatte eine Idee.

Ein paar Tage später war Markt in Klausen. Auch wenn er eigentlich nichts benötigte, fuhr Hellwage immer gerne hin. Die kleine Stadt mit ihrem mittelalterlichen Ortskern, der Burg und dem einzigartig gelegenen Kloster Säben hoch darüber war ihm oft einen Ausflug wert. Und beim Markt genoss er es, den Händlern und den Bauern aufs Maul zu schauen, zu beobachten, wie gefeilscht wurde und wie schließlich mit Handschlag und, bei größeren Geschäften, auch noch mit einem Viertel Roten Kauf und Verkauf besiegelt wurden.

Bei einem der Marktstände, die mit Pflanzen handelten, erwarb er zwei Zwanzig-Liter-Säcke mit feiner Blumenerde. Er deponierte sie beim Händler, schlenderte umher, kaufte sich an einer Imbissbude eine Meraner Wurst, die er mit viel scharfem Senf verzehrte.

»Loss dir schmecken«, sagte der Imbissmann. »Von der hoscht zwoamol was – iatz beim Essen, und nochher beim Aufsteßn.«

Er kaufte ein wenig Obst, schleppte dann die Erde zum Auto und traf unterwegs noch den Bauern Rifesser aus Tschöfas, der weit und breit den besten Speck unterm Dach hängen hatte.

»Ja«, sagte der Bauer, »ich kauf grad wieder drei junge Schweine. Die kommen dann auf die Alm, sobald der Schnee ganz weg ist. Da hamms' ein schönes Leben.«

Hellwage wusste das. Er war schon ein paarmal auf der kleinen

Alm unterm Sellajoch gewesen und hatte sich dabei auch die Schweinderln angesehen, die dort droben, auf zweitausend Metern, wahrlich ein Leben wie Gott in Frankreich führten: viel Freiheit, gesunde Luft, Bewegung und ein richtig gutes Futter, nämlich die gesamten Küchenabfälle aus der nahen Almwirtschaft.

»Das stimmt«, sagte Hellwage, »bei dir haben die Schweine ein gutes Leben. Da möchte man am liebsten selbst eine Sau sein. Wenn man nicht wüsste, dass man dann im Herbst abgestochen wird ... Wie dem auch sei, du kannst mir schon wieder zwei Kilo reservieren, wenn das machbar wäre.«

Als er am Nachmittag wieder zu Hause war, räumte er die Terrasse leer und verteilte dünn und locker die dunkle Erde aus den Säcken. Er sah immer wieder prüfend zum Himmel: Der Wetterbericht schien recht zu behalten, es würde trocken und mild bleiben, heute und wahrscheinlich auch an den nächsten Tagen.

Abends fächelte er mit einem Reisigbüschel die eigenen Spuren weg und zog sich dann ins Haus zurück. Wenn jemand käme, um hier herumzuschnüffeln, dann musste er unweigerlich Spuren hinterlassen. Und das, ohne selbst etwas davon zu merken, denn die Erdschicht auf dem Holz war kaum drei Millimeter dick.

Warte, Kerl, wenn es dich gibt, dann kriegen wir dich auch, dachte Hellwage.

***

Pablo und Marielle packten die Rucksäcke, schnallten Eispickel und Steigeisen drauf, holten die Bergstiefel aus dem kleinen Kellerabteil, das einer Rumpelkammer nicht unähnlich war, und füllten die Trinkflaschen mit Wasser und Magnesiumpulver.

»Und Schwarzenbacher war wirklich einverstanden?«, fragte Pablo.

Marielle sah ihn an, als wäre er ein Kind, das einfach nicht kapiert, wie man das Essbesteck hält.

»Ja, ich sag's jetzt noch mal: Er ist einverstanden. Ich habe ihm erklärt, dass du eine Auszeit brauchst. Dass wir nicht Fulltime-Spitzel sind. Dass wir in die Berge wollen. Und dass meinetwegen er und Ellen oder irgendein Typ aus Hosps Dienststelle die nächsten zwei Tage hinter Manczic her sein sollen.«

»Okay«, sagte Pablo. »Ich kann mir das schon vorstellen. Du hast ihn gar nicht erst gefragt, ob es ihm recht ist. Du hast ihm das auf eine Art mitgeteilt, die ihm gar keine Wahl gelassen hat, oder?«

Marielle grinste. Sie erhob sich vom Boden, wo sie am Rucksack hantiert hatte, und stieß Pablo über das Fußteil des Bettes auf die Matratze.

»Irgendwelche Klagen?«, fragte sie und sah ihn mit herausforderndem Blick an. Sie krabbelte zu ihm aufs Bett, kitzelte ihn am Bauch, an der Brust, an den Beinen – und da, wo er es so richtig gern hatte.

»Hey, du dumme Nudel«, kreischte er. »Hör bloß damit auf! Aufhören sollst du!

Er packte sie, zog sie zu sich heran, sie balgten wie junge Hunde, und es hätte gar nicht viel gefehlt, dass sie damit begonnen hätten, sich die Hosen und die Pullis gegenseitig wieder auszuziehen.

»Schluss«, sagte Marielle. »Wir sollten jetzt wirklich aufbrechen.« Sie löste sich von Pablo, sprang aus dem Bett und forderte ihn noch mal auf: »Los, komm, steh auf!«

»Ein Stückchen von mir steht doch schon.«

Sie ließ sich nicht beirren. Auch sie hätte große Lust gehabt, jetzt mit ihm zu schlafen. Aber die Zeit war knapp. Und unter Zeitdruck einen Quickie hinlegen – nein, dazu hatte sie wiederum keine Lust.

Und außerdem waren ihre Gedanken woanders: Sie freute sich so wahnsinnig, jetzt ins Gebirge zu kommen. Einfach nur auf eine Hütte und morgen dann über den Gletscher zu einem Gipfel. Sie freute sich auf die Luft im Hochgebirge, auf den Sonnenaufgang am Gletscher, auf das strahlende Weiß, in dem sie unterwegs sein würden, auf das Blau des Himmels und natürlich auf den Rundumblick, wenn sie erst einmal oben wären.

Und sie freute sich darauf, Pablo mit dieser Tour, die gar nicht schwierig sein würde, sondern für sie beide reines Genussbergsteigen wäre, auf andere Gedanken zu bringen.

Sie spürte, dass auch er sich freute.

Aber an seinen Augen glaubte sie ablesen zu können, dass er mit sich noch längst nicht im Reinen war. Er quälte sich mit seinem Fehler herum, redete sich ein, etwas ungeheuer Wichtiges versäumt zu haben, und hatte Angst, dass dieses Versäumnis Folgen haben könnte.

Eine Angst, die ganz tief saß, die sich in ihn hineingefressen hatte und die so leicht nicht zu vertreiben sein würde.

»Komm«, sagte Marielle zu Pablo. »Morgen Abend sind wir zurück. Und dann …«

»Was dann?«, fragte er.

Marielles Antwort kam ganz ohne Worte aus. Sie schob ihr Becken nach vorn und brachte es ganz sanft zum Wippen.

Pablo spitzte die Lippen, als müsste er erst über ein derartiges Angebot nachdenken. Dann schaute er ganz ernst und sagte nur: »Ich weiß wirklich nicht, was du meinst.«

5

Der Morgen kam in einem undefinierbaren Farbengemisch aus Blau und Grau, in das sich Violett- und Orangetöne hineinmischten, bald auch ein goldgelber Streifen über den Bergspitzen im Osten.

Marielle und Pablo waren noch in der Dunkelheit aufgebrochen, waren im Schein ihrer Stirnlampen dem Pfad gefolgt und hatten im allerersten Licht des Tages den Gletscher erreicht.

Schon bei diesem Anstieg war ihnen klar geworden, dass der Winter auf diesen Höhen noch nicht gänzlich vorüber war. Immer wieder querten sie auf den Moränen und entlang des Gletscherschliffs größere Schneefelder, die sich hartnäckig gehalten hatten.

»Noch ganz schön viel Schnee«, sagte Marielle, und in ihrer Stimme lag die Skepsis, ob unter solchen Bedingungen ein Aufstieg zum fast dreieinhalbtausend Meter hohen, von Gletschern umrahmten Wilden Pfaff überhaupt ratsam oder möglich wäre.

»Ja«, sagte Pablo. »So viel Schnee hätte ich auch nicht erwartet. Aber die Spuren zeigen, dass schon einige hier gegangen sind. Wir werden halt am Gletscher verdammt aufpassen müssen.«

Marielle wusste, was er damit meinte. Im Winter, wenn in diesen Höhen drei oder vier Meter Schnee fielen, wurden viele der oft riesigen und zig Meter tiefen Spalten zugeschneit oder von sogenannten Schneebrücken überdeckt. Es dauerte dann bis in den Hochsommer, ehe all der Schnee weggetaut war und die gefährlichen Spalten inmitten blanken Eises ganz unschwer zu erkennen waren. Jetzt, im Frühsommer, war die Oberfläche eines Gletschers trügerisch: Unter dem strahlenden Weiß konnte sich urplötzlich ein Abbruch auftun, eine Kluft, zwanzig, dreißig Meter tief und tödlich für den, der da ohne Seilsicherung hineinstürzte.

»Wir müssen wirklich vorsichtig sein«, bekräftige Pablo seine Sorge noch einmal. »Es wäre besser, wir könnten mit anderen eine Viererseilschaft bilden, als nur zu zweit auf den Gletscher zu gehen.«

Auch das lag für Marielle auf der Hand: Wenn einer aus der Seilschaft plötzlich in eine Spalte stürzte, mussten sich die anderen in den Schnee werfen. Die Reibung des in die Spaltenkante einschneidenden Seiles und dazu die Reibung der Körper der Kameraden im Schnee würden dafür sorgen, dass der Sturz abgefangen werden konnte.

»Ich glaube, dass hinter uns noch welche kommen«, sagte Marielle. Wir brauchen hier nur zu warten. Ich bin sicher, dass alle froh sind, wenn man sich zu einem größeren Team zusammenschließen kann. Drei oder vier Leute können einen Sturz leichter halten als einer allein …«

»Und sie tun sich auch leichter, einen Gestürzten wieder aus der Spalte rauszuziehen. Du hast recht, warten wir hier.«

Während sie die Klettergurte anlegten, das Seil schon einmal herrichteten und die Steigeisen an die Stiefel schnallten, genossen sie die besondere Atmosphäre des Morgens im Hochgebirge.

Die Farben des Himmels. Die Klarheit der Luft und das Aroma dieser Landschaft: Der Duft der bergfrühlingsfeuchten Erde und der nachtnassen Bergblumen und Gräser; der Geruch des Gesteins – Marielle war jedes Mal aufs Neue überrascht und begeistert, wie klar und deutlich man Fels riechen und verschiedene Gesteinsarten wie Kalk, Urgestein oder Granit am jeweils eigenen Geruch unterscheiden konnte. Und dann natürlich auch der Geruch von Schnee; sie hätte nicht sagen können, wie man den beschreiben könnte. Sie wusste nur, dass sie ihn liebte, dass sie ihn immer wieder genießen wollte, denn es war für sie nicht einfach nur ein Geruch, sondern zugleich eine Verheißung auf großartige Stunden in einer Landschaft, die sie am allermeisten liebte: die Berge mit ihren Felstürmen und Wänden. Mit ihren Gletschern und Graten und Kanten. Mit den Bergwiesen und den tief eingeschnittenen Tälern. Mit den Almen und Berghütten und den unzähligen Möglichkeiten, hier überall Abenteuer zu erleben.

Nach einer Viertelstunde kamen drei Bergsteiger, die nur zu gern bereit waren, sich mit Marielle und Pablo zu einer Fünferseilschaft zusammenzuschließen und gemeinsam zum Pfaff hinaufzusteigen. Drei Stunden Aufstieg lagen vor ihnen. Die etwas ferneren Bergspitzen schienen von der aufgehenden Sonne plötzlich wie vergoldet. Der Himmel, jetzt in einem einheitlich matten Blau, zeigte sich wolkenlos. Was würde das doch für ein großartiger Tag werden.

***

Als Hellwage wie fast an jedem Tag um halb sieben aufwachte, versuchte er ganz leise zu sein. Er schlich die Treppe von seiner Schlafkammer hinunter und achtete darauf, nicht auf die beiden Stufen zu treten, die beinahe immer knarzten. Mitten in der Wohnstube verharrte er eine Weile, ehe er an eines der Fenster schlich und, vom Vorhang gedeckt, auf die Terrasse hinauslurte. Alles bestens!

Seine Erdschicht wies nichts Verdächtiges auf. Die Spur einer Krähe, die einen unkonventionellen Tanz aufgeführt haben musste; ein Eichhörnchen oder ein Marder oder so etwas Ähnliches hatte eine Ecke der Terrasse überquert, das war alles.

Kein menschlicher Fußabdruck.

Wieder musste er an Robinson Crusoe denken und wie der auf seiner menschenleeren Insel eines Tages einen Fußabdruck im Sand entdeckt hatte. Er konnte sich vage daran erinnern, wie geschockt Robinson von dieser Entdeckung war – und er war sich bewusst, dass sein eigener Schrecken kaum geringer gewesen wäre, hätte er an diesem frühen Morgen entdeckt, dass ein Mensch des Nachts um sein Haus geschlichen war.

Hellwage war erleichtert. Zwar wusste er, dass seinem Experiment nach nur einer Nacht nicht sehr viel Aussagekraft abzugewinnen war. Und doch reichte ihm das positive Zwischenergebnis schon dazu, seine Sorge und seine Angst zu relativieren. Die Nadel auf dem Risiken-Zähler in seinem Innern schwenkte von Rot auf Grün.

Ich hab mir das alles nur eingebildet, dachte er. Natürlich habe ich mir das alles nur eingebildet.

Er sperrte die Haustür auf und trat barfuß und noch im Schlafanzug hinaus.

Was für ein herrlicher Morgen, dachte er. Das oder so etwas Ähnliches dachte er oft, denn das Südtiroler Klima bot reichlich wundervolle Morgen und nicht minder wundervolle Tage.

Herrlich, dachte er. Was für eine gute Luft.

Er stapfte über seine erdüberzogene Terrasse auf die Wiese neben dem Haus. Sie war kühl und klitschnass, und er genoss das. Er machte die paar Schritte bergauf bis dorthin, wo der Mischwald sein Hanggrundstück begrenzte, wandte sich dann um und genoss den Ausblick auf die von der Morgensonne angestrahlten Wiesenhänge über dem Eisacktal. Ein Ausblick, der so voller Leben war.

Es war Hellwage zur Gewohnheit geworden, an Schönwettertagen aus dem Haus zu gehen, seinen Pimmel aus dem knopflosen Schlitz seiner Schlafanzughose zu pfriemeln und genussvoll auf seine Wiese zu pinkeln.

Er mochte die Natur, durfte sich in diesen Momenten ganz eins mit ihr fühlen, er war irgendwie stolz darauf, dass er trotz seines vorgerückten Alters noch immer einen druckvollen Strahl urinieren konnte, und die Möglichkeit, dabei von irgendjemandem rein zufällig gesehen zu werden, reizte ihn als Ungebührlichkeit und erregte ihn bisweilen sogar sexuell: Es konnte geschehen, dass sich sein Glied versteifte, während er noch die letzten Tropfen daran abschüttelte.

An diesem Tag aber traf ihn der Schlag.

***

Die Nacht war klar und kalt gewesen, der Schnee war jetzt hart und griffig. Die Seilschaft, an deren Spitze Marielle ging, bewegte sich wie eine lange Schlange in gleichmäßiger Geschwindigkeit über den Gletscher.

Marielle war glücklich. Jeder Schritt auf dem Firn war ihr eine Freude. Draußen sein, die Natur ganz unmittelbar erleben, die eigene Kraft spüren und sich berauschen lassen von der Magie der hochalpinen Landschaft.

Die drei anderen sind zwar nicht mehr die Jüngsten, dachte sie, aber sie gehen gut, und man merkt, dass sie erfahrene Bergsteiger sind.

Als sie den Gipfel erreicht hatten und vorerst einmal das sichernde Seil ablegen konnten, stellte sich im Gespräch während der Gipfelrast heraus, dass der Älteste von ihnen bereits über siebzig war – und dass er seit siebenundfünfzig Jahren mit Leidenschaft in die Berge ging.

»Und wie schafft man das?«, fragte sie.

»Nicht rauchen, mäßig im Trinken und Sex nur zweimal im Monat«, sagte er lächelnd zu Marielle, »dann bleibst fit bis ins hohe Alter.« Seine Freunde quittierten diese »Lebensweisheit« mit schallendem Gelächter.

Doch Marielles grinsende Antwort ließ das Lachen verstummen, und die in die Jahre gekommenen Männer staunten nicht schlecht. »Ich probier's lieber so: Trinken wenig, Rauchen selten – dafür Sex zweimal am Tag. Ich wette, damit werden Pablo und ich uralt …«

»Du bist richtig«, sagte der Älteste, und er klopfte ihr auf die Schulter.

Die Stimmung wurde jedoch urplötzlich ernster, als einer der Männer zu Marielle sagte: »Mädel, dich kenn ich doch. Irgendwoher kommst mir bekannt vor.«

Sie sah sich den Mann genauer an, zuckte dann mit den Schultern. »Nicht dass ich wüsste.«

Während alle ihre Brotzeit aßen und dabei auf die vielen weißen Bergspitzen schauten – Besteigungen erinnernd oder ersehnend –, sah der Mann sie immer wieder mal an. Er schien in seinem Gedächtnis zu kramen, um herauszufinden, warum ihm die junge Frau so bekannt vorkam.

Plötzlich huschte ein Lächeln über sein Gesicht. Aber er sagte nichts. Noch nicht.

Erst als sich alle wieder zusammenrichteten, ihr Zeug in den Rucksäcken verstauten und dabei waren, sich ins Seil einzuhängen, trat er kurz neben sie und sagte: »Ich weiß wieder, wer du bist. Du bist das Mädchen, das damals im Winter an der Schattenwand gerade noch lebend geborgen worden ist. Ich war einer von den vielen Bergrettern, die nach dir gesucht haben. Schlimme Geschichte …«

Sie sah ihn an und durch ihn hindurch, und es war ihr einige Augenblicke lang so, als würde sie das Matratzenlager in der Hütte unter der Schattenwand riechen, den Angstschweiß der Menschen darin. Und als würde sie die Stimme der Hüttenwirtin hören, ihr hysterisches Schreien … und als würde sie den Toten in seinem Blut liegen sehen … und als würde sie die Qualen des Biwaks im Schnee …

»Hey!«, hörte sie ein Rufen. »Hey, was ist denn los? Wollt ihr euch nicht fertig machen?«

Marielle war schlagartig wieder im Hier und Jetzt. Sie sah den Bergrettungsmann vor sich, und sie war froh, die Erinnerungshölle wieder verlassen zu können.

Sie klinkte den Seilknoten in den Schraubkarabiner am Klettergurt, sah noch einmal auf, traf den Blick des Mannes und sagte, ganz leise, doch laut genug, dass er es verstand: »Danke.«

***

Tiefe Schwärze. Schwärzer als jede Nacht. Stromausfall mitten in einem vielfarbigen Traum.

Wenn das der Tod war, war es gut. Das Schwarz umhüllte ihn wie ein Kokon. Die Stille war grenzenlos. Und der Körper war frei: schwerelos in einem Weltall, in dem es keine Sterne gab. Auf der Rückseite des Universums.

So hätte er ewig dahintreiben wollen, ohne Gestern, ohne Heute, ohne Morgen. Frei von Schmerz, frei von Erinnerungen und frei von Plänen und Wünschen.

Gut war der Tod, leicht wie eine Feder.

Gut war der Tod – doch er war ein schwarzes Trugbild.

Enttäuschung war das Erste, was Hellwage verspürte. Denn allmählich bekam sein Körper wieder Gewicht, die Schwerelosigkeit verebbte, unweigerlich zog es ihn nach unten.

Dann kam der Schmerz.

Alles blieb schwarz und undurchdringlich, doch der Schmerz war da und fraß sich von verschiedenen Seiten her in ihn hinein.

Es dauerte, bis er den Schmerz orten konnte. Als es jedoch so weit war, hätte Hellwage viel darum gegeben, wenn er länger in diesem undefinierten Zustand hätte verharren können. Denn mit der Ortung des Schmerzes in seinem Körper erreichte dieser zugleich eine neue Dimension.

Rücken. Arme. Hände. Kopf.

Am schlimmsten war der dumpf-dröhnende Schmerz, der seinen Kopf ausfüllte. Ein Übelkeit bereitender Schmerz, nicht lokalisierbar, wo er seinen Ausgang nahm, ob am Hinterkopf, an den Schläfen, hinter den Augen oder im Mund. Der erste Gedanke, der sich aus der Schwärze nach vorn schob, war: Ich muss gestürzt sein, schwer gestürzt und irgendwo mit dem Kopf aufgeschlagen.

Der zweite Gedanke war: Ich kann nichts sehen.

Diese Erkenntnis kam ganz ohne Panik, eine rein sachliche Feststellung. Alles ist schwarz. Ich kann nichts sehen. Nicht das Geringste.

Waren es Minuten oder Sekunden, ehe er die nächsten Schmerzen wahrnahm? Sein Rücken – als ob jemand an ihm zöge, gleichzeitig an den Armen und an den Beinen. Die Schultern und der Nacken fühlten sich fürchterlich verkrampft an, und aus dem unteren Wirbelbereich jagten in unregelmäßigen Abständen stromstoßartige Wellen durch seinen ganzen Körper.

Er stellte sich die Frage, was geschehen war und wo er sich befand und was die Schmerzen mit seiner Blindheit zu tun haben konnten.

Wieder jagte ein Stromstoß durch seinen Rücken und ließ Hellwage erzittern. Er stöhnte auf, er hörte sich selbst, und irgendwie tat es ihm gut, sich wenigstens hören zu können.

Aber diese Schmerzen! Im Kopf, im Rücken, überall. Und jetzt spürte er die Qual auch in seinen Armen und mehr noch als anderswo an den Handgelenken. Seine Arme mussten so stark gedehnt sein, dass die Muskeln bald reißen würden. Und die Handgelenke, die grauenvoll brennenden Handgelenke mussten tiefe Schnitte aufweisen, Schnitte bis auf die Knochen …

Er stöhnte, und er hörte sich wieder selbst, doch auch das war nun kein Trost mehr.

Sein Gehirn begann wieder zu arbeiten, Gedanken formten sich, doch er hatte keine Erinnerung an das, was kurz vor dem Eintreten der Nachtschwärze gewesen war. Er wusste, wer er war. Das war alles. Doch er konnte nicht sagen, was ihm zugestoßen war und wo er sich jetzt befand.

Er hatte geglaubt, tot zu sein. Doch die Schmerzen, die seinen Körper quälten, machten ihm nur allzu deutlich, dass er noch lebte.

Er versuchte zu sprechen. Doch es kamen nur unartikulierte Geräusche aus seinem Mund. Das Wort, das er sagen wollte, verendete in einem Röcheln.

Hellwage versuchte es wieder. Und wieder. Versuchte es so lange, bis die Worte sich formten, bis sie gehört werden mussten, wenn jemand in der Nähe war.

»Bit-te … bit-te … Was-ser … bit-te … trin-ken …«

Doch es kam niemand, um ihm Wasser zu geben, um ihm zu helfen, um ihn von seiner Pein zu erlösen, wenigstens die schlimmsten Schmerzen zu mildern.

Hellwage war blind, er wusste nicht, wo er sich befand, er stöhnte vor Schmerz – und das war das Einzige, was er hören konnte.

Er war allein. Er war blind. Und er wurde fast wahnsinnig vor Schmerzen.

***

Noch im Abstieg wurde Marielle von den Erinnerungen verfolgt. Immer wieder versuchte sie diese Bilder abzuschütteln, doch sie kehrten gleich zurück. Sie wollte sich berauschen an der Landschaft, an den Bergspitzen und den Gletscherströmen. Aber in die beinahe unwirkliche Schönheit drängten sich die grauenhaften Eindrücke von damals.

Da lag dieser Mann am Boden, und er schien sie anzusehen. Was aber gar nicht möglich war: Ihm war mit einer Schrotflinte ins Gesicht geschossen worden. Der Mann war tot, und Gesicht hatte er keines mehr.

Reiß dich zusammen, dachte sie. Reiß dich zusammen. Du bist die Erste am Seil, Mariele, und du solltest verdammt noch mal den besten Weg durch diese Spaltenlandschaft finden. In so einem stummen Selbstgespräch nannte sie sich selbst oft Marie-le mit dem »le« als Verniedlichungsform von Marie – so wie sie in der Schule früher bisweilen gehänselt worden war.

Sie stiegen anders ab, als sie heraufgekommen waren. Und hier war keine Spur, die ihnen den sichersten Weg wies. Grundsätzlich war klar, wohin sie sich zu orientieren hatten. Doch die Entscheidungen, ob man weiter links oder rechts gehen sollte, waren jedes Mal schwierig. Marielle musste das Gelände »lesen«, musste mit ihrer Erfahrung und ihren bergsteigerischen Instinkten die sicherste Route durch unsicheres Gelände finden. Und Marielle verfügte über gute Instinkte, und sie hatte immer schon ein »gutes Händchen« gehabt, wenn es darum ging, aus verschiedenen Möglichkeiten die beste und damit gefahrloseste zu wählen.

Heute war es anders. Sie tat sich schwer, sich aufs Wesentliche zu konzentrieren. Die Begegnung mit dem Bergretter hatte Erinnerungen aufgefrischt, die sie fest in sich verschlossen geglaubt hatte. Da waren diese grauenvollen, wiederkehrenden Bilder, sie waren schlimm, aber nicht einmal das Schlimmste. Was sie während des

Abstiegs noch mehr aus der Fassung brachte, war, dass die Umstände, die zum Tod des Hüttenmörders geführt hatten, nie geklärt worden waren. Die offizielle Version lautete, dass er von einer Lawine in den Tod gerissen worden war. Marielle hatte man nach langer Suchaktion gefunden, mehr tot als lebendig, dem Mörder entkommen, aber im winterlichen Hochgebirge beinahe zugrunde gegangen.

Weiß glitzerte die Oberfläche des Gletschers. Nirgendwo waren Spalten. Sie war froh, dass alles weiß war und nirgendwo Löcher und Klüfte in der Schneedecke. Doch das Weiß störte sie dennoch: Es war beinahe das gleiche Weiß wie das der Ärztekittel in der Uniklinik, wo sie damals über Wochen behandelt und wieder hergestellt worden war. Die Schäden an ihrem Körper waren relativ schnell geheilt: die Erfrierungserscheinungen, die Unterkühlung, die Abschürfungen, die Platzwunden an den Lippen, die von seinen Schlägen herrührten … Langwieriger war es gewesen, psychisch wieder Halt zu gewinnen, das Erlebte und Erlittene zu verdauen, zu verarbeiten.

Ich habe es nie verarbeitet, dachte Marielle. Habe es verdrängt. Verdrängt und verdrängt. Schwarzenbacher kam ins Krankenhaus, ich hab nicht gewusst, wer er war, es hat gedauert, bis ich ihm ein bisschen Vertrauen geschenkt habe. Wenn er mich gefragt hätte, was wirklich geschehen ist, dann hätte ich ihm nicht vertraut. Aber er hat mich nicht gefragt. Nie. Es ist mein Geheimnis geblieben. Quatsch! Kein Geheimnis – einfach meine Angelegenheit, die niemanden etwas angeht, nur mich.

An noch etwas erinnerte sie sich: Dass Schwarzenbacher sie damals mehrfach aufgefordert hatte, jedes Detail in sich noch einmal wachzurufen, das ganze Drama innerlich noch einmal nachzuvollziehen, weil sie sonst nie Ruhe bekommen würde …

»Hey! Marielle! Spinnst du? Wo läufst du hin?«

Die Schreie der anderen holten sie aus der Vergangenheit ins Jetzt.

»Schläfst du im Gehen, oder was ist los?«

Marielle war stehen geblieben, die anderen am Seil ebenfalls. Nun sah sie auch, was sie schon längst hätte sehen müssen: Dass sie auf ein Gewirr von Spalten zugesteuert war, die sich als kaum wahrnehmbare Linien unter einer wahrscheinlich nicht mehr sehr dicken und trügerischen Schneedecke abzeichneten. Sie wusste, wenn die anderen nicht aufgepasst hätten, dann wäre sie da hirnlos und ahnungslos hineinmarschiert. Und es gab keinen Zweifel, dass die Schneebrücken unter ihr zusammen gebrochen wären. Sie hasste Gletscherspalten. Und sie verfluchte sich selbst.

Doch ein Gutes hatte dieser Effekt: Er hatte eine derartige Adrenalin-Ausschüttung mit sich gebracht, dass Marielle jetzt völlig fokussiert war auf ihre Aufgabe als Seilerste. Die bösen Gedanken waren weg. Sie selbst war jetzt ganz da. Und sie hätte wahrscheinlich noch sechs oder sieben Stunden so gehen können, ohne die Konzentration noch einmal zu verlieren.

Nach gut zwei Stunden erreichten sie die Hütte. Wohlbehalten. Und keiner erwähnte ihre Fehlleistung auch nur noch mit einem Wort.

Sie alle fanden Platz auf der großen Terrasse, die voll in der Sonne lag und wo reges Leben herrschte: Jede Menge Leute schienen die Hütte zum Ausflugsziel erkoren zu haben, sie waren heraufgewandert und ließen sich nun das Bier und den Spezi und das Essen schmecken und hielten die eingecremten Gesichter in das Sonnenlicht, das nicht nur vom Himmel kam, sondern auch noch von den Gletschern reflektiert wurde.

Nach den Stunden in der hochalpinen Einsamkeit war dieser Trubel befremdlich, fand Marielle. Doch sie war auch froh. Inmitten der vielen Menschen, wo ständig geplappert, geschwärmt, geplärrt und gelacht wurde, wo kunterbuntes Leben herrschte, verlor der Tod viel von seiner besitzergreifenden Art.

Nervig war nur, dass man jetzt lange anstehen musste, um an sein Getränk zu kommen. Marielle wartete in der Reihe, um für Pablo ein saures Radler und für sich eine Apfelschorle zu ergattern. Sie hatte gewaltigen Durst und beneidete jeden, der mit gefüllten Gläsern vom Selbstbedienungstresen zurückkam.

Als sie endlich an der Reihe war und darauf wartete, dass die Getränke eingeschenkt wurden, ereignete sich neben ihr etwas so Belangloses, dass sie nicht hätte sagen können, warum sich ihre Aufmerksamkeit ganz darauf einließ. Es war einfach so.

Zwei Bergsteiger meldeten sich fürs Nachtquartier im Matratzenlager an: »Ja, wir haben angerufen. Reif und Gebhardt sind die Namen, aus Rosenheim …« Sie legten ihre scheckkartengroßen

Alpenvereinsausweise vor, bezahlten die Nächtigungsgebühr und bekamen dafür zwei farbige Streifen, die ungefähr aussahen wie Kino-Eintrittskarten, nur doppelt so lange. Das war alles. Und Marielle hatte dabei zugesehen und zugehört, als wäre ihr ein altvertrauter Vorgang erstmals ganz bewusst geworden. So wie man sich die Füße wäscht und das ganz unbewusst macht: an der Ferse, der Sohle, am Rist, vor allem zwischen den Zehen. Schnell und doch lang genug, dass die Seife den Gestank auffrisst und das Wasser, nach Lust und Laune warm oder kalt, alles wegspült.

Ich denk beim Füßewaschen nicht an die Füße, dachte Marielle. Denk immer was anderes. Und sie nahm sich vor, am Abend daheim, wenn sie sich den Schweiß und die schlechten Gerüche vom Körper waschen würde, einmal ganz genau auf jeden Handgriff zu achten, es also wirklich bewusst zu tun.

Sie zahlte, nahm die Getränke und kehrte zurück auf die Terrasse.

»Durst!«, rief ihr Pablo entgegen.

Sie leerten ihre Krüge in einem Zug bis zur Hälfte und hielten sich dann nur aus dem einen Grund zurück, weil sie nicht gleich wieder ums nächste Getränk anstehen wollten.

Die Dreierseilschaft, mit der sie sich heute zusammengeschlossen hatten, prostete ihnen mit Bier und Radler zu. Die drei wollten auf der Hütte übernachten und am nächsten Tag noch eine Tour unternehmen. Marielle und Pablo hingegen machten sich bald für den Abstieg ins Tal fertig.

Ihm hat es scheinbar richtig gutgetan, in die Berge zu kommen, dachte Marielle, als sie hinter ihrem Freund bergab stapfte. Mir hingegen …

Einen Moment lang hatte sie Angst vor der Nacht, der Dunkelheit, den Träumen. Doch dann begann sie zu lächeln – sie wusste ein gutes Hausmittel gegen schlechte Nächte. Es hieß »Pablo«, war nicht verschreibungspflichtig, und wegen Risiken und Nebenwirkungen bedurfte es keiner Nachfrage beim Arzt oder Apotheker, sondern nur eines gefühlsechten Gummis oder seiner Selbstdisziplin, rechtzeitig wieder draußen zu sein aus ihr.

Marielle begann sich zu freuen.

***

Hellwage sah hinunter auf den starken Strahl. Er sah die Wiese, sah die Nässe in kleinen Tropfen auf den Halmen und den Löwenzahnblättern. Er schüttelte sein Glied, schaute hinüber zu den Hängen und spürte den Schlag.

Daran erinnerte er sich jetzt.

Und dass er im Fallen geglaubt hatte, es wäre ein Schlag auf den Kopf gewesen, sich im Liegen aber schon nicht mehr sicher gewesen war: vielleicht doch das Herz. Ein Infarkt. Aus, vorbei, ein paar Atemzüge noch, dann nichts mehr.

Aber er war zurückgekehrt aus dem Nichtsmehr.

Sein Herz schlug, er glaubte, es hören zu können. Er litt unheimliche Schmerzen – auch das ein Zeichen, dass er lebte. Und er war blind und voller Angst. Todesangst.

Unter größten Qualen versuchte er, seine Situation zu analysieren. Wo er war. Was mit ihm geschehen war. Und: wie sich seine Lage verbessern lassen würde. Wenn überhaupt.

Er versuchte wieder, Laute von sich zu geben. Die Stimme hatte etwas an Kraft gewonnen: »Hilfe … Bitte, hilf mir doch jemand … Hallo! … Ist wer da? …«

Niemand antwortete. Nichts rührte sich.

Bin ich in meinem Haus?, dachte Hellwage. Er versuchte, die Beine zu bewegen und vielleicht mit den Füßen den Boden abzutasten, zu erspüren, ob da der Teppich lag, an den er sich jetzt erinnern konnte. Aber obwohl er sich an den Handgelenken aufgehängt fühlte, sein ganzes Gewicht daran zerrte, konnte er die Beine nicht weit bewegen. Schnell stieß er auf Widerstand, fühlte die Fußknöchel gebunden wie die Handknöchel, nur dass seine unteren Extremitäten nicht gedehnt wurden.

Dann, plötzlich, hatte er zwei Erkenntnisse, die ihm ganz klar vor dem inneren Auge standen. Eine war gut, so gut, dass er hätte jubeln mögen. Die andere war schlecht. So schlecht, dass er in die Hose machte und merkte, wie sein Kot warm und sumpffeucht an seinen Schenkeln entlangglitt.

Die erste Erkenntnis, die gute, besagte, dass er nicht blind war. Er war sich ziemlich sicher, dass ihm die Augen verbunden worden waren und dass er sehen würde, wenn man die Binde entfernte. Ein aufwallendes Glück durchströmte ihn. Nicht blind zu sein – welch eine Freude!

Die zweite Erkenntnis, die vom grauenvollen Körpergefühl und einem enormen Gestank eskortiert wurde, war: Ich bin gefangen! Gefesselt, wehrlos, hilflos. Irgendjemand hat mich in der Gewalt.

Warum?

Er schrie jetzt. Legte alle Kraft, die noch in ihm war, in die Schreie. Es waren Hilferufe aus seinem malträtierten Körper, voller Schmerz und auch voller Wut.

Doch es gab keine Antwort. Keinerlei Reaktion. Sobald seine Stimme verhallt war, stellte sich wieder Stille ein. Jene Stille, die er aus den einsamen Stunden in seinem Haus kannte und für die er sich als Gefährten einen Hund gewünscht hatte.

Dass mir das jetzt einfällt, dachte er. So etwas Nebensächliches. Ein Hund ... Mit diesem Erinnern kam zugleich eine Ahnung, wo er sich genau befand. Er gewann eine vage Vorstellung seiner Situation. Er vermaß gleichsam seinen Wohnraum, dachte an die Holzbalken an der Decke und dass ihn jemand mit einem starken Strick daran gebunden haben musste. Er stellte sich vor, wie er da hing: Ein Seil, oben über den Balken geführt und fest verknotet, unten mit solcher Gewalt um seine Handgelenke geschnürt, dass er seine bloßen Knochen zu spüren glaubte.

Ja, ich hänge an einem der Balken. Es ist mein Haus. Es klingt wie mein Haus. Die Stille klingt, wie sie immer geklungen hat.

Er horchte darauf, ob eventuell ein Fenster oder die Tür geöffnet war. Ob von draußen Geräusche hereindrangen, ein fernes Bellen vielleicht oder das Geläut der Kirchenglocken von Lajen oder auch nur Vogelgezwitscher, wie es ihm vertraut war.

Die Beine, das konnte er erspüren, waren ebenfalls gefesselt. Mit den Knien erreichte er den Boden nicht, und die Füße waren wahrscheinlich an die schwere Kommode gebunden. Das erklärte, warum er nur an den Armen hing und seine Rückenmuskulatur gespannt war bis zum Zerreißen.

Er war in seinem Haus, das glaubte er mit ziemlicher Sicherheit zu wissen. Es half ihm nicht weiter, aber es tat ihm gut. Wie es ihm überhaupt guttat, die Realität wie mit kleinen Puzzleteilen zusammenzusetzen und damit zumindest für Minuten den Eindruck zu gewinnen, wieder einen Teil seines gepeinigten Daseins in den Griff zu bekommen.

Mein Kopf denkt, dachte er.

Dieses Denken hatte ihm ermöglicht, die räumlichen Umstände zu analysierten. Für einige Augenblicke waren die Schmerzen nicht mehr das Bedeutendste in seinem Leben.

Doch dieses Denken eröffnete ihm auch eine schockierende Gewissheit: Es ging nicht um Einbruch oder Raub – so, wie er gefesselt war, musste es sich um eine Bestrafung handeln. Eine ganz und gar sadistische Bestrafung für etwas Schlimmes, das er in seinem Leben getan hatte.

Was? Um Gottes willen, für was werde ich bestraft?

Sein Leben raste in abgehackten, immer wieder stockenden, dann weiter getriebenen Bildern durch seinen Kopf. Einmal im Schnelldurchlauf von den Kindheitstagen über Jugendjahre, Beruf, Beziehungen, Familie bis hin zum Alleinsein im vorgerückteren Alter – und wieder zurück und wieder von vorn, und dabei wurde offensichtlich in jedem Durchgang das Unerhebliche aussortiert, bis nur mehr Maßgebliches übrig blieb. Plötzlich waren nur mehr drei Kirschen da.

Kirschen, ja genau.

Kirschen als Symbole am einarmigen Banditen.

Erinnerung: Eine Reise durch Amerikas Westen. Abends im Hotel in Reno den Spielsalon aufgesucht. Eigentlich immer ein vehementer Gegner des Glückspiels gewesen. Journalistische Neugier hatte er als Grund ins Feld geführt. Musste man nicht alles einmal erlebt haben?

Er erinnerte sich ganz genau an jedes Detail – und wunderte sich im selben Moment, wie ihm das in dieser prekären Lage gelingen konnte. Er sah das Kleingeld, die sechs Dollar und siebzig Cent, nicht nur vor sich, er fühlte die Münzen geradezu in der Handfläche – leicht und rund und angenehm kühl. Fünf Dollar tauschte er gegen Coins ein, und binnen einer oder zwei Minuten hatte der Automat die Spielmünzen aufgefressen und nie etwas anderes abgeliefert als einen Obstsalat: Ananas, Kirsche, Orange. Zwei Orangen, eine Kirsche. Oder zwei Ananas und eine Orange und die farbige Leuchtschrift »Enter coin«.

Er hätte damals nicht sagen können, was ihn, den Glücksspiel-Verächter, dann doch veranlasst hatte, auch die paar übrigen Münzen gegen Coins einzutauschen (mehr als dieses Münzgeld hatte er sich von vornherein untersagt). Er war zurückgegangen zu »seinem« Automaten, den niemand anders in der Zwischenzeit in Besitz genommen hatte, und er war bereit gewesen, auch noch die letzten Cents zu verlieren, um bestätigt zu wissen, dass alles nur Humbug war und niemand Gewinne machte als einzig das Kasino.

Ein Coin war fünfundzwanzig Cent wert gewesen. Er hatte das bunte Spielgeld – gelb, ja, der Chip war gelb gewesen – in den dafür vorgesehenen Schlitz geworfen und hatte, ohne die Stopp-Taste zu betätigen, einfach abgewartet, was passieren würde.

Drei Kirschen!

Natürlich hatte er die Gewinnauszahlung gedrückt, überrascht und erfreut zugleich. Und dann waren mindestens eine halbe Minute lang Coins aus dem einarmigen Banditen gerattert, hatten das vorgesehene Fach überfüllt, waren auf den Teppichboden gefallen. Ein farbiger Security-Mann, groß und breit wie ein Schwergewichtsweltmeister, hatte ihm Plastikboxen gebracht und war ihm behilflich gewesen, seine ganzen Coins aufzusammeln.

Drei Kirschen. Sie hatten ihm umgerechnet etwa dreitausendfünfhundert österreichische Schillinge eingebracht.

Jetzt waren wieder drei Kirschen da. Drei Übeltaten, deren er sich bewusst geworden war. Glückstreffer? Oder Stempel unter sein Schicksal?

Einmal, in ganz jungen Jahren, hatte er seinem bis dahin besten Freund die Freundin ausgespannt. Sechzehn war er da gewesen, höchstens siebzehn. Paula hatte sie geheißen. Der Freund hatte das nicht verwunden, obwohl sie ihm ohnehin nicht mehr lange geblieben wäre, genauso wie sie Hellwage nur als Zwischenstation benutzt hatte. Er hatte immer ein schlechtes Gewissen gehabt, sein ganzes Leben lang. Und er hatte es bedauert, dass die Freundschaft deshalb zerbrochen war. Doch diese Geschichte war nun schon viel zu lange her – und der Freund von damals würde das Mädchen längst vergessen haben. Liebe ließ sich so lange doch gar nicht halten. Höchstens Hass …

Hellwage horchte wieder. Er schrie und stöhnte und horchte, ob so etwas wie eine Reaktion darauf kam. Er roch sich selbst, doch er maß dem jetzt keine Bedeutung bei. Was zählte, was jetzt ganz allein zählte, war, die Ursache für diese Bestrafung herauszufinden: die zweite Kirsche.

Der lange Streit mit seiner Frau fiel ihm ein, die dem vorausgegangene Affäre mit einer Bildjournalistin, der unselige Rosenkrieg. Dass er nicht in der Lage gewesen war, wenigstens ehrlich zu sein … Auch das eine Schuld, die er auf sich geladen hatte und die ihn belasten würde bis an das Ende seines Lebens. Doch irgendwie hatten sie sich ja doch geeinigt, hatten ihren Rückzug aus der Liebe und aus ihrem gemeinsamen Leben vernünftig geregelt – der Gedanke, dass er wegen dieser Sache jetzt noch irgendwie und von irgendwem bestraft werden sollte, war mehr als absurd.

Die dritte und letzte Kirsche, die Schuld, die er sich ankreiden musste, als er einen Mitbewerber um einen gut dotierten Redakteursposten – einen langjährigen guten Kollegen übrigens – mit verschiedenen intriganten Mitteln aus dem Rennen bugsiert hatte, bot die einzige Erklärung. Allerdings war auch diese Begebenheit Jahrzehnte her – und wer würde, wenn überhaupt, erst nach so langer Zeit einen Rachefeldzug starten? Der Kollege und er hatten sich fortan gemieden, waren sich aufgrund auseinanderdriftender Berufslaufbahnen auch gar nicht mehr allzu häufig begegnet, und wenn doch, so waren sie sich ausgewichen, hatten jeden Kontakt vermieden, der Kollege beleidigt und verbittert, Hellwage mit einem arrogantem Schutzwall, der besagen sollte, dass es doch für alle Beteiligten das Beste gewesen war, dass der Bessere, er, Hellwage, die Position im Medienhaus eingenommen hatte.

Klar, dieser Mann hatte ihn gehasst. Doch der war mittlerweile längst im Ruhestand, und es war mehr als unwahrscheinlich, dass er von diesem vor langer Zeit gedemütigten Kollegen hier an den Balken gebunden worden war.

Wieder horchte er in die Stille hinein. Er hörte einen Traktor, der in einiger Entfernung vorbeituckerte und dessen Motorengeräusch sich allmählich verlor.

Panik stieg in Hellwage auf.

Wer, wer, wer hat mich in diese Situation gebracht? Wem habe ich etwas so Schlimmes angetan, dass er mich so sehr hasst? Wer kommt hier durch die Tür, um mich mit vollgeschissenen Hosen zu sehen, ein Häufchen Elend, gedemütigt und zerbrochen?

Und wenn niemand kam? Wenn die Strafe darin bestand, ihn hier zu fesseln und in dieser fürchterlichen Lage langsam verenden zu lassen?

»Hilfe ... Hilfe ... Hilfe ...!«, schrie er. Aber sein Rufen verhallte ungehört. Allzu abseits lag sein Häuschen, und dass jemand zufällig vorbeikäme, war beinahe ausgeschlossen. Die Post ließ er sich noch immer nach Innsbruck schicken. Und zu den Menschen in den Dörfern der Umgebung hatte er einen freundlichen, aber auch zurückhaltenden Kontakt. Er kannte mittlerweile viele hier, und die meisten kannten ihn. Doch er hatte immer eine besondere Reserviertheit an den Tag gelegt und stets drauf geachtet, dass niemand in seine Privatsphäre eindringen konnte. Jetzt bereute er das. Und wie er es bereute! Doch das half alles nichts.

Ich bin hier allein, dachte er. Irgendjemand will mich verhungern und verdursten lassen. Und niemand wird kommen, um mich zu befreien. Er begann zu schluchzen und zu heulen. Und dann konnte er seinen Urin nicht mehr zurückhalten. Warm lief er in die Unterhose, wo sich bereits sein Kot breitgemacht hatte. Er hätte sich vor sich selbst geekelt und geniert, wenn nicht das vorherrschende und alles, sogar den Schmerz überdeckende Gefühl die Todesangst gewesen wäre.

Er schluchzte und schrie und jammerte und fluchte. Er wusste nicht, ob es Morgen, Mittag, Nachmittag oder Abend war. Ihn umgab die Nacht, und er hatte nicht die leiseste Ahnung, wie lange er schon in dieser tödlichen Nacht gefangen war.

In den Momenten, da er sich ein wenig beruhigte und den Schmerz ein bisschen besser in den Griff bekam, suchte er in seinen Erinnerungen weiter nach Gründen für das, was hier mit ihm geschah.

Wer rächte sich?

Er hatte als Journalist und Redakteur oftmals in Wunden gestochen, hatte Leute, insbesondere Politiker, Unternehmer und irgendwelche Promis verletzt – und hatte das bisweilen mit gewissem Genuss getan. Auch das aber lag lange zurück, und er fand keine Spur, die in eine gangbare Richtung gewiesen hätte.

Je länger er rätselte und dabei diese unmenschlichen Schmerzen erlitt, desto unumstößlicher wurde in ihm die Gewissheit, dass er sterben würde.

Ihm fiel der Speck ein, den er beim Bauern Rifesser schon für den Herbst vorbestellt hatte. Und er dachte an die Alm, wo die Schweine ein schönes Leben führen würden, bevor sie abgestochen wurden. Er dachte an die Berge, die er nie mehr zu sehen glaubte. Er flehte um Hilfe, um Wasser, um Erlösung.

Doch es erlöste ihn niemand.

Als er irgendwann wieder die Besinnung verlor, war das zumindest so etwas Ähnliches wie eine Erlösung.

***

Pablo und Marielle lagen nackt auf ihrem Bett. Er hatte seinen Kopf auf ihren Bauch gelegt und horchte auf das Gurgeln in ihren Gedärmen. Und er roch den Duft ihrer zufriedenen Vagina: Diesen leicht säuerlichen Geruch, der sich mit dem süßen Gummi-Aroma des Präservativs vermengt hatte.

Er spürte, wie sie ihm mit der Hand das Haar kraulte.

Beide schwiegen sie. Es gab auch gar nichts zu sagen. Pablo genoss die wortlose Stille.

Sie waren von der Bergtour heimgekehrt, hatten ihr Zeug ausgepackt, sich eine Wanne einlaufen lassen und ein duftendes und schäumendes Entspannungs-Elixier dazugegeben. Sie hatten sich nacheinander in die Wanne gelegt – für zu zweit war die Wanne einfach zu klein –, und danach hatten sie das getan, was Marielle ihm schon am Vortag beckenwippend angekündigt hatte. Sie hatten auf die beinahe leise Art des Paares, das schon seit Längerem vereint ist und wo jeder die Geheimnisse des anderen kennt, miteinander geschlafen: nicht wild und stürmisch, sondern langsam, leise, innig. Und verspielt dabei: Mehrfach hatten sie die Stellungen gewechselt, mal war sie auf ihm, mal er auf ihr gelegen, und Pablo hatte wieder einmal das wunderbare Gefühl gewonnen, dass sie beide, Marielle und er, überall hervorragend zusammenpassten.

Er genoss es sehr, jetzt so zufrieden mit ihr dazuliegen. Es waren schöne Tage gewesen: Raus aus der Stadt, zur Hütte, über den Gletscher zum Gipfel. Tausendmal besser als in der Kletterhalle am achten Grad herumzudoktern. Irgendwer hatte einmal gesagt – und das fiel ihm jetzt ein –, dass Natur nicht zu überbieten sei.

»Magst du uns eine Musik anmachen?«, hörte er Marielles Stimme. Sie sagte es leise, so, als wenn sie die besondere Atmosphäre des Augenblicks nicht stören wollte. »Irgendwas Schönes.«

Er stand auf, tapste durchs Zimmer und legte am CD-Player eine Scheibe ein.

»Katie Melua«, sagte er.

»Komm wieder«, sagte Marielle. »Drück dich zum Einschlafen an mich.«

Sie rollte sich im Bett zur Embryohaltung zusammen, Pablo drückte sich an sie, die Musik war leise und angenehm, und nach ein paar Minuten konnte er feststellen, dass Marielle gleichmäßig atmete und nicht mehr reagierte, wenn er ihren Namen hauchte.

Er aber fand keinen Schlaf. Die Bergtour hatte ihm gutgetan. Der Abend mit Marielle fraglos auch. Und doch war eine Unruhe geblieben, die er aber Marielle nicht eingestand.

Er wälzte sich von ihr weg, legte sich auf den Rücken, verschränkte die Arme unter dem Kopf, und während Katie Melua das Lied »It's All in My Head« sang, grübelte er darüber nach, welche Folgen sein Fehler haben konnte.

Inständig hoffte er, dass das Treffen von Manczic mit dem großen Unbekannten nicht weiter von Bedeutung war. Und dass er die Folgen nicht zu fürchten brauchte.

In seinem tiefsten Inneren wusste er aber auch, dass etwas passieren würde. Vielleicht schon passiert war.

Es dauerte länger als die Musik auf der CD, ehe auch er im Einschlafen so etwas wie Erlösung fand.

***

Als Hellwage zu sich kam, zurückkehrte aus seiner neuerlichen Ohnmacht, war die Nacht verschwunden. Er sah Hell, sah Gelb, sah Licht. Er stöhnte vor Schmerzen. Noch immer hing er am Balken von der Decke, noch immer waren ihm die Füße gebunden. Doch die Augenbinde war weg, er konnte sehen.

Er war in seinem Haus. Alles war an seinem Platz. Er sah eine Ecke vom Tisch und das Fenster und unter sich den Teppich. Die Tür sah er auch, sie war zu, und der Schlüssel steckte von innen.

Hellwage nahm den Gestank war, der sein Haus erfüllte, Kot und Urin, und er erinnerte sich vage, dass er selbst diesen Gestank verursacht haben musste. Die Stehlampe war angeschaltet, und sie erfüllte den Raum mit ihrem warmen gelb-orangen Licht.

Er versuchte den Kopf ein bisschen weiter zu drehen, was allerdings nur unter größten Anstrengungen gelang. Er glaubte, seine Schultern, Oberarme und der Nacken wären mit langen Schrauben durchbohrt und irgendwo fixiert. Als er den Kopf so weit gedreht hatte, dass er mehr erfassen konnte, sah er eine südtirolerische, bäuerliche Idylle. Auf dem Tisch lag ein Brett mit einem Stück Speck, daneben eines seiner scharfen Messer. Die Hälfte eines Schüttelbrotes, halbrund und wie pockennarbig, lag inmitten von vielen Bröseln. Eine richtige Jause. Nur dass kein Glas mit Rotwein dabeistand, sondern eine geöffnete Bierflasche.

Nicht von mir, dachte Hellwage. Das ist nicht von mir.

Und er hörte, was ihm bisher entgangen war, Musik. Klassische Musik.

Das meiste von dem, was sich in den letzten Stunden ereignet haben musste, von da an, da er draußen auf der Wiese das Bewusstsein verloren hatte, war ihm entrückt, unfassbar, nicht erklärlich. Ihm fehlten Zeiten des Bewusstseins, und ihm fehlten Erinnerungen. Doch dass dies Robert Schumanns 3. Sinfonie war, die »Rheinische«, dirigiert 1960 vom großen George Szell, das erkannte er auf Anhieb.

Erster Satz, dachte er, und er sah das Cover der CD geradezu vor sich.

Szell mit dem Cleveland Orchestra, dachte er.

Doch dann endete die Musik. Abrupt. Jemand musste die Stopp-Taste am CD-Player gedrückt haben.

Hellwage konnte nicht dorthin sehen. Er wusste nicht, wer da bei ihm war. Er wusste nur, dass er lieber noch mehr von der Musik gehört hätte.

6

Für Ellen waren Pauls Stimmungsschwankungen ein echtes Phänomen.

Es war erst ein paar Tage her, dass sie das Gefühl gehabt hatte, Schwarzenbacher würde sich ohne Zögern eine Kugel durch den Kopf jagen – wenn er noch im Besitz seiner Dienstwaffe gewesen wäre. Seine Depressionen waren für sie so nachvollziehbar wie schwer zu ertragen.

Dabei konnte er selbst in diesen düsteren Phasen bisweilen ausgesprochen amüsant sein. Auf eine sarkastische Art, das musste sie zugeben. Doch sie mochte diesen gallenbitteren Humor, der das Leben und den Tod gleichermaßen verlachte.

Diese urkomischen Momente sind immer seltener geworden zuletzt, dachte sie. Und für mich war es mit jedem Tag schwieriger, ihn zu ertragen. Ich mag ihn. Ja, ich mag ihn. Ob ich ihn liebe? Mein Gott, was heißt Liebe. Wann ist es Verliebtheit? Wann Liebe? Wann nichts mehr von alledem? Ich mag ihn.

Mag seine Stimme. Seinen Scharfsinn. Seinen Humor, auch wenn der selten zutage tritt. Und ich mag die Wärme und Zärtlichkeit, die er mir oft gibt.

Ich hätte nie geglaubt, dass ich mich bei einem kranken und behinderten Menschen so geborgen fühlen kann. Oft ist er viel stärker als ich. Dann aber auch wieder nicht. Manchmal sind wir wie eine Wippe auf dem Kinderspielplatz: Mal geht es links rauf und rechts runter, dann wieder umgekehrt.

Wenn seine Depressionen nicht wären, hätten wir ein schönes Leben miteinander. Mir tut er gut. Ein Macho ist er, aber das mag ich ja. Er ist ja auch keiner von der schwanzwedelnden Art. Ginge ja auch schlecht …

»Ellen!«

Schon der Klang dieses einen Wortes unterstrich die gute Laune des Paul Schwarzenbacher.

»Ellen, du könntest mir wieder einmal einen Gefallen tun. Würdest du das?«

»Kommt darauf an, wohin ich dich diesmal schieben soll. Möchte nur am Schluss nicht so ein Muskelweib wie diese Hammerwerferinnen und Kugelstoßerinnen sein …«

»Findest du das etwa unsexy?«

Ellen setzte sich mit einer Pobacke zu ihm auf die Couch.

»Red keinen Unsinn«, sagte sie. »Sag mir lieber, was ich machen soll.«

Sie drehte den Kopf zu ihm und küsste ihn flüchtig auf den Mund. »Ich mag nur nicht, wenn du mich allein losschickst, das weißt du. Wenn du jedoch dabei bist, gehe ich eh durch dick und dünn …«

Paul sah ihr lange in die Augen. Sie hatte das Gefühl, dass er in sie hineinblickte und tief in ihrem Inneren ihre Seele sah.

Seele oder was auch immer, dachte sie. Ist ja auch egal.

»Die Sache ist die«, fing Paul an, und Ellen entging die Umständlichkeit nicht. »Die Sache ist die, dass ich mit einem alten Staatsanwalt sprechen möchte. Wegen diesem Mann, den man an der Brennerstraße an einen Baum gehängt hat, du weißt schon. Und dieser Mann ist ein bisschen schwierig …«

»Der Mann am Baum?«

Einen Augenblick lang stutzte Paul. Dann sagte er mit einem breiten Grinsen: »Lästermaul! Über Tote lässt sich gut spotten, die können sich nicht mehr wehren. Aber gib Obacht: Irgendwann kehren sie als Geister zurück und packen dich am Hals.«

Mit zittrigen Stummfilm-Fingern kitzelte er sie im Nacken.

»Nein«, sagte er dann. »Nicht der Mann am Baum ist schwierig. Staatsanwalt Kröninger ist es. Zu seiner Zeit war er eine echte Kapazität. Er ist schon lange im Ruhestand. Wenn man ihn heute auf alte Fälle anspricht, nimmt er das sehr persönlich. Denkt, man macht ihm einen Vorwurf oder so etwas. Als wir zuletzt bei ihm waren, es ist eine Zeit lang her, es ging um die Steinschlagtoten, muss er danach einen Zusammenbruch erlitten haben. Ich habe ihn erlebt, als er und ich noch im Dienst standen. Er war mir nicht sympathisch, und ich glaube, er hat mich nie leiden können. Und seit dem letzten Mal hat er mich gewiss dick.«

»Und du musst mit ihm reden, weil er auch in deinem neuen Fall die früheren Ermittlungen geführt hat?«

Paul nickte. Dann schüttelte er den Kopf. »Ist nicht mein Fall. Ich mach mir halt nur so meine Gedanken. Tut ja auch ganz gut, ein bisschen Gehirnzellenjogging zu betreiben – wenn schon der Rest vom ganzen Kerl nichts mehr taugt.«

Jetzt sah sie ihn lange an.

Mein Gott, dachte sie, bin ich froh, dass er wieder etwas zu ermitteln hat. Gehirnzellenjogging, wie er das nennt.

Und sie sagte ihm: »Natürlich ist es dein Fall. Stell dein Licht nicht unter den Scheffel. Und dass der ganze Kerl ansonsten zu nichts mehr taugt, das halte ich wirklich für ein Gerücht.«

***

Staatsanwalt a.D. Dr. Kröninger war sofort bereit, sich mit ihnen zu treffen. Doch anders als bei der letzten Geschichte empfing er sie nicht bei sich zu Hause. »Ich bin heute am Nachmittag eh in der Stadt«, sagte er zu Ellen am Telefon. »Da hätte ich Zeit, mich mit Schwarzenbacher zu treffen. Sie sagen, es geht um den Reifenhändler Spiss? Ist lange her, diese Sache. Bin mir nicht sicher, ob ich ihm da noch viel helfen kann. Aber man weiß ja nie ...«

»Wie war er?«, fragte Schwarzenbacher, der dem Telefonat gelauscht hatte.

»Ganz in Ordnung«, sagte Ellen. »Höflich, ein bisschen reserviert, ein bisschen steif. Ein Jurist halt. Ich meine, ein Jurist, der kein Rechtsanwalt ist. Sondern so einer, der sich für besser hält als den Rest der Welt. Richter oder Staatsanwalt oder so was eben. Aber vielleicht liege ich ja auch falsch. Die paar Sätze, die er gesprochen hat, sind da noch nicht wirklich aussagekräftig.«

Sie trafen ihn im »Café Munding«. Schwarzenbacher war froh, dass er allein kam, ohne seine Frau, denn die war ihm zuletzt richtig auf die Nerven gegangen. Er hatte sie in Erinnerung als eine Teetasse aus hauchdünnem Porzellan – die Haut beinahe durchsichtig, der Gesichtsausdruck mit leichtem Leid und eingebildetem Schmerz geschminkt. Er hatte für diesen Typ Frau so überhaupt nichts übrig. Und er wurde noch immer wütend, wenn er an ihre blasierte Art dachte, mit der sie ihm damals begegnet war.

Sie nahmen einen Tisch im Café, das mit seinem Sechziger-Jahre-Charme ein gewisser Anachronismus war. Drinnen war es ziemlich leer; die Leute saßen bei Kaffee und Kuchen draußen im Freien und schauten der Stadt beim Leben zu.

»Sie wollen also wissen, wie das mit Spiss und dem Mädchen so war«, begann Kröninger. »Es ist sehr lange her, aber ich könnte Akteneinsicht beantragen. Doch wie ich Sie kenne, wissen Sie über die kriminalistisch relevanten Belange längst Bescheid.«

Er sah Schwarzenbacher durchdringend an.

Der findet die kleinste Lüge in jedem noch so unbeleckten Charakter, dachte Ellen, die ihren Ellenbogen auf die Armlehne von Pauls Rollstuhl gelegt hatte. Obwohl sie nichts zu verbergen hatte, fühlte sie sich nicht wohl in der Nähe dieses Mannes, der alt war und schon lange pensioniert, der jedoch immer noch auszustrahlen schien, dass er der lange Arm des Gesetzes sei.

»Also, dann erzähle ich Ihnen einfach, was mir erinnerlich ist«, fuhr er fort, ohne auch nur im Geringsten auf das Mädchen zu achten, das ihm einen frisch gepressten Orangensaft und ein Stück Nusstorte hinstellte.

»Eines ist bei dieser Sache klar: Es war ein Unfall. Nicht dass Sie mir wieder damit kommen, wir hätten damals unsere Aufgaben nicht ordentlich gemacht …«

Schwarzenbacher spitzte die Lippen, als dächte er nach, ob er etwas erwidern oder doch besser schweigen sollte. Eine Entscheidung erübrigte sich, da Kröninger ohne Umschweife fortfuhr.

»Ich vermute, dass Sie am meisten interessiert, was nicht Einzug gehalten hat in die Akten. Nun, ich kann mich schon noch an vieles erinnern, das Beste wäre aber sicherlich, im Archiv vom ›Tiroler Stern‹ zu schmökern. Mit der zweifelsfreien Klärung des Unfallherganges war ja längst nicht alles vom Tisch. Das Mädchen war nicht sofort tot. Es verstarb in der Uniklinik. Allerdings sind von dem Zeitpunkt, da der Wagen von Spiss ins Schleudern geriet und über den Fahrbahnrand hinausschoss, bis zum Zeitpunkt des Todes mehrere Stunden vergangen. Schon vom Unfallzeitpunkt bis zur Bergung durch die Rettung verging geraume Zeit. Hier ist für mich der Knackpunkt: In dieser Zeit war jemand an dem Autowrack und hat ein Foto gemacht. Am nächsten Tag war es in der Zeitung. Will sagen, als dieser Mensch dort fotografiert hat, war das Mädchen noch am Leben. Ganz offensichtlich hat er nicht geholfen. Wir vermuteten, dass er auch erst mit zeitlicher Verzögerung – und natürlich anonym – die Rettung verständigt hat.

Nun will ich, bei aller gebotener Skepsis, diesem Kerl – ich vermute, es war ein Mann, der da mitten in der Nacht fotografiert hat – zugutehalten, dass er davon ausgegangen ist, dass beide Insassen des Fahrzeugs schon tot waren. Dennoch habe ich natürlich Ermittlungen angestellt. Allerdings beißt man bei der Journaille auf Granit. Die kommen einem dann mit Informantenschutz. Der damalige Chefredakteur des ›Tiroler Stern‹ war jedenfalls nicht bereit, den Namen des Fotografen zu nennen, von dem er das Foto hatte. Ich hätte ihm gern die Hölle unterm Hintern heißgemacht, das dürfen Sie mir glauben …«

Schwarzenbacher lächelte. »War wohl nicht gewünscht, oder? Wer hätte auch Interesse gehabt, diese Geschichte weiter in die Länge zu ziehen? Spiss und seine Familie wohl kaum. Und die Justiz und die Polizei verscherzen es sich bekanntlich nicht gerne mit der Presse. Haben die Eltern von dem Mädchen mitbekommen, dass es unter Umständen hätte gerettet werden können?«

Kröninger trank von seinem sämigen Orangensaft.

»Was heißt gerettet. Der Arzt, der in der Unfallnacht versucht hat, ihr dieses Leben zu retten, hat mir erklärt, dass es nie mehr ein normales Leben geworden wäre. Immer ein Intensivst-Pflegefall. So etwas, wo unsereins sagt: Wäre besser gestorben …«

»Die Eltern werden das anders gesehen haben.« Ellen hielt sich normalerweise sehr zurück bei Schwarzenbachers Gesprächen über Verbrechen, über Täter und Opfer. Aber in diesem Moment konnte sie einfach nicht anders – sie verfügte nicht über das dicke Fell eines Staatsanwaltes, sie musste sich einfach in die Lage der Mutter versetzen.

»Ganz recht«, sagte Kröninger. »Die Eltern haben das anders gesehen. Sie haben es, und damit komme ich auf Ihre Frage zurück, mein lieber Schwarzenbacher, irgendwann natürlich erfahren. Sie wissen es ja selbst: Aus jeder noch so geheimen Ermittlung sickern immer auch Informationen nach draußen. So auch hier. Ob es in der Polizei oder im Klinikum eine undichte Stelle gab, das könnte ich nicht sagen. Ich weiß es wirklich nicht. Eins aber ist gewiss: Die Presse und da insbesondere unser allseits so geliebter ›Tiroler Stern‹ hat dabei eine unrühmliche Rolle gespielt.«

»Denken Sie, dass die Journalisten sich die Informationen erschlichen haben?«, fragte Schwarzenbacher.

»Wäre möglich. Ist mittlerweile aber auch egal. Vielleicht sind sie ihnen auch nur angeboten worden, von einem Krankenpfleger vielleicht. Das wirkliche Problem ist, dass sie diese Informationen veröffentlicht haben. Damit ist das Leid der Eltern ins Unermessliche gewachsen.«

»Und die Zeitung hat dann eine never ending Story draus gemacht, stimmt's?«, fragte Schwarzenbacher. »Immer die gleiche Scheiße. Eins allerdings kann man festhalten: Die Eltern konnten noch von Glück sagen, dass es in der damaligen Zeit passiert ist. Ich glaube, dass heute alles noch viel schlimmer wäre. Heute würden die ganzen Proll-Sender auch drauf einsteigen. Und dann kann man sich wahrscheinlich eh nur noch die Kugel geben.«

Kröninger nickte, und Ellen horchte dem Klang in Pauls Stimme nach, als er von »die Kugel geben« sprach.

Es trat eine Stille ein, in der jeder der drei damit beschäftigt war, den Gedanken nachzuhängen. Dann räusperte sich Kröninger und sagte: »Ich möchte mal zusammenfassen. Die Eltern dieses Mädchens haben erfahren, dass ihre Tochter bei frühzeitiger Bergung aus dem Wrack unter Umständen hätte überleben können. Sie haben, wahrscheinlich erst mit einigem Abstand, also nach dem Schock und der ganzen Verzweiflung in der Frühphase des Geschehens, erkannt, dass es dieser Fotograf gewesen sein muss, der hätte helfen können. Der Fotograf respektive die Fotografin, dessen beziehungsweise deren Identität nie geklärt worden ist. Es liegt also nahe, dass die Eltern den Fotografen und auch die Zeitungsleute, die ihn gedeckt haben, für schuldig halten. Und natürlich Spiss, der das Unglücksauto gesteuert hat. Können Sie mir da zustimmen, Schwarzenbacher?«

Schwarzenbacher nickte. »Das heißt, wenn wer ein griffiges Motiv hat, dann sind es die alten Eltern von Carla Manczic. Die Mutter ist gestorben. Bleibt Manczic selbst – und der ist mittlerweile zu verdattelt …«

Er brach abrupt ab, sah zu Ellen und zu dem Staatsanwalt a. D. und schüttelte den Kopf. »Stimmt nicht ganz. Wir haben ihn bis vor Kurzem für allzu verdattelt gehalten. Aber dann ist etwas geschehen, was ihn in etwas anderem Licht erscheinen lässt. Ich vermute, dass er nur halb so gaga ist, wie er sich oft den Anschein gibt. Theoretisch könnte er hinter der Sache stecken. Er könnte, wenn man ein bisschen Phantasie aufbringt, den Mord an Spiss veranlasst haben. Bleibt die Frage: Warum erst nach so langer Zeit …?«

Kröninger zuckte mit den Schultern. »Dieses Rätsel werden Sie wohl selbst lösen müssen. Wer ist eigentlich vonseiten der Kripo an der Sache dran?«

»Hosp.«

Der alte Staatsanwalt nickte. »Wird nicht leicht sein, die Realität von der Phantasie zu unterscheiden.«

Als sie sich dann anschickten, das Café zu verlassen, fiel Kröninger noch etwas ein. Vor der üppig ausgestatteten Kuchentheke drehte er sich zu Schwarzenbacher und Ellen um und sagte: »Wenn Sie mit Ihrer Phantasie einen wahren Kern treffen, dann müsste Manczics Hass noch einen weiteren Beteiligten treffen. Ich glaube nämlich, dass der Alte mit dem Tod von Spiss seinen Frieden noch nicht gefunden hat.«

Schwarzenbacher nickte. Über sein Gesicht huschte ein wissendes Lächeln.

Der Fotograf, dachte Ellen. Bald hängt auch der obskure Fotograf an einem Baum.

***

Manczic saß auf einem Stuhl in seiner spartanisch eingerichteten Einzimmerwohnung. Sie lag im Parterre. Zwischen dem Haus und der Straße war ein drei Meter breiter Grünstreifen, kurz gemähte Wiese und mittendrin eine Birke.

Er hatte kein Licht angeschaltet. Saß nur da und schaute hinaus. Den vergilbten Store hatte er vor das sprossenlose Fenster gezogen. Die Straßenlaternen waren bereits an, auch wenn es noch gar nicht richtig dunkel geworden war. Er wusste, dass ihn von außen niemand sehen konnte. Er aber sah alles, was draußen geschah. Manczic hielt Ausschau nach dem Jungen, der ihm nach Wattens gefolgt war. Schon bei der Rückfahrt von dort hatte er bemerkt, dass sein Partner recht gehabt hatte: Er war wirklich verfolgt worden. Der Junge saß im Bus und im Zug, und in Innsbruck sah er ihn aussteigen.

Jetzt saß Manczic in seinem Dunkel und wartete und spähte hinaus. Er wartete darauf, dass sein Verfolger wieder auftauchen würde, vielleicht irgendwo gegenüber an der Hauswand lehnte oder sich in den Schatten eines Hauseingangs drängen würde.

Der Kerl ist nicht das Hauptproblem, dachte Manczic. Aber er könnte es werden.

Eine Fliege brummte durch das Zimmer. Manczic hasste das Geräusch, das Fliegen machten. Um sie zu erwischen, hätte er jedoch das Licht einschalten müssen, und das tat er nicht. Alles war im Moment nebensächlich. Es ging nur darum, herauszufinden, mit wem er es zu tun hatte.

Ich werde den Spieß umdrehen, dachte er. Wenn du hier auftauchst oder ich dich irgendwo entdecke, dann verfolge ich dich und nicht mehr du mich. Glaub mir, Junge, du hast keine Chance.

Manczic wartete. Er wartete, bis die Nacht tiefdunkel war. Er verließ seinen Stuhl nur, um sich eine Flasche Bier zu holen, und dann, eine halbe Stunde später, um den Druck auf seiner Blase abzubauen.

Erst als er gegen zehn Uhr abends seine Beobachterrolle aufgab und beschloss, schlafen zu gehen, machte er die entscheidende Entdeckung. Er trat ans Fenster und ließ den Außenrolladen herunter – und da sah er ihn! Er trug keine grüne Jacke, das konnte er selbst im fahlen Licht der Straßenlaterne erkennen. Aber es war derselbe junge Mann, der ihn zuletzt verfolgt hatte. Es gab ihn wirklich! Und er war da, wo er nicht hingehörte!

Manczic ließ den Rollladen herunter, ohne auch nur einen Moment zu zögern. Ins Bett ging er aber jetzt nicht. Er machte das Licht an, setzte sich an den kleinen Tisch an der Wand, auf dem ein verklebter Teller stand und ein Haferl mit einem trostlosen Rest kalten Kaffees, er stützte die Ellbogen auf die unappetitliche Tischplatte und begann, sich intensiv Gedanken zu machen, wobei er unaufhörlich vor sich hin murmelte. Er redete und dachte sich in Trance. Wissend, dass er in der nächste Stunde eine Lösung finden würde.

Dieser Junge, das war klar, durfte nicht länger seine Wege kreuzen.

***

Marielle war dagegen gewesen, dass Pablo seine Beschattungsaktivität, »dieses blöde Detektivspiel«, wie sie wörtlich gesagt hatte, wieder aufnahm.

»Dann mach du es doch«, hatte er gesagt. Sie hatte ihm den Vogel gezeigt. »Wenn dieser Manczic wirklich Dreck am Stecken hat, dann solltet ihr Hosp einschalten. Die Polizei wird das Nötige tun, da bin ich mir ganz sicher.« Doch Pablo konnte bisweilen stur sein, und auch in diesem Fall ließ er sich nicht von seiner Entscheidung abbringen.

»Tu, was du nicht lassen kannst«, hatte sie resignierend und ein wenig schnippisch gesagt. »Ich geh laufen. Und später schau ich wahrscheinlich noch im ›Treibhaus‹ vorbei.«

Sie war dann auch ausgiebig gejoggt, allerdings nicht wie zunächst geplant hinauf zur Hungerburg, sondern kreuz und quer durch die Stadt.

Scheiß Abgasgestank, dachte sie. Aber wenigstens mache ich was für die Kondition.

Sie kam nach Hause in die kleine Wohnung, wo sie mit Pablo lebte, und ärgerte sich darüber, dass ihr Partner seine Klamotten, frische wie gebrauchte, immer so achtlos herumliegen ließ. Sie klaubte, während sie noch nachschwitzte, ein T-Shirt, eine hingeworfene Jeans sowie drei Socken, eine frische und ein Paar, das dringend in die Schmutzwäsche gehörte, zusammen und ging dann ein wenig missgelaunt unter die Dusche.

Mit noch nassen Haaren und nur in ein großes Handtuch gewickelt kam sie aus dem Bad und schaltete den Fernseher an. Marielle mochte es nicht, allein in der Wohnung zu sein, mit niemandem reden zu können, niemandes Stimme zu hören. Wenn sie allein war, lief deshalb meist halblaut der Fernseher – selbst wenn sie lernte oder las oder Gymnastik machte. Pablo fand das ziemlich hirnrissig. »Du schaust doch eh nicht hin«, sagte er, wenn er wieder mal dazukam. »Du schaust nicht hin, und wahrscheinlich bekommst du nicht mal mit, was da gesprochen wird.«

Marielle ignorierte ihn in dieser Sache längst. Sie mochte es, dass die kleinen Männchen im Fernsehapparat rumzappelten, dass sich um sie herum etwas bewegte und dass Leute sprachen, miteinander sprachen.

Dass es hirnrissig war, gestand sie sich auch selbst ein.

Papperlapapp, dachte sie. Es tut mir gut. Es hilft mir gegen das Alleinsein und gegen die Angst, die ich davor habe, seit Mama gestorben ist.

Sie wickelte sich aus dem Handtuch und rieb sich, nackt im Schneidersitz vor dem Fernseher hockend, die Haare trocken. Dann zappte sie im Schnelldurchlauf durch die Sender, blieb kurz bei einer Leichtathletikveranstaltung hängen, schaltete bald weiter, weiter, weiter, bis Bilder einer Schafherde in mediterraner Landschaft ihr Interesse weckten.

Schafe! Wie sie auf kargen Wiesen zwischen Felsblöcken weideten, wie die struppigen Hirtenhunde die Herde umkreisten, wie sich die Tiere zu einem riesigen Knäuel sammelten und, einer Woge gleich, weiß-wellig bergab fluteten. Die Landschaft war, als die Kamera in die Totale aufzog, gebirgig und macchiagrün. Der Himmel hellblau, dazwischen vereinzelt ein paar Wolken, die wie zerrupfte Entenfedern daherkamen. Nirgendwo war ein Ort zu sehen, nicht einmal ein Haus. Wären da nicht die Strommasten gewesen, man hätte leicht den Eindruck gewinnen können, dass der Hirte mit seinen Schafen und seinen Hunden ganz allein war in dieser Welt.

Die Bilder weckten in Marielle eine zunächst undefinierbare Sehnsucht – trotz der in ihnen liegenden Einsamkeit. Es war vielleicht der Wunsch nach der Einfachheit, dem Loslassen und Losgelöstsein von den Verpflichtungen ihres Daseins. Ein Leben, reduziert auf die grundlegendsten Dinge.

Eine Zeit lang wäre das sicher wunderschön, dachte sie. Mit der Sonne aufstehen, mit dem Einbruch der Nacht ins Bett. Eine kleine Hütte und ein paar Felder und Beete und dazu ein Klima, in dem eh alles wächst. Sich weitgehend selbst versorgen, autark leben, kein Fernseher, kein Computer, kein Studium, kein nichts.

Dem Kommentar zum Film konnte sie entnehmen, dass es sich um die Bergwelt im griechischen Thessalien handelte. »Eine Region, die von Frühling bis Herbst nach Bergkräutern, vor allem nach Salbei, duftet, wo vielerorts die Zeit stehen geblieben zu sein scheint, und die auch vom Tourismus nie überschwemmt worden ist – sieht man ab von den weltberühmten Klöstern von Metéora und einigen bedeutenden archäologischen Stätten …«

Schmusetext, dachte sie. Dummes Heile-Welt-Geschwafel. Den Griechen geht es beschissen in dieser Zeit.

Doch als der Film dann die Felsen von Metéora zeigte, lotrechte Türme, steile Kanten, markante Risse, da begann sie auch schon wieder zu träumen: Wie das wäre, wenn man in dieser Gegend hausen würde, für ein Jahr oder auch nur für ein halbes, schließlich wäre es perfekt, zum archaischen Leben auch noch die Gelegenheit zum Klettern zu haben. Und dort, in Metéora, musste es tolle Routen gegeben, davon hatte sie früher schon gehört und in einem Kletter-Magazin auch mal gelesen.

Sie zog sich etwas an, ließ den Fernseher dabei kaum aus den Augen.

Verdammt schön ist es dort. Ich muss dahin.

Wie viele leidenschaftliche Kletterer ihrer Generation wünschte sie sich oft, nichts anderes tun zu müssen als einfach nur klettern und reisen, reisen und klettern. Dass ein Sponsor seinen Geldsegen über sie ausschütten möge und es reichen würde für ein sorgenfreies Dasein inmitten der schönsten Kletterlandschaften der Welt. Südfrankreich, Kalifornien, Utah, Nevada, Tessin und Norwegen, Sardinien und Griechenland. Überall da wäre es schön. Manchmal hatte sie von den Alpen genug. Nicht nur wegen zweier traumatischer Erfahrungen. Nicht nur wegen der Mordgeschichten, mit denen sie dabei zu tun gehabt hatte. Was ihr das Unterwegssein in den heimischen Bergen bisweilen vergällte, war die touristische Überflutung, die sie da immer wieder feststellte und die ihr gehörig auf die Nerven ging. Menschen, Menschen, Menschen. Und überall Seilbahnen und überall Berghütten, die längst zu Panorama-Aussichts-Komfort-Pensionen-plus-Restaurants mutiert waren.

So stimmt das auch wieder nicht, dachte sie und sagte zu sich selbst: Sei nicht ungerecht.

Denn sie wusste, dass es in den Alpen unendlich viel Wildnis gab, wo man stunden-, in manchen Regionen tagelang in völliger Einsamkeit unterwegs sein konnte. Und doch …

Und doch kotzt es mich manchmal an, und ich frage mich dann, ob es wirklich Sinn macht, mich zur Bergführerin ausbilden zu lassen. Gut, ich würde dafür bezahlt werden, im Gebirge unterwegs zu sein. Andererseits würde ich noch mehr Leute ins Gebirge bringen, wo ich eigentlich lieber allein wäre, allein mit Freunden.

Sie musste daran denken, wie sie gestern nach ihrer Gletschertour zur Hütte zurückgekehrt waren: Diese Menschenansammlung! Bergsteiger, genau wie sie und Pablo. Und Unmengen von Ausflüglern, die nur bis zur Hütte heraufgestiegen waren. Selbstbedienung, anstehen in Schlangen, gastronomischer Großbetrieb für unersättliche Esser und Trinker. Sind auch Naturfresser, dachte sie.

Marielle hätte nicht sagen können, warum ihr genau dieser Moment so in Erinnerung geblieben war. Die zwei Bergsteiger, die in der Hütte ihre Nachtquartiere bezahlten … »AV-Mitglieder?«, hatte die Frau an der Durchreiche gefragt. Und auf das Nicken der beiden hin hatte sie die Ausweise sehen wollen. »Die Ausweise müsst ihr schon dabeihaben!« Und die zwei hatten die Ausweise dabeigehabt; scheckkartengroß und alpenvereinsgrün. Die Frau hatte einen Blick darauf geworfen, hatte die Gebühr verlangt und ihnen ihre Belege ausgehändigt. Das war's …

Ja, dachte Marielle, das war alles. In jeder schäbigen Pension wird man nach dem Personalausweis gefragt. Auf so einer Hütte nicht. Und falls doch mal, braucht man nur zu sagen, man habe ihn vergessen. Wichtig ist doch nur, dass man den Alpenvereinsausweis vorlegen kann.

Praktisch, dachte sie, wenn man mal für einige Zeit untertauchen muss. Braucht man eigentlich nur von Hütte zu Hütte zu ziehen …

Sie ging an diesem Abend nicht mehr weg. Der Freundin, mit der sie vage ein Treffen im »Treibhaus« vereinbart hatte, sagte sie telefonisch ab.

Sie machte es sich auf dem durchgesessenen Sofa bequem, ein paar alte Geo-Hefte vom Flohmarkt in Reichweite, ein Glas Rotwein und ein paar Wachträume vom Reisen und vom Leben. Der Fernseher lief beinahe stumm.

Sie genoss es durchaus, an diesem Abend mit sich und ihren Gedanken allein zu sein.

***

Jetzt saß der Mann da. Der Mann, der ihm am Gipfel der Raschötz so auf die Nerven gegangen war. Es war der Mann, der und kein anderer. Hellwage konnte ihn sehen, und er wusste, dass er sich in seiner Gewalt befand. Gefürchtet hatte er sich von Anfang an vor ihm.

Der Mann saß an seinem Tisch, trank Bier und schob sich abwechselnd Speckscheiben und Schüttelbrotstücke in den Mund. Wenn er Letztere kaute, erfüllte das Geräusch des krachenden Brotes den ganzen Raum.

»Waassh …?«

Hellwage versuchte zu sprechen, doch es wollte ihm nicht richtig gelingen.

»Waassh …?«

Der Mann sah zu ihm herüber, sah ihn an, aß und kaute weiter.

Hellwage schluckte und versuchte mit Speichel seinen ausgedörrten Mund zu befeuchten und die Zunge und die Lippen wieder fügsam zu machen. Das Schlucken bereitete ihm zusätzliche Schmerzen. Und Speichel wollte sich einfach keiner einstellen. Es war, als wären alle Energie und alle Lebenssäfte in ihm abgesunken und für immer verloren.

Irgendwann gelang ihm wenigstens, seine Frage herauszupressen: »Was … wollen … Sie … hier?«

Er hätte mehr sagen wollen, mehr fragen, doch seine elendige Fesselung, in der er vom Deckenbalken hing und die ihn mit beinahe seinem ganzen Körpergewicht nach unten zog, ließ ihn schon nach diesen vier Worten beinahe wieder das Bewusstsein verlieren.

Er hatte fürchterliche Angst. Dennoch oder gerade deshalb wollte er unter keinen Umständen mehr ohnmächtig werden. Es war ihm ein grausames Rätsel, wie er aus dieser Lage wieder herauskommen könnte, doch es war ihm eine Gewissheit, dass es, wenn überhaupt, nur dann gelingen konnte, wenn er bei Sinnen war.

Er bekam keine Antwort von dem Mann, der schweigend dasaß und kaute, als wäre er völlig allein hier. Doch dann sah er ihn aufstehen, im Stehen mit weit in den Nacken gelegtem Kopf die Bierflasche leeren, mit ein paar Schritten hinter dem Tisch hervorkommen und dann aus seinem Blickfeld verschwinden.

Der Mann stand seitlich hinter ihm. Hellwage konnte das spüren. Sehen konnte er ihn nicht. Und doch war ihm klar, dass er ganz nahe bei ihm stand. Seine Panik wuchs ins Unermessliche. Was würde als Nächstes geschehen? Was würde mit ihm geschehen?

Ich muss initiativ werden, dachte Hellwage. Muss irgendetwas tun, etwas sagen. Nur was?

Ihm fiel nichts ein, außer »Bi...t...t...e...« zu stammeln. »B...itt...e!« Und noch einmal »Bitt...e«.

Dann hörte er die Stimme des Mannes. Er hörte sie ganz dicht an seinem Ohr. Kalt. Kalt wie Stein. Oder wie die stählerne Klinge eines Messers.

»Müssen reden«, sagte der Mann.

Im nächsten Moment konnte Hellwage die Klinge hören. Wie sie hineinfuhr in den Strick, der ihm die Hände band und mittels dessen er an den Balken gefesselt war. Wie der Strick seine Hände rüttelte. Wie die Schneide tiefer eindrang in den Strick und wie es plötzlich einen Laut gab, wie er ihn noch nie gehört hatte: ein Zischen, ein Schnalzen, ein Quietschen, alles zusammen und in einem. Und alles dauerte höchstens eine Sekunde. Noch bevor dieses Geräusch verhallen konnte, schlug Hellwage, die Hände zusammengebunden und weit nach oben gestreckt, am Holzboden seines Hauses auf. Ungebremst fiel er auf die Brust und den Kopf. Er konnte spüren und hören, dass ihm Rippen brachen. Glück hatte er, dass er beim Sturz den Kopf zur Seite gewendet hatte und er nicht frontal mit dem Gesicht aufschlug, sich nicht die Nase brach und die Zähne zerbarsten. Er schlug mit der linken Gesichtshälfte auf, mit der Stirn oberhalb der linken Schläfe, der Schmerz war dumpf und stechend zugleich. Ihm blieb die Luft weg, er fand keinen Atem mehr, das kam von den gebrochenen Rippen.

Er japste nach Sauerstoff. Mit einem pfeifenden Geräusch sog er so viel Luft ein, wie er nur bekommen konnte. Viel war es nicht.

So, genau so, war er, ein Junge noch, vor ewigen Zeiten auf dem Bolzplatz im zusammengetrampelten Gras gelegen. Ein strammer Schuss der gegnerischen Mannschaft, der Ball hatte ihn mit voller Wucht in der Magengegend getroffen, er war zusammengesackt und hatte, keine Luft mehr bekommend, gedacht, seine letzte Stunde habe geschlagen. Dann hatten ihm seine Kumpels aber aufgeholfen, hatten ihn unter den Armen gepackt und hochgezogen, und mit diesem Hochziehen waren die Atemwege freier geworden, die Verkrampfung hatte sich gelöst. Minutenlang hatte er noch nach Luft geschnappt, hatte von Mal zu Mal mehr davon in sich aufnehmen können, doch hatte er sich den Bauch gehalten, und Tränen waren ihm übers Gesicht gelaufen – weshalb er sich ungeheuer geschämt hatte vor seinen Fußballfreunden.

Jetzt half ihm niemand auf. Er lag wie ein Fisch auf der Mole; vom Angler achtlos zum Verenden dorthin geworfen. Zuckend, japsend, den Tod fürchtend, so lag er da. Rund um seinen Kopf hatte sich eine Blutlache gebildet. Hellwage spürte die Wärme seines Blutes. Ganz intensiv spürte er sie.

7

Der Mann hatte auch den Strick gekappt, mit dem Hellwage an die Kommode gefesselt war.

Jetzt saß er wieder am Tisch, Speck und Brot vor sich und dazu einige Flaschen Bier, die er aus Hellwages Vorrat geholt haben musste.

Hellwage sah zu ihm hinüber wie ein waidwundes Tier. Es war eine Erlösung, dass er nicht mehr mit seinem ganzen Gewicht an den Handgelenken hing. Mit dem Durchtrennen des Stricks hatten sich auch Spannungen und Schmerzen in den Schultern, am Rücken und in den Armen ein wenig gelöst.

Er sah, wie der Mann erst eine, dann noch eine Bierflasche öffnete und dabei zu ihm herüberschaute.

»Müssen reden«, hörte er ihn sagen. »Musst nur zum Tisch kommen. Kannst dich setzen, kriegst ein Bier …«

Hellwage konnte das nicht verstehen. Dieser Mann hatte ihn grausam gequält, hatte ihm schwere Verletzungen zugefügt, körperliche Verletzungen, von den seelischen, die unweigerlich kommen würden, nach diesem traumatischen Erlebnis nicht ausbleiben konnten, ganz zu schweigen. Und jetzt sollte er mit diesem Mann, diesem Ungeheuer von einem Mann, am selben Tisch sitzen und Bier trinken?

Wäre ihm das denn überhaupt möglich? Er versuchte, die immer noch an den Handgelenken gebundenen Arme ein wenig zu bewegen. Es ging, doch es tat furchtbar weh. Das Schlimmste aber waren die Schmerzen in seiner Brust, jede kleinste Regung in seinem Körper quittierten sie mit einem zuerst ihn atemlos machenden, dann sich wellenförmig ausbreitenden Gefühl, so etwa, als würde ein Auto langsam, ganz langsam über seine Brust nach vorn und wieder zurück rollen.

Nie komme ich bis zum Tisch, dachte er. Nie, nie, nie!

Er sah aber auch die Bierflaschen dort oben stehen, eine davon anscheinend für ihn schon geöffnet. Sein Durst war wie der eines Mannes, der sich vor Tagen in der Sandwüste verlaufen hat. Er glaubte, das Bier riechen zu können. Und er glaubte, seinen Geschmack auf der Zunge zu haben, und vermeinte zu spüren, wie es seinen Mund und seine Speiseröhre kühlte.

Es war das Bier, vor allem das Bier, das ihn verzweifelte Anstrengungen unternehmen ließ. Wasser hätte es auch getan, oder Cola oder Limo. Hauptsache flüssig und kalt. Doch er roch und schmeckte das Bier ja bereits.

Hellwage hatte nur mehr ein Ziel: bis zum Tisch zu robben und nötigenfalls sich sogar hochzuziehen bis auf die Bank oder den Stuhl.

»Wenn du nicht kommst, trink ich Bier selber«, hörte er die Stimme des Mannes wieder. Am Klang der Stimme glaubte er zu erkennen, dass er sich lustig machte über ihn.

»Musst schon herkommen«, sagte der Mann.

Hellwage setzte sich in Bewegung. Er schob sich, auf der Seite liegend, Zentimeter um Zentimeter voran. Bis zum Tisch war es nicht weit, zweieinhalb Meter vielleicht, für ihn jedoch ein weiter, weiter Weg, ein Weg voller Schmerzen und voller Angst.

Nachdem er einen halben Meter weit gekommen war, immer unter lautem Stöhnen robbend und rutschend, legte er den Kopf erschöpft auf den Boden. Die Blutung an der Stirn musste nachgelassen haben, denn trotz der unmenschlichen Anstrengung, mit der er sich voranquälte, tropfte kein Blut mehr vom Kopf, und da, wo er jetzt lag, bildete sich keine rote Pfütze.

Ich kann nicht mehr, dachte er, und sogar die Gedanken schienen zu hecheln wie ein verendender Hund.

Wenn ich einen Hund gehabt hätte, dachte Hellwage. Vielleicht wäre das alles nicht passiert.

Er schob sich neuerlich ein Stück weiter. Er winkelte die Beine an und streckte sie dann durch, und diese Bewegung schob ihn wieder eine Handbreit weiter in Richtung Tisch. Die Brust schmerzte ihn dabei so sehr, dass er immer wieder aufschrie. Nicht sehr laut, aber doch aus der Tiefe seines Körpers und seiner Seele.

Noch waren es eineinhalb Meter bis zum Tisch, als er wieder die Stimme des Mannes hörte: »Meinst du, ich kann ewig warten? Wenn du mit mir reden willst, musst dich eilen, verstehst du? Und wenn du Bier willst …«

Er hob seine Flasche, winkte damit in Richtung Hellwage, als würde er ihm zuprosten, und nahm einen langen Schluck.

»Weißt, was Problem ist?«, fragte er und stieß einen kräftigen Rülpser auf. »Problem ist, dass da herin stinkt wie Schweinestall. Schmeckt einem Essen nicht mehr. Ich geh raus.«

Er stand auf, ging um den Tisch, stieg mit großem Schritt über den im Weg liegenden Hellwage und ging hinaus. In den Sekunden, da die Tür geöffnet war, konnte Hellwage sehen, dass der Himmel schwarz, dass Abend oder Nacht war.

Wäre es hell gewesen, hätte ihm das einen kleinen Trost gewährt. Die Nachtschwärze draußen gab ihm aber endgültig das Gefühl, lebend begraben zu sein.

Er lag auf dem Boden und weinte. Er schluchzte, und es schüttelte ihn. Das Schütteln aber war unerträglich – seine gebrochenen Rippen reagierten absolut hysterisch. Hellwage zwang sich, weiterzukriechen.

Wenn ich nichts tue, bin ich verloren, dachte er. Wenn ich etwas tue, bin ich es wahrscheinlich auch. Aber aktiv zu werden ist allemal besser, als hier am Boden zu liegen und allmählich zu verenden.

Von draußen waren die Schritte des Mannes zu hören. Manchmal ging er auf und ab, dann wieder war Stille.

Er macht jetzt viele Spuren in der Erde, die ich ausgestreut habe, dachte Hellwage. Ganz viele Spuren.

Mit den Händen konnte er jetzt eines der schweren hölzernen Tischbeine fassen. Er verschnaufte, wissend, dass noch alle Kraft nötig wäre, ganz heranzukommen an den Tisch. Und noch schwieriger würde es sein, sich dann irgendwie hinaufzuziehen, um an das Bier zu gelangen.

Zentimeter um Zentimeter um Zentimeter arbeitete sich Hellwage ganz an den Tisch heran. An der weiß gekalkten Wand, wo auch der Stuhl stand, versuchte er, sich in eine Sitzposition zu bringen. Erst drückte er den Kopf dagegen, schob mit den Füßen, schaffte es, die Schulter an die nackte Wand zu pressen. Doch um welchen Preis! Die Schmerzen in der Brust steigerten sich, was Hellwage zuvor gar nicht mehr für möglich gehalten hätte. Doch es war möglich …

Vor Schmerzen schreiend richtete er sich auf. Er brauchte dazu jeden noch halbwegs intakten Muskel in seinem Körper. Die überdehnten Arme waren ihm keine große Hilfe, in seinem Oberkörper tobte ein Inferno, in seinem Kopf hatte sich ein diffuser, beinahe Übelkeit bereitender Schmerz ausgebreitet, und sein Rücken, seine Schulterpartie, der Nacken waren so stark lädiert, dass er sie schon gar nicht mehr wahrnahm.

Halb sitzend, halb in verbogener Stellung an die Wand gelehnt, sah er an sich hinab. Er sah seine Schlafanzughose, an den Beinen schmutzig von Erde und Gras und wahrscheinlich auch vom Herumkriechen auf dem Boden. Die Hose hing nass und schwer in seinem Schritt. Urin und Kot hatten bis zu den Knien hinunter Spuren hinterlassen. In seinem Kampf um etwas Trinkbares hatte er vergessen und nicht mehr gespürt, dass er eine volle Hose hatte.

Jetzt sah und spürte und roch er es auch wieder.

In die Hose geschissen, dachte er. Ich hab mir in die Hose geschissen und reingebrunzt. Er schämte sich, und ihn ekelte. Er merkte, dass die Hose an seinem Hintern und an den Oberschenkeln klebte. Und dass seine Genitalien aneinander und an der weichen Haut der Schenkel pappten. Ein aufwallendes Übelkeitsgefühl unterdrückte er mit aller Willenskraft, die ihm noch zur Verfügung stand. Es ging jetzt nicht um die Scheiße in seiner Hose, es ging um die Scheiße, in der er unterzugehen drohte. Es ging, das wusste er, um nichts anderes als ums Überleben.

Der Schmerz, die Angst und die Verzweiflung lähmten ihn nicht. Sie gaben ihm die Kraft, gegen sein ungewisses Schicksal anzukämpfen. So an die Wand gekauert, erinnerte er sich eines Interviews, das er vor über zwanzig Jahren mit einem Österreicher geführt hatte, der in Südfrankreich Kampfstiere züchtete.

Auf seine Frage nach den Tierschutzaspekten hatte der Mann – der Name fiel ihm nicht mehr ein – eine ziemlich harte Aussage gemacht: »Kennen Sie den Unterschied zwischen einem Schlachtrind und einem Kampfstier? Ich sage es Ihnen! Das normale Rind wird in den Schlachthof getrieben wie die Juden damals in die Gaskammer. Der Kampfstier nicht. Er kämpft. Er hat zwar keine reale Chance, aber das weiß der ja nicht. Das wissen wir, Sie und ich. Das Schlachtrind wird mit Elektroschockern malträtiert und bekommt am Schluss seines Weges einen Bolzen in den Schädel geschossen. Erbärmlich, finden Sie nicht? Meine Kampfstiere sind aggressiv, wenn sie in die Arenen stürmen. Sie haben keine Angst. Stattdessen ein Ziel: diese so schwuchtelig und gleichzeitig so machohaft anmutenden Männlein, die da im Sand der Arena herumtänzeln, auf die Hörner zu nehmen. In dem Moment, da der Matador den tödlichen Stich setzt, ist der Stier immer noch überzeugt, dieses ungleiche Duell für sich zu entscheiden. Das sehen Sie an seiner Haltung, an der Art, wie er mit den Hufen scharrt, wie er wütend Dampf ablässt. Es heißt ja auch ganz allgemein: Wer kämpft, spürt den Schmerz nicht. Später natürlich schon, aber nicht während der Auseinandersetzung. Also, bitte, hören Sie mir auf mit dem pharisäerhaften Tierschutzgetue von Leuten, die sich, ohne auch nur eine Sekunde übers Schlachten nachzudenken, im Supermarkt ihre eingeschweißten Steaks und Rouladen kaufen …«

Kämpfen, dachte Hellwage. Ich muss kämpfen. Und ich muss herausfinden, was der Kerl überhaupt von mir will.

Er schaffte es, den Stuhl wegzuschieben und weiterzurobben bis zur Bank, die, an die Wand gelehnt, festen Stand hatte.

Mit den zusammengebundenen Händen konnte er sich kaum festhalten, irgendwie aber gelang es. Er wand seinen Oberkörper auf die Sitzfläche der Bank, er schrie vor Schmerzen dabei, aber die Gier nach etwas Trinkbarem half ihm sogar darüber hinweg. Als er es geschafft hatte, auch noch die untere Hälfte seines Körpers hinaufzuziehen, war er derart erschöpft, dass er minutenlang nur keuchend nach Luft schnappen konnte. Er sah die Bierflasche, sah, dass sie geöffnet und voll war, allein die Kraft, nach ihr zu greifen, brachte er nicht auf. Erst als er wieder Schritte vor der Tür hörte und panische Angst bekam, der Mann könnte hereinkommen und ihm das Bier vor der Nase noch wegschnappen, griff er mit einer ungeheuren und schmerzhaften Bewegung nach der Flasche, setzte sie an den Mund und trank und trank und trank.

Hellwage spürte den Geschmack des Bieres. Und jetzt waren die Kühle und das Bittere keine Fata Morgana mehr, nichts, was er sich nur einbildete. Der erste Schluck war noch ein Problem, Zunge, Gaumen und Kiefer schienen die Abstimmung verlernt zu haben, die für den Schluckvorgang nötig war. Deshalb lief ihm das meiste wieder aus dem Mund, rann ihm schaumig übers Kinn, tropfte auf seine Schlafanzugjacke und seine ohnehin versaute Schlafanzughose.

Der zweite Schluck aber war dann nur noch Wohltat. Das Bier füllte seinen Mund, nahm ihm den schlechten Geschmack und strömte widerstandslos durch seinen Hals bis in die Mitte seines Körpers. Belebend wirkte das, geradezu unglaublich belebend. Hellwage konnte sich nicht erinnern, jemals etwas ähnlich Gutes genossen zu haben wie dieses Bier. Er trank so lange ohne abzusetzen, bis er durch die Nase nicht mehr genug Luft bekam. Da war die Flasche schon über die Hälfte geleert, und in seinem Körper begann sich nach der ersten Kühlung auch eine große, umfassende Wärme auszubreiten.

Er hatte die Flasche ausgetrunken, als der Mann wieder hereinkam.

»Schmeckt dir, was?«, fragte er und ließ sich ihm gegenüber auf den Stuhl fallen. »Kannst noch eins haben.« Und er nahm den Flaschenöffner, bog den Kronkorken auf und schob Hellwage die Flasche über den Tisch. »Trink!«, sagte er.

Es machte ihm Mühe, die Flasche zu erreichen. Doch das erste Bier hatte ihm Kraft gegeben und Zuversicht, und es hatte zugleich die Schmerzen ein wenig gedämpft.

Gierig griff Hellwage nach der Flasche, setzte sie an die Lippen und saugte sie bis auf den letzten Tropfen leer. Dann ließ er sich zurücksinken. Nur mehr schlafen wollte er jetzt.

Schlafen. Schlafen. Schlafen.

»Müssen reden!«

Hellwage hörte die Stimme. Von weit her kam sie. Er wollte sie ignorieren, wie er, seit er im Ruhestand war, bisweilen den Wecker ignorierte, wenn ihm nach längerem Schlafen zumute war.

Durch die halb geschlossenen Lider sah er den Mann, der so freundlich war und ihm Bier angeboten hatte. Er sah aber auch, dass noch mehr Flaschen vor diesem Mann auf dem Tisch standen, und merkte, dass sein Durst noch nicht gestillt war. Die beiden Flaschen hatten ihm gutgetan, oh ja, sehr, sehr gut.

Reden, dachte er. Ich will nicht reden, nicht jetzt, später vielleicht. Nur etwas trinken, ein Bier noch, später reden, später ja.

»Magst noch Bier, was?«, hörte er den Mann sagen. »Kriegst nix. Erst reden, dann kriegst Bier. Verstehst?«

Hellwage spürte, dass sich seine lange von Schmerz und Qual verkrampften Gesichtszüge zu lösen begannen und dass er, dessen glaubte er sicher sein zu können, sogar zu lächeln begann. Er hatte nie viel Alkohol getrunken, gern ein Glas Wein zum Essen oder zur Marende, nie über die Maßen. Da waren zwei schnell hintereinander getrunkene Biere mehr als genug – und da er sie in seinen geschundenen, seit Stunden oder Tagen ausgezehrten Körper hineingeschüttet hatte, wirkte sich das aus wie ein starkes Rauschmittel. Hellwage verlor den Bezug zur Wirklichkeit. Die Schmerzen schienen ihm erträglicher, sein verrenkter Körper war plötzlich leichter, die Angst wich einem dümmlichen Grinsen, und in ihm wurde es angenehm warm und wärmer. Ein Bier noch, und dann schlafen. Und dann aufwachen. Und dann alles nur geträumt haben. Und erfrischt aufstehen, vielleicht ein bisschen benommen im Kopf rausgehen an die frische Morgenluft und barfuß im nassen Gras stehend zum Ritten hinüberpinkeln.

Hellwage spürte Leben in sich, ein benommenes, betäubtes Leben, das sich verschwommen abzeichnete, und er genoss, dass es noch etwas anderes gab als Schmerzen.

»Ein Bier …«, sagte er. »Ein Bier noch …«

Der Mann aber reagierte nicht. Machte keine Flasche auf. Sagte etwas, das er von einem Zettel ablas und von dem Hellwage so gut wie nichts verstand. Nur Satzbrocken drangen bis in sein schwaches Bewusstsein durch.

»… Chefredakteur … Unternehmer Reinhold Spiss … Carla … Carla Manczic totgefahren …«

Er fragte sich, was der Mann von ihm wollte. Sollte ihm noch ein Bier geben und gut.

»… ›Tiroler Stern‹ … Hellwage verantwortlich … Fotograf hätte helfen können … den Namen …«

Davon hatte er schon einmal gehört. Spiss, Carla Manczic. Kenne ich, diese Geschichte, dachte er. Ja, kenne ich. Doch er hatte keine Ahnung, was ihn das anging.

»Ich will wissen den Namen!« Der Mann schrie. Schrie ihn an. »Den Namen von Fotografen! Verstehst, blödes Schwein? Sag mir Namen, und du bekommst Bier …«

»Hellwage«, sagte Hellwage. »Mein Name ist Hellwage. Kann ich noch ein Bier …?«

Da sprang der Mann auf, beugte sich über den Tisch, die Flaschen fielen um, rollten über die Tischplatte, zerbarsten am Boden – und Hellwage bekam eine derart brachiale Ohrfeige, dass er seitlich auf die Bank kippte. Er schrie auf. Der Schmerz war wieder da, und der Schmerz von der Ohrfeige war der geringste von allen. Das Bier hatte seine wohlige Wirkung von einer Sekunde auf die andere verloren.

Es kam Hellwage wieder in Erinnerung, und es wurde ihm klar bewusst, dass er ein Gefangener war, in der Gewalt dieses Mannes, der ihn aufs Brutalste behandelt und gedemütigt hatte. Er zitterte.

Gefangen, gefesselt, geschlagen, besoffen.

Warum? Warum das alles?

Der Mann riss ihn hoch, ohrfeigte ihn ein weiteres Mal, ließ ihn aber nicht wieder umkippen, sondern hielt ihn an der Schlafanzugjacke fest.

»Du sollst sagen, wer Foto von dem Mädchen gemacht. Carla, in kaputten Auto. Wer? Ich will Namen!«

Trotz der Schmerzen und trotz seines vom Alkohol benebelten Verstandes dämmerte ihm so etwas wie Erkenntnis … Diese tragische Geschichte … Der Reifenhändler und die Schülerin … Oh ja, oh ja, es hatte Schlagzeilen gegeben …

Gute Schlagzeilen, dachte er. Richtig gute Headlines. Und die hatten für gute Umsätze gesorgt. Damals, dachte er, hat es noch genügt, dass ein reicher Geschäftsmann ein Schulmädchen gefickt hat … Die Zeitung ist weggegangen wie warme Semmeln …

»Erklären Sie mir das noch mal«, sagte er. Seine Stimme kam rau und flüsternd. »Ich verstehe immer noch nicht.«

Der Mann wollte den Zettel aufheben, von dem er zuvor abgelesen hatte, ließ es sein, als er merkte, dass er zwischen Glasscherben in einer Bierpfütze lag, und sagte Hellwage in abgehackten Sätzen und ohne Zettel, um was es ging.

Hellwage hörte ganz genau zu, versuchte jede Einzelheit zu erfassen, schüttelte dann jedoch den Kopf.

»Ich muss nachdenken. Es ist so lange her.«

»Den Namen!«, schrie ihn der Mann an. »Sag Namen!«

Hellwage sah ihn an. Genau in die Augen sah er ihm.

»Ich muss nachdenken«, sagte er noch einmal. »Es ist so viel Zeit vergangen. Ich habe mit Hunderten Fotografen zu tun gehabt. Es wird mir einfallen, aber ich brauche ein bisschen Zeit.«

Es stimmte ja auch: Er wusste wirklich nicht mehr, von welchem Fotografen das Foto damals gekommen war. Er wusste es nicht, doch er hatte so eine vage Ahnung. Der würde er nachspüren müssen.

Und er brauchte zugleich die Zeit, um herauszufinden, ob es sich überhaupt noch lohnte, einen Namen preiszugeben.

Ob es sich lohnt? Was für eine perfide Überlegung ich da anstelle, dachte er. Doch musste er beinahe schmunzeln, als er weiter dachte: Warum sollen ausgerechnet die letzten Überlegungen im Leben nicht auch perfide sein dürfen …

Denn daran hatte er jetzt keinen Zweifel: dass er aus dieser Situation nicht lebend herauskommen würde. Er wusste, wie der Mann aussah, kannte seine Brutalität, er würde ihn beschreiben und wiedererkennen können. Er wusste nicht, für was er konkret bestraft wurde. Es musste etwas mit dieser Geschichte von der Brennerstraße zu tun haben.

So, wie er als Journalist früher eine gute Story geradezu hatte riechen können, roch er nun den Tod.

»Halbe Stunde«, hörte er die Stimme des Mannes in seine Überlegungen hinein. »Du hast halbe Stunde. Dann will ich Namen.«

Der Mann riss ihn von der Bank herunter, Hellwage stürzte ins Bier und in die kleinen Scherben. Dass sie ihm mehrere kleine Schnittwunden zufügten, spürte er gar nicht. Allzu sehr tobte das Inferno in seiner Brust, und die Schmerzen pochten bis in den Kopf, bis in die Fuß- und in die Fingerspitzen.

Der Weg zur Erlösung führte durch die Hölle.

Hellwage musste eine Abkürzung finden.

***

Hosp hatte die Information, die er von Schwarzenbacher erhalten hatte, sofort in polizeiliche Aktivität übersetzt. Wenn auch nur das Geringste dran war an den sich zunehmend verdichtenden Verdachtsmomenten, dann bestand die Gefahr, dass Spiss' Tod erst der Anfang war.

Der Chefredakteur, der damals beim »Tiroler Stern« die Verantwortung trug, hieß Hellwage, ein deutscher Journalist, den es nach Innsbruck verschlagen hatte. Es war leicht gewesen, das herauszufinden. Die Auskünfte, die Hosp, Wasle und zwei weitere Kollegen bei der Redaktion, bei noch im Dienst befindlichen früheren Mitarbeitern von Hellwage beziehungsweise bei solchen, die sich wie er bereits im Ruhestand befanden, einholten, erbrachten das Ergebnis, dass er ein sehr kompetenter Journalist und Redakteur gewesen war, er war wertgeschätzt worden für seine fachliche Kompetenz, seinen journalistischen Riecher und seine kaltschnäuzige Selbstsicherheit als Zeitungsmacher, aber auch wegen seiner Neigung zur Cholerik gefürchtet. Er galt als unbestechlich, ließ sich nicht beeinflussen und nicht manipulieren – allerdings war er beeinflussbar, wenn es um die Steigerung der Auflage ging. Dann erwies er sich als »Mann des Boulevards«, als Zeitungsmann des Sensationellen, des Klatschs und des lockeren Umgangs mit den Fakten.

Schnell war Hellwages Wohnung in Innsbruck gefunden. Eine Dreizimmerwohnung in einem Stadthaus unweit des Claudiaplatzes, wo er, wenn er denn da war, unauffällig und ziemlich zurückgezogen lebte. Doch er war nicht da.

»In der Redaktion gibt es niemanden, der noch Kontakt zu ihm hat«, berichtete Hosp bei einem Telefongespräch mit Schwarzenbacher. »Hellwage muss sich von allem, was mit seinem Berufsleben zu tun gehabt hat, völlig zurückgezogen haben. Einige Kollegen wussten zwar, wo er wohnt, aber keiner hat die Handynummer, keiner hat ihn in den Jahren nach seiner Pensionierung noch mal getroffen. Ich meine, richtig getroffen, auf ein Bier oder einen Kaffee, nicht nur zufällig auf der Straße.«

»Sonderbar«, sagte Schwarzenbacher.

»Aber das ist nicht das Hauptproblem. Das Hauptproblem ist, dass wir nicht wissen, wo er sich aufhält. Wir haben eine Frau ausfindig machen können, die sich in seiner Abwesenheit um die Wohnung kümmert. Sie gießt die Blumen, bringt die Post rein, was halt so erledigt werden muss. Von ihr haben wir erfahren, dass Hellwage in Südtirol ein Ferienhäuschen besitzt, wo er sich auch die meiste Zeit aufhält. Im Schnitt ist Hellwage eine bis eineinhalb Wochen im Monat in Innsbruck, die restliche Zeit in Südtirol.«

»Dann ist er jetzt also in Südtirol«, sagte Schwarzenbacher. »Habt ihr ihn schon aufgesucht?«

»Hätten wir gerne. War aber bislang nicht möglich. Du wirst es nicht glauben: Die Frau, die sich um die Wohnung kümmert, hat keine Ahnung, wo er sich da aufhält.«

»Das gibt es doch nicht!«, sagte Schwarzenbacher fassungslos. »Der Mann muss doch ein Handy haben, eine Adresse, irgendwas.«

Die Antwort kam wie aus der Pistole geschossen.

»Natürlich muss er all das haben. Adresse, Handy, einen Laden, wo er einkauft, einen Gasthof, wo er bisweilen isst oder ein Bier trinkt. Nur: Wir wissen bislang nicht, wo das sein könnte. Südtirol ist ja nicht gerade klein. Wir haben uns mit den Behörden in Bozen in Verbindung gesetzt. Irgendwo muss er ja gemeldet sein, wenn er etwas gekauft oder auch nur gemietet hat. Aber alle Erfahrungen aus der Vergangenheit lassen mich befürchten, dass diese Mühlen langsam mahlen. Wir tappen also noch völlig im Dunkeln …«

»Was ist mit Manczic?«, fragte Schwarzenbacher.

»Langsam, langsam, Paul. Dazu wäre ich ohnehin gleich gekommen. Ich bin aber mit Hellwage noch nicht fertig. Wir müssen ihn ausfindig machen! Und zwar so schnell wie möglich. Wenn ein Zusammenhang besteht zwischen Spiss' Tod und dem Unfalltod des Mädchens, dann könnte der ehemalige Chefredakteur wirklich in Gefahr sein. Wir tun alles in unserer Macht Stehende. Wasle sitzt in Hellwages Innsbrucker Wohnung und forstet alle Papiere durch, die er in die Hände bekommt. Das mag unkonventionell sein, aber vielleicht finden wir ja das Haar in der Suppe …«

Schwarzenbacher schwieg, als müsste er erst über Hosps Ausführungen nachdenken. Doch so war es nicht. Er kramte in seinem Gedächtnis nach einer Erinnerung.

»Paul? Bist du noch da?«

»Hm.« Es war eine Zustimmung. »Mir fällt da gerade etwas ein. Bin mir aber nicht sicher, ob ich meinem Gedächtnis trauen kann …«

»Raus mit der Sprache!«

»Wenn ich mich nicht täusche, hat dieser Hellwage auch Bücher veröffentlicht. Irgendwas über Jugend. Ich glaube, mich an eine Besprechung in ›Profil‹ erinnern zu können …«

»Du bist ein alter Fuchs«, sagte Hosp. »Wenn er den größten Teil des Jahres in seinem Südtiroler Domizil verbringt, dann wird er dort vielleicht auch an seinem Buch gearbeitet haben. Und dann gibt es einen Verlag und im Verlag einen Lektor. Der könnte vielleicht wissen, wie man Hellwage erreicht. Vielleicht sogar, wo er sich aufhält. Paul, ich leite das sofort in die Wege …«

Schwarzenbacher spürte, dass Hosp gleich auflegen würde. Deshalb schrie er förmlich ins Telefon: »Halt! Warte noch! Was ist mit Manczic?«

Die Antwort Hosps kam in kurzen, abgehackten Sätzen: »Stammt aus Kroatien. Ein jüngerer Halbbruder, der im Balkankrieg eine unrühmliche Rolle gespielt haben soll. Der ganze Clan, Brüder und Cousins, ist wohl ziemlich nationalistisch eingestellt. Ich gehe davon aus, dass einige in diesem Krieg waren, mit Waffen umgehen können, brutal genug wären, um jemanden kaltblütig umzubringen …«

»Jugo-Scheiße«, sagte Schwarzenbacher.

»Kannst du laut sagen. Aber jetzt muss ich wirklich. Nur das noch: Wir haben jetzt jemanden von unseren Leuten auf Manczic angesetzt. Er wird rund um die Uhr überwacht. Wir kommen der Sache näher. Wir hören uns wieder.«

Dann war das Gespräch beendet, und Schwarzenbacher war mit Ellen und mit seinen Gedanken allein.

»Du schaust so ernst«, sagte sie. »Ist was passiert?«

»Nein«, gab Schwarzenbacher zur Antwort. »Noch nicht …«

Das mit der Überwachung rund um die Uhr war eine Information, die nur teilweise stimmte. Zwar wechselten sich junge Beamte in Zivil im Zwei-Stunden-Rhythmus ab und beobachteten den Eingang zu dem Haus, in dem Manczic wohnte. Zwar war ihnen bekannt, dass Manczic ins Haus gegangen war und es nicht mehr verlassen hatte. Doch war Letzteres ein Irrglaube.

Manczic war zwar vor drei Stunden nach Hause gekommen, hatte dabei aber bemerkt, dass er wieder beschattet wurde – wenngleich diesmal von einem anderen jungen Mann als jenem von den Kristallwelten –, und hatte seine Schlüsse daraus gezogen. Er hatte ein paar Kleidungsstücke in den alten Rucksack gepackt, das Kuvert mit dem Geld aus seinem Versteck hinter der Bodenleiste der winzigen Küchenzeile geholt und sich aus dem Staub gemacht. Dass das Haus mit weiteren Stadthäusern einen riesigen Innenhof bildete, war ihm dabei sehr zupassgekommen. Durch den Fahrradkeller war er aus seiner Wohnanlage in den Hof gelangt, hatte hinter Mülltonnen gewartet, bis schräg gegenüber jemand raus- und wieder reinging, und war dann durch diesen Aufgang hinausgelangt auf eine ganz andere Straße.

So war er unbemerkt verschwunden.

»Nein«, sagte Schwarzenbacher noch einmal zu Ellen. »Noch ist nichts passiert. Aber die ganze Sache spitzt sich zu.« Er berichtete Ellen vom Stand der Dinge.

»Ich möchte jedenfalls jetzt nicht ins Hosps Haut stecken«, sagte er zum Schluss. »Es ist wieder mal so, wie ich es selbst oft erlebt habe und wie es die Polizeiarbeit meist mit sich bringt: Man ist fast immer einen Schritt hinterher – und das auch nur, wenn man Glück hat. Oft mehrere Schritte. Und immer, wenn man wieder irgendetwas greifen zu können glaubt, entwindet es sich und ist schon wieder davon. Glaub mir, meine Liebe, das zermürbt.«

Ellen nickte verständnisvoll. Sie spielte diese Rolle gut. Denn in ihrem Inneren war ihr bewusst, dass Schwarzenbacher jetzt nur allzu gern in Hosps Haut gesteckt wäre.

Sie spürte sein Jagdfieber. Und sie spürte auch seinen Neid auf den Kollegen, der laufen, arbeiten und einfach nur leben konnte.

»Gib mir das Telefon noch mal. Bitte«, sagte er. »Ich muss Marielle anrufen. Möchte mit ihr reden. Ich habe so das Gefühl, dass wir sie bald mal wieder brauchen.«

***

Hellwage kauerte am Boden, die Hände gefesselt, die Fußknöchel gefesselt, er war bei Bewusstsein, jedoch befand er sich in einem erbärmlichen Zustand.

Der Mann kam von draußen ins Haus und sagte: »Halbe Stunde um. Will jetzt Namen. Ich hoffe, dass dir eingefallen ist.«

Hellwage rappelte sich ein bisschen hoch. Er keuchte und stöhnte dabei. Als er dann zu sprechen begann, bereitete ihm jedes Wort Schmerzen in der Brust.

»Ich habe nachgedacht ... ja, habe intensiv nachgedacht ... Wenn mich meine Sinne nicht trügen, ist mir eingefallen, wer der Mann war ...«

Diese wenigen Worte hatten ihn so angestrengt, dass er schwer atmend erst wieder Kraft schöpfen musste. Der Mann ließ sich auf die Bank beim Tisch fallen und wartete einfach nur ab.

»Ich muss Sie aber auch fragen ...«, fuhr Hellwage angestrengt fort, »... was geschieht mit mir, wenn ich Ihnen den Namen sage? ... Lassen Sie mich frei? ... Ich kann Ihnen ...«

Wieder musste er mühsam Atem holen, ehe er sein Fragen fortsetzen konnte.

»Ich kann Ihnen versichern«, sagte er dann, »dass ich diese Angelegenheit als nie stattgefunden betrachte, wenn Sie verschwinden und mich in Ruhe lassen.« Während er das sagte, dachte er »am Leben lassen«. Doch er sprach es nicht aus. Er hatte Angst, diesen gewalttätigen Menschen damit erst auf die Idee zu bringen, ihn schließlich zu töten.

Der Mann am Tisch schwieg. Hellwage starrte ihn an, versuchte verzweifelt, an seiner Mimik abzulesen, welches Schicksal ihn erwartete. Und der Mann starrte zurück, schweigend, rauchend.

Es war das erste Mal, dass Hellwage den Mann rauchen sah. Er zog an der Zigarette, atmete den Rauch hörbar und tief, ganz tief ein. Das wiederholte sich einige Male, bevor er die Kippe auf der Tischplatte ausdrückte.

Dann stand der Mann auf und trat die paar Schritte an Hellwage heran und sah mit einem spöttischen Grinsen auf ihn herab.

»Glaubst du, kannst Bedingung stellen?«, hörte er ihn sagen.

»Keine … keine Bedingungen«, keuchte Hellwage. »Nur Fragen … nur Bitten …«

Er sah flehentlich zu dem Mann empor. »Ich kann Ihnen auch Geld … ich meine, wenn Sie Geld brauchen …«

Der Mann ging vor ihm in die Knie. Er hielt sich die Nase zu.

»Du stinkst. Stinkst wie Schwein. Sollte dich mit Messer stechen wie Schwein.«

Er stand wieder auf, entfernte sich ein paar Schritte und sagte, mit dem Rücken zu Hellwage, einfach in den Raum hinein: »Du gibst mir Namen. Jetzt. Oder ich mach, was man mit Schwein macht. Verstehst?«

8

»Ich habe mit Reuss telefoniert«, sagte Schwarzenbacher zu Marielle. Sie hatten sich im »Café Central« verabredet, und Schwarzenbacher war sauer gewesen, weil er vergessen hatte, dass fünf Stufen überwunden werden mussten, um hineinzugelangen. Ellen und Marielle hatten ihm geholfen – und so etwas war ihm verdammt peinlich.

Und wenn ich hundertmal ein Krüppel bin – ich will keiner sein, waren seine bitteren Gedanken gewesen. Und er hatte inständig gehofft, keiner jener Gauner, die er vor langer Zeit hinter Schloss und Riegel gebracht hatte und die mittlerweile wieder frei waren, würde sehen, wie elendig es ihm jetzt erging.

»Er steht für die Kosten gerade. Habe auch nichts anderes erwartet. Es wäre also gut, wenn du mit Pablo nach Südtirol fahren würdest. Geht in die Berge, geht klettern, haltet euch einfach irgendwo dort unten auf ...«

»Südtirol ist groß.«

»Ich weiß. Hosp ist an der Sache dran. Der Lektor, der Hellwage betreut, ist auf Trekkingtour irgendwo im Himalaja. Nicht erreichbar. Der müsste Genaueres wissen. Aber ein Kollege von ihm hat immerhin sagen können, dass Hellwages Zweitwohnsitz irgendwo im Grödnertal oder in der Nähe davon liegen muss. Ich hab mir das auf der Karte angesehen – das grenzt die Sache doch schon gehörig ein.«

Marielle nickte nachdenklich. »Stellt sich mir eine Frage: Was wir tun können, falls ihr herausfindet, wo dieser Hellwage lebt. Oder falls sich die Situation dann zuspitzt.«

Schwarzenbacher wischte sich den Cappuccino-Schaum mit dem Handrücken vom Mund.

»So genau weiß ich das ja selbst nicht. Ist nur so ein Gefühl. Ich wäre einfach froh, euch dort in der Nähe zu wissen. Ihr seid beweglich, schnell. Was man von mir eher nicht behaupten kann.«

Ellen legte ihre Hand auf seinen Unterarm.

»Und? Macht ihr das? Ist ja eigentlich beinahe so etwas wie bezahlter Urlaub, oder ...?«

Marielle versprach, mit Pablo darüber zu reden, und sie bekundete, durchaus Lust zu haben, wieder einmal in die Dolomiten zu fahren. Sie dachte an die Sellatürme, wo sie einmal schon zum Klettern gewesen war und wo noch viele spannende Routen auf sie warteten.

»Ich glaube schon, dass wir das einrichten können«, sagte sie.

»Noch etwas«, sagte Schwarzenbacher. »Mir ist da was durch den Kopf gegangen. Ich meine, weil du dich ja in der letzten Zeit immer wieder in ziemliche Gefahren begeben hast … Also, ich würde dir empfehlen, mal ein Selbstverteidigungstraining zu absolvieren. Karate oder so was Ähnliches. Oder auch Boxen. Schaden kann es nie. Wenngleich der beste Rat immer noch ist, erst gar nicht in so beschissene Situationen zu kommen.«

***

Es hatte sich nicht geheim halten lassen, dass Spiss' Tod ein gewaltsamer war. Hatten die Medien schon mit großen Lettern auf den vermeintlichen Selbstmord reagiert, so wäre das Thema doch rasch wieder von anderen Nachrichten verdrängt worden. Doch dann musste die Information über die wahre Todesursache des Unternehmers irgendwie an die Presse gelangt sein – diesmal allerdings nicht direkt an den »Tiroler Stern«, sondern über eine Presseagentur und eine im ganzen Land versandte Kurzmitteilung: *Beim Tod des Innsbrucker Unternehmers handelt es sich offensichtlich nicht um Selbstmord. Die Polizei geht von Fremdverschulden aus. Hintergründe noch völlig unklar.*

Die Zeitungen, allen voran der »Tiroler Stern«, aber natürlich auch der »Kurier«, die »Kronenzeitung« und auch die »TT«, bliesen diese Meldung zur Sensation auf – was sie ja auch war. Allerdings wurden unter den dicken Schlagzeilen Spekulationen und Schlussfolgerungen oft kunterbunt gemischt und dargeboten, als würde es sich um unverrückbare Fakten handeln.

Hosp tobte, als er die Zeitungen auf den Tisch bekam. Er hatte von jeher ein eher gespanntes Verhältnis zur Journalistenzunft.

Wütender noch als »diese Schmieranten«, wie er die Leute bezeichnete, machten ihn die Informanten.

»Es gibt auf der ganzen Welt nicht eine Institution, wo nicht irgendein Arschloch vertrauliche Dinge an die Presse verrät. Das ist in der Politik so, beim Geheimdienst, in den Krankenhäusern – und bei uns ja sowieso …«

Er fegte die Zeitungen vom Tisch, stürmte aus dem Büro und rief auf dem Flur nach Wasle.

»Kannst du dir das erklären?«, schrie er, als Wasle vor ihm stand.

Da die Zeitungen jedoch in Hosps Büro auf dem Boden lagen, konnte Wasle nicht wissen, um was es ging und warum sein Chef so ungewöhnlich wütend war.

»Wenn du mir sagst, um was es geht, kann ich mir und dir vielleicht auch was erklären.« Wasle ließ sich nicht aus der Ruhe bringen. Als Hosp sich umdrehte, wieder ins Büro zurückstürmte und die Tür hinter sich zuwarf, folgte Wasle ihm mit einigen Schritten Abstand. Er öffnete die Tür und schloss sie leise hinter sich, sah zu Hosp, der mit lang von sich gestreckten Beinen im Bürosessel saß, und fragte: »Jetzt mal eins nach dem anderen. Was ist dir über die Leber gelaufen?«

Die Information, die er von seinem Chef bekam, der nur auf die zerfledderten Zeitungen am Boden deutete, war für ihn ebenso erstaunlich wie ärgerlich. Doch anders als Hosp hielt er diese Sache nicht nur für unangenehm, er sah darin beinahe so etwas wie eine Chance.

»Ich will das wirklich nicht rechtfertigen«, sagte er. »Irgendwer hat was ausgeplaudert, okay. Wir könnten uns jetzt damit aufhalten, herauszufinden, wer das war. Was uns aber im Mordfall Spiss nicht weiterbringt und auch nicht bei unseren anderen Fällen. Denk an den Nuttenmord. Ich würde das erst mal auf sich beruhen lassen. Denn vielleicht hat das für uns im Moment unerwünschte Presseecho letztlich auch was Gutes. Wir haben es doch schon öfters erlebt, dass uns diese Idioten unfreiwillig noch gute Dienste geleistet haben. Oder?«

Hosps Nicken war ein widerwilliges. Er sah schon ein, dass Wasle recht hatte. Doch eigentlich wollte er es nicht einsehen.

»Gibt es irgendwas Neues aus Südtirol?«, fragte er, auch um das Thema zu wechseln.

»Von behördlicher Seite nicht«, sagte Wasle. »Vielleicht sollte man dort ein Bild in die Zeitung setzen. Wie heißt sie gleich? … ›Dolomitenzeitung‹, stimmt's? Ein Bild von Hellwage – dann müsste sich doch schnell wer finden, der ihn kennt und weiß, wo er wohnt.«

»Hör mir auf mit Zeitungen«, maulte Hosp. Er klaubte die Zeitungen wieder auf, brachte sie auf seinem Schreibtisch halbwegs in Ordnung – und sah Wasle in die Augen, der noch dastand, als wenn nicht alles gesagt wäre.

»Du meinst also«, fing Hosp an, »wir sollten ohne tief greifenden Verdacht und ohne weitreichende Begründung eine Vermisstenmeldung herausgeben?«

Wasle verschränkte die Arme vor der Brust. Er konnte sich ein Grinsen nicht ganz verkneifen.

»Was kann schon passieren?«, fragte er.

»Schlimmstenfalls kriegt dieser Hellwage einen Riesenschrecken, weil er sein Bild beim Frühstück in der Zeitung sieht. Aber dann wird er mit uns oder zumindest den Bozner Kollegen Kontakt aufnehmen, und wir wissen, wo er sich befindet, und können ihn schützen. Falls überhaupt weiterhin Gefahr besteht.«

Hosp musterte seinen Kollegen mit Skepsis, doch sein Zorn verflüchtigte sich. »Vielleicht hast du ja recht«, sagte er. »Wir könnten beim Verlag um ein halbwegs aktuelles Bild nachsuchen. Die müssten doch was haben. Kümmerst du dich drum?«

Wasle nickte. »Ich glaube wirklich, es ist das Beste, was wir im Augenblick tun können!«, sagte er. »Ich werde gleich mal die Redaktion in Bozen ausfindig machen.«

Hosp sah ihm nicht nach, als er sein Büro verließ. Er schaute vielmehr wieder auf die Zeitungen, die vor ihm auf dem Tisch lagen. Ein Foto, das ganz offensichtlich ohne deren Wissen von Spiss' Witwe und der Tochter samt Ehemann oder Lebensgefährten gemacht worden war, schürte seinen Zorn wieder an.

Die kennen keinerlei Rücksicht, dachte er. Da gibt es keinen Respekt, keine Achtung, keine Würde. Er hatte genug. Er knüllte die Zeitungen endgültig zusammen, diesmal zu großen Kugeln, und warf sie in den Papierkorb. Und er beschloss, am Ende seines Tages zu Schwarzenbacher zu gehen, sich mit ihm über diese Sache auszutauschen und nach Möglichkeit eine Platte oder CD zu leihen, die ihm abends daheim ein wenig Entspannung, mehr noch: Erlösung bescheren würde.

Manchmal dachte er, dass eine andere Frau gut gewesen wäre.

Manchmal aber dachte er auch, dass seine Frau einen anderen Mann gebraucht hätte. Keinen, der von Mord und Totschlag in der Seele zerfressen wurde. Seine Frau und er – sie lebten schon lange aneinander vorbei. Zwei parallele Leben. Nein, zwei Leben, die sich immer weiter voneinander wegbewegten.

***

»Autoschlüssel!«, sagte der Mann.

Hellwage deutete mit dem Kinn in Richtung Tisch, der Mann entdeckte die Schublade und hatte einen Moment später das Schlüsseletui in der Hand.

Hellwage kniete auf dem Boden. Die Füße waren zusammengebunden, die Hände waren ihm jetzt hinter dem Rücken gefesselt. Um den Hals hatte er eine Schlinge, die sich bei Belastung zusammenziehen würde, und das Seil führte hinauf zum Holzbalken, wo es befestigt war. Er konnte nicht liegen und nicht sitzen. Wenn er versuchen würde aufzustehen, lief er Gefahr zu stürzen und sich zu erdrosseln. Seit höchstens zwanzig Minuten war er zu dieser grausamen Stellung verurteilt, doch die Knie taten ihm schon so fürchterlich weh, dass ihm unablässig Tränen übers Gesicht liefen. Ihm war bewusst, dass er diese Tortur keine Stunde aushalten würde.

»Ich fahre diesen Mann suchen. Wenn Name nicht stimmt, bist du tot. Wenn ich zu lange suchen muss, bist auch tot. Kannst beten, bis ich zurückkomm. Und dich ruhig halten. Ganz ruhig. Verstehst?«

Der Mann trat an ihn heran, zwang ihm ein zusammengewickeltes Tuch zwischen die Zähne, das wie eine Trense im Pferdemaul wirkte und ihm jegliches Schreien unterband, und verknotete es hinter seinem Kopf.

Dann ging er zur Tür, drehte sich noch mal zu Hellwage um und sagte: »Falls dich jemand besuchen kommt – schick ihn weg. Weil ich sonst das Gleiche mache mit ihm. Verstehst?«

Hellwage wollte etwas sagen, wollte bitten und flehen, aber es kamen nur undefinierbare Laute aus seinem geknebelten Mund. Der Mann grinste und schloss hinter sich die Tür.

Es kommt niemand hierher, dachte Hellwage. Niemand, niemand, niemand.

Er wusste, dass es aus war. Und in seine maßlose Verzweiflung mischte sich der Ekel darüber, dass er diesem Verbrecher den Namen des Fotografen genannt hatte.

Wenn ich schon sterben muss, hätte ich ihn wenigstens auf eine falsche Fährte setzen können.

Doch dieses Schuldgefühl hielt nicht lange vor. Hellwage spürte den Strick an seinem Hals. Und er wollte nicht sterben.

***

In Tirol war es ein trüber Tag, bisweilen wanderten Regenschauer durchs Inntal hindurch und zogen nach Osten hin ab, die Sonne zeigte sich so gut wie nie. Kaum aber waren Marielle und Pablo über den Brennerpass nach Italien hineingefahren, war der Himmel wie freigefegt – azurro mit ein paar kleinen weißen Wölkchen.

Beim Cappuccino an der Autobahnraststätte kurz vor Brixen begann auch Pablo so etwas wie Freude zu zeigen. Davor war seinem Kummer nicht beizukommen gewesen. Noch immer machte er sich Vorwürfe wegen Manczic. Und zudem war er verärgert, dass er die Überwachung dieses Sonderlings hatte aufgeben sollen, weil das Hosps Leute nun übernommen hatten. Schließlich hatte er gehofft, auf diesem Weg seine Scharte wieder auswetzen zu können.

Jetzt aber, angesichts der Plose, wo sie im Winter schon einige Male beim Skifahren waren, in Anbetracht des besten Kaffees, den man zwischen München und Bozen bekommen konnte, und im guten Gefühl, dass dieses traumhafte Wetter die optimalen Voraussetzungen für Berg- und Kletterabenteuer bot, heiterten sich seine Gesichtszüge zunehmend auf.

Mitten im Gewühl der Leute, die in die Café-Bar drängten – eben war ein Reisebus angekommen, hatte seine Passagiere gleichsam ausgespien, und die zog es nun zu den Toiletten oder ans Buffet –, dachte er an die Felstürme der Dolomiten, an die Geislergruppe über dem nahen Villnößtal, an die Felsen zu beiden Seiten des Grödnerjoches, an die Sellatürme, an den Rosengarten mit seinen berühmten Vajolettürmen und an die weit im Süden gelegene Palagruppe, wo der Fels besonders gut, das Wetter aber auch besonders wankelmütig war.

So weit, bis in die Pala, werden wir nicht fahren, dachte er. Bis in die Sella vielleicht. Er erinnerte sich an Touren vergangener Jahre, Kletterrouten im fünften, sechsten, siebten Grad – mit Marielle oder mit anderen Kletterfreunden. Oft in gewöhnungsbedürftigem Fels. Oft mit nur wenigen Haken abgesichert. Die »Messner« am zweiten Sellaturm beispielsweise. Oder die »Via Niagara« am Sass Pordoi jenseits des Sellajochs.

»Ist dir schon mal bewusst geworden«, fragte er Marielle, »was das so ganz Besondere am Dolomitenklettern ist?«

Sie sah ihn zweifelnd an. »Die komische Felsstruktur?«

Pablo schüttelte den Kopf. »Das ist sicher ein Charakteristikum für das Gebiet. Aber das wirklich ganz Besondere ist doch, dass man ein Faible für die Senkrechte haben muss. Es ist alles unglaublich steil hier. Und selbst in gar nicht so schwierigen Routen hat man unheimlich viel Luft unter den Sohlen. Man muss das mögen. Andernfalls bekommt man einen Höhenkoller.«

»Stimmt«, sagte Marielle. »Das hat es mir bei unseren ersten Dolomitentouren auch ganz schön schwer gemacht. Ich hatte das Gefühl, den Kletterschwierigkeiten immer gewachsen zu sein. Aber diese Tiefe unter mir … das hatte erst mal etwas Bedrohliches.«

»Hast dich aber schnell dran gewöhnt«, sagte Pablo.

Marielle lächelte. »Es ist aber immer wieder aufs Neue gewöhnungsbedürftig«, sagte sie. »Bei so ziemlich jeder Dolomitentour muss ich mich erst wieder überwinden. Dann aber kann es süchtig machen.«

»Es ist das Adrenalin, das einen alles so intensiv erleben lässt.« Pablo löffelte Zucker und Cappuccino-Schaum aus seiner Tasse und leckte sich genießerisch die Lippen. »Manchmal ist das dann wie ein Rausch, wie eine Droge. ›Natural High‹, wie Messner es genannt hat.«

»Hör mir mit dem auf!«, maulte Marielle. »Du weißt, ich kann diesen Typen nicht ausstehen. Seine ewige Besserwisserei, in allem und oft auch gegen alle Vernunft …«

»Das mag ja sein«, sagte Pablo. »Aber mit dem ›Natural High‹ hat er doch recht, oder?«

Auf Marielles Gesicht machte sich ein immer frivoler werdendes Grinsen breit. »Ich bin dafür, dass wir nicht mehr lange drüber reden«, sagte sie. »Lass uns zum Klettern ans Sellajoch fahren. Und danach, in der St. Ulricher Pension, die Reuss uns hat besorgen lassen, können wir noch ein weiteres ›Natural High‹ draufsetzen – das schönste von allen.«

Pablo war weitgehend einverstanden. Nur dass er am liebsten aufs Klettern verzichtet hätte und gleich in die Pension gefahren wäre.

»Komm«, sagte er. »Lass uns aufbrechen.«

***

Der Mann war irritiert. Er war in Hellwages Auto nach Innsbruck gefahren und hatte ganz bewusst die Brennerstraße genommen, nicht die Autobahn. Er vermied alles, was dazu hätte beitragen können, seine Wege nachzuvollziehen. An der Mautstelle waren Überwachungskameras, das war ihm völlig klar. Und er wollte nicht, dass irgendjemand ein Foto von ihm in die Hände bekam. Es gab ihn nicht. Er war nicht existent. Nicht in Österreich, nicht in Italien und nicht einmal in dem Land, aus dem er stammte. Im Krieg damals, da war er umgekommen, vermisst gemeldet – und bis heute fehlte von ihm fast jede Spur. Er wollte, dass das ein für alle Mal so blieb – dass es ihn nicht gab.

Er parkte in der Tiefgarage beim Landestheater, ganz zentral in der Stadt. Im »Il Dottore« bestellte er sich eine Pizza Capricciosa. Er hatte einen Tisch für sich allein und konnte durch die großen Scheiben auf den Platz hinausschauen. Immer war er vorsichtig. Die Hauptsache war jetzt etwas Richtiges zu essen und ein Radler, und eine halbe Stunde nicht an diesen Hellwage zu denken, der sich in die Hosen gepisst und geschissen hatte, und auch nicht an diesen Mann namens Tinhofer, den er als Nächstes finden musste.

Nach dem Essen ging er die paar Schritte zur Jesuitenkirche. Dem Kalender nach war der Aushang neben dem Eingang die Kontaktstelle für Manczic und ihn. Vom Ersten bis Zehnten des Monats war das in der Wiltener Stiftskirche. Vom Elften bis Zwanzigsten die Jesuitenkirche. Und an den restlichen Tagen die Kirche zur Ewigen Anbetung in der Karl-Kapferer-Straße. Wem wäre es schon aufgefallen, dass zwischen den Gottesdienstordnungen, den Ankündigungen von Kirchenkonzerten, den erbaulichen Sprüchen und der Werbung für Radio Maria ein quadratisches Post-it hing, auf dem »Gott ist bei Dir!« stand oder »Öffne Deine Seele für Gott« oder auch »In IHM bist Du geborgen«. Das Geheimnis lag in der Farbe der Zettel. Ein grünes Post-it bedeutete für Manczic, dass er am nächsten Tag zu einem Treffen kommen sollte. Ein rotes bedeutete Gefahr und dass jeglicher Kontakt zu meiden war.

Auch Manczic hatte die Möglichkeit, sich auf diese Weise mitzuteilen – nur dass der Mann, den er eingeschaltet hatte, um die Schuldigen am Tod seiner Tochter zu bestrafen, nicht gar so oft in die vereinbarten Kirchen kam. Aber es gab auch keine Eile. Er, Manczic, hatte seinen Hass so lange heiß gehalten, über Jahre und Jahrzehnte, und es hatte genauso lange gedauert, bis er das Geld beisammenhatte, das diese mörderische Aktion kostete, dass es jetzt keine Rolle mehr spielte, ob es ein paar Wochen länger dauern würde, ehe den Mördern seiner Carla ihr gerechtes Schicksal widerfuhr.

Am Aushang der Jesuitenkirche hing zwischen all den anderen Verlautbarungen, gewiss in seiner wahren Bedeutung von Gott und der Welt unbemerkt, ein rotes Post-it: »Unergründlich sind die Wege des Herrn«.

Es waren nicht viele Leute in der Kirche, und die wenigen nahmen keine Notiz von dem Mann, der den roten Zettel abnahm und in der Anoraktasche zerknüllte, der die rechte Hand in einen Weihwasserkessel tauchte und sich dreimal bekreuzigte, ehe er die Kirche wieder verließ.

Es gab ihn nicht. Auch nicht hier.

Er holte Hellwages Wagen aus der Garage und fuhr dorthin, wo Manczic wohnte. Ein paar Straßen von dessen Wohnung stellte er das Auto in der blauen Parkzone ab, warf fünfzig Cent in den Parkscheinautomaten und machte sich zu Fuß auf den Weg.

Was er sah beziehungsweise ahnte und witterte, war alarmierend. In der Straße, wo Manczic wohnte, observierten Polizisten in Zivil den Eingang zu dessen Wohnung. Er hatte schon immer ein zuverlässiges Gespür für die Gefahr gehabt, die von Polizisten ausging. Er konnte sie förmlich riechen. Sogar Zivilfahrzeuge der Polizei erkannte er: Sie wurden anders gefahren, und nachts flackerten die Scheinwerfer. Ob es Einbildung war? Oder Magie? Es war ihm immer egal gewesen. Er hatte es nie darauf ankommen lassen und sich schnell verdrückt.

Diesmal nicht. Er sah einen von ihnen in einem geparkten Wagen sitzen. Der las in einer Zeitschrift und schaute kurz auf, als er daran vorüberging. Der andere fegte den Kehricht am Fahrbahnrand, Laub, Zigarettenkippen, Papiertaschentücher, eine Red-Bull-Dose, so Zeug.

Arschloch. Denkst du dir, bist Straßenkehrer. Polizist bist du. Sehr schlechter Schauspieler.

Wie zufällig ging er durch die Straße, betrat an der Ecke eine Trafik, kaufte ein Päckchen Pfefferminzbonbons und den »Tiroler Stern« und trat dann ganz gelassen wieder ins Freie.

Der Straßenkehrer nickte ihm jetzt sogar zu, als er an ihm vorbeiging. Die Vorhänge an Manczics Fenster waren zugezogen. Ob er in seiner Wohnung war oder ob die Polizisten auf seine Rückkehr warteten, war an dieser Situation nicht zu eruieren. Doch er hatte sich immerhin ein Bild gemacht und die Überzeugung gewonnen, dass er in der Tat gut beraten war, keinerlei Kontakt zu seinem Auftraggeber zu suchen.

Er wusste, was zu tun war.

Er fuhr über den Zirler Berg nach Seefeld und weiter nach Scharnitz. Den Wagen parkte er zwischen anderen am Wiesenparkplatz, der für die Brunnsteinhütte ausgewiesen war. Alles, was er brauchte, hatte er in seinem Rucksack: Anorak, T-Shirts, Sonnenbrille, Fotoapparat, Hüttenschlafsack, Geldbeutel, eine leere Trinkflasche, seine Pistole und den AV-Ausweis.

Er überquerte die Bundesstraße und folgte den gelben Wegweisern. Bald endete der etwas eintönige Forstweg und ging über in einen schmalen, gut angelegten Bergsteig.

Er war beunruhigt wegen des roten Zettels in der Kirche. Er musste herausfinden, was mit Manczic geschehen war, warum ihn die Polizei überwachte, warum er sich zum vereinbarten Treffpunkt begeben und den warnenden Zettel dorthin gehängt hatte. Die Idylle des alpinen Mischwaldes nahm er nicht wahr. Die Farbspiele des Laubes der Ahorne und der frischen Nadeln der Lärchen nahm er nicht wahr. Es war ihm auch egal. Nach einer knappen Stunde Aufstieg sah er einen uralten Ahorn, einen Baum mit bestimmt Hunderten von Jahresringen, schweren Ästen, die wie verkrüppelt erschienen, der Stamm schwarz und vernarbt und vermoost. Vielleicht hätte ein anderer Wanderer gedacht: Sieht aus wie eine Märchengestalt, verzaubert, verwunschen, mystisch und schön. Er aber dachte so etwas nicht. Er erinnerte sich an einen Baum in Serbien. Im Hintergrund ein einsames Gehöft. Ein Köter, der in seinem Blut lag. Gestank. Rauch, der urplötzlich aus den Dachfenstern aufstieg. Nur Rauch zuerst, dann Flammen. Seine Kameraden leisteten ganze Arbeit. Die Bewohner waren drinnen im Haus, und von außen wurden die Türen verbarrikadiert und die Fensterläden.

Die Schreie drangen zu ihm herüber. Wahrscheinlich war es ein Sohn der Leute dort drinnen, der ihm noch in die Arme gelaufen war. Plötzlich war er da gewesen, von irgendwoher, aus dem Gebüsch oder aus dem nahen Wald aufgetaucht.

Du Idiot, hatte er gedacht, warum kommst du angelaufen? Die hätten ohne dich verrecken können.

Bestimmt war der Junge nicht älter als fünfzehn. Dünn war er und schmal an den Schultern.

Auf einmal war er dagestanden und hatte ihn aus großen, furchterfüllten Augen angestarrt.

Er hatte ihn einfach niedergeschlagen. Niemand bleibt, der berichten könnte. Die Devise war unverbrüchlich.

Er hatte dem Jungen einen Strick um den Hals gebunden und das Seil über einen der dicken Äste des Baumes geworfen. Das Licht, das dabei durchs Laub gefallen war und das der Umgebung einen zartgrünen Schleier verliehen hatte, unterschied sich gar nicht sehr von dem, das hier am Fuße des Karwendelgebirges vorherrschte.

Er blieb stehen, atmete die würzige Luft tief ein, sah hinüber zu den waldlosen Flanken der Arnspitzen und hinauf ins Geäst des Baumes.

Der Junge war zu sich gekommen, noch ehe er ihn mit dem Seil in die Höhe gezogen hatte. Sein Schreien war kurz gewesen. Die Füße einen halben Meter über dem Boden, hatte er nur mehr geröchelt.

Er mochte diese Erinnerungen nicht. Der Junge tat ihm leid, irgendwie. Wäre er nicht angerannt gekommen …

Es war Krieg, dachte er. Krieg hat eigene Gesetze.

Eines hieß: Nie erkannt werden, nie Zeugen hinterlassen. Ein anderes: Der Junge von heute ist dein Feind morgen. Besser du tötest ihn gleich.

Das Gesicht hatte sich blau-violett verfärbt, die Augen waren aus ihren Höhlen getreten, und mit den Beinen hatte der Junge gezappelt, erst wild, dann immer kraftloser, dann noch einmal und noch einmal – und dann war er starr dagehangen, während ihm der Urin aus den Hosenbeinen tropfte.

Spielt es eine Rolle, ob ich lebe oder nicht?, dachte er. Spielt keine Rolle. Was spielt es dann für eine Rolle, ob dieser Junge lebt oder nicht? Es spielt keine Rolle. Die Welt ist voller Menschen, es gibt zu viele. Es ist nichts anderes als Ameisenzertreten.

Er pinkelte an den Baum und ging dann weiter.

Nach insgesamt eindreiviertel Stunden erreichte er die Hütte. War es in Innsbruck noch kühl und grau gewesen, so hatten sich schon während seines Aufstieges die Wolken immer mehr verzogen, der Himmel hatte sich aufgeklart, und die Sonne brachte an diesem Spätnachmittag die Landschaft ringsumher in Goldtönen zum Leuchten.

Er grüßte die Leute, die vor der Hütte saßen, und er wurde zurückgegrüßt. Er stellte den Rucksack ab und zog sich ein frisches T-Shirt an; das verschwitzte hängte er über das Holzgeländer, das die südwestlich ausgerichtete Terrasse begrenzte.

Manczic befand sich nicht unter den Leuten auf der Terrasse. Vielleicht saß er ja drinnen. Er lächelte. In der Stadt kam dieser Manczic daher, als wäre er gebrechlich und ein bisschen verrückt. Verrückt war er ja, aber gebrechlich – das nicht, im Gegenteil, er war sogar noch ziemlich fit für sein Alter. Und die gelegentlichen Treffen auf Berghütten schienen ihn vor keine Probleme zu stellen.

Er ging zu der Durchreiche, wo im Selbstbedienungsverfahren Speisen und Getränke ausgegeben wurden. Er verlangte nach einem Weißbier und fragte nach einem Nachtquartier.

»Hast dich angemeldet?«, fragte der Mann an der Essensausgabe, ihn ohne Umschweife duzend, wie das in den Bergen ab tausend Metern Höhe überlieferter Brauch war.

Er schüttelte den Kopf.

»Bist allein?«

Er nickte.

»Kein Problem. Für einen haben wir immer noch Platz.«

Unaufgefordert holte er den Alpenvereinsausweis, den er sich vor ein paar Wochen organisiert hatte, aus der Tasche und schob ihn dem Mann über den Tresen.

»Das mit dem Matratzenlager machen wir bisserl später«, sagte der. »Setz dich erst mal hin, Paul, und trink dein Bier. Ich komm nachher an deinen Tisch.«

»Paul Kurth, 02.06.69, Mitglied der Sektion Oberland«, stand auf der Karte, die ungelenk unterschrieben war. Niemand wollte mehr von ihm wissen als nur das, was auf diesem Alpenvereinskärtchen stand.

Als er den Auftrag von Manczic übernommen hatte, waren ihm die Möglichkeiten bewusst geworden, die ihm ein solcher Ausweis bot. Er war ein paarmal zu Berghütten gegangen und hatte nur beobachtet, wie das dort gehandhabt wurde. Schnell war ihm klar geworden, dass er tagelang von einer Hütte zur nächsten, von einer Bergregion in eine andere wechseln konnte, ohne dass er seine Identität hätte preisgeben müssen.

In aller Ruhe trank er sein Bier auf der Terrasse, schaute den anderen Leuten zu, von denen offensichtlich einige hier übernachten würden, während andere sich anschickten, noch ins Tal abzusteigen; er ließ sich die letzten Sonnenstrahlen ins Gesicht scheinen und genoss den Ausblick zu den gegenüberliegenden Bergen. Ja, er genoss ihn.

Danach trat er in die Hütte, wo das große Hüttenbuch auslag. Dort trug er sich ein, schrieb: »Paul Kurth, DAV-Oberland, München«. Notierte das Datum seines Aufstiegs und sein Vorhaben am nächsten Tag: »Aufstieg zur Brunnsteinspitze« – den gut zweitausend Meter hohen Hausberg der Hütte hatte er an der Wanderkarte ausfindig gemacht, die in der Hütte an die Holzwand gepinnt war –, und überflog ganz nebenbei die vorausgegangenen Einträge.

Manczic war noch nicht hier gewesen.

Also würde er morgen kommen.

Und wenn nicht?

Er dachte an Hellwage. Und wie der am Balken hing. Er fragte sich, ob der noch lebte. Seine stumme Antwort war Nein.

Krieg, dachte er.

Denn für ihn hatte der Krieg nie aufgehört.

Er holte sich noch ein Weißbier und bestellte sich eine Erbswurstsuppe und einen Schweizer Wurstsalat.

Er ging aber nicht mehr auf die Terrasse hinaus. Dort begann es kühl zu werden. Er setzte sich an einen kleinen Tisch in der Stube, trank sein Bier in kleinen Schlucken und beobachtete alles, was um ihn herum geschah.

Paul Kurth, dachte er. Mein Name ist Paul Kurth.

Er sinnierte, was dieser Kurth für ein Mensch sein könnte. Was er von Beruf war, ob er Frau und Kinder hatte, ob er den Ausweis vermisste, ihn verloren glaubte oder gestohlen.

Was geht es mich an?, fragte er sich. Er ist nicht mein Problem.

Sein Problem, seine Aufgabe war, Tinhofer zu finden.

Noch hatte er keine Ahnung, wo er suchen sollte.

»Die Erbswurst!«, rief der Wirt aus der Küche. Und der Mann, der hier Paul Kurth hieß, stand auf und trug den vollen Teller vorsichtig zu seinem Tisch.

»Einen Guten!«, sagte jemand vom Nebentisch zu ihm herüber.

Paul Kurth nickte. Jetzt hatte er wirklich Hunger.

***

Sie trafen sich im Hofgarten, Schwarzenbacher und Hosp, und sie genossen den milden Abend, nachdem der Tag grau und eher unfreundlich gewesen war.

»Wir hätten uns auch im Gastgarten vom ›Innrain‹ treffen können«, murrte Schwarzenbacher. »Hätte durchaus Lust auf ein Bier.«

»Können wir immer noch«, sagte Hosp. »Ursprünglich wollte ich zu dir nach Hause. Jazz hören nebenbei. Und mir vielleicht wieder mal eine Scheibe ausleihen, um mir daheim eine Kopie zu brennen.«

»Ist illegal«, sagte Schwarzenbacher, ohne eine Miene zu verziehen.

»Red doch keinen Scheiß«, gab Hosp mit dem Anflug eines Lächelns zurück. »Ich möchte erst einmal nur an der Luft sein. Nicht in der Wohnung, nicht am Biertisch. Hier, zwischen all dem Grün. Die Geschichte mit dem kauzigen Alten und dem Reifenhändler nimmt mir immer mehr den Atem.«

Schwarzenbacher zog fragend eine Augenbraue hoch.

»Schau nicht so«, sagte Hosp. Ein großer Hund, der niemandem zu gehören schien, spazierte an ihnen vorbei und pisste an die nächste gelbe Parkbank.

»Scheißköter«, sagte Schwarzenbacher.

Dann herrschte für geraume Zeit Stille. Hosp ging langsam auf den Parkwegen dahin, Schwarzenbacher rollte im selben Tempo neben ihm her. Die letzten Tage hatten ihm auch körperliche Energie zurückgebracht; bisweilen schaffte er es, wieder allein in seinem Rollstuhl unterwegs zu sein.

»Es gibt solche Fälle«, fing Hosp dann irgendwann zögerlich an, »die einem das Gehirn lähmen. Du kennst das bestimmt: Die Gedanken werden irgendwie zähflüssig. Die ganze Arbeit wird zähflüssig. Und alles bleibt ungreifbar …«

»Es ist, als ob du in einem großen Fluss treiben würdest und nirgends Halt fändest«, sagte Schwarzenbacher. »Oh ja, das kenne ich gut. Dauernd ereignet sich etwas, aber immer dort, wo du nicht bist. Manchmal ganz in deiner Nähe, aber du kommst nicht hin, weil du oder die Geschehnisse vom Fluss davongetragen werden. Dir geht es jetzt also mit dieser Geschichte so?«

Hosp nickte. »Spiss ist tot. Wir glauben an Selbstmord, dann zeigt sich, dass es ein Mord war. Eine Minimalspur führt zu diesem verrückten Manczic, der anscheinend nicht mehr aus seiner Wohnung geht – ich lasse ihn rund um die Uhr überwachen, auch wenn er als unmittelbarer Täter nicht in Frage kommt. Dann rückt dieser Hellwage in den Blickpunkt, und kein Mensch scheint zu wissen, wo er sich aufhält. Du siehst, es schwimmt etwas auf einen zu – und treibt dann doch vorbei und davon.«

Schwarzenbacher nickte und sagte: »Kann dich gut verstehen. Und dennoch wäre es mir lieber, wir würden irgendwo noch ein Bier trinken gehen …«

Da fing Hosp an zu lachen.

»Was gibt's da zu lachen?«

»Es ist einfach komisch … und sei mir jetzt bitte nicht böse … wenn du davon redest, dass wir irgendwohin gehen. Du und gehen … Du bist schließlich der bekannteste Rollwagerl-Pilot von ganz Innsbruck.«

Schwarzenbacher sah Hosp ernst und durchdringend an. So lange, bis der zu lachen aufhörte, und länger noch, bis jedes kleinste

Lächeln aus dem Gesicht des Kommissars verschwunden war. Dann erst, aber auch wirklich dann erst, begann Schwarzenbacher selbst zu lächeln. Und er dachte: Es ist schon sonderbar, dass mein Selbstmitleid aufhört, wenn ein anderer ganz ohne Mitleid ist.

»Komm«, sagte er, »gehen wir ins ›Innrain‹. Ich lad dich ein auf ein Bier. Vielleicht sogar auf zwei. Aber du musst mich schieben. Ist ja ein ganz ordentlicher Weg bis dorthin.«

9

»Den kennt man doch!«, ereiferte sich eine ältere Frau im Kramerladen im Dorf Lajen, das malerisch auf der Bergschulter lag, die südwestlich ins Eisacktal ragte und ostwärts ins Grödnertal.

»Das ist doch der Deutsche …«

»Schmarrn«, sagte die Kassiererin, die mit mehreren Kunden über ein Foto in der aufgeschlagenen »Dolomitenzeitung« debattierte. »Ein Österreicher ist das. Das weiß ich genau. Der kommt aus Innsbruck.«

»Deswegen ist er doch ein Deutscher«, sagte die Frau.

»Der wird gesucht«, sagte die Frau an der Kasse. »Schauts her, da steht's: ›Wegen einer dringenden behördlichen Angelegenheit möchte sich der Gesuchte bei der Bundespolizei Innsbruck, Telefon 0043 …‹, und so weiter, und so weiter, ›oder aber bei der Kriminalpolizei in Bozen …‹ Der hat was ausgefressen, das sag ich euch, sonst sucht man doch den nicht über die Zeitung.«

»Ich kenn den«, sagte eine Frau, die sich mit ihrem Einkaufskorb nach vorn schob. »Der hat des alte Häusl vom Demetz gekauft und hergerichtet. Ist ein Pensionär. Sehr zurückgezogen. Was ist denn mit ihm?«

»Ausgefressen hat er was«, echauffierte sich die Kassenfrau. »Suchen tuns ihn. Das ist mit ihm los.«

Es waren nicht viele Leute in dem kleinen Geschäft, doch es hob nun ein Geraune und Geplappere an, dass man hätte glauben können, ein Bienenschwarm hätte sich zwischen Reis- und Nudelpackungen, zwischen Bier-, Wein- und Colaflaschen, zwischen Schokoladentafeln, Gebäck und Salzgebäck verirrt. Alle hatten eine Meinung, alle redeten mit – und alle redeten durcheinander. Das ging so lange, bis alles und noch mehr gesagt war. Dann kehrte Stille ein, so plötzlich, als hätte der Bienenschwarm durch ein offenes Fenster einen Ausweg gefunden und wäre auf und davon.

»Man muss die Polizei anrufen«, sagte ein alter Mann, der mit dem Schaber, dem typischen blauen Südtiroler Schurz, zum Einkaufen gegangen war.

»Wenn der Mann gesucht wird und wir wissen, wo er sein könnte, müssen wir die Polizei anrufen.«

Allgemeines Nicken bei den Leuten im Laden. Die Kassiererin streckte die Hand schon nach dem Telefon aus, das neben der Kasse stand.

»Warte noch«, sagte der Alte. »Vielleicht sollten wir noch nicht gleich anrufen. Wir könnten ja erst einmal zum Demetz-Häusl fahren und schauen, ob er da ist.«

»Bist denn ganz narrisch!«, ereiferte sich eine weitere Kundin. »Wenn der auf uns schießt! Wer weiß, was der ausgefressen hat …«

Der Alte schüttelte den Kopf. »Glaub gar net, dass der was ausgfressen hat. So wie das klingt, was da in den ›Dolomiten‹ steht, glaub ich eher, dass er vermisst wird. Vielleicht was passiert in die Berg … Abgestürzt, verlaufen, oder einfach ein Herzinfarkt irgendwo, wo keiner ihn findet. Oder … dass ihm einer was angetan hat …«

Die alte Frau, die Hellwage als Erste erkannt hatte, bekreuzigte sich und sagte halblaut: »Der Herrgott möge uns beistehen. Jetzt und in der Stunde unseres Todes. Amen.«

»Ich fahr da nicht hin«, sagte die Kassiererin. »Ich kann hier nicht weg. Kann doch den Laden nicht einfach so zusperren. Kommt ja gar nicht in Frage.«

Der Alte verwies auf sein Auto, das er vor der Kirche geparkt hatte, und sagte, dass er schon hinfahren würde, aber nicht allein. Es müsste schon jemand mitkommen.

»Ich komme mit«, sagte ein junger Mann, offensichtlich ein Handwerker im Blaumann, der sich eine Brotzeit besorgen wollte und der bislang noch gar nicht bemerkt worden war. »Wenn das nicht weit ist zu der Hütte, dann fahre ich mit.«

»Ich auch!«, sagte die Frau, die alles als Erste erkannt hatte. »Ich auch!«

***

Marielle und Pablo fuhren hinauf in die »Steinerne Stadt«. Beiden wäre es lieber gewesen, auch heute wieder eine Route zu klettern, in mehreren Seillängen einen der Sellatürme hinaufzusteigen oder vielleicht am Piz Ciavazes in einer langen, beinahe tagesfüllenden

Tour einen der großen Klassiker zu klettern. Doch was, wenn genau dann der Anruf von Schwarzenbacher käme und er sagen würde, dass er sie beide irgendwo in Südtirol, in Bozen, Meran oder Bruneck, brauchen würde?

Die »Steinerne Stadt«, wenig unterhalb des zweitausendzweihundertvierzig Meter hohen Sellajoches, war ein Labyrinth aus Felsklötzen in allen Größen: Manche waren nicht höher als eineinhalb Meter, andere so hoch und breit wie ein Einfamilienhaus. Es war ein Dorado für Boulderer, jene Kletterer, die an vergleichsweise kleinen Blöcken höchste Schwierigkeitsgrade meisterten, dabei ohne jegliche Sicherung, ohne Seil, Haken, Karabiner auskommen konnten, weil sie sich nur wenig hoch über dem Boden bewegten. Eine dicke Matte musste genügen, um bei einem Absprung aus zwei, drei, vier Metern Höhe das Schlimmste zu verhindern.

Sie waren zu früh losgefahren; jetzt war es noch ziemlich kalt in dieser Höhe. Das gewaltige Langkofelmassiv erhob sich mehr als tausend Meter über der »Steinernen Stadt«, und die Sonne, die um die Sella kam, gab noch nicht allzu viel Wärme ab.

Zum Bouldern war es den beiden noch zu kühl. Sie wanderten zwischen den unzähligen Blöcken umher, suchten nach »Problemen«, die sie interessieren könnten, und schauten immer wieder einmal hinauf zur Langkofelscharte, die sich tief zwischen dem gigantischen Hauptgipfel und der Fünffingerspitze einschnitt.

»Von irgendwo da oben müssen diese ganzen Blöcke mal runtergedonnert sein«, sagte Marielle. »Wahrscheinlich ein riesiger Bergsturz vor Tausenden vor Jahren, so lange her, dass nichts überliefert ist, niemand davon berichtet hat.«

Pablo griff an den Fels des nächstgelegenen Boulders. »Ffffth. Verdammt kalt noch. Vielleicht sollten wir zum Pass hochfahren oder drüben ein Stück runter und in einem der Albergos erst noch mal einen Cappuccino trinken. In einer Stunde ist es hier dann auch warm genug …«

»Nur, wenn es dazu Cornetti con Crema gibt«, sagte Marielle lachend.

»Versprochen«, sagte Pablo.

»Okay.«

Sie rannten mehr, als dass sie gingen, zum Auto zurück. Es waren nur zwei lang gestreckte Kurven, bis sie die Passhöhe erreichten, wo zur Linken die Sellatürme aufragten.

Sie hielten am Fahrbahnrand, stiegen aus und genossen das alpine Panorama. Sie sahen ein Stück vom wild gezackten Rosengarten. Sie sahen die in der Morgensonne strahlend weiße Gletscherfläche der Marmolata. »Auf der anderen Seite gibt es achthundert Meter hohe Südwände«, sagte Marielle. »Muss bombenfester Fels sein. Aber auch ziemlich ernste Routen.«

Sie sahen hinüber zum Sass Pordoi mit seiner Achthundert-Meter-Wand. Und sie sahen hinauf zu den Türmen, wo sie gestern schon waren und wo es noch viele Touren gab, auf die sie beide ganz scharf waren.

»Ich würde lieber runterfahren zu dem Gasthaus, von wo aus man zum Sass Pordoi geht«, sagte Pablo. »Auf diese Selbstbedienungsabfertigung in den Pass-Häusern stehe ich einfach nicht so.«

Sie fuhren über die Passhöhe hinüber und südseitig hinab. In jeder Kehre eröffneten sich ihnen neue, immer spektakulärere Ausblicke. Faszinierend für gute Kletterer, doch zugleich selbst für jene etwas Bedrohliches ausstrahlend. Die Felswände waren absolut senkrecht, das Gestein grau oder gelb, und wo Wasser herunterlief, hatten sich teerschwarze Streifen gebildet. Es waren Wände, die bei Marielle immer Überwindung erforderten. Sie wusste, wenn erst einmal zehn oder zwanzig Meter geklettert waren, verflüchtigte sich dieses Unbehagen und machte oft purer Kletterlust Platz. Pablo erging es damit nicht anders. Doch heute war es ohnehin egal – sie würden lediglich bouldern, an kleinen, zumeist überhängenden Blöcken herumhängen und dabei hinaufschauen zu den Big Walls und den Türmen, die ihre Spitzen in den wolkenlosen Himmel reckten. Mental würde dieses Bouldern keine großen Herausforderungen an Marielle und Pablo stellen. Aber sie würden Kletterzüge machen müssen, die alles überstiegen, was sie in den Mehrseillängentouren jemals bewältigt hatten.

Marielle taten jetzt schon die Finger, die Unterarme und die Schultern weh, wenn sie an den Muskelkater dachte, den sie morgen unweigerlich haben würde.

Sei's drum, dachte sie.

Im Rifugio Monti Pallidi war mehr los, als Marielle und Pablo erwartet hätten. Eine große Gruppe junger Leute sorgte plaudernd, scherzend, lachend für einen stattlichen Lärmpegel in der Gaststube. Marielle wollte Pablo an einen Tisch ziehen, der etwas abseits stand. Doch die beiden wurden von den jungen Leuten – eine offensichtlich ziemlich internationale Zusammensetzung – anscheinend auf Anhieb als Kletterer erkannt.

»Hi!«, riefen die ihnen entgegen. Und »Salü!« und »Ciao!«.

»Climbers?«, fragte ein Junge auf Englisch, wobei die italienische Tonfärbung allein an diesem einen Wort schon zu hören war. *»Would you like to have coffee with us?«* Es klang wie »Wulld ju leike to äfe coffi wiss asse?«

»Kann man schlecht Nein sagen«, meinte Pablo. Und sie setzten sich zu den jungen Leuten. Schnell war klar, dass es sich um eine Boulderclique handelte, angereist aus Bozen, wo die meisten von ihnen studierten. Italiener, Südtiroler, eine Schweizerin, eine Deutsche und ein Deutscher und ein Junge aus Südamerika. Ihr Ziel war die »Steinerne Stadt« – nach diesem Frühstück hier und wenn die Sonne warm genug vom Himmel schiene.

»Wir könnten alle zusammen zum Bouldern gehen«, sagte die Deutsche, die sich als Kathi vorstellte. »Kommt doch einfach mit. In der Gruppe macht das Bouldern doch eh viel mehr Spaß als nur so zu zweit, oder.«

Marielle fand sie auf Anhieb sympathisch – vielleicht auch deshalb, weil ihr auffiel, dass sich dieses Mädchen einen ganz leichten Tiroler Tonfall angewöhnt hatte und nach bester Tiroler Art ein »Oder« ans Ende der Sätze hängte, auch wenn es keine Frage war und sie keine Antwort erwartete.

»Und ich kenn dich«, sagte sie zu Marielle. »Bin oft in Innsbruck. Du bist die, die letztes Jahr in allen Zeitungen war, oder. Wegen diesem Mann, der andere mit Steinen erschlagen hat …«

Marielle erschrak so, als wäre fünf Meter oberhalb des letzten Zwischenhakens ein Griff ausgebrochen. Doch sie fing sich, konnte einen Sturz gerade noch vermeiden. Ihre Hände allerdings zitterten. Sie legte sie schnell auf ihre Knie unterm Tisch, damit niemand etwas davon bemerkte.

Diese Kathi setze das Gespräch aber nicht fort, sie wurde von Freunden abgelenkt, und Marielle war froh, dass ihre Person fürs Erste wieder in Vergessenheit geriet. Nachdem dann auch Pablo und sie Cappuccini und Cornetti vertilgt hatten, entschieden sich alle miteinander, jetzt hinaufzufahren in die chaotische Felslandschaft unterm Langkofel, und sich einen Tag zu machen, bei dem sich Konzentration auf absolute Höchstleistungen und Spaß, Gaudi und Relaxen die Waage halten würden.

»Ist ein netter Haufen«, sagte Pablo zu Marielle, als sie hinter den beiden Autos der Bozner Studenten die Passstraße wieder nach oben kurvten. »Macht bestimmt Spaß mit denen.«

Auch wenn kaum mehr als eine Stunde vergangen war, seit sie zum Albergo aufgebrochen waren – die Sonne stand jetzt höher, hatte schon mehr Kraft, die Temperatur war fürs Bouldern schon annehmbar.

»Zu warm ist auch nichts«, sagte Marielle, »da bekommt man nur schwitzige Finger und kann sich trotz Magnesia nicht mehr so gut halten. Vor allem dann nicht, wenn die Griffe so nach unten geneigt sind.«

In der »Steinernen Stadt« angekommen, bildeten sich kleine Grüppchen, die sich an den Boulderproblemen im unmittelbaren Umkreis versuchten.

Diese Grüppchen bestanden aus drei Personen – und nur eine davon kletterte. Die beiden anderen waren sogenannte »Spotter«. Sie standen bereit, um dem Boulderer bei einem Sturz oder auch einem freiwilligen Absprung Hilfestellung leisten zu können, ihn abzufangen oder zumindest zu verhindern, dass er auf Kopf oder Rücken fiel.

Pablo war schon zugange. Marielle war mit ihm, einem Deutschen und einer Schweizerin an einem nicht sehr hohen Brocken, der es allerdings gehörig in sich hatte: Zur Problemstellung gehörte, dass man aus der Sitzposition am Boden in die überhängende Zone hineinzuklettern begann – ein absolut akrobatisches Unterfangen, das extreme Kletterbewegungen verlangte und enorm viel Fingerkraft erforderte. Pablo kämpfte.

Sie glaubte nicht daran, dass sie es schaffen würde, wenn sie nachher an der Reihe wäre. Das spielte aber auch gar keine Rolle. Sie kam nicht mehr an die Reihe …

***

Tinhofers Frau hatte nie aufgehört, sich Sorgen um ihren Mann zu machen.

Früher, als er noch für die Zeitungen gearbeitet hatte, Tag und Nacht unterwegs war, bisweilen länger nicht nach Hause kam, da hatte sie kaum Schlaf gefunden, hatte sich unruhig im Bett hin- und hergewälzt, war von schlechten Träumen geplagt worden und war nie die Angst losgeworden, dass ihm irgendetwas passieren könnte, ein Unfall mit dem Auto zum Beispiel. Diese Angst hatte nachgelassen, als er mit sechzig den aufreibenden Fotografenjob an den Nagel gehängt und sich fortan nur mehr der Landschafts-, der Natur- und der Bergfotografie gewidmet hatte. Doch noch immer war sie beunruhigt, wenn er, so wie jetzt, wieder ins Gebirge aufbrach, ganz allein, mit einem kleinen Zelt, notdürftigem Proviant, dafür großer Kameraausrüstung …

Niemand weiß, wo er ist, dachte sie. Wenn er stürzt und sich ernsthaft verletzt, findet ihn so schnell niemand. Oder wenn er einen Herzinfarkt bekäme.

Früher war sie des Öfteren mit ihm aufgebrochen, aber seit das mit ihrer Hüfte begonnen hatte und mit den Jahren immer schlimmer geworden war … Der Arzt empfahl ihr seit Langem eine Operation – »Heutzutage ist das Einsetzen eines künstlichen Hüftgelenks wirklich gar keine so große Sache mehr« –, doch sie hatte sich bislang nicht dazu durchringen können. Die Schmerzen waren ihr vertraut; fremd und beängstigend war für sie die Vorstellung, mit einem Gelenk aus Titan oder Kunststoff herumzulaufen.

»Kannst du wenigstens anrufen?«, bat sie ihren Mann, als er den Rucksack im Kofferraum verstaute.

Er lächelte sie an.

»Ich ruf dich immer an, das weißt du. Immer, wenn ich da droben im Gebirge Empfang habe. Wenn nicht, brauchst dir auch keine Sorgen zu machen. Ich pass schon auf mich auf.«

Sie hatten sich geküsst, kurz, aber nicht flüchtig, und ein Außenstehender von gewisser Sensibilität hätte erkannt, dass dieses Paar zweier über Sechzigjähriger noch immer innig miteinander verbunden war, seelisch und sexuell, da war nichts erkaltet oder gar erloschen. Sie waren noch Mann und Frau, nicht zwei Neutren. Er gab ihr sogar einen Klaps auf den Po.

Sie hatte ihm nachgewunken, als er auf die Straße hinausgefahren war, und er hatte zurückgewunken, den Arm aus dem Fenster, und er hatte noch gerufen: »Spätestens in fünf Tagen bin ich wieder da!« Doch das hatte sie nicht verstanden, weil gerade wieder eines dieser verdammten Flugzeuge im Landeanflug auf den Innsbrucker Flughafen tief übers Haus donnerte.

In den Bergen fühlte er sich sicher und gut aufgehoben. Sie waren ihm mit den Jahren immer vertrauter geworden. Das wusste sie. Und deshalb hatte sie auch nicht mehr so viel Angst wie früher. Gleichwohl war da diese bange Unbehaglichkeit, wenn er unterwegs war. Außerdem: Meistens rief er eh nicht an …

Tinhofer fuhr in die Zillertaler Alpen. Nachdem er seinen Beruf als Pressefotograf aufgegeben hatte, war ihm die Landschaftsfotografie zur Passion und zu einem neuen Standbein geworden. Für zwei Verlage hatte er in den vergangenen Jahren großformatige Bildkalender produziert. Seine Fotos waren in verschiedenen Magazinen erschienen. Er hatte sich einen – neuen – Namen machen können. Und nun arbeitete er an seinem ersten Buch. Es würde von den Alpengletschern handeln, von ihrer grandiosen Schönheit, aber auch von ihrem Verenden in Zeiten größter Umweltbelastung und unaufhaltsamen Klimawandels.

Tinhofer genoss nichts mehr als diese Tage in größter Einsamkeit. Er baute sein winziges Zelt an Stellen auf, wo sonst kein Mensch übernachten würde. Oft direkt am Rand von Gletschern, bisweilen auch schon mal auf einer »Insel« aus Fels und Geröll, die vom Eis eines Ferners oder Keeses, wie es oft auch hieß, umflossen wurde. Es lag in seiner Absicht, von Stellen aus Fotos zu schießen, die sonst kaum ein Bergsteiger aufsuchte. Und er wollte zu Zeiten da sein, wo er sich ganz allein fühlen konnte mit der Urnatur des Hochgebirges: morgens, bei der ersten Dämmerung. Oder abends, wenn das Licht schwand. Oder mitten in der Nacht, wenn Mond und Sternenhimmel die Landschaft verzauberten. Schon bei seinen Kalendern hatte er viel Lob dafür erfahren, den Menschen die Natur aus außergewöhnlichen Perspektiven und im ungewöhnlichsten Licht zu zeigen.

Daheim in seinem kleinen Arbeitszimmer hatte er eine Postkarte an der Pinnwand hängen, eine Yosemite-Fotografie in Schwarz-Weiß, aufgenommen vom legendären Ansel Adams und versehen mit einem Zitat ebendieses großartigen Künstlers aus Kalifornien: *Es ist nicht entscheidend, was man sieht, sondern wie man es sieht …*

Tinhofer war dieser Satz zum Credo geworden. Er hatte den Schmutz von den Händen gewaschen, die besudelte Kleidung an den Haken gehängt und ein neues Leben, ein neues Fotografenleben begonnen: unter blauem Himmel, in reiner Luft, in Landschaften ohne Menschen.

Voller Vorfreude fuhr er nach Mayrhofen.

An der Tankstelle unweit des Bahnhofs hielt er. Vorsichtshalber noch ein paar Liter nachzufüllen konnte nicht schaden.

Doch kaum stand er am Schalter, um mit der Scheckkarte seine Rechnung zu begleichen, bereute er es schon zutiefst, in Mayrhofen noch gehalten zu haben. Von der Titelseite des »Tiroler Stern« blickte ihm der Reifenmogul Spiss in die Augen – und daneben stand in fetten Lettern: »Mordfall Spiss – Ermittlungen stocken«.

Es war ihm in all den Jahren nie gelungen, diese Nacht ganz zu vergessen. Das von der Fahrbahn abgekommene Auto, zertrümmert am Baum. Die beiden Insassen, die er für tot gehalten hatte, für tot hatte halten müssen. Und dann das Wimmern des fürchterlich verletzten Mädchens. Tausendmal war er von diesem Anblick erwacht, tausendmal und noch viel öfter hatte er sich Gedanken darüber gemacht, was richtig gewesen wäre, was falsch war und warum es einfach so kam, wie es kam. In ihm war ein Schuldgefühl gewachsen wie ein böses Geschwür in der Leber. Und das Schlimmste: Er war allein mit diesem ihn von innen her verschlingenden Ungeheuer. Nicht einmal seiner Frau hatte er sich anvertraut. Niemand wusste von seiner Pein.

Seine Frau hatte ja nicht einmal mitgekriegt, dass er damals das Foto gemacht hatte. So konnte sie auch nicht wissen, dass er es war, er ganz allein, der dem Mädchen vielleicht noch hätte helfen können.

»Deine Bilder machen mir Angst«, waren lange davor schon ihre Worte gewesen. »Immer Unfälle, Tragödien, Schlimmes. Nein, ich will das nicht sehen.«

»Ach geh«, hatte er geantwortet. »Ich fotografier auch die Promis. Die Schauspieler vom Landestheater oder die Politiker oder die Fußballer von Wacker Innsbruck …«

Doch sie hatte nur den Kopf geschüttelt. »Will ich alles gar nicht wissen. Wenn du schöne Bilder von Tieren machst oder von Blumen, meinetwegen von unseren Tiroler Bergen, dann kannst mir das zeigen. Alles andere …«

Alles andere wollte sie nicht wissen, nicht wahrhaben. Und so war Tinhofer allein geblieben mit seinen Schuldgefühlen. Hatte versucht, seine Tochter und den dreieinhalb Jahre jüngeren Sohn noch mehr zu lieben – was aber eigentlich gar nicht ging. Hatte versucht, sein Gewissen mit karitativer Haltung zu beschwichtigen, hier was zu spenden und da – doch seinem Gewissen war das alles egal gewesen. Eine leichte Verbesserung hatte sich jedoch eingestellt, als er den Dienst als Pressefotograf quittiert hatte und fortan die einsamsten Stellen des Gebirges aufzusuchen begann. Das Alleinsein hatte ihm das Herz, das Gehirn und die Seele ein wenig gereinigt. Wenn er im Sommer irgendwo im Schlafsack unterm Sternenhimmel lag, dann stellte sich jedes Mal beinahe ein Gefühl der Harmonie mit sich und der Welt ein. Beinahe nur, doch das war ja schon so unendlich viel mehr, als er sich je hätte erträumen können.

Doch Spiss sah ihn an. Nur als Foto, ein Porträt. Es genügte, um Tinhofer einen Stich in den Magen zu versetzen. Er hatte das Gefühl, von einer Sekunde auf die andere Durchfall zu bekommen. Am liebsten wäre er hinausgerannt und hätte sich hinter dem nächsten Busch erleichtert. Es blieb ihm nichts anderes übrig, als die Pobacken im wahrsten Sinne des Wortes zusammenzukneifen. Er konnte ja schlecht aus der Tankstelle stürmen, ohne bezahlt zu haben.

Hinter Mayrhofen hielt er am Straßenrand, kauerte sich an die Holzbalken eines Heustadels und versuchte nachzuholen, was kurz zuvor noch so dringlich war. Vergeblich. Sein Magen rebellierte. In seinem Darm ging es zu, als hätte eine Waschmaschine auf Schleudergang geschaltet. Aber nichts kam aus ihm heraus, nichts außer üblem Geruch.

Er zog sich wieder an und hockte sich ein paar Meter weiter auf den Boden, den Rücken ans angenehm warme Holz gelehnt. Die Sonne tat ihm gut. Er schloss die Augen und versuchte, ein gutes Gefühl aus seiner Kindheit wieder aufzuspüren.

Die Sonne schien ihm ins Gesicht und auf den Bauch. Und da hatte sie die Wirkung einer Wärmflasche, brachte Linderung, Beruhigung.

Tief und gleichmäßig atmen, dachte Tinhofer. Alles ist leichter zu ertragen, wenn man tief und gleichmäßig atmet.

Erst als ihn sein Leib nicht mehr schmerzte, setzte er die Fahrt fort. Bis zu seinem Ziel war es nicht mehr weit, und bald tat sich eine eindrucksvolle Berglandschaft vor ihm auf.

Ihm war nicht entgangen, dass Spiss gestorben war. Auch er las Zeitungen, hörte Radio – meist beim Autofahren – und schaute fern. Doch bei seinem Aufbruch in Innsbruck war er nur voll Freude gewesen, eine Freude, die ihn ausgefüllt hatte, die keinen Platz mehr ließ für Zweifel und Kummer. Nun war alles anders. Die Weiterfahrt gestaltete sich freudloser. Das Gewissen nagte an Tinhofer, und er setzte alle Hoffnung darauf, im Alleinsein inmitten der Berge wieder so etwas wie Frieden finden zu können.

Frieden, dachte er. Meinen kleinen Frieden.

***

Das Demetz-Häusl war verschlossen, die Fensterläden waren zu.

»Alles voller Erde hier auf der Terrasse«, sagte der Mann mit dem blauen Schurz verwundert. »Überall Erde.«

Der junge Handwerker rüttelte an der Türklinke.

»Es ist niemand da«, sagte er.

»Dann fahren wir zurück«, sagte die Frau, die Hellwage in der Zeitung erkannt hatte, »und rufen bei der Polizei an und sagen denen, dass wir den kennen und dass wir wissen, wo der wohnt, und dass er aber jetzt nicht da ist und …«

»Ist ja gut!«, sagte der Handwerker. Er ging einmal um das Haus herum, suchte nach Möglichkeiten, hineinzukommen oder wenigstens einen Blick hineinwerfen zu können.

Doch er fand nichts. Das Haus schien hermetisch abgeriegelt zu sein.

»Fahren wir zurück«, sagte der Alte.

Sie gingen die paar Schritte zum Auto, sahen sich noch einmal um, irgendwie hatten sie alle ein ungutes Gefühl.

»Da ist was faul«, sagte der Handwerker. »Ich könnte nicht sagen, warum, aber ich spür, dass da was oberfaul ist.«

Das Haus lag so still da. Dem Handwerker kam diese Stille vor wie Friedhofsstille, wie Grabesstille. Das Haus ein Sarg.

Sie waren erst vor ein paar Minuten angekommen. Doch in diesen paar Minuten war die Sonne ein winziges Stück weitergewandert. Die Frontseite des Hauses lag nun mehr im Licht als zuvor. Und nun zeigten Licht und Schatten, dass die Läden des kleinen Fensters im Obergeschoss nur angelehnt waren.

»Hinterm Haus liegt eine Leiter«, sagte der Handwerker und war auch schon ums Eck, sie zu holen.

Der Alte und die Frau hielten sie ihm, als er hinaufstieg zum Fenster.

So haben unsere Väter noch die Mädchen besucht, dachte er. Eine amüsante Vorstellung. Doch nach Schmunzeln war ihm nicht zumute. Er fühlte sich mehr als unbehaglich.

Auch das Fenster selbst war nur angelehnt. Es war nicht groß, und er hatte Mühe, sich hindurchzuzwängen. Dann stand er im Schlafraum, wo das Bett unordentlich zurückgeschlagen war. Die Luft war schlecht, aber wenigstens lag hier keiner. Innerlich hatte er damit gerechnet, auf einen Toten zu stoßen. Herzschlag, Embolie oder dass der sich selbst umgebracht hatte und jetzt schon tagelang da lag und schon stank.

Doch da war keiner. Zum Glück.

Das Unbehagen wurde der junge Mann aber nicht los. Im Gegenteil, es schien sich noch zu verstärken, als er die Holztür öffnete und auf die Stiege trat. Er verfluchte sich selbst, sich auf diese Sache eingelassen zu haben.

Es stank.

War es Verwesung? Keine Ahnung, dachte er. Eher nicht.

Er hatte keine Erfahrung mit Toten. Verwesungsgeruch kannte er nur von Mäusen, die in einem Lichtschacht verendet waren oder die im Winter in die Falle am Dachboden gegangen waren, unbemerkt, und die im warmen Frühjahr dann bestialisch zu stinken begonnen hatten.

Anders, dachte er. Es stinkt nach … Es stinkt nach Scheiße und Urin … und nach Bier stinkt es auch … und nach Gekotztem …

Er stieg die Treppe hinunter, einige Stufen knarzten, dass er beinahe darüber erschrak. Dann sah er Hellwage.

»Verdammt, verdammt, verdammt«, sagte er und hörte seine Stimme und seinen Atem, der laut und wie zitternd aus seinem Mund kam. Sein Herz raste. Von draußen hörte er die Stimme des

Alten. »Hey, was ist denn los? Hast du was gefunden? Kannst du aufsperren?«

Er sah zur Tür, da steckte kein Schlüssel.

Der Mann hing an einem Seil, die Hände auf den Rücken gefesselt, der ganze Körper völlig abnormal verwunden und verdreht.

Und es stank, stank entsetzlich.

Das Fenster! Er musste an dem toten Mann vorbei, musste durch die von Bier, Urin und Erbrochenem nassen Stellen zum Fenster, musste es öffnen, musste die Flügel der Fensterläden aufklinken, musste raus, musste ans Licht, musste nur noch weg. Weg von hier!

Er sah noch, dass der Mann im Gesicht ganz blau-violett war, dass die Augen weit hervorgetreten waren und dass ihm weißer Rotz aus der Nase hing. Alles andere geschah in Sekundenschnelle. Fenster und Läden aufgerissen und im nächsten Moment auch schon rausgesprungen auf die erdige Terrasse, wo die beiden alten Leute standen und ihn mit großen Augen anstarrten.

Er ging keuchend in die Hocke. »Tot …«, sagte er kaum hörbar. »Tot … umgebracht … tot … Hängt da drin … Es ist so fürchterlich …«

Die Frau bekreuzigte sich und murmelte etwas von der »heiligen Maria Muttergottes« und »Steh uns bei«. »Jetzt und in der Stunde unseres Todes. Amen.«

Der Alte aber – fünfundsiebzig war er bestimmt schon – turnte mit erstaunlicher Behändigkeit durch das geöffnete Fenster ins Haus. Wie viele Südtiroler bäuerlicher Herkunft war er zierlich, beinahe hager, und das war natürlich hilfreich bei einer solchen Aktion.

Die Frau betete leise. Der Handwerker richtete sich schwerfällig wieder auf. Von drinnen war erst einmal nichts zu hören. Stille. Dann ein paar Schritte und dann einen schwerer, dumpfer Schlag.

Der Alte hatte sein Klappmesser aus der Tasche gezogen und den Strick, an dem Hellwage hing, mit drei, vier kräftigen Sägebewegungen durchtrennt. Er hatte dem am Boden Liegenden die Schlinge am Hals gelöst und ihn auf den Rücken gedreht. Dann kam er wieder aus dem Fenster geklettert.

»Ich fahr ins Dorf und ruf die Polizei«, sagte er. »Bleibt ihr derweil da.«

»Ich bleib nicht da«, sagte die Frau. »Keine Minute mehr bleibe ich da. Wo da ein Toter liegt. Gemordet und wo vielleicht der Mörder noch da ist und ums Haus streicht und dann als Nächstes mich oder ihn …« Sie deutete auf den Handwerker, der ganz blass im Gesicht war. »Er soll dableiben«, sagte sie.

Der Alte nickte.

Der Handwerker blieb da. Aber er ging vom Haus weg bis zur Straße. In der Nähe des Hauses hielt er es nicht aus.

***

Marielle tauchte die Finger in den großen Chalkbeutel, der am Boden stand, und blies sich das überschüssige Magnesia von den Händen. Im Gegenlicht sah das aus wie ein Schneegestöber, das vom Sturmwind über den verschneiten Grat gefegt wird – en miniature.

Genau in diesem Augenblick begann ihr Handy seine Melodie zu spielen. *»Telefonino!«*, rief einer der Jungs aus Bozen und zeigte auf ihren Rucksack. Marielle wischte sich die weißen Hände am grasigen Boden ab und kramte das Telefon aus der Deckeltasche. Die Melodie hieß »Psycho Sam«, war ein Stück von Jeff Beck, begann mit einem ziemlich heftigen Basssolo, das immer schneller werdend in den Gitarrensound überleitete. Bisweilen ging ihr das ganz gehörig auf die Nerven.

Während sie telefonierte, formte sie mit Blick auf Pablo lautlos einzelne Worte mit den Lippen.

»S-c-h-w-a-r-z-e-n-b-a-c-h-e-r …«

Sie nickte mehrfach, ihr Gesicht wurde immer ernster.

»T-o-t … D-e-r … M-a-n-n … i-s-t … t-o-t …«

Sie zeigte mit den Fingern ihrer freien Hand nach Norden, dann auf Pablo und sich.

»Z-u-r-ü-c-k … W-i-r … s-o-l-l-e-n … z-u-r-ü-c-k-k-o-m-m-e-n …«

Als sie abgeschaltet hatte, sagte sie zu Pablo: »Paul war's. Er braucht uns in Innsbruck.«

Auf Pablos Gesicht zeigte sich ein imaginäres Fragezeichen. Gleich?, schien es zu bedeuten.

»Ja«, sagte Marielle. »Gleich. Aber wir machen noch einen kurzen Zwischenstopp.«

Pablo war klar, dass Marielle jetzt nicht mehr erzählen würde, solange die anderen Boulderer in der Nähe waren.

»Sie haben den Mann tot aufgefunden«, erzählte Marielle dann, als sie ein Stück weit weg waren von den anderen, die ihren überraschenden Aufbruch mit großem Erstaunen verfolgt hatten.

»Vielleicht können wir ja mal auf Facebook Kontakt aufnehmen«, hatte Kathi zu Marielle gesagt. Und hinzugefügt, wie sie da zu finden sei.

Nie im Leben, hatte Marielle gedacht, obwohl ihr die Studentin sympathisch war – aber nicht, wenn sie von ihr auf das Drama an der Schattenwand oder auf die Steinschlagmorde angesprochen wurde.

Als sie mit Pablo im Auto saß, sagte sie: »Der Mann ist ermordet worden. In einem einsamen Häuschen irgendwo bei Laihen oder so ähnlich. Muss ein Bergdorf oberhalb des Grödnertals sein. Schwarzenbacher meint, es wäre gut, wenn wir da mal hinfahren und uns umhören würden. Und so, wie's aussieht, ist unser Dolomitentrip dann auch schon zu Ende. Ihm wäre am liebsten, wenn wir zurückfahren und uns morgen bei Reuss in Innsbruck treffen könnten. Um halb sechs abends. So, jetzt kennst du den Stand der Dinge.«

***

Tinhofer sperrte das Auto ab, verstaute den Schlüssel im Rucksack und machte sich auf den langen Weg in Richtung der Kasseler Hütte. Vier bis fünf Stunden Aufstieg lagen bis zur Hütte vor ihm, doch er wollte sogar noch mindestens ein, zwei Stunden weiter, an der Hütte vorbei und bis zu den Gletschern, deretwegen er ja hierherkam. Zwei Wegstunden davon hätte er sich sparen können, wenn er den Shuttlebus genommen hätte, der die Wanderer bis zur Daxach-Alm am Ende des Hochtales brachte. Aber er wollte nicht auf den Bus warten, nicht mit dem Bus fahren, er wollte gehen, gehen, gehen. Im Gehen erlangte er ein wenig Gelassenheit, gewann Abstand von allem, was ihn belastete, und verdrängte, was er nicht wahrhaben wollte.

Die ersten Stunden war es nicht allzu steil: ein asphaltiertes Sträßchen, das in relativ unspektakulärer Berglandschaft taleinwärts führte. Danach, das wusste er, schließlich war er nicht zum ersten Mal hier, würde nicht nur der Weg schöner werden, sondern auch die Landschaft: eine Hochweide, dann ein steiler Steig, mit Urgesteinsplatten angelegt, der in vielen Kehren und Windungen zur Hütte hinaufführte. Er freute sich auf das klare Wasser der Wildbäche, das dort droben an manchen Stellen den Weg leicht überspülte, freute sich auf die stäubenden Wasserfälle und auf die Ausblicke, die mit der zunehmenden Höhe immer eindrucksvoller würden.

Ich weiß gar nicht, ob ich wirklich wegen der Gletscher hinaufsteige, dachte er. Na ja, zu dreißig oder vierzig Prozent schon …

Er blieb stehen und schaute in den Himmel. Gutwetterhimmel. Ein schöner Tag. Und danach eine kalte, klare Nacht.

Er würde Luft bekommen, atmen können.

Er sog die Luft ein, ganz tief, und die bösen Gedanken und die Beklemmungen lösten sich ein wenig. Wie die Schmerzen im Kopf, die manchmal verschwanden, wenn ihm seine Frau den Nacken massierte.

Tinhofer war voller Hoffnung, dass die kommenden Tage Erleichterung brächten. Dass die Kombination aus Alleinsein und Berglandschaft, aus Stille und Luft und Natur wie eine Droge wirken würde.

Er war längst süchtig danach.

10

Es war das erste Zusammentreffen in großer Runde, seit Reinhold Spiss tot aufgefunden worden war. Alle waren sie da: Schwarzenbacher, Marielle, Pablo, die Beamten Hosp und Wasle, und sie saßen bei Anwalt Reuss im lichtdurchfluteten Besprechungszimmer.

Schwarzenbacher war in den letzten Jahren schon oft hier am ovalen Glastisch gesessen. Er hatte sich, des Rollstuhles entledigt, die Stufen zur Kanzlei hochgequält, hatte sich am Geländer hinaufgezogen und unwirsch jegliche Hilfe abgelehnt. Heute war es nicht mehr ohne Hilfe gegangen, Reuss und Wasle hatten ihn unter den Armen genommen und ihm hochgeholfen.

Hinaufgezerrt haben sie mich, dachte er. Wie einen Sack hinaufgezerrt.

Er war wütend. Wütend auf sich selbst, auf die anderen, auf alles.

Wahrscheinlich konnte er auch deshalb dem großen, mit wilden Farbstrichen und schwarzen Pinselakzenten hingemalten Bild an der ockerfarbenen Wand heute so gar nichts abgewinnen. Sonst hatte es ihn immer an treibenden Jazz der Siebziger erinnert: Coryell, Hancock, Davis in seiner Fusion-Phase. Jetzt ging es ihm auf die Nerven.

Reuss ließ von einer Mitarbeiterin Kaffee bringen; Cola, Mineral und Pago-Saftln standen ohnehin bereit.

Schlecht sieht er aus, dachte Schwarzenbacher.

Es war eigentlich längst mehr als ein Gerücht, dass Reuss' Ehe am Ende war. Immer scheiße, dachte Schwarzenbacher, aber besonders scheiße, wenn Kinder da sind. Er wusste, dass Reuss eine Tochter und einen Sohn hatte. Wie alt sie genau waren, wusste er nicht. Aber auf jeden Fall waren sie in einem schwierigen Alter – oder kurz davor. Wahrscheinlich war das Mädchen schon in der Pubertät …

Was ihn aber vor allem ärgerte, war nicht so sehr die Reuss'sche Trennungsproblematik, sondern vielmehr seine Furcht, der Anwalt könnte sich ganz aus der Sache zurückziehen, das Interesse an den alten Fällen verlieren. Und genau dieses Interesse war es ja, was

Paul Schwarzenbacher und Dr. Reuss verband. Und was ihm, dem auf den Rollstuhl angewiesenen Kommissar a. D., immer wieder eine Aufgabe zuteilwerden ließ. Wahrscheinlich einer der wenigen Gründe, warum er nicht irgendwo die Bremse seines Rollstuhls löste und in den Abgrund raste. Zumindest noch nicht.

»Es ist Ihr Fall, Herr Kommissar«, begann Reuss, der sich ein Glas mit Mineralwasser einschenkte. »Wir haben eigentlich nichts damit zu tun, außer dass der Anfang dieser Geschichte weit in der Vergangenheit liegt, wie das ja bei den Steinschlagmorden auch der Fall gewesen ist. Dazu kommt mein spezielles Interesse an der Sache: Frau Spiss, die Witwe des Unternehmers, hat mich nach seinem Tod beauftragt, die Familie künftig juristisch zu betreuen. Das also ist es von meiner Seite. Doch ich glaube …«

Er nahm einen kleinen Schluck vom Wasser.

»Ich glaube, es kann gar nicht schaden, wenn wir wie schon im letzten Jahr wieder eine Allianz bilden: die Polizei …« Er sah erst Hosp und dann Wasle an, dann schaute er zu Schwarzenbacher. »Nicht zu vergessen unser Expolizist, der bekanntlich ein alter Reineke ist, und natürlich unsere Bergsteiger, Marielle und Pablo.«

Den beiden Letzteren nickte er freundlich zu. »Wie ihr wisst, habe ich mich in den letzten Wochen aus allem ausgeklinkt, wo ich nicht unbedingt erforderlich war. Alles, was ich im Augenblick weiß, ist, dass dieser Fall immer größer wird. Wie Wasserkreise, wenn man einen Stein in den See wirft. Und dass wir dem Zentrum keinen Schritt näher kommen. Habe ich recht?«

Schwarzenbacher räusperte sich, als hätte er ein Pfefferkorn im Hals stecken. »Das haben wir auch ohne Anwalt schon erkannt«, sagte er lakonisch. Reuss ging nicht darauf ein. An Hosp gewandt bat er um den Stand der Dinge. »Es ist, glaube ich, an der Zeit, dass wir alle auf den gleichen Status quo kommen.«

Was Hosp dann berichtete, erstaunte nicht nur Reuss, Marielle und Pablo, die bislang am wenigsten in die Ermittlungen involviert waren, auch Schwarzenbacher wurde mit spektakulären Neuigkeiten konfrontiert.

»Manczic ist weg.« Das war die erste.

»Manczic hat einen nicht unerheblichen Geldbetrag zur Verfügung« war die zweite.

»Allmählich reimt sich alles für uns zusammen.« Das war die dritte. Und es war jene, die für Schwarzenbacher noch erstaunlicher war als die anderen.

»Red nicht um den heißen Brei«, maulte er. »Was ist mit Manczic? Was heißt ›Er ist weg‹?«

Hosp nippte von seinem Großen Braunen, lehnte sich auf dem Stuhl zurück und wischte sich mit einem altmodischen Stofftaschentuch über den Mund.

»Manczic ist deshalb weg, weil unsere Leute blöder sind als dieser vertrottelte alte Mann, der allerdings, das muss ich schon dazusagen, weit weniger vertrottelt ist, als er die Welt seit vielen Jahren glauben gemacht hat.

Jedenfalls, unsere Leute haben nicht genug Verstand aufgebracht, sich mit der Wohnanlage vertraut zu machen. Dabei hätten sie festgestellt, dass der Fuchs nicht nur einen Vorderausgang kennt, sondern mindestens noch einen Fluchtweg. Manczic ist weg, und wir haben im Moment keine Ahnung, wo er sich aufhalten könnte.«

Pablo spürte, wie ein Grinsen in ihm aufstieg, und er hatte alle Mühe, seine Schadenfreude zu verbergen. Es tat ihm gut, dass auch die Profis Fehler machten, ihm im Versagen in nichts nachstanden.

Schwarzenbacher sah dies anders. Sein Gesichtsausdruck zeigte eine Mischung aus Verärgerung und Resignation.

»Es gibt Fehler«, sagte er mürrisch, »die wohl jede Polizistengeneration wieder macht. Unausrottbar ...«

»Was können wir nun tun?«, warf Reuss ein, der ungewohnt nervös wirkte und ständig seinen teuren Füllfederhalter in den Händen drehte.

Hosp versuchte die aufkeimende Aufregung zu dämpfen, machte mit beiden Händen Bewegungen, als würde er einen aufsteigenden Luftballon federnd flach halten wollen.

»Keine Frage: Da haben wir Mist gebaut. Aber etwas Gutes hatte es dann auch. Wir haben uns Zugang zu Manczics Wohnung verschafft. Und das kann ich euch sagen: Jetzt wissen wir mehr.«

Beinahe lautlos trat eine von Reuss' Assistentinnen in das Besprechungszimmer, ein iPhone in der Hand. Sie flüsterte dem Anwalt etwas ins Ohr: »Nein ... dringend ... Ihre Frau ...«, woraufhin sich Reuss entschuldigte, aufstand und den Raum verließ.

»Sollen wir warten?«, fragte Hosp.

Schwarzenbacher schüttelte den Kopf. »Mach weiter!«, sagte er.

»Wir haben die Bude mal ein bisschen auf den Kopf gestellt«, fuhr der Kommissar fort. »Was nicht schwierig war, weil dieser Manczic nicht allzu viel besitzt. Das Inventar war ziemlich überschaubar. Aber es hat sich gelohnt, mal einen gründlichen Blick drauf zu werfen. Die wichtigste Feststellung: Manczic verfügt über Geld …«

Die anderen am Tisch sahen sich an. Hosp sah mit leichtem Lächeln das Erstaunen in den Gesichtern von Marielle und Pablo. Marielle sah, dass Schwarzenbacher erst die Tischplatte studierte, dann zu nicken begann, schließlich aufschaute und das Mienenspiel von Wasle studierte.

»Seine Exfrau ist vor einiger Zeit gestorben. Sie war lange krank. Sie hat ihm einen größeren Barbetrag hinterlassen. Wir haben einen Brief gefunden, aus dem das hervorgeht. Wie viel Geld genau, wissen wir nicht. Ersten Nachforschungen zufolge gehen wir von einem Betrag im unteren fünfstelligen Bereich aus.«

»Damit lässt sich schon was anfangen«, ergänzte Wasle, der ansonsten selten etwas sagte, meistens seinen Chef sprechen ließ. »Für zehntausend bekommst du hierzulande einen gut ausgeführten Mord. Und wenn du das Geld in Serbien, Kroatien oder Bosnien geschickt anlegst, bekommst du dafür auch zwei oder drei …«

»Du spielst auf die Herkunft von Manczic an?« Es war keine Frage von Schwarzenbacher, eher so etwas wie eine vage Feststellung.

»Wir spielen nicht nur darauf an«, sagte Hosp. »Auch diesem Umstand sind wir nachgegangen. Manczic stammt aus Kroatien. Als junger Mann ist er auf Arbeitssuche nach Österreich gekommen, erst nach Wien, dann nach Salzburg, später nach Innsbruck. Hat anscheinend ein grundsolides Leben geführt, bis ihn der Tod seiner Tochter aus der Bahn geworfen hat. Wir haben Kontakt zu den kroatischen Kollegen aufgenommen. Vielleicht magst du darüber berichten …«

Wasle richtete sich ein wenig auf dem Stuhl auf und schob seinen Oberkörper näher an den Tisch heran.

»Manczic hat noch einen ziemlichen Familienclan in Kroatien. Geschwister, Schwäger und Schwägerinnen, Nichten und Neffen. Die meisten leben im Süden, im Landesinneren, dort, wohin sich

Touristen normalerweise nicht verirren. So wie wir das sehen, sind dort zehntausend Euro mehr wert als bei uns.«

Schwarzenbacher spitzte die Lippen, gab ein quietschendes Geräusch von sich. »Du meinst, dass Manczic dort jemanden hat, der für ihn die Drecksarbeit macht?«

»Wir sind uns sogar ziemlich sicher«, fuhr Wasle fort. »Wir vermuten, dass es in dieser Region eine ganze Reihe von Leuten gibt, die für derartige Aktionen in Frage kämen. Männer, die sich in jungen Jahren während des Krieges unrühmlich hervorgetan haben. So manch einer soll abgetaucht sein. Wobei das in meinen Augen nur dahingesagt ist – wahrscheinlich leben sie die meiste Zeit frei und unbehelligt in ihren Dörfern. Wenn dann aber wieder mal eine Fahndung nach Kriegsverbrechern läuft, verschwinden sie für ein paar Tage oder Wochen, und das war's dann erst mal. Davon ausgehend, dass die Suche nach Kriegsverbrechern der zweiten, dritten Kategorie immer sporadischer stattfinden wird, können sie sich auf eine geruhsame zweite Lebenshälfte einstellen.«

»Entzückend, Baby«, ahmte Schwarzenbacher jenen Lieutenant Kojak alias Telly Savalas nach, der in seiner TV-Serie in den Siebzigern die Fernsehgucker begeisterte – und der das jetzt, auf irgendeinem privaten Kanal, wieder tat. »Wirklich entzückend. Aber – wie sicher ist es, dass die Spur nach Südkroatien führt?«

»Sicher ist gar nichts«, sagte Hosp. »Doch es würde passen. Da setzt einer das schmutzige Handwerk fort, das er in Kriegszeiten erlernt hat. Er bringt die Voraussetzungen mit, die solche Aufgaben nun mal erfordern: Er ist kaltblütig, brutal, versteht sich aufs Töten. Es ist ja bekannt, dass die Verrohung, die in Kriegen einsetzt, oft noch lange vorhält. Dass Werte, so es sie einmal gegeben hat, ihre Bedeutung verlieren. Dass Menschen, die vom Tod und vom Morden umgeben sind, unter Umständen jede Scheu verlieren, selbst zu töten. Gewalt ist plötzlich nicht mehr gesellschaftlich geächtet, sie ist an der Tagesordnung, wird zur Normalität.«

Ins allgemeine Schweigen, das jetzt einsetzte, mischten sich die Geräusche des zurückkehrenden Anwalts Dr. Reuss, der leise in den Raum trat, sich still hinsetzte, still von einem zum anderen sah, um dann zu fragen: »Habe ich etwas verpasst?«

***

»Du glaubst also, dass dieser Tinhofer der Richtige ist?«

»Hä?«, erwiderte der Mann, der jetzt offiziell Paul Kurth hieß und der ihn nur deshalb nicht verstehen konnte, weil der Abstiegsweg von der Hütte schmal war, sie hintereinander gehen mussten und der Bergwald die Worte verschluckte.

Manczic blieb stehen, wandte sich um, sagte: »Dann musst du diesen Tinhofer finden, rasch. Ich kann mich nicht ewig herumtreiben. Und zurück kann ich auch nicht. Du weißt, die Polizei hat mich im Visier. Du musst die Sache schnell erledigen. Dann gehen wir nach Kroatien. Du bekommst den Rest vom Geld dafür, dass mich dort keiner findet.«

Kurth nickte. Er wusste, so war es abgemacht. Er wusste aber auch, dass der Alte mittlerweile zur Gefahr geworden war. Wenn die Polizei hinter ihm her war, wäre es nur mehr eine Frage der Zeit, bis auch er selbst in den Fokus geraten würde.

Er stapfte hinter Manczic her, tief in Gedanken versunken. Für den zauberhaft schönen Wald mit seinen steinalten Eichen, die wie in »Harry Potter«- oder »Herr der Ringe«-Filmen verzaubert erschienen, hatte er keinen Blick. Hatte er nie gehabt, jetzt schon gar nicht. Kurth überlegte, wie er den letzten der Aufträge erledigen könnte. Wie er an diesen Tinhofer herankam.

Hoffentlich lebt der in Innsbruck oder in der Umgebung, dachte er. Ich habe keine Lust, noch viel Zeit in diese Sache zu investieren. Zu gefährlich geworden. Drei Tage noch, dachte er. Drei Tage noch, dann bin ich weg.

Einen Moment lang überlegte er sich, ob es nicht leichter und sicherer wäre, den alten Manczic zu erschlagen, diesen Tinhofer in Ruhe zu lassen und einfach zu verschwinden. Er mochte den Alten nicht. Er ging ihm auf die Nerven. Und er brachte ihn mehr und mehr in Gefahr.

Bestimmt hat er sein Geld – mein Geld – im Rucksack. Brauche ihm nur einen Stein auf den Kopf zu hauen und dann weg.

Er wusste genau, wie fest man schlagen musste, damit einer auch wirklich tot wäre. Die Sonne schien schräg in den Hang hinein, durchdrang das Laub der Eichen und Buchen, spielte mit den Nadeln der Fichten und Lärchen, tauchte alles in ein wundervoll helles Grün.

Manczic stolperte über eine der vielen Wurzeln, die den schmalen Wanderweg wie Krampfadern durchzogen, konnte sich aber abfangen und einen Sturz vermeiden.

Ich hätte ihm noch einen kleinen Stoß geben sollen, dachte Kurth. Einen Stoß und dann mit einem Stein auf die Schläfe. Aber so was … Ich mach so was nicht, dachte er. Er ist einer von uns. Irgendwie ist es auch einer von uns. Und ich stehe bei seinem Neffen im Wort. Ich bring das zu Ende. Diesen Fotografen noch, dann verschwinde ich.

Er dachte an das Geld, das er dann haben und was er damit anfangen würde. Es war ein gutes Gefühl, an das Geld zu denken, an all die Euroscheine, die er schon hatte und die er noch bekäme. Was er damit anfangen würde? Davon hatte er noch keine genauere Vorstellung.

»Wo hast du den Wagen stehen?«, fragte Manczic, sich auf einem flachen Wegstück halb zu ihm umdrehend.

»Da unten ist ein Parkplatz«, sagte Kurth. »Ist, glaub ich, offiziell für die Hütte. Stehen mehrere da. Fällt da nicht auf, verstehst?«

Manczic blieb stehen. Er sah sich um, schien sich davon überzeugen zu wollen, dass weit und breit kein anderer Bergwanderer war.

»Es macht mich glücklich, dass du dem Schwein auch noch den Wagen genommen hast. Meinst du, er ist hin?«

Kurth schüttelte den Kopf. »Nein, nicht hin. Ist einwandfrei. Fährt eins a.«

»Ich rede nicht vom Auto«, sagte Manczic, und er lächelte verächtlich dabei. »Ich rede von diesem ehrenwerten Herrn Hellwage. Ob der hin ist?«

Kurth lachte ein kurzes, bellendes Lachen. »Natürlich hin. Langsam verreckt, das Schwein. Das kannst mir glauben.«

»Gut«, sagte Manczic. »Das ist gut.« Er sah zwischen dem lichten Wipfelgeäst der Bäume hindurch in den Himmel. »Was glaubst du, wie gerne ich mich von dir ein bisschen in Hellwages Auto herumkutschieren lassen würde. Es wäre der pure Genuss für mich, das kann ich dir sagen. Aber ich glaube, wir sollten das lassen. Das Beste wird sein, das Auto überhaupt zu lassen, wo es ist. Kannst du ohne Probleme ein anderes besorgen?«

Ein Auto besorgen, dachte Kurth. Was soll ich eigentlich noch alles tun?

Autos zu knacken war nicht gerade seine Spezialität. In seinem Freundeskreis hatte es Burschen gegeben, für die war das so einfach gewesen, wie in einem Supermarkt eine Tafel Schokolade in die Jackentasche zu schieben. Von so was verstand er nicht viel – mit wenigen Handgriffen binnen einer Minute ein Auto zu öffnen und dann auch zu wissen, mit welchen Drähten es kurzzuschließen war.

»Kann ich besorgen«, sagte er. »Muss es jemand wegnehmen«, fügte er hinzu.

Manczic nickte.

***

»Wir sind ja nicht nahe ans Haus herangekommen«, berichtete Marielle von ihrer Stippvisite in Lajen und bei Hellwages einsam gelegenem Ferienhäuschen. »War noch alles voll Polizei. Die hätten uns nie näher herangelassen. Und wenn, hätten sie uns noch verdächtigt, irgendwas mit der Sache zu tun zu haben.«

»Ein hektisches Kommen und Gehen«, ergänzte Pablo. »Beamte und solche, die in weißen Overalls stecken und weiße Hauben auf dem Kopf haben, Spurensucher oder wie man die sonst nennt, und wahrscheinlich Pathologen.«

»Rechtsmediziner«, sagte Hosp. »Pathologen sind etwas anderes. Sie suchen nach Erklärungen für sogenannte natürliche Todesursachen. Krankheiten et cetera. Der Rechtsmediziner sucht Hinweise auf unnatürliche Todesursachen beziehungsweise Indizien, die den Fall aus medizinischer Sicht erhellen.«

»Aha«, sagte Pablo. »Jedenfalls langer Rede kurzer Sinn: Allzu groß war unser Erkenntnisgewinn dort nicht. Bis auf eines …«

Alle sahen ihn gespannt an: Hosp, Reuss, Wasle, Schwarzenbacher.

»Es war kein Auto da«, sagte Pablo.

Reuss zog die Stirn in Falten. »Kein Auto?«

»Natürlich waren Autos da«, sagte Marielle. »Polizeifahrzeuge, Zivilfahrzeuge von Beamten. Aber keines, das irgendwie so geparkt war, dass es nach dem Wagen dieses Mannes ausgesehen hatte. Und es kann mir keiner sagen, dass einer in dieser Einsamkeit haust, ein paar hundert Höhenmeter oberhalb der nächsten größeren Ortschaften Klausen und Brixen, und so ein Leben ganz ohne Auto bewältigt.

Wasle sprang auf, der Stuhl wäre dabei beinahe nach hinten umgekippt, zog sein Handy so schnell wie eine Pistole aus der Tasche und eilte zur Tür.

Hosp nickte nur. Seinen Blick hatte er zunächst auf die Tischplatte gerichtet. Dann sah er von unten herauf zu Marielle und zu Pablo.

»Danke«, sagte er. »Wieder ein Puzzleteil.« Er blickte ganz auf und sagte in den Raum hinein: »Hätte ich früher draufkommen können.«

***

Hildegard Auringer war glücklich. Es war einer dieser Tage für sie gewesen, die sie herbeisehnte, die sie gleichsam herausholten aus ihrem Gefängnis, bei dem zwar die Tür offen stand, es aber nicht in Frage gekommen wäre, einfach zu gehen.

Sie war jetzt siebenundsechzig. Ihr Mann, mit dem sie früher so gerne in die Berge gegangen war, ging auf die achtundsiebzig zu.

»Man sollte nie einen älteren Mann heiraten.«

Manchmal musste sie an diese Worte einer Bekannten denken.

Der Ihre war beinahe elf Jahre älter. Und er war krank. Demenz. Sie konnte ihn nicht allein lassen. Wie ein Kind war er. Ein kleines, unbeholfenes Kind. Ihr Sohn half, wo es ging. Und alle paar Wochen kam ihre Schwester Renate aus Ingolstadt und übernahm für einen Tag die Betreuung. Dann stieg Hildegard Auringer in ihren Polo und fuhr damit in die Berge: wandern, durchatmen, Kraft schöpfen aus der Schönheit, die sie dann sah und erlebte.

Sie brauchte niemanden fürs Bergwandern. Sie war dann ganz gerne allein. Hatte keine Angst vor dem Gebirge, nicht vor dem Wetter, nicht auf schmalen Wegen. Und schon gar nicht vor anderen Menschen.

Wer würde einer so Alten wie mir schon noch was tun wollen?, war ihre Meinung.

Sie kam von der Hochlandhütte, einer kleinen, noch urigen Bergsteigerunterkunft am Fuße des Wörners und der Tiefkarspitze, der nordwestlichsten Ausläufer des Karwendelgebirges. Am Vormittag war sie hinaufgewandert, ganz gemächlich, hatte sich viel Zeit gelassen, um all das zu sehen, was die Landschaft bereithielt. Den Wildbach mit seinen Kaskaden und Gumpen, den Mischwald in all seinen Laub- und Nadelvariationen, die Bergblumen, die umso vielfältiger wurden, je höher sie kam, die Ausblicke nach droben zu den Felsflanken der Karwendelberge und hinüber zum wuchtigen Wetterstein sowie dem nördlich vorgelagerten, geradezu niedlichen Kranzberg, den sie vor allem vom Winter her kannte – da war sie schon einige Male mit Ski hinaufgestiegen und über die Piste wieder abgefahren.

Sie hatte sich in gut tausendsechshundert Metern Höhe auf die Terrasse der Hütte gesetzt, es war warm genug, dass man es, eine Fleecejacke an, im Windschatten gut aushalten konnte. Die Erbswurstsuppe und das dunkle Brot hatten ihr wunderbar geschmeckt. Und sie, die höchst selten Alkohol trank, hatte sich sogar eine Radlerhalbe gegönnt und sie wirklich genossen. Zwei Stunden war sie geblieben, hatte auch noch ein Haferl Kaffee getrunken, ein Stück Kastenkuchen dazu gegessen und einen Plausch mit den netten Wirtsleuten gehalten. Danach war sie auf dem schmalen, bisweilen etwas felsigen und ausgesetzten Steig Richtung Dammkar gewandert, von wo sie dann auf breiter Forststraße zum Parkplatz bei Mittenwald zurückgekehrt war.

Glücklich. Und gestärkt für ihren Alltag. Jeder dieser Tage war eine Herausforderung. Sie nahm sie an. Zugleich aber freute sie sich schon jetzt auf nichts mehr als auf den nächsten freien Tag, den sie – unbedingt – wieder im Gebirge verbringen wollte.

Am Parkplatz kamen zwei Männer auf sie zu, Wanderer. Der eine jünger, der andere schon ziemlich alt. Der Junge machte einen südländischen Eindruck, er war groß und wirkte stark. Der Alte hingegen wirkte müde, ging ein wenig gebückt, kam auf sie zu, sagte: »Wir kommen von der Mittenwalder Hütte. Sind mit der Bahn gekommen. Sie sind auch eine Bergsteigerin. Könnten Sie mich und meinen Neffen vielleicht zum Bahnhof in Mittenwald mitnehmen?«

Hilde Auringer nahm normalerweise nie jemanden mit. Abgesehen von Schülerinnen, die mit erhobenem Daumen am Straßenrand standen, was sie stets als leichtfertiges und gefährliches Unterfangen ansah. Mädchen nahm sie mit, damit sie gar nicht erst Gefahr liefen, einem Sextäter in die Hände zu fallen. An Männern fuhr sie vorüber, egal wie vertrauenerweckend die wirken mochten. Doch die beiden hier? Wanderer. Den jüngeren hätte sie allein nie mitgenommen, aber es war ja der alte dabei. Und der war doch harmlos.

»Ich fahr eigentlich nicht nach Mittenwald hinein. Ich fahr nach Garmisch und weiter nach München. Ich könnte Sie in Klais absetzen oder in Oberau. Da sind die Bahnhöfe gleich neben der Straße, und ich spare mir den Ortsverkehr.«

»Oh«, sagte der Alte, »das wäre uns wirklich eine große Hilfe.«

Die beiden verstauten ihre nicht allzu großen Rucksäcke neben dem ihren im Kofferraum. Dann zwängte sich der jüngere Mann sehr zu ihrem Missfallen auf die Rückbank, direkt hinter den Fahrersitz. Der Alte setzte sich neben sie.

»Ich sitz lieber vorn«, sagte er. »Mit meinem Rücken ist es nicht mehr so leicht, in ein Auto rein- und rauszukommen.«

Dafür hatte sie Verständnis, was allerdings ihr unbehagliches Gefühl nicht besserte: Sie hatte diesen großen, starken Mann hinter sich sitzen. Und sie hatte eine unbestimmte Angst vor ihm.

***

»Wasle wird schnell wissen, welches Fahrzeug auf Hellwage zugelassen ist«, sagte Schwarzenbacher. »Damit erfahren wir wenigstens, wonach gesucht werden muss. Aber viel weiter sind wir deswegen auch noch nicht. Gehen wir davon aus, dass Manczic die Morde an Spiss und Hellwage angestiftet hat. Dann ist Spiss gestorben, weil er am Tod von Carla ursächlich Schuld hat. Hellwage war dran, weil er als verantwortlicher Redakteur die Sache groß rausgebracht hat. Seltsamerweise war sein Ende ein in jeder Hinsicht fürchterlicheres als das von Spiss. Spiss ist erwürgt worden. Eine Sache von Sekunden, vielleicht einer Minute. Hellwage aber …« Er sah zu Hosp. »Hellwage aber muss, nach allem, was du uns berichten konntest, ein qualvolles Ende genommen haben. Ein Martyrium. Ist es möglich, dass Manczic dabei vor Ort gewesen ist?«

»Unmöglich ist nichts«, sagte Hosp. »Aber ich bezweifle es. Hellwages Sterben hat sich den Erkenntnissen der Südtiroler Kollegen zufolge über mindestens zwei Tage erstreckt. Ich gehe davon aus, dass Manczic nicht dabei war, zumindest nicht von Anfang an.«

»Auf das will ich hinaus«, sagte Schwarzenbacher. »Denn ich frage mich, wer ein Interesse daran haben könnte, diesen Mann so langsam zu Tode zu quälen. Wer außer Manczic, der Rache für den Tod seiner Tochter nimmt. Ein Auftragsmörder – und davon gehen wir doch im Moment aus – müsste schon ein vom Knochen weg perverser Sadist sein, um so etwas zu tun. Der würde seinen Job erledigen. Würde jemanden liquidieren – und fertig. Der käme doch nicht auf die Idee, sein Opfer noch zu foltern. Außer …«

Alle Augen waren auf Schwarzenbacher gerichtet.

»Außer was?«, fragte Reuss energisch.

»Außer, dass jemand an Informationen kommen will, an die er nicht anders als mit Gewalt kommen kann. Das wäre eine Begründung.«

»Hat er die Informationen?«, fragte Reuss.

»Er hat ihn sterben lassen. Das würde ich als Bestätigung erachten.«

Hosp rümpfte die Nase, die Augen wurden zu engen Schlitzen, alles in seiner Mimik brachte zum Ausdruck, dass ihn dieser Fall anwiderte.

»Hat ihn nicht in Wut darüber hingerichtet, dass er nicht an die Informationen gelangen konnte. Sondern hat ihn, nachdem er Antworten bekommen hat, qualvoll und langsam verenden lassen. Das kommt mir vor wie ein kleiner Gruß an seinen Auftraggeber.«

Marielle schüttelte sich kurz, so als wäre ihr eine Gänsehaut über den Rücken gelaufen. Reuss sah sie fragend an. »Was ist mit dir?«

»Nichts«, sagte sie. Und nach ein paar Augenblicken fügte sie hinzu: »Es ist nur alles so verdammt grausam, was da geschieht. Dieser Mörder muss einfach ein … ein Schwein … nein, das ist es nicht … ein verrückter Perverser sein. Vielleicht, besser noch, ein Monster.«

»Nein«, sagte Hosp ganz entschieden. »Er ist kein Monster. Monster sind sie alle nicht. Es sind Menschen.«

Marielle sah ihn empört an, wollte etwas einwenden, kam jedoch nicht zu Wort.

»Wenn wir diesen Täter als Monster betrachten würden, hätten wir bald keine Bodenhaftung mehr. Wenn du die Mörder als Aliens betrachtest, hast du keine Chance. Du musst sie als Menschen sehen, dich in sie hineinversetzen, ihre Stärken und Schwächen herausarbeiten und sie über ihre Schwächen dann am Schwanz packen. Pardon«, fügte er hinzu. »Ist vielleicht nicht gerade die feine englische Ausdrucksart. Aber da kann einem der Gaul schon durchgehen.«

Schwarzenbacher grinste. In seinen Augen lag Glanz, sein Gesicht verriet Unternehmungslust, mehr noch: Angriffslust. Marielle sah ihn von der Seite an, schaute zu den anderen – und bekam das Gefühl, dass er, Schwarzenbacher, sich als Einziger in der gegenwärtigen Situation richtig wohlfühlte.

Wie um ihre Vermutung zu bestätigen, sagte Schwarzenbacher: »Es ist mehr als das. Es geht nicht nur darum, sie an ihren Schwächen festmachen zu können. Wir müssen uns in so einen Typen reinversetzen, so etwa, wie Schauspieler es tun. Gute Schauspieler, meine ich. Die spielen nämlich gar nicht mehr, die sind wie in Trance, haben für die Dauer eines Theaterstücks oder eines Drehtages die andere Identität angenommen, sind Opfer oder Mörder, Hure oder verlassene Ehefrau, sind Wallander oder Queen Elizabeth. Und genau das müssen wir versuchen: Genau so zu sein wie der Mörder von Hellwage und Spiss – wenn wir mal davon ausgehen, dass beide vom selben Mörder aus dem Leben verabschiedet worden sind –«

»Wir gehen davon aus«, warf Hosp ein. »Die Ergebnisse der Rechtsmedizin liegen aber im Fall Hellwage noch nicht vor.«

Schwarzenbacher ging nicht darauf ein. »Versetzen wir uns in den Mörder. Versuchen wir, so zu denken und zu fühlen wie er. Seien wir brutal, sadistisch, skrupellos, gnadenlos. Und achten wir darauf, was dann in unserem Inneren hochsteigt: Er weiß vermutlich jetzt, wer dieser Fotograf war, der Carla im Autowrack abgelichtet hat. Und der ihr nicht geholfen hat. Er kennt den Namen, vielleicht die Adresse. Also – was tut er als Nächstes?«

Er sah in die Runde.

»Ihr braucht alle nicht so zu tun, als wärt ihr nicht zu Brutalität, Sadismus, Skrupellosigkeit und Gnadenlosigkeit fähig. Wir tragen das alle in uns. Haben es bisher vielleicht ganz gut beherrschen können. Aber ich bin sicher, es gibt Situationen für jeden von uns …«

Er schaute Marielle und nur Marielle an. »Es gibt Situationen für jeden von uns, wo eine Brutalität frei wird, die man nie für möglich gehalten hätte.«

Marielle war sich immer ganz sicher gewesen, nicht allzu leicht zu erröten. Jetzt aber glaubte sie, die Röte in ihrem Gesicht spüren zu können. Sie senkte das Kinn auf die Brust und wünschte sich, einfach nicht hier zu sein. Ihr fiel die Zeile aus einem André-Heller-Lied ein: »I mechat unsichtbar sein.«

Und ihr fielen Momente aus der Schattenwand ein, wo sie um ihr Leben gekämpft hatte, und aus dem letzten Jahr, als sie sich mit einem geistig minderbemittelten Gewalttäter ein Duell auf Leben und Tod geliefert hatte.

Sie wusste nur zu gut, was Schwarzenbacher meinte, als er sie so angesehen hatte. Doch sie wollte von alldem nichts mehr wissen.

Sie wischte die grausigen Erinnerungen weg wie Brösel vom Tisch.

Marielle wollte nur, dass ihr so etwas nicht noch einmal widerfuhr.

11

Die Sterne funkelten, es würde eine kalte Nacht werden. Tinhofer lag in seinem Schlafsack, einem teuren, federleichten, dabei doch unheimlich warm haltenden Modell, das sich jederzeit auch bei einer Achttausender-Expedition hätte verwenden lassen, und schaute in den Himmel.

Dankbar war er für dieses Geschenk, das sein Leben wieder einmal für ihn bereithielt.

Er lag auf seiner sich selbst mit Luft füllenden Isomatte, die er auf einer beinahe ebenen Urgesteinsplatte ausgelegt hatte. Die Hände hatte er unterm Hinterkopf verschränkt, es war nach zehn Uhr abends, und während er die Wanderung der Sternbilder am schwarzen Firmament beobachtete, ließ er zugleich seinen Tag Revue passieren. Die Fahrt aus der Stadt heraus, auf der Autobahn nach Osten, bis er ins Zillertal abzweigen konnte, die Fahrt durch das Tal bis Mayrhofen, das touristische Zentrum der ganzen Region, und seine Auffahrt bis ans Ende der für den allgemeinen Verkehr zugelassenen Straße.

Er war die lange Pendelbusstrecke taleinwärts gewandert, war glücklich gewesen, als die Straße zu Ende war und ein Wanderweg ansetzte, der wie ein Symbol dafür stand, die Zivilisation wenigstens kurzzeitig hinter sich lassen zu können.

Der Weg hinauf zur Kasseler Hütte, den er gut kannte, immer wieder gerne ging, begeisterte ihn auch dieses Mal wieder, wenngleich er die Mühen des ziemlich steilen Anstiegs beschwerlicher zu empfinden glaubte als noch im vorletzten Jahr.

In seinem nächtlichen Biwak dachte er darüber nach, was es hieß, jetzt alt zu werden. Vor ein paar Jahren hatte es ihm noch nicht viel ausgemacht, den großen Rucksack mit Schlafsack, Isomatte, Wäsche, Anorak, Proviant und der Kameraausrüstung in die Berge zu schleppen. Es wurde immer mühsamer. Die Kondition schwand so, wie das Wasser in einer Vogeltränke verdunstete. Was freilich nicht das Hauptproblem war. Das war viel mehr sein gesundheitlicher Zustand.

Mein Verfall, dachte er.

Die Rückenschmerzen, die er sich bei jedem längeren Abstieg eingehandelt hatte. Damit war es losgegangen. Abnützungserscheinungen, verkrümmtes Rückgrat, was die Orthopäden halt so sagen. Mittlerweile wusste er, dass der Rücken nur eine Folge seiner eigentlichen Erkrankung war, genauso wie die allgemeine Erschlaffung, wie die gelegentliche Antriebslosigkeit und die häufiger werdenden Kopfschmerzen, die er früher überhaupt nicht gekannt hatte. In Innsbruck gab es reichlich Leute, die, insbesondere bei Föhn, über Kopfschmerzen klagten – da hatte er nur immer in sich hineinlächeln können, froh, davon nicht die geringste Vorstellung zu haben, sah er einmal ab von den Folgen zu intensiven Alkoholkonsums, was jedoch zeitlich so weit zurücklag, dass er sich wirklich kaum noch daran erinnern konnte.

Was habe ich wieder geschwitzt, dachte er. An der Hütte hätte ich mein T-Shirt auswringen können. Der Arzt sagt, es sei nicht ungewöhnlich, dass ich in meinem Zustand so arg schwitze. Aber ich finde es ungewöhnlich. Und nervig.

Er dachte an die Stunde, die er auf der Terrasse der Kasseler Hütte verbracht hatte, das T-Shirt hatte er zum Trocknen übers Geländer gelegt, und er hatte sich einen Spezi, noch einen Spezi und noch ein großes Mineralwasser bestellt. »Viel trinken«, hatte ihm der Arzt gesagt. »Ganz wichtig ist, dass Sie viel trinken!« Mit einer durch nichts zu dämpfenden Begeisterung, die ihn selbst überraschte, hatte er die umliegenden Berge bestaunt: den Großen Löffler, die Keilbachspitze, die Greizer Spitze und den Gigalitz, formschöne Dreitausender allesamt, und die unter ihren Flanken eingebetteten Gletscher, das Stillupp-, das Löffler- und das Lapenkees. Welch eine Pracht! Und das, obwohl das ewige Eis im Schwinden begriffen war, obwohl die Gletscher abgeschmolzen, viel kleiner geworden waren: Welch eine Pracht!

Und während immer mehr Bergsteiger eingetroffen waren, ihre Rucksäcke abgestellt, die Eispickel und die Bergstiefel im dafür bereitgehaltenen Raum neben dem Eingang verstaut und sich bei den Wirtsleuten wegen ihres Nachtquartiers angemeldet hatten, war Tinhofer wieder aufgebrochen. Nicht für viel Geld hätte er diese Nacht in einer Hütte verbringen wollen, gar mit vielen fremden Menschen im Matratzenlager. Er hatte diese Erfahrungen gemacht, hatte sie, einer schönen Bergtour wegen, immer wieder billigend in Kauf genommen. Doch mit seinem Älterwerden hatte auch eine Unduldsamkeit eingesetzt, ein wachsendes Unvermögen, die negativen Aspekte hinnehmen zu können. Er hatte einfach keine Lust mehr, einzuatmen, was andere ausgeatmet hatten. Er war es leid, sich im Schnarchgeräusch anderer schlaflos hin- und herzuwälzen. Er hatte genug vom Geruch der Bergsteigerstrümpfe, vom Schweißgeruch, der aus Shirts und Blusen aufstieg, von den Ausdünstungen der Schlafenden.

Wie genoss er es, hier oben unter dem freien Himmel zu liegen, allein mit sich selbst.

Auf dem schmalen Steig war er von der Hütte weg in vielen Kehren Richtung Östliches Stilluppkees gestiegen. Es war schon später Nachmittag, und er musste sich ein wenig beeilen, wollte er noch so weit kommen, wie es in seinem Plan lag. Er wollte bis in die Gletscherregion vordringen, um noch in der Dämmerung und dann früh am nächsten Morgen die Bilder zu machen, die vor seinem inneren Auge längst entstanden waren. Bilder völliger Einsamkeit, absolut stiller Natur, menschenleer. Ansel Adams war gewissermaßen sein Vorbild.

Als er den Gletscher erreichte, der an seiner Zunge von Geröll und Kies schmutzig bedeckt war, hielt er sich rechts: nicht zur alpinistisch verlockenden Wollbachspitze, sondern zur Grünen Wand.

Es war nicht ungefährlich gewesen, den Gletscher allein und ungesichert zu queren, aber er hatte sich einmal mehr auf seine Erfahrung und seinen Instinkt verlassen können – in den letzten Jahren hatte er sich mit den Gletschern ganz innig vertraut machen können, er empfand sie nicht mehr als gefahrvoll, nicht als beängstigend, er liebte sie und fühlte sich fast immer gut aufgehoben, wenn er zwischen ihren abgrundtiefen Spalten und Eisbrüchen unterwegs war.

Er war hinaufgestiegen, bis sein Höhenmesser zweitausendsiebenhundert Meter angezeigt hatte, und war dort vom Gletscherfirn nach rechts in das gewaltige Blockwerk hinübergequert, das den Gipfelaufbau der Grünen Wand bildete.

Auf seinem kleinen Gaskocher hatte er sich ein Fertiggericht zubereitet, spinatgefüllte Tortellini, hatte sich danach den Schlafsack um die Schultern gelegt und war mit einer kleinen Flasche Bier noch lange so gesessen und hatte nur geschaut und gehorcht. Das Päckchen Zigaretten hatte er unangetastet gelassen – nicht etwa, weil er seit dem medizinischen Befund verzweifelt versucht hätte, gesünder zu leben und auf alle Wohlstandsgifte zu verzichten; er war schon lange nur mehr ein Gelegenheitsraucher, hatte die Abhängigkeit von den Tschicks mit dem Beruf des Fotoreporters ablegen können. Einfach so. Er hatte Angst davor gehabt, hatte sich Qualen des Entzugs vorgestellt, und dann war es ganz problemlos gegangen, gleichsam von einem Tag auf den anderen. Nun rauchte er nur mehr gelegentlich, zu besonderen Anlässen.

An diesem Abend hatte er keine Lust auf eine Zigarette. Der Geruch der Luft war so besonders, dass er nicht genug davon bekommen konnte und dass er ihn sich nicht durch den Qualm des Tabaks verderben wollte. Er sog die Luft laut durch die Nase ein, spürte die Kühle in den Nebenhöhlen, machte die Brust weit auf und den Bauch rund – und ließ dann, ebenfalls laut, die Luft durch den Mund wieder entweichen. Das wirkte entspannend und beruhigend, und es duftete besser als jedes Duftöl, das in kaum einem Haushalt noch fehlte.

Er lag in seinem Schlafsack und sah zu den Sternen, von denen es im Gebirge viel mehr zu sehen gab als in der Stadt: Hier war es ringsum dunkel, während im Tal der Lichtsmog nur mehr einen Bruchteil der Sterne erkennen ließ. Tinhofer empfand es als magischen Anblick, und er ärgerte sich beinahe, dass er irgendwann müde werden und einschlafen würde. So eine Nacht, dachte er, sollte man nicht schlafend zubringen. Die sollte man auskosten bis zum neuen Tag.

Er lauschte hinein in diese stille, zumindest beinahe stille Nacht. Bisweilen hörte er hoch über sich, wie das Brummen eines Maikäfers, eine Linienmaschine fliegen. Gelegentlich hörte er das Poltern von Steinen, die sich irgendwo in den gegenüberliegenden Bergflanken, wo Fels mit Eis sich mischte, gelöst hatten. Das klang laut und erzeugte ein Echo. Es war weit weg, und schon deshalb hatte es keinen bedrohlichen Unterton. Allerdings, und das konnte Tinhofer nicht leugnen, konnte er froh sein, da zu sein, wo er war, und nicht dort, wo der Steinschlag ihm gefährlich geworden wäre.

Tinhofer lag lange wach. Dachte nach. Über sein aktuelles Fotoprojekt. Über seine Erkrankung, von der außer ihm und den Ärzten niemand etwas wusste, nicht einmal seine Frau. Er schwadronierte in stummem Selbstgespräch, ob dieses Eins-sein-Können mit der Natur nicht auch positive Auswirkungen auf seinen Gesundheitszustand habe, ob das Atmen dieser Luft nicht etwa heilend wirken könnte.

Allmählich wurde es heller, die Berge gegenüber, die lange wie ein Fotonegativ gewirkt hatten, bekamen einen Grauschleier. Bald würde der Mond die Szenerie noch mystischer erscheinen lassen, als sie ohnehin schon war.

Tinhofer setzte sich auf, holte die Kameratasche aus dem Rucksack, schraubte den Fotoapparat aufs Stativ. Er rieb sich die Hände; die Nacht begann wirklich kalt zu werden. Aber das machte ihm nichts aus. Es war ein gutes Gefühl, hier zu sein. Und so lange er an seinem Buch über die Gletscher arbeitete, würde er nichts spüren. Davon war er, allen Ängsten und Zweifeln zum Trotz, überzeugt.

***

»Das war nicht richtig«, sagte Manczic. »Das hättest du nicht tun sollen. War überhaupt nicht nötig.«

Sie fuhren im Polo über den Seefelder Sattel in Richtung Zirler Berg. Sie waren schon wieder in Tirol, in einer halben Stunde konnten sie in Innsbruck sein.

»Was ich will, ist, dass die zur Rechenschaft gezogen werden, die irgendetwas mit dem Tod meiner Tochter zu tun haben. Aber nicht andere Menschen. Die Frau hat damit nichts zu tun. Das ist Unrecht, verstehst du? Verstehst du überhaupt, was ich meine?«

Die Antwort gab Manczic sich gleich selbst. »Du verstehst es nicht! Wie solltest du auch. Woher sollte einer wie du auch unterscheiden können zwischen dem, was Recht ist, und all dem, was Unrecht ist? Woher solltest du …«

Kurth fuhr abrupt rechts ran, hielt den Wagen auf dem Bankett an, schaltete die Warnblinkanlage ein.

»Du hältst jetzt das Maul! Hast verstanden? Ich will nicht mehr hören dein Gejammere. Wen interessiert die Frau? Wir haben das Auto gebraucht …«

»Das Auto, ja, das haben wir gebraucht.« Manczic ließ sich nicht einschüchtern. »Du hättest deshalb aber nicht die Frau –«

»Was hätte ich nicht? Meinst du, sie hätte dir Auto geschenkt, weil du freundlicher alter Trottel bist? Oder hätten wir sie zu einem Hotel fahren sollen und Suite mieten für sie? Bist völlig blöd?«

Der Alte schwieg.

»Wer hat uns eingebrockt die ganze Scheiße? Wer hat die Polizei auf der Spur? Du doch! Du hast nicht aufgepasst. Du kannst nicht zurück in Wohnung. Wegen dir sind wir hier und fahren mit Scheißauto.«

Kleinlaut antwortete Manczic: »Ich habe aber doch gedacht, dass du ein Auto aufbrechen und stehlen kannst. Kannst doch sonst alles. Habe nicht gedacht, dass du das mit der Frau machst –«

»Red nix«, sagte Kurth, schaltete die Warnblinkanlage ab und fuhr wieder los. »Wir müssen nach Innsbruck. Zu dir geht nicht. Lass dir was einfallen.«

Manczic nickte. Zurück nach Innsbruck. Aber wohin? Und wie lange würde es dauern, bis sie diesen Mann gefunden haben würden? Den Fotografen, der Tinhofer hieß.

Er brannte darauf, ihn seiner gerechten Strafe zuzuführen. Jahre und Jahrzehnte hatte er auf diesen Tag gewartet. Und jetzt war es bald so weit. Tinhofer musste sterben. Er noch, und dann wäre Schluss. Auch für mich, dachte Manczic.

***

»Ich möchte spazieren gehen«, sagte Schwarzenbacher. »Hast du Zeit? Hast du Lust?«

Ellen wäre beinahe sprachlos gewesen. Paul überraschte sie von Tag zu Tag mehr. War es doch noch gar nicht lange her, dass er schwer depressiv auf der Couch herumgehangen war, überaus reizbar, lebensunlustig und ihrer Meinung nach auch suizidgefährdet.

Es musste an diesem Fall liegen, der ihn beschäftigte und wegen dem er sich gestern mit Reuss und Hosp und den Kletter-Youngsters, wie sie die beiden nannte, getroffen hatte. Es musste daran liegen, dass ihm mit nichts so sehr Leben eingehaucht werden konnte wie mit kriminalistischen Rätseln. Was selbst ihre Liebe nicht vermocht hatte, die Zuwendung, die sie ihm gab – zwei Tote schafften das. Das war ernüchternd. Und doch war es der Strohhalm, nach dem sie griff, greifen musste.

»Lass mich das noch fertig machen«, sagte sie. »In einer Viertelstunde bin ich so weit. Wo möchtest du hin? In die Stadt?«

Wenn sie »in die Stadt« sagte, meinte sie die Altstadt und die von ihr ausgehenden Geschäftsstraßen. Die Gegend also, wo sie meistens mit ihm unterwegs war.

»Nein«, sagte er. »Nicht in die Stadt. Hängt mir allmählich zum Hals heraus. Gehen wir lieber am Fluss entlang.«

Er war verändert. Das wurde ihr erneut klar, als sie ihn im Rollstuhl am Hochufer des Inns entlangschob. Er wirkte kein bisschen deprimiert, im Gegenteil. Paul schien aufgekratzt zu sein, unruhig auf eine geradezu positive Art. Er hatte sein Handy an der Armlehne des Rollstuhls befestigt, hatte es voll im Blick, es hätte ihm nicht entgehen können, wenn der Eingang einer SMS angezeigt worden wäre.

»Da vorn ist eine Bank frei«, sagte er. »Lass uns da ein bisschen bleiben.«

Er parkte seinen Rollstuhl rückwärtsfahrend neben der Bank ein, wo Ellen Platz nehmen konnte. Sie hatten Blick auf den Fluss, der breit und nach den letzten regenlosen Tagen nun beinahe gemächlich durch die Stadt floss, und sie konnten hinaufsehen zur sogenannten Nordkette des Karwendelgebirges.

»Man braucht sich eigentlich nicht zu wundern, dass die Deutschen die Tiroler für ziemlich behämmert halten«, sagte sie.

Schwarzenbacher verstand nicht.

»Karwendel-Nordkette …«

Sie zeigte nach oben: Hungerburg, Station Seegrube, Hafelekar-Bergstation und die felsige Gipfelkette.

»Das ist die südlichste der Karwendelketten«, sagte sie. »Und wir Idioten sagen Karwendel-Nordkette dazu.«

Weil sie sich nördlich von Innsbruck erstreckt«, sagte Schwarzenbacher, den Kopf in den Nacken gelegt, sodass er über den Gipfeln das helle Blau des Himmels sehen konnte.

»Komische Logik«, sagte Ellen.

»Eine Frage des Standorts«, gab Schwarzenbacher grinsend zurück. »Logik ist immer auch eine Frage des Standorts. Für die Piefkes ist die Nordkette die Südkette. Für uns hier … Aber du als alte Schulmeisterin willst das natürlich nicht wahrhaben.«

Ellen gab ihm einen Rempler gegen die Schulter. Er beugte sich weg und lachte. Lachte! So, wie sie ihn schon seit Wochen nicht mehr lachen gesehen hatte. Er kam ihr vor wie einer der Schuljungen, die sie unterrichtete, die nicht ruhig sitzen konnten, dauernd irgendwelchen Blödsinn machten, dem Fortgang geregelten Unterrichts selten zuträglich waren – und die man doch einfach gern haben musste. Zumindest dann, wenn man nicht nur eine Lehrerinnenseele hatte, sondern auch eine Mädchen- oder Frauenseele, in die sich immer auch etwas Mütterliches mischte. Auch wenn Ellen zu ihrem Bedauern nie ein Kind geboren hatte und nun wohl auch längst zu alt dafür war.

Blöde, blöde, blöde Gedanken, dachte sie. Soll ich, da Paul endlich wieder mal lacht, jetzt selbst Trübsal blasen? Sie verscheuchte die Wehmut und genoss den Augenblick.

Und dann stellte sie die lapidarste Frage, die nur möglich war, und genierte sich im nächsten Moment dafür: »Wie geht's dir eigentlich, Paulchen?«

Er sah sie an. Lange, ernst. Doch allmählich wandelte sich sein Gesichtsausdruck, ein Lächeln machte sich um seine Augenwinkel breit.

»Wie es mir geht?«, sagte er ganz langsam, und er sah wieder in den Himmel dabei. »Es geht mir unglaublich gut, weil ich das unverschämte Glück habe, eine mit Blindheit geschlagene Frau an meiner Seite zu haben.«

Sie gab ihm wieder einen Rempler, doch er ging nicht darauf ein.

»Du hättest viele Männer haben können. So wie du aussiehst. Und so wie du bist: intelligent, gescheit, liebenswürdig.«

Sie sah ihn von der Seite an, überzeugte sich davon, dass es sein tiefer Ernst war.

»Du magst recht haben«, sagte sie. »Wahrscheinlich hätte ich den einen oder anderen noch abkriegen können, trotz meines vorgerückten Alters. Und es gibt Tage, an denen ich mich frage, warum ich ausgerechnet dich haben wollte – den miesepetrigsten, selbstmitleidigsten, blödesten Typen, den man sich nur vorstellen kann …«

Schwarzenbacher schaute sie mit ungekünsteltem Entsetzen an. Und eigentlich wollte er etwas sagen, kam aber nicht zu Wort.

»Und dann gibt es wieder Tage, leider viel zu wenige, an denen es eine wahre Freude ist, mit dir zusammen zu sein. Wo ich deine Wärme spüre, deinen Humor, deinen manchmal hinreißenden Sarkasmus. Wo es Freude macht, mit dir über Gott und die Welt zu diskutieren. Tage, an denen ich mich bei dir absolut geborgen fühle.«

Jetzt sah auch Ellen in den Himmel. So saßen sie da. Lange schweigend und ihren Gedanken nachhängend.

»Dein Beruf fehlt dir mehr als alles andere, stimmt's?«, fragte sie nach einer Weile, während der sie auf den Lärm von der nahen Straße und auf das Dröhnen eines über der Stadt heranlandenden Flugzeuges gehört hatten.

»Gibt es bei der Polizei nichts, wofür sie dich gebrauchen können?«

Er schüttelte den Kopf ohne sie anzusehen.

»Wirklich nichts? Hosp scheint deinen Rat und deine Kombinationsgabe doch sehr zu schätzen.«

Schwarzenbacher schüttelte wieder den Kopf. Dann sagte er sarkastisch und mit einem Unterton lang aufgestauter Verbitterung: »Ein Bulle besteht nicht nur aus dem Kopf, das weiß doch jeder. Wenn er nicht laufen kann, dann … dann ist er wie eine Nutte ohne Unterleib.«

»Oh, jetzt übertreibst du aber. Ich glaube, dass du noch ernsthaft gebraucht wirst. Und wenn nicht bei der Kripo, dann vielleicht als offiziell bestellter Berater. Oder meinetwegen auch als Privatermittler. Mit deinen jungen Freunden als Unterstützung könntest du einiges zerreißen. Anders ausgedrückt: Eine Nutte ohne Unterleib hat ja noch Hände und einen Mund, oder?«

Er schaute kurz zu ihr, schüttelte ganz leicht den Kopf, nahm dann ihre Hand und zog sie zu sich.

»Wie stellst du dir das vor?«, sagte er. »Ich bin ein kranker Mann. Du hast mich vorhin gefragt, wie es mir geht. Hier hast du die Antwort: Es geht mir genauso wie einem, der weiß, dass seine Krankheit chronisch und unheilbar ist. Der weiß, dass sie mit neunundneunzigkommaneunprozentiger Wahrscheinlichkeit nicht mehr besser wird. Und der weiß, dass sie schubweise und mit neunundneunzigkommaneunprozentiger Sicherheit schlimmer wird, bis er endlich daran eingeht. Da sagst du, ich soll etwas unternehmen. Ich kann das nicht mehr ...«

»Du kannst!«, sagte Ellen so entschieden, wie sie im Klassenzimmer einem ungehörigen Schüler mitteilte, welche Konsequenzen das für ihn haben würde. »Du kannst es, und du weißt es. Immer wenn du mit einem dieser Fälle beschäftigt bist, blühst du auf. Dann bist du in deinem Element, voller Elan und Tatendrang. Ich würde mir an deiner Stelle mal überlegen, was du tun kannst, damit du nach diesem Fall nicht wieder in so ein tiefes Loch fällst.«

Sie sah, wie er einen Moment lang aufs Handy blickte.

»Dieser Fall«, sagte er, »ist doch zum Verzweifeln. Wie hat Hosp gesagt: Wir sind immer einen Schritt hintendran. Nicht nur körperlich, auch gedanklich. Und was wir auch tun – es ist immer zu spät, wir schaffen es nicht, Boden gutzumachen.«

»Du sagst, es ist zum Verzweifeln. Du bist aber nicht verzweifelt. Ganz im Gegenteil. Es geht dir so gut wie schon lange nicht mehr.«

Sie schwiegen wieder, beide. Schwarzenbacher schaute in den Himmel, Ellen auf den Fluss. Ein Stück weiter vorn überquerte die Standseilbahn auf ihrer schmalen, von zwei minarettartig nach oben ragenden Pfeilern getragenen Betonbrücke den Inn.

Es dauerte lange, bis einer von ihnen wieder etwas sagte. Es war Schwarzenbacher. Nur drei Worte: »Meinst du wirklich?«

Das war alles.

»Hmhm«, war Ellens zustimmende Kurzantwort.

Das war auch alles.

Als sie wieder in der Wohnung waren, geschah etwas ganz Ungeheuerliches. Etwas, das Ellen so nie zuvor erlebt hatte und von dem sie zugleich fürchtete, es nicht noch einmal zu erleben. Schwarzenbacher verzichtete auf seine Musik. Kein Jazz, kein Rock, nichts Anstrengendes. Stattdessen kramte er aus den paar CDs, die sie mitgebracht hatte und die sie meist nur auf dem kleinen Gerät in der Küche anhörte oder wenn er, was immer seltener vorkam, allein das Haus verließ, eine Scheibe von Chris Rea heraus. Die legte er ein, im Wohnzimmer, was mehr oder weniger sein Zimmer war, wo er den Tag und oft die halbe Nacht zubrachte, und drehte die Lautstärke ganz ordentlich auf.

Ellen wusste, dass er diese Musik nicht mochte. Nicht mögen war sogar noch ein ziemlich freundlicher Ausdruck für sein Verhältnis zu Popsongs.

Üblicherweise betitelte er Leute wie Chris de Burgh als »verdammte Schnulzensänger«, Robbie Williams war ein »britischer Schlagerprolet, der sich an Songs von Sinatra vergangen hat« – was beides schon dezidierte Aussagen zum musikalischen Genre waren. Meist aber tat er das, was sie gern hörte, rücksichtslos und gnadenlos als »gequirlte Radioscheiße« ab, »nur dass im Radio auch noch die Dummschwätzer ihre infantilen Späßchen machen, sich soo lustig und soo toll vorkommen, was der Sache dann den Rest gibt.«

Chris Rea also. »Long is the time and hard is the road«, sang er. »Everybody looking for a place to put down their heavy load …«

***

»Bin ich richtig bei Fotograf Tinhofer?«

Tinhofers Frau stutzte einen Augenblick. Der Akzent des Mannes klang nach einem Autohändler, wie es sie an der östlichen Ausfallstraße der Stadt gab oder dort, wo Innsbruck und Hall zusammenwuchsen. Doch dann sagte sie Ja.

»Aber er ist leider nicht zu sprechen«, sagte sie.

»Ist aber wichtig«, hörte sie den Mann am anderen Ende der Telefonverbindung. »Muss ihn unbedingt sprechen, verstehen Sie?«

Sie dachte nach. Was konnte der Mann wollen? Er klang nicht wie die Leute, die üblicherweise hier anriefen, um Verlagsangelegenheiten zu klären oder eines seiner Bilder für die Veröffentlichung in einer Zeitschrift oder in der Werbung zu kaufen.

»Er ist unterwegs. Um was geht es denn? Kann ich Ihnen vielleicht helfen?«

Sie sah am Display des Telefons, dass es sich um eine Innsbrucker Nummer handelte. Während der Mann antwortete, schrieb sie die Nummer auf den kleinen quadratischen Block, der immer neben dem Apparat lag.

»Entschuldigen Sie mein schlechtes Deutsch«, hört sie den Mann sagen. »Arbeite für slowenischen Verlag. Wir planen ein großes Buch über die Alpen. Die ganzen Alpen, von Ljubljana bis nach

Südfrankreich, verstehen Sie? Großes Buch, international, mit vielen Bildern. Viele Bilder von Ihrem Mann, wenn das so recht wäre.«

Jetzt gewann der Anruf an Plausibilität für sie. Seine Bergfotografien waren gefragt. Und sie wurden nicht nur in Alpin-Zeitschriften gedruckt, sondern auch in der »Geo«, im »Merian«, im »Stern«, überall.

»Mein Mann ist unterwegs. Er arbeitet zurzeit an seinem Gletscherprojekt ...«

»Kann ich ihn nicht treffen?«

»Da müssten Sie schon ins Zillertal fahren«, sagte sie. Und lächelnd fügte sie hinzu: »Und selbst dann hätten sie kaum eine Chance, ihn zu finden.«

»Er wird aber doch ein Handy dabeihaben.«

»Für Notfälle«, sagt sie. »Wenn er sich ein Bein bräche, dann würde er es anschalten. Ansonsten – keine Chance. Aber wenn Sie wollen, richte ich ihm aus, dass Sie angerufen haben, und er meldet sich bei Ihnen. Wie war doch gleich noch mal Ihr Name? Und Ihre Erreichbarkeit?«

»Es ist wirklich wichtig«, bedrängte sie der Mann. »Können Sie nicht möglich machen, dass ich ihn erreiche noch heute, irgendwie? Oder morgen? Wohin ist er denn überhaupt? Ich könnte entgegenkommen.«

Sie überlegte einen Augenblick. Der Mann war komisch. Andererseits ... Ein guter Auftrag vielleicht, und viele Bilder hat er ja, müsste gar nicht losziehen, sondern nur im Archiv suchen. Leicht zu machen ...

»Er wollte zur Kasseler Hütte in den Zillertalern«, sagte sie. »Doch sie werden ihn dort nicht treffen. Er treibt sich irgendwo oberhalb herum, um Gletscher zu fotografieren. Ich kann Ihnen nicht versprechen, dass Sie ihn treffen. Aber wenn es doch so brisant ist ...«

»Oh«, sagt der Mann. »Das ist große Hilfe, wirklich. Da bin ich sehr dankbar.«

»Werden Sie ihn überhaupt erkennen?«, fragte sie.

»Ich kenne ihn«, sagte der Anrufer.

Als sie dann noch etwas sagen wollte, war es zu spät. Er hatte bereits aufgelegt.

Es war für ihn nicht schwierig gewesen, alles herauszufinden, was er über Tinhofer wissen musste. Er fuhr ins Lohbach-Viertel nahe dem Innsbrucker Flughafen, stellte den geraubten Polo ab, lief herum. Er musste nicht lange suchen, bis er einen Internet-Shop fand. Für zwei Euro konnte er eine Stunde lang herumsurfen, doch so viel Zeit war gar nicht nötig. Nach fünfundzwanzig Minuten wusste er alles, was er wissen musste.

Die eigene Website wies Tinhofer als renommierten Landschaftsfotografen aus. Es gab eine Vita (die allerdings nichts von seinem fotojournalistischen Vorleben berichtete), eine Fotogalerie, eine Zusammenstellung seiner wichtigsten Publikationen und seine vollständige Adresse samt Telefonnummer. Er war bekannt, aber er war bei Weitem nicht prominent genug, um seinen Wohnsitz verschweigen zu müssen.

Er war sich natürlich nicht völlig sicher, ob er es mit dem Richtigen zu tun hatte. Ob Tinhofer wirklich der Mann war, den er finden musste. Und den er töten sollte. Es bedurfte aber lediglich einer kurzen Google-Recherche, um diese Zweifel auszuräumen. Es gab Treffer, die Tinhofer als Pressefotografen auswiesen, es ließ sich problemlos die Verbindung zum »Tiroler Stern« herstellen, und auf Fotos, die ihn in jüngeren Jahren zeigten, war er zweifelsfrei als jener Tinhofer zu erkennen, der sich später einen Namen mit Landschafts- und Bergfotografie gemacht hatte.

Nach dem Telefonat mit Tinhofers Frau, das er in einer Kneipe unweit des Internet-Shops hatte führen können, überlegte er kurz, ob er noch einmal in den Internet-Shop fahren sollte. Er hatte keine Ahnung, wo diese Kasseler Hütte stand. Er wusste nicht einmal, wo das Zillertal zu suchen wäre. Doch er verwarf diese Idee: Er ließ sich im Augenblick nicht allzu gern zweimal an derselben Stelle sehen.

Dieses Problem löste sich allerdings beinahe von selbst. Im Handschuhfach des Wagens fand er einen Autoatlas. Er wusste zwar nicht, nach welchem Ort er suchen sollte, und »Zillertal« stand nicht im Register. Er blätterte durch die Seiten, die der Region zwischen Landeck im Westen und Kufstein im Osten gewidmet waren. Es war eine Straßenkarte, keine Karte für Bergsteiger. Nichts zu sehen von der Kasseler Hütte, vom Zillertal, von alldem. Doch dann hatte er Glück: Gelb unterlegt und damit als Sehenswürdigkeit ausgewiesen, stand da: »Zillertalbahn«. Mehr musste er nicht wissen. Alles Weitere würde er in Fügen oder Zell erfahren, bestimmt würde er dort Tourist-Infos finden und sich ohne aufzufallen nach seinem Ziel erkundigen können.

Als er den aufgeschlagenen Atlas auf den Beifahrersitz legte, fiel ihm ein Blatt Papier auf, das aus dem Handschuhfach gefallen sein musste und nun auf der Fußmatte lag. Er bückte sich, hob es auf und las: »ICE. In Case of Emergency – Im Falle, dass mir etwas zustößt, sollen die folgenden Personen verständigt werden …« Handschriftlich waren Namen und Verwandtschaftsverhältnisse in den vorgesehenen Feldern eingesetzt worden – Sohn, Schwester –, außerdem Telefonnummern und Adressen.

Er las den Namen des Sohnes, Heinrich, und den der Schwester, Renate. Dann knüllte er das Blatt zusammen und warf es hinaus.

Viel Zeit hatte er nicht, wollte er am selben Tag noch in dieses Zillertal. Wer weiß, wie lange man zu dieser Hütte braucht, dachte er.

Er hätte gern irgendwo etwas gegessen und in Ruhe Kaffee getrunken. Stattdessen besorgte er sich an einer Tankstelle Kaffee im Plastikbecher und eine Semmel mit Wiener Schnitzel drauf. Außerdem kaufte er eine Literflasche Cola, ein Fläschchen Asbach und zwei Schokoriegel.

Er aß, während er zurückfuhr nach Zirl. Dass ihn das Zeit kostete, war klar, und er war ziemlich verärgert darüber. Aber es blieb ihm nichts anderes übrig. Er musste den Alten informieren. Und er musste ihn irgendwo unterbringen, wo man ihn nicht fand. Am besten in einem der Orte im Zillertal. Denn der Wunsch seines Auftraggebers war schließlich, mitgenommen zu werden in das Land, aus dem er ursprünglich stammte. In den Süden, in ein kleines, abgelegenes Bergdorf, wo er die letzten Jahre seines Lebens unentdeckt zubringen wollte.

Von Innsbruck nach Zirl, das war selbst auf der Landstraße, die an der Kaserne vorbei- und unter der Martinswand hindurchführte, nur eine Viertelstunde. Er hatte seine Schnitzelsemmel noch gar nicht aufgegessen, als er vor dem Haus hielt, wo sie die in jeder Hinsicht billige Nacht verbracht hatten.

»Dein Papa oder dein Onkel oder was immer des is, is fort. Was isser eigentlich?«

»Wie? Fort?«

»Hat sein Rucksack packt, hat zahlt und is fort. I hab ihn net gfragt, wohin. Is doch net mei Sach, oder?«

Er sah die Frau, die ihnen die Zimmer vermietet hatte, wütend an. Am liebsten hätte er ihr mit der flachen Rückhand ins Gesicht geschlagen.

Du blöde Kuh, dachte er. Du verdammte, blöde, dumm gefickte Kuh.

Aber er tat es nicht. Konnte sich beherrschen, musste sich beherrschen. Nur kein Aufsehen, nicht mehr als unbedingt notwendig.

»Ist er zu Bus, oder wie?«, fragte er.

»Weiß i net«, sagte die Frau. »Wahrscheinlich isser zum Bus, der wos nach Innsbruck fahrt. Er hat nix gsagt. Hat noch telefoniert, bevor er gangen is. Hat gfragt, ob er telefoniern könnt. Und er hat zahlt dafür. I hab eh gmeint, dass er di anruft.«

»Wann?« Das Wort klang so hart wie ein Schlag.

»Wann was? Du meinst, wann er weg is? Lass mi nachdenken ...«

Sie schaute auf ihre Uhr, Plastikmodell mit pinkfarbenem Armband und pinkfarbenem Gehäuse.

Nach endlos langsam verstreichenden Sekunden sagte sie: »Eine Dreiviertelstund is des her. Vielleicht ein bisserl mehr.«

Und übergangslos fügte sie hinzu: »Magst einen Kaffee? I könnt uns einen Kaffee machen.«

***

Die ganze Nacht hatte er an kaum etwas anderes denken können – und seit er allein war, hatte sich das noch verschlimmert. Es hätte genügt, ein Auto zu stehlen. Es war so unnötig und so ungerecht, ihr Gewalt anzutun.

Sie hatten die Nacht in Zirl verbracht, ein paar Kilometer westlich von Innsbruck. Private Gästezimmer in einer Seitenstraße. »Zimmer frei«, hatte als Leuchtschrift im Parterrefenster eines ziemlich heruntergekommenen Hauses geblinkt. »Zimmer frei« ... rot ... schwarz ... rot ... »Zimmer frei«.

»Das ist gut.« Sein Partner hieß jetzt Kurth, und er wollte sich am nächsten Tag daranmachen, in Innsbruck diesen Tinhofer zu finden. »Wird keiner fragen, wer wir sind. Glaub mir.«

Die Frau, die ihnen geöffnet hatte, war Ende dreißig oder Anfang vierzig – wenn sein Einschätzungsvermögen, das eines alten Mannes, noch halbwegs zuverlässig war. Ihre Haare, blond und schulterlang, waren so ungepflegt wie ihre Kleidung: eine Bluse von unbestimmter Farbe, deren Ausschnitt bis weit auf die großen Brüste reichte, eine Jeans, die schmuddelig war, Sandaletten, aus denen dicke Wollstrümpfe mit Löchern an den Zehen herauslugten.

Sie hatte zwei Zimmer gehabt – »Klo und Waschbecken am Ende vom Flur« – sie hatte Manczic gar nicht beachtet, nur den anderen, hatte sich erboten, ihnen auch noch etwas zu essen zu richten – »ein paar Brote, Aufschnitt, Streichkäse, ein Bier« –, was sie angenommen hatten, um nirgendwohin gehen zu müssen, wo sie vielleicht aufgefallen wären.

Das Brot war hart, die Wurst grau, die Küche, wo sie zu essen bekamen, wenig einladend. Im angrenzenden Wohnraum lümmelte ein halbwüchsiger Junge vor dem Fernseher, ohne von den Gästen oder von seiner Mutter Notiz zu nehmen. Über dem Tisch, an dem sie aßen, hing ein Klebstreifen, an dem unzählige Fliegen pappten. Einige davon zappelten noch mit den Gliedmaßen, die noch nicht von der Leimfalle erfasst worden waren.

Während sie ihr karges Mahl verzehrten, verschwand die Frau für einige Zeit, um dann »zurechtgemacht« wiederzukommen. Sie hatte die Bluse gewechselt, trug jetzt ein schwarzes, eng anliegendes Shirt mit dem silberfarbenen Aufdruck »Easy Rider«. Die Haare waren besser frisiert als zuvor. Und sie hatte sich geschminkt, die Augen schwarz umrandet, feuerroten Lippenstift aufgetragen. Nur im unteren Bereich hatte sich nichts geändert. Es schien sich immer noch um dieselbe schmutzige Jeans zu handeln, und sie trug noch immer dieselben Schuhe samt den löchrigen Strümpfen.

Als er später in seinem schäbigen Zimmer schlaflos auf dem Bett lag, hörte er durch die sperrholzdünnen Wände die Stimme seines Partners und der Frau, bald aber auch Quietschen und Stöhnen.

Er dachte an ihre Strümpfe, und es widerte ihn an. Er brachte keinerlei Verständnis dafür auf, dass sich sein Partner mit so einer abgetakelten Dorfschlampe einlassen musste. Wieder kamen ihm die Strümpfe in den Sinn, aus denen die Zehen herausgeschaut hatten. Ihn ekelte. Allerdings fragte er sich, wie es ihm früher ergangen wäre, als er selbst noch jung war. »Du kannst nicht immer wählerisch sein, du musst nehmen, was du vors Rohr bekommst«, hatte ein Arbeitskollege gesagt. Das war Jahrzehnte her, und jetzt fiel es ihm wieder ein.

Lange sann er diesem Bonmot aber nicht nach. Im rhythmischen Rucken des Bettes im Nachbarzimmer, im schneller werdenden Keuchen der Menschen nebenan dachte er an seine Frau, an ihrer beider Liebe, an ihre Tochter, an das Zerbrechen ihrer Ehe, an ihren Tod. Und daran, dass mit ihren Ersparnissen erst möglich geworden war, worauf er so lange gewartet hatte: Sühne für Carlas Tod.

Doch es drängte sich etwas anderes in seine Erinnerungen.

Bilder, die sich nach vorn schoben, die alles andere überdeckten und sich nicht wegdenken ließen. Bilder, die ihn quälten, die ihn nicht schlafen ließen und die alles in Frage stellten. Er hielt sich die Hände vor die Augen. Es war Nacht. Durch das Fenster fiel nur wenig Licht der Straßenlaternen. Und doch war es für ihn nicht Nacht genug. Er presste die Handballen auf die Augen, so lange und so fest, bis er einen dumpfen, in den Mittelpunkt seines Kopfes strahlenden Schmerz verspürte.

Eine Wohltat war dieser Schmerz, er würde schnell nachlassen, und mit dem Nachlassen könnte er vielleicht Erlösung finden. Doch seine Hoffnung erfüllte sich nicht. Die Bilder kehrten zurück, sobald der Schmerz sich verflüchtigt hatte, sobald die Lichtpunkte und Blitze, die seine Handballen auf den Netzhäuten erzeugt hatten, abgezogen waren wie ein nächtliches Sommergewitter.

Die Frau.

Sie hat nichts mit alldem zu tun.

Sie ist nicht Teil des Planes.

Spiss musste sterben. Der Redakteur musste sterben. Sie haben Carla auf dem Gewissen. Sie sind schuldig, mehr oder weniger, so oder so. Sie haben den Tod verdient. Und der Fotograf, Tinhofer heißt er, hat ihn am allermeisten verdient.

Aber die Frau?

Er dachte an seine Frau, wie sie war während ihrer Ehe, wie sie war während ihres Zusammenlebens, wie sie war, als Carla starb.

Sie hätte das nicht gewollt, dachte er. Nie hätte sie das gewollt.

Wahrscheinlich hätte sie auch alles andere nicht gewollt. Aber daran ist nichts zu ändern. Das muss sein. Niemand war daran interessiert gewesen, die Schuldigen zu bestrafen. Niemand hat etwas getan, um meiner Carla zu ihrem Recht zu verhelfen. All die Jahre nicht.

So wollte ich nicht sterben. Nicht mit dem Wissen, dass diese Schweine ungestraft davongekommen sind.

Alles ist gut gelaufen, seit er über das Geld seiner verstorbenen Frau verfügen konnte, seit er in seinem Herkunftsland einen »Dienstleister« geboten bekam, der all das für ihn erledigen würde, was er, allein schon wegen seines Alters, nicht mehr geschafft hätte. Den Mann hatte er nie zuvor gesehen, sie waren zwar über sechs Ecken miteinander verwandt, aber er war ihm fremd, und er war froh, wenn er wieder weg sein würde. Er bekam das Geld, erledigte, was zu erledigen war. Dann sollte er auf Nimmerwiedersehen verschwinden.

Ja, bisher war alles so gelaufen, wie er sich das gewünscht hatte. Zwei der Schuldigen waren tot. Der erste hatte zu wenig gelitten, das war ihm nicht recht gewesen, aber wenigstens war er tot, anstatt sich einen ruhigen, reichen, sorgenfreien Lebensabend gönnen zu können. Der zweite war wohl so gestorben, wie es die Gerechtigkeit wollte: langsam und qualvoll. Und dieser Mann hatte den Preis dafür bezahlt, dass er ihn, Manczic, beschmutzt und seine Ehe zerstört hatte.

Und der dritte hatte nur noch Stunden oder Tage …

Doch zu welchem Preis?

Die Frau!

Sie würde sterben. Sie hatte nichts mit der Sache zu tun.

Er wollte nicht, dass sie starb.

12

Marielle war froh, dass sie diesmal mit der Sache nichts zu tun hatte. Dass sie nicht in diese schlimme Geschichte hineingezogen wurde.

Sie machte einen ihrer Bergläufe, vom Inn bei Innsbruck steil hinauf zur Hungerburg. Mit diesen Läufen holte sie sich ihre phänomenale Kondition, sie hielt sich körperlich schlank und fit und, was ihr vielleicht das Allerwichtigste war, es war ihre Zeit, um nachzudenken und die Gedanken sich klären beziehungsweise sich setzen zu lassen.

Sie atmete laut. Die Oberschenkel brannten. Der ganze Körper wollte nichts anderes, als das Tempo wenigstens zu reduzieren. Doch Marielle gab nicht nach. Sie quälte sich, ignorierte den Schmerz, antwortete auf die Anfechtungen ihrer Muskeln und Sehnen mit einer leichten Forcierung des Tempos und ließ erst ein wenig locker, als sie nach wiederholtem Blick auf ihre Armbanduhr feststellte, heute niemals auch nur annähernd an ihre Bestzeiten heranzukommen. Es war ihr immer wieder ein Rätsel: An Tagen, da sie sich besonders fit fühlte, lief sie meist schlechter als an anderen, wo sie gestresst an den Start ging, wo sie schlecht geschlafen oder zu üppig gegessen hatte. Sie hatte schon daran gedacht, dass es an den Gedanken liegen könnte, die sie sich während ihrer Bergläufe machte. Ob ein Zusammenhang zwischen schlechten Gedanken und schlechtem Laufen bestand, zwischen schönen Gedanken und guten Zeiten. Es wäre immerhin eine Möglichkeit gewesen. Doch sie konnte die These nicht belegen.

»Ist halt so«, hatte ein Kommilitone gesagt, der bekannt dafür war, mit einem Minimum an Worten und Emotionen auszukommen. »Ist halt so. Kannst gar nix machen.«

Auf der Aussichtsterrasse der Station Hungerburg machte Marielle, von einigen Innsbruck-Touristen begafft, ein paar Dehnübungen, sie sog die Luft tief ein und blies sie pfeifend aus ihren Lungen heraus.

Sie liebte den Blick von hier über die Stadt, über die Türme und Dächer und Straßenschluchten zwischen den hohen Altbauhäusern. Über das Gewirr von Straßen und Blöcken bis hin zu den Bergen, die sich im Süden eindrucksvoll erhoben. Von hier oben war Innsbruck bei fast jedem Wetter und zu fast jeder Tageszeit schön. Und ganz besonders gefielen ihr die ebenmäßigen Pyramiden der Nockspitze und der Serles – Zwillinge, dachte sie, und wenn schon nicht Zwillinge, dann immerhin Geschwister, die sich verdammt ähnlich sehen.

Als sie wieder bergab lief, langsam jetzt, bedächtig, den steilen Weg in engen Serpentinen bewältigend, damit die Knie etwas geschont wurden, dachte sie über den schrecklichen Mord in Südtirol nach. Wie sie nicht weit vom Haus entfernt gestanden waren, wo nicht lange zuvor ein Mann elendig umgekommen war.

Es war ein warmer Tag, und auf Höhe des Alpenzoos roch sie den scharfen Urin der Tiere. Einen Moment lang dachte sie an Zirkus. Dann aber an Gefahr.

Sie fragte sich, was für ein Mensch das war, der einen anderen so grausam strafte. Der ihn, wie es hieß, über Stunden langsam hatte sterben lassen. Der nicht bereit war, seinem Opfer wenigstens den Gnadenstoß zu versetzen.

Wäre nichts für mich, dachte sie. Einen Job machen wie Hosp oder früher Schwarzenbacher und immer solchen Gewaltverbrechern nachspüren. Allein der Gedanke an den Mörder von Hellwage machte ihr Angst.

Und doch …

Sie blieb stehen, stemmte die Hände in die Hüften, ließ den Rumpf kreisen, beruhigte den Atem und suchte und fand einen Rhythmus aus Ein und Aus. Die Sonne stand hoch über der Stadt, und alles, was auf den Dächern aus Blech war, glänzte silbrig oder schimmerte bleiern.

Ich habe keine Lust, Mörder zu jagen, dachte Marielle.

Ich habe aber auch keine Lust, weiter in die Uni zu gehen.

Sie versuchte, diese Überlegungen zu bannen, sich nicht weiter darauf einzulassen. Denn die nervten. Seit sie zwanzig war, widerfuhren ihr diese Sinnkrisen in immer kürzeren Abständen. Sie wusste dann nicht, was sie wollte. Überhaupt nicht. Zweifelte an ihrem Studium, ihrer ohnehin vor sich hin dümpelnden Bergführerausbildung, an ihrer Beziehung zu Pablo, an ihrer Zukunft. Und das machte sie jedes Mal unausstehlich. Für andere und für sich selbst.

Sie wusste das nur zu gut, wusste aber auch, dass ihre Haut dann wie ein Gefängnis war, aus dem sie nicht entschlüpfen konnte. Es gab nur eine Möglichkeit …

Als sie die Straße erreichte, die am Innufer entlangführte, drehte sie sich abrupt um und begann, den steilen Berg wieder hinaufzusprinten.

***

Kurth fuhr fluchend durch Zirl. Manczic war weg. Er hielt an der Bushaltestelle vor einer Pizzeria und versuchte, auf vergilbenden Fahrplänen herauszufinden, wohin er sich gewandt haben konnte. Er war verschwunden, ohne eine Nachricht hinterlassen zu haben. Fort, einfach so. Dreimal fuhr er in dem lang gestreckten Ort auf und ab, einmal sogar auf der Zirlerbergstraße bis zum geschlossenen Panorama-Restaurant hoch über dem Inntal. Von Manczic keine Spur.

Rauchend stand er auf dem großen, beinahe leeren Parkplatz und überlegte, was zu tun war. Der Ausblick übers Inntal war ihm egal.

Er hatte einen Auftrag zu erledigen. Doch der Auftraggeber war verschwunden und mit ihm das Geld, das ihm für die dritte Hinrichtung noch zustünde.

Er durchdachte die verschiedenen Optionen.

Noch länger im gestohlenen Wagen herumzufahren und Manczic zu suchen, war die schlechteste davon. Er befürchtete, in eine Kontrolle zu geraten und wegen dieses Scheiß-Autos erwischt zu werden.

Mit dem Auto über den Brenner und weiter bis nach Triest, das wäre das Einfachste, dachte er.

Doch er wusste auch, dass das Einfachste nicht immer das Beste und das Beste nicht immer das Einfachste war.

Warum hatte sich Manczic aus dem Staub gemacht? War irgendetwas geschehen, das ihn veranlasst hatte, das Quartier Hals über Kopf zu verlassen, unterzutauchen, sich irgendwo zu verstecken? Hatte er nach zwei Morden genug? Er konnte sich das nicht vorstellen, schließlich war der Fotograf der Mann, dem er die Hauptschuld gab.

Ich scheiße auf diesen Tinhofer und auf das Geld, das noch aussteht, dachte er. Ich verschwinde.

***

Als Pablo nachmittags von der Uni kam, lag Marielle lesend und nur mit einem Slip bekleidet auf dem Bett. Der CD-Player spielte einen Reggae-Sound.

Sie schaute kurz am Buch vorbei, sagte: »Hi«, war jedoch im nächsten Moment schon wieder ins Lesen vertieft.

»Hi«, sagte Pablo, der die Augen nicht von ihr lassen konnte. Jeden Zentimeter ihres Körpers hatte er in den Jahren, seit sie zusammen waren, kennengelernt, jede von Marielles Bewegungen war ihm vertraut, und doch brauchte es nichts mehr als auch nur ihre Brüste zu sehen, um auf der Stelle erregt zu sein. Pablo krabbelte auf das Bett, wobei er mit einer Hand seinen Gürtel zu öffnen versuchte, doch Marielle rutschte zur Seite und hielt ihm gleichzeitig den ausgestreckten Arm entgegen: »Nicht jetzt. Nicht böse sein. Aber ich bin total kaputt. Wirklich.«

»Wirklich?«

Er beugte sich zu ihren Beinen, küsste ihre Knie, roch das intensive Duschgel, ließ sich vom Bett fallen und tauchte am Fußende wieder auf.

Mit einem raschen Griff packte er Marielle am Fußgelenk und ließ sie nicht entweichen. Er begann, an ihren Zehen zu knabbern, die trotz des Duschgels noch immer ein wenig nach Laufschuh rochen und schmeckten. Das machte ihm nichts aus. Er ignorierte das nur zu gerne, wusste er doch, dass er damit Marielle unweigerlich in Fahrt bringen würde. Eine Minute lang an ihren Zehen zu lecken würde genügen, dass sie sich selbst unterm Slip zu befingern begann – und es gar nicht mehr erwarten konnte, ihn ganz in sich zu spüren.

Doch heute half selbst das nichts. Zwar sah er aus den Augenwinkeln, dass sie das Buch, irgendein Bergbuch von irgendeinem Bergsteiger, mit den aufgeschlagenen Seiten nach unten neben sich legte, dass sie sich für ein paar Sekunden wohlig in ihrem Kissen streckte, doch er spürte auch, dass ihr Körper gleich wieder erschlaffte.

»Nicht«, sagte sie leise. »Ich bin wirklich fertig.«

Er schwang sich aufs Bett und legte sich angezogen neben sie.

»Bist du jetzt böse?«, fragte sie.

»Hmm, hmm«, raunzte er verneinend.

»Weißt du«, sagte sie, »ich hab wieder diese blöde Stimmung, die mich ab und zu befällt. Wo ich mich dann selbst nicht leiden kann.«

»Dagegen ist Bumsen doch die beste Medizin«, sagte Pablo mit hochgezogenen Augenbrauen, der sich auf den abgewinkelten Arm stützte und ihr Gesicht musterte.

»Später vielleicht«, sagte Marielle.

Sie setzte sich auf und zog die Beine in den Schneidersitz heran.

»Und dann ist da noch dieser Mörder, hinter dem Hosp und Schwarzenbacher her sind«, sagte sie. »Er geht mir nicht aus dem Kopf.«

»Ein komisches Gespann«, sagte Pablo. »Wahrscheinlich ist das eh nicht ganz legal, was die beiden treiben. Nehme nicht an, dass ein Polizeibeamter wie Hosp seine Informationen so ohne Weiteres an einen Zivilen weitergeben dürfte.«

»Er war doch selbst ein Bulle.«

»Er war es, das stimmt. Aber er ist keiner mehr. Außer man schenkt dem Spruch Glauben: einmal Bulle, immer Bulle.«

»Und wenn schon«, sagte Marielle. »Ob legal oder weniger legal, das muss uns nicht kümmern. Wichtig ist doch nur, dass einer von beiden oder beide zusammen diesen Fall lösen. Und zwar schnell, bevor der Mann noch weitermordet.«

Pablo setzte sich jetzt im Schneidersitz genau gegenüber. Ihre schönen, runden, nicht allzu großen Brüste waren in der Reichweite seiner Hände. Doch auch, wenn er die Augen nicht abwenden konnte, so nahm er sie doch nicht wirklich wahr. Er schaute durch Marielle hindurch, vertieft in die Gedanken und in das Gespräch mit ihr.

»Hast du dich jemals gefragt, warum du von einem Mann als Täter ausgehst? Könnte doch eine Frau gewesen sein. Oder mehrere Männer. Oder ein Mann und eine Frau. Vielleicht liegst du da ganz falsch.«

»Glaube ich nicht!« Es kam wie aus der Pistole geschossen. »Natürlich könntest du recht haben. Und logisch ist es nicht von mir, mich auf diesen Einzeltäter zu versteifen. Es ist mehr so eine Intuition. Eine Frau war's nicht. Die hätte den Unternehmer nicht an den Baum hängen können. Und sie hätte wahrscheinlich auch nicht mit dieser männlich-brachialen Gewalt getötet wie im Fall des Redakteurs. Ich glaube, dass es sich um einen bezahlten Killer handelt. Bezahlt von diesem Alten mit dem Namen, den ich mir nicht merken kann …«

»Manczic.«

»Ja, so heißt er. Der zahlt und rächt sich mit den Morden für den Tod seiner Tochter. Das wirklich Unglaubliche ist der Sadismus, mit dem der Täter vorgeht. Einen Auftragskiller habe ich mir anders vorgestellt. Als einen, der kurz und prägnant hinrichtet. Eine Kugel in den Kopf und Schluss.«

Pablo grinste. »Du meinst, so wie man das aus dem Fernsehen kennt, oder?«

Sie sah ihn zweifelnd an. Er hatte ja recht. Und dennoch: Warum hatte Hellwage derart grausam sterben müssen?

»Glaubst du, dass ein Auftragskiller mit Emotionen tötet? Dass der irgendein Interesse daran hat, jemanden zu quälen? Der will doch nur seinen Job erledigen, schnell und ohne Spuren zu hinterlassen. Der hält sich nicht damit auf, jemanden zu quälen. Der bleibt nicht länger, als unbedingt nötig ist.«

»Außer wenn er irgendwelche Informationen bekommen will. Hat das nicht Schwarzenbacher bei unserem Treffen gesagt? Ist doch plausibel.«

»Es erklärt aber nicht, warum er den Mann dann nicht erledigt hat, als er die Informationen hatte. Oder als er merkte, dass er keine Informationen bekommen würde. Eine Kugel in den Kopf und Schluss. Das wäre plausibel.«

»Ich weiß es nicht«, sagte Pablo. »Und ich will mir darüber wirklich nicht allzu viele Gedanken machen. Wahrscheinlich handelt er im Sinne seines Auftraggebers. Aber ich will mir die Stimmung nicht damit verderben, indem ich dauernd an dieses Arschloch denke.«

Marielle zog die Bettdecke zu sich heran und wickelte sich darin ein. Ihr war kalt, obwohl es im Zimmer warm war.

»Ich habe Angst, einfach Angst. Ich fürchte mich vor dem, was als Nächstes passiert.«

»Und wenn nichts passiert? Einfach gar nichts?«

Sie schüttelte energisch Kopf. »Ich glaub nicht mehr ans Christkind«, sagte sie.

***

Tinhofer stapfte über den Gletscher. Er war allein, hatte niemanden, der ihn ans Seil hätte nehmen können. Wenn er in eine Spalte stürzen würde, wäre das wahrscheinlich das Ende für ihn.

Er hatte diese Möglichkeit immer wieder in Betracht gezogen. Hatte die Gletscherfläche, der er seine fotografische Aufmerksamkeit widmen wollte, von seinem Biwakplatz aus genau studiert. Er hatte sich die gefährlichen Spaltenzonen explizit eingeprägt und überprüft, wo ihm von oben, aus den sich über dem Gletscher aufsteilenden Felsflanken, Steinschlaggefahr drohen würde. Das Licht war so, wie er es wollte. An diesem Nachmittag ging es ihm nicht um die große Schönheit des Gebirges, es ging ihm vielmehr um die Details.

Im Rucksack hatte er lediglich seine Fotoausrüstung und eine Trinkflasche. Den Eispickel und die Steigeisen hatte er an den Außenlaschen befestigt. Alles andere ließ er an seinem Schlafplatz zurück. Nach einer Viertelstunde Abstieg erreichte er den Gletscher. Er schnallte die Steigeisen an und begab sich auf die weiße Firn- und Eisfläche. Die Oberfläche, erwärmt von der hochstehenden Sonne, gab unter seinen Schritten nach, der Schnee war angeschmolzen und das Vorankommen mühsamer als in den Morgenstunden. Problem war das keines. Er hatte keine lange Wegstrecke, keinen anstrengenden Aufstieg vor sich. Er wollte nur hinüberqueren bis in den markanten Spaltenbereich. Vorsichtig, denn auch davor schon würde es Spalten geben, offene, gut erkennbare, bestimmt aber auch solche, die man erst wahrnahm, wenn man im freien Fall in die Tiefe stürzte oder sich an ihren stahlharten Seitenwänden aus bläulich schimmerndem Eis alle Knochen brach.

Tinhofer setzte vorsichtig Schritt vor Schritt, sondierte immer wieder mit dem Eispickel das Terrain vor seinen Füßen, machte keine unbedachte Bewegung. Er agierte mit größter Vorsicht, und er fühlte sich zugleich absolut wohl auf dem labilen Untergrund. Die Gletscher der Tiroler Bergwelt waren ihm in den letzten Jahren in einem Maße vertraut geworden, dass er keine Angst mehr hatte. Vorsicht ja, Angst aber kein bisschen.

Er war allein, ganz allein. Zur Grünen Wand war den ganzen Tag kein Mensch heraufgestiegen. Ist halt auch nur ein relativ unbedeutender Nebengipfel, dachte er. Noch nicht einmal dreitausend Meter hoch. Zur schönen Wollbachspitze, schräg gegenüber, hatte er am Morgen einige Seilschaften hinaufspuren sehen. Doch diese Bergsteiger waren wahrscheinlich längst wieder am Abstieg zur Hütte, oder sie saßen schon auf der Terrasse beim Bier. Hier heroben war weit und breit niemand außer ihm. Und er genoss das völlige Alleinsein. Für ihn konnte es kaum etwas Schöneres geben.

***

Mit dem Bus hatte Manczic kein Glück gehabt. Der war schon eine halbe Stunde zuvor abgefahren. Doch wie er so an der Straße stand, ein alter Mann, der mit seinen Wanderschuhen und dem Tagesrucksack nach Bergfreund aussah, hielt ein junger Handwerker und fragte, ob er ihn irgendwohin mitnehmen könnte.

Wenig später stieg er bei der Trambahnhaltestelle vor Stift Wilten aus dem Wagen.

Das trifft sich gut, dachte er. Wirklich sehr gut.

Er hatte keine gute Erinnerung an die Klosterkirche. Als er das letzte Mal da war, hatte ihn dieser blöde Pfaffe angesprochen. Er hoffte, ihn diesmal nicht wieder anzutreffen. Doch er nahm es in Kauf. Sein Herz und seine Seele verlangten nach der Stille der Kirche, nach dem Geruch und dem Licht der Kerzen, nach der Ahnung von Weihrauch. Er musste eine schwierige Entscheidung treffen.

***

Zur selben Zeit, als Tinhofer auf seinem Rucksack kniete und ein winziges Rinnsal fotografierte, das sich einen gewundenen Miniatur-Canyon ins Eis gegraben hatte, versuchte ihn seine Frau auf dem Handy zu erreichen.

Sie hatte sich von vornherein keine großen Hoffnungen gemacht. Sie wartete auf eine Verbindung. Es wäre schon beinahe ein Wunder gewesen, wenn er das Handy angeschaltet hätte.

»Die von Ihnen gewählte Nummer ist momentan nicht erreichbar. Sie können aber eine Nachricht auf der Mailbox hinterlassen«, sagte eine Maschinenstimme. »Bitte sprechen Sie nach dem Signalton.«

Sie zögerte einen Moment lang. Machte es Sinn, ihm eine Nachricht zu hinterlassen? Wahrscheinlich nicht. Aber es war immerhin besser, als gar nichts zu tun.

»Hallo! Ich bin's. Kannst du mich bitte ganz dringend zurückrufen? Hier hat ein Verlag angerufen. Ein slowenischer Verlag. Wollen mit deinen Bildern was machen. Aber irgendwie war das komisch, dieser Anruf, dieser Mann. Vielleicht weißt du ja schon mehr dazu. Also, ruf mich bitte an. Bussis. Und pass auf dich auf.«

Das wohltuende Gefühl, etwas unternommen zu haben, verflüchtigte sich schon wenige Minuten später.

Ohne eine richtige Begründung dafür zu haben, bereitete ihr der Anruf von diesem Mann Sorgen. Ein unbehagliches Gefühl, das sie nicht nur nicht loswurde, sondern das sich sogar noch verstärkte. Von Viertelstunde zu Viertelstunde wurde es schlimmer.

Irgendwann ging sie in den Keller, wo sie in einer offenen Plastikbox die alten Zeitungen für die Altpapiersammlung aufbewahrten, und nahm sich einen Packen heraus, der so ungefähr die Überreste der letzten beiden Wochen enthielt.

Oben in der Wohnung setzte sie Wasser für einen Kaffee auf und sortierte die Zeitungen nach Datum.

Lange musste sie nicht suchen, bis sie fündig wurde.

Sie schenkte sich die erste Tasse Kaffee ein, goss einen großen Schuss Kaffeesahne dazu und begann zu lesen.

Reinhold Spiss war in letzter Zeit ein wiederkehrendes Thema gewesen. Sein Tod und sein Leben. Sein Ende an einem Baum neben der Brennerstraße. Der Skandal, der schon so lange zurücklag. Der Mord in Südtirol, der mit Spiss in Zusammenhang stehen sollte.

Sie versuchte sich zu erinnern.

***

Es war eine Meldung von vielen. Keine schöne Sache, aber auch nichts, was Innsbrucker Kriminalbeamte sonderlich hätte erschüttern können. Zwischen Garmisch-Partenkirchen und Mittenwald war eine Frau aufgefunden worden. Alter: 67. Ihr Zustand: kritisch. Bereits am Vormittag hatte ihr Sohn Alarm geschlagen, weil sie eigentlich seit dem Vorabend von einer Wanderung im Karwendel hatte zurück sein wollen. Am frühen Nachmittag war sie von einem Autofahrer entdeckt worden, der seinen Hund im Gelände unweit der Straße äußerln geführt hatte. Ihre Hände waren mit Kabelbindern an einen Baum gefesselt worden, ihr Halstuch hatte als eine Art Knebel gedient, und sie hatte nichts an außer Unterwäsche. Alles andere hatten ihr der oder die Täter abgenommen und im waldigen Gelände wie achtlos verstreut. Die Frau war nicht vernehmungsfähig. Sie wies äußerlich keine Verletzungen auf, war jedoch stark unterkühlt und hatte einen schweren Schock erlitten. Von ihrem Sohn war zu erfahren, dass sie mit dem Wagen unterwegs gewesen war. Er konnte genaue Angaben zu Fabrikat und Kennzeichen machen. Von dem Fahrzeug jedoch fehlte bislang jede Spur.

Für die Innsbrucker zunächst einmal eine Information, die den Wagen betraf: Vielleicht waren die Täter damit ja hier in der Stadt oder der Region gelandet. Die Beamten würden wache Augen darauf haben.

***

Schwarzenbacher war freundlich. Anders als noch vor ein paar Tagen. Er spielte Ellens Musik, und wenn keine Musik lief, schaute er fern. Zappte sich durch zig Programme, freilich ohne auch nur für eines hinreichend Interesse und Geduld aufzubringen. Er war unruhig, aufgekratzt, und dabei doch irgendwie ziemlich gut gelaunt.

Eine ganz sonderbare Mischung, wie sie Ellen bei keinem anderen Menschen in ihrem ganzen Leben kennengelernt hatte.

»Was ist mit dir denn heute los?«, fragte sie. »Du bist so … Wie soll ich sagen … Deine Stimmung scheint mir alles und nichts zugleich zu sein.«

Er lachte nur, biss in den »Murauer«-Mandelbogen, dass es nur so krachte, und sagte, immer noch kauend: »Wahrscheinlich kannst du das nicht verstehen. Ich bin sehr besorgt, weil ich glaube, dass sich in den nächsten Tagen, vielleicht auch schon Stunden, etwas Tragisches ereignen könnte. Ein weiterer Mord vielleicht. Das würde naheliegen. Und ich bin zugleich ziemlich aufgedreht, weil ich der Überzeugung bin, dass wir das Schwein jetzt kriegen können. Dass wir dem Mörder ganz nah sind. Oder er uns.«

Da sie ihn fragend ansah, vertiefte er seine Erklärung.

»Du musst es so sehen: Irgendwann geht es nur mehr um hieb- und stichfeste Beweise. Vor Gericht gelten Geständnisse, Indizien und DNA-Analysen. So weit ist Hosp aber noch nicht. Und für einen Polizisten ist das der Zeitpunkt, wo er auf seine Intuition setzen muss. Eine Mischung aus Erfahrung, Vermutung und dem, was er im Urin spürt …«

»Du spürst das also alles im Urin?«, sagte sie.

»Das kannst du mir verdammt noch mal glauben«, sagte er grinsend. »Falls ich falschliege, fahre ich im Rollstuhl von hier bis zum Stift Stams. Ehrenwort.«

»Vergiss es!«, sagte sie. »Du würdest nur drinhocken in deinem Gefährt und dich von mir schieben lassen. Ohne mich! Kauf dir einen E-Chair und fahr nach Stams oder von mir aus bis Imst oder Landeck, das ist okay.«

Schwarzenbacher sah sie durchdringend an. Er wusste, dass sie keine Gelegenheit verstreichen ließ, ihn zum Kauf eines Elektro-Rollstuhls zu bewegen. Er hasste dieses Thema. Er hatte keine Lust auf so ein Krüppelmobil. Das kam ihm noch schlimmer vor als ein Rollstuhl. Endgültiger. Aber er wusste auch, dass sie recht hatte.

Er sagte es nur nicht.

***

»Ein Anruf für euch«, meldete der Diensthabende. »In der Mordsache Spiss. Der Mann möchte den zuständigen Kommissar sprechen.«

Wasle nahm den Anruf entgegen; Hosp hatte sich mit dem »Tiroler Stern« unterm Arm aufs Klo abgemeldet – und das konnte dauern.

»Ich möchte eine Aussage machen«, hörte er die Stimme eines Mannes. Die Stimme wirkte alt und müde, und die Hintergrundgeräusche klangen nach Gasthaus. »Es hat mit dem Tod von diesem Spiss zu tun. Und mit noch einem.«

»Können Sie mir Ihren Namen sagen? Können Sie zu uns auf die Dienststelle kommen? Oder können wir Sie irgendwo …«

Wasle wusste gar nicht, was er zuerst fragen sollte.

»Mein Name ist Manczic«, sagte der Mann. »Ich komme nicht zu Ihnen aufs Revier. Ganz einfach deshalb nicht, weil ich mir gerade etwas zu essen bestellt habe. Kommen Sie bitte zu mir. Kommen Sie allein. Und kommen Sie schnell.«

»Wohin? Sagen Sie mir, wo wir uns treffen können!«

»Sie kommen allein«, sagte Manczic. »Keine Uniformierten, verstehen Sie. Kein Aufsehen und keine Aufregung. Nur Sie und ich. Wir reden miteinander. Ich esse fertig. Danach gehe ich mit Ihnen mit. Sie müssen mich nicht festnehmen, verstehen Sie. Ich begleite sie freiwillig.«

»Ein Wiener Schnitzel, bitt schön«, hörte Wasle einen Ober sagen. »Einen guten Appetit wünsch ich …«

Keine Viertelstunde später standen zivile Einsatzkräfte am Vorplatz des Domes und am Durchgang zum Landestheater – alles nur ein paar Schritte von dem Lokal entfernt, das Manczic Wasle genannt hatte. Hosp spazierte wie ein Tourist durch die Fußgängerzone, schaute sich die Auslagen der Geschäfte an und studierte die Tafeln an den historischen Altstadtgebäuden.

Wasle aber saß im »Goldenen Dachl«, dem Traditionsgasthaus direkt neben dem historischen Goldenen Dachl, dem alten Manczic gegenüber und sah ihm zu, wie er langsam, beinahe bedächtig die letzten Stücke seines Schnitzels verzehrte, den Ketchup mit den Pommes frites sorgfältig auftunkte, bisweilen einen großen Schluck von seinem Bier nahm und still sein Gegenüber musterte.

Wasle wartete geduldig. Er war sich völlig klar darüber, dass er in dieser Situation nicht versuchen sollte, etwas zu beschleunigen, gar zu erzwingen.

Dieser Mann war jener Manczic, dessen Observierung misslungen war. Den sie im Verdacht hatten, mit dem Tod von Spiss und Hellwage etwas zu tun zu haben. Er hatte sich aus freien Stücken gemeldet; man musste ihm die Zeit lassen, das zu erzählen, was er zu erzählen hatte.

Manczic leerte sein Glas, stellte es ab, legte die Hände flach auf den Tisch und begann zu sprechen.

Das Erste, was er berichtete, nein, nicht berichtete, er gestand es, war die Sache mit der Frau – dass sie mit ihr mitgefahren waren, sie nach ein paar Kilometern aufgefordert hatten, rechts ranzufahren, dass sein Partner die Frau gezwungen hatte, sich bis auf die Unterwäsche zu entkleiden, und er sie dann mit Kabelbindern gefesselt hatte.

»Es ist mir egal, was Sie von mir denken«, sagte Manczic. »Eines aber dürfen Sie mir glauben: Es war nicht in meinem Interesse, diese Frau so zu behandeln. Ich habe kein Auge zugetan heute Nacht. Ich wollte, dass sie nicht stirbt. Doch mir war klar, dass alles hinfällig wäre, wofür ich die letzten Jahrzehnte noch gelebt habe, wenn ich das gemeldet hätte. Aber ...«

Er sah Wasle in die Augen. »Aber ich habe das nicht aushalten können. Ich muss Ihnen sagen, wo Sie die Frau finden. Ich hoffe, dass sie noch lebt. Veranlassen Sie, dass sie befreit wird. Und machen Sie das bitte schnell ...«

Wasle reagierte nicht. Blieb scheinbar teilnahmslos, rührte nur in dem Großen Braunen, den er sich bestellt hatte, und winkte dem Ober, damit er ihm noch ein Portionsdöschen Milch bringen würde.

»Verstehen Sie nicht?«, fragte Manczic. »Haben Sie denn überhaupt nicht verstanden, was ich Ihnen gesagt habe? Sie müssen der Frau helfen!«

Wasle war Ende dreißig, er verfügte über große Gelassenheit, er lebte allein – die verschiedenen Beziehungen waren bislang meist wegen seiner gewissen Temperamentlosigkeit früher, als ihm lieb war, zu Ende gegangen –, er hatte sich in seinem Junggesellenleben eingerichtet, und er war allmählich zu einem Mann geworden, der sich durch nichts, aber auch schon gar nichts aus der Ruhe bringen ließ.

»Herr Manczic«, sagte er so leise, dass sich sein Gegenüber wahrscheinlich sehr anstrengen musste, überhaupt etwas verstehen zu können. »Herr Manczic, Sie haben mich doch wohl kaum hierherbestellt, nur um mir Dinge zu erzählen, die mir längst bekannt sind?«

Manczic starrte ihn fassungslos an. Er machte ein Gesicht, als hätte Wasle ihm gesagt, Spiss sei gar nicht tot.

Intuitiv entschied sich Wasle für eine Finte – hoffend, dass ihm Hosp nicht deswegen an die Gurgel gehen würde. Ehe noch Manczic irgendetwas sagen konnte, gab er ihm eine volle Breitseite.

»Die Frau ist bereits aufgefunden worden. Ihre Ausführungen sind für mich also in etwa so neu wie die ›Tiroler Tageszeitung‹ von letzter Woche. Das Schlimme ist: Die Frau ist tot. Sie hat die Nacht im Freien nicht überlebt. Was ja kein Wunder ist: Schock, Unterkühlung, das Herz. Ich nehme an, dass das hier das letzte Wiener Schnitzel ist, das Sie jemals essen werden. Nicht, dass Sie im Gefängnis kein Schnitzel mehr bekommen würden. Aber glauben Sie mir: die Qualität ist dürftig. Schweinefleisch. Wahrscheinlich stammen die Schweine aus Notschlachtungen. Die Panade schmeckt nach altem Fett. Und wenn Sie sich mit dem Hausel nicht gut stellen – das ist der Häftling, der Ihnen den Gefängnisfraß in die Zelle bringt –, wenn Sie den also zum Gegner haben, dann schmiert er Ihnen noch seinen Nasenrammel aufs Schnitzel, bevor er Ihnen den Teller in die Zelle reicht. Guten Appetit kann ich da nur sagen.«

»Sie … sie ist … tot?«, stammelte Manczic. »Das kann doch nicht sein. Das darf nicht sein.«

Wasle sah, dass dem Mann der Schweiß auf die Stirn trat, sah, wie seine Hände zu zittern begannen, wie er fahl im Gesicht wurde, die Fassung vollständig verlor. Das war der richtige Zeitpunkt, um ihm den entscheidenden Schlag zu versetzen.

»Sie haben noch mehr am Herzen. Ich weiß es. Und Sie sollten gleich hier reinen Tisch machen. Für Sie ist alles gelaufen, das können Sie mir glauben. Sie haben den Unternehmer Spiss auf dem Gewissen und den Journalisten und Zeitungsmann Hellwage. Sie haben es jetzt in der Hand, Ihr Gewissen zu erleichtern. Und ich bitte Sie um eines: Sorgen Sie dafür, dass nicht noch mehr passiert.«

13

Am Nachmittag, zu einer Zeit, da das Hochgebirge für diesen Tag wieder völlig menschenleer war, alle Bergsteiger auf den Hütten oder zurück im Tal waren, als sich jenseits der Zweieinhalbtausend-Meter-Marke wirklich nur mehr der Fotograf Tinhofer aufhielt, passierte das Unglück.

Er hatte für sich entschieden, noch eine halbe bis Dreiviertelstunde im kalten Licht beschatteter Spaltenzonen zu arbeiten, düstere Einblicke in die eisige Unterwelt zu fotografieren, bevor er dann zu seinem Schlafplatz in den Felsplatten zurückkehren würde. Er hatte Appetit bekommen, würde sich eine Suppe machen – natürlich nur ein Instantgericht aus dem Päckchen, aber er war ja nicht anspruchsvoll –, außerdem wollte er reichlich Schnee schmelzen, um genügend Wasser für eine große Portion seines griechischen Bergtees zu haben. Vielleicht war es der Appetit, vielleicht war es die Vorfreude auf den stillen, einsamen Abend, die ihn unkonzentrierter werden ließen, und wenn schon nicht unkonzentrierter, so doch weniger instinktsicher.

Es geschah an einer Stelle, die er als absolut gefahrlos erachtete, wo das Eis des Gletschers flach dahinfloss, wo weder starke Mulden noch markante Geländeaufschwünge auf Spaltenbildungen im Eis hinwiesen, wo er sich eigentlich gar keine Gedanken machte.

Tinhofer stapfte übers Eis. Ein wenig müde, aber auch sehr zufrieden mit seiner fotografischen Ausbeute. Die meisten Leute machen sich ja gar keine Vorstellung, wie müde man vom Fotografieren werden kann, dachte er. Immer höchste Aufmerksamkeit, immer hohe Konzentration, die Wahrnehmungsfähigkeit und die Augen ermüden – und abends um acht liege ich dann so kaputt im Schlafsack, als wäre ich auf zwei Dreitausender gestiegen.

War es diese Müdigkeit, die das Ihre zu dem Unglück beitrug?

Die gegenüberliegenden Berge warfen länger werdende Schatten auf die Gletscher. Immer wieder nahm er seine Gletscherbrille ab, um dieses Naturschauspiel ganz ungefiltert betrachten zu können. Den Fotoapparat ließ er in der Tasche – von diesen Motiven, so wunderschön und bizarr sie auch waren, hatte er im Lauf seiner hochalpinen Exkursionen schon mehr als genug eingefangen.

Ein bisschen abgelenkt war er auch durch die Gedanken an sein Buch: Sein Gehirn jonglierte mit den Bildern, die er schon auf dem Computer gespeichert hatte und die nur mehr einer behutsamen Nachbearbeitung bedurften, und mit den Bildern, die er noch fotografieren wollte. Er streute sie auf imaginäre Buchseiten, stellte sie neben- und untereinander, brachte strahlendes Licht in Opposition zu Nachtaufnahmen und stellte Abbildungen grandioser Schönheit solchen des Verfalls und Gletscherschwundes gegenüber.

Tinhofer war glücklich.

Bis morgen Nachmittag bleibe ich hier oben, dachte er. Dann steige ich ab und fahre heim. Und er freute sich darauf, am Bildschirm die Ausbeute seiner Jagd nach besonderen Motiven und besonderen Augenblicken eingehend studieren zu können.

Dann brach die Schneedecke unter ihm ein.

Aus seinem Mund kam ein Laut, kurz und dem Geräusch eines Korkens, der plötzlich aus dem engen Hals einer Weinflasche flutscht, nicht unähnlich.

Kein »Aaaahhhh«, kein »Iiiiihhhh«, nichts, was an Tod oder auch nur Todesangst hätte denken lassen, nur so ein gepresstes »Uuhppp«. Dann war er verschwunden, als hätte es ihn nie gegeben.

Tinhofer selbst erlebte die folgenden Sekunden so, als würde ihn das alles nicht persönlich betreffen. Er spürte keinerlei Schmerz, empfand keinen Schrecken.

Es war ihm, als wäre er lediglich Augenzeuge des Geschehnisses. Er war im Wortsinn außer sich, und er beobachtete seinen Sturz ins Verderben gleichsam aus der Distanz. Als interessant vermerkte er, dass er keinerlei Gefühle für sich selbst aufbrachte: kein Erschrecken, kein Mitleid, kein Bedauern, nichts.

Die Öffnung im Schnee war kaum größer als seine Hüften oder seine Schultern. Die darunter verborgene Spalte war mit dem Auge nicht zu erkennen gewesen; auch erfahrene Bergführer hätten sie nicht gesehen – aber vielleicht hätten sie die Gefahr gespürt. Instinkt war das Zauberwort. Doch wenn man müde oder mit seinen Gedanken woanders ist, dann schlafen die Sinne. Tinhofer war, ohne es zu ahnen, auf eine sogenannte Schneebrücke gestiegen, die mit nicht mehr als zwanzig Zentimetern Dicke den Abgrund überspannte.

Die Schneedecke barst, als wäre er auf Styropor getreten. Ein Geräusch wie ein gedämpfter Knall.

Groß war sein Erstaunen darüber, dass in der Spalte, die bestimmt fünfzehn oder gar zwanzig Meter in die Tiefe reichte, nicht Nacht herrschte. Es war nicht dunkel, es war nicht schwarz. Die Wände der Spalte wirkten wie poliertes Metall, bläulich schimmernd. Und irgendwie schienen sie auch lebendig zu sein. Die Farben lebten, veränderten sich ständig, ins Blau mischten sich weiße, graue, grüne und auch silbrige Töne, und Tinhofer, der auch als Stürzender nichts empfand, keine Panik, keinen Schmerz, keine Verzweiflung, hatte doch das Gefühl, dieses Farbenspiel sei schön und er habe das Glück, dieses Naturwunder zu erleben.

Einen Augenblick lang dachte er an seine Fotoausrüstung und welche großartigen Bilder das gegeben hätte.

Blau, wunderbares Blau, das durch die beinahe runde Öffnung in der Schneebrücke Licht bekam und durch dieses Licht wie zum Leben erwachte.

Tinhofer bemerkte, dass er mit der rechten Schulter gegen die rechte Spaltenwand schlug, heftig, massiv. Kein Schmerz, überhaupt kein Schmerz. Nur ein sehr deutliches und markantes Knacken.

Es war jenem Geräusch nicht unähnlich, das er aus dem Haushalt kannte: wenn seine Frau eine Minestrone bereitete, er die Gemüsezutaten schnippelte, Karottenwürfel, Lauchringe, Bohnen – und wenn er vom Staudensellerie eine knackige Stange abbrach. Ja, so klang es, als seine Schulter brach: wie Staudensellerie.

Er wurde von der rechten Spaltenwand an die linke katapultiert, sah aus der Distanz, wie sich sein linkes Knie verdrehte und kurz darauf nur wenig unter dem Gelenk zwei weiße Knochenspitzen aus Fleisch und Muskeln durch die Berghose drangen.

Erstaunt war er, wie wenig Blut dabei austrat.

Er schlug im nächsten Augenblick irgendwo mit dem Kopf an, nicht sehr stark, er schien das Eis mehr zu streifen, was freilich reichte, um ihm zwei Platzwunden zuzufügen, eine am Hinterkopf links, eine zweite an der Stirn über dem linken Auge.

Warm, wohlig warm lief ihm das Blut, das aus der Stirnwunde trat, ins Gesicht. Doch er hatte kaum Zeit, diesem Gefühl nachzuspüren. Im nächsten Moment kam sein Sturz zum Ende. Noch einmal stieß er mit seinem Körper rechts ans Eis, dabei riss es ihm ein Steigeisen vom rechten Schuh, das dabei noch die spitzen Zacken in seine Wadenmuskulatur bohrte. Dann schlug er auf, weicher, als er sich das je hätte vorstellen können, wurde in sich verdreht, kam mehr seitlich als auf dem Rücken zum Liegen, konnte aber aus dieser Position das Loch sehen, hoch über sich, wo er eingebrochen war und von wo das Licht in die Spalte drang.

***

In Hosps Büro in der Kaiserjägerstraße herrschte aufgeregtes Durcheinander. Der Fall lag jetzt klar, Manczic, der nebenan von Wasle weiter vernommen wurde, hatte alles noch in Zweifel Stehende aufgedeckt. Sie hatten erfahren, dass es sich bei dem Fotografen um Tinhofer handelte und dass der Mörder von Spiss und Hellwage als Paul Kurth unterwegs war – falls er seine Identität nicht längst wieder geändert hatte. Manczic hatte seinen Teil an den Morden eingestanden, er hatte gefasst und sachlich von seinem über alle Jahre aufgestauten Hass berichtet, über seine Rachepläne und deren späte Umsetzung.

Er hatte keinerlei Unrechtsbewusstheit an den Tag gelegt, zumindest nicht bei Hellwage und Spiss. So wie er das sah, hatten die beiden ihre Strafe verdient.

Hosp, der den Mann als alten Sonderling gekannt hatte, ihn oft vertieft in Selbstgespräche durch die Stadt hatte gehen sehen, war erstaunt, wie sachlich, wie rational er in Wahrheit war. In Vernehmungspausen, wenn Manczic sich unbeachtet wähnen durfte, sahen sie zwar, dass er die Lippen bewegte, wohl mit sich selbst sprach, aber der Gesamteindruck war nicht der eines Mannes »mit einem Hau«.

»Ich habe mit einem Psycho telefoniert«, sagte Hosp zu Wasle, der natürlich wusste, dass mit dem Psycho ein Psychiater oder Psychotherapeut gemeint war. »Wollte eine Ersteinschätzung hören. War aber schwer zu bekommen. Kennst sie ja, diese Leute.« Und er äffte, mit sanfter Stimme, den Psychologen nach: »›Sie werden doch sicher verstehen können, dass eine Ferndiagnose beim besten Willen nicht möglich ist. Da müsste ich den Patienten schon sehen können. Mit ihm sprechen können. Verstehen Sie?‹ – Kannst dir ja vorstellen, dass es mir bei dem Wort ›Patient‹ die Zehennägel aufgebogen hat. Vor allem ist der Kerl ein Mörder, auch wenn er sich die Hände nicht blutig gemacht hat. Ich hätte ihm ganz gern die Meinung gesagt. Was dann aber zur Folge gehabt hätte, dass ich nicht einmal die leiseste Einschätzung von diesem Bekloppten-Fachmann bekommen hätte.«

»Die da lautet?«

»Manczic war mir ein Rätsel, und er ist es noch. Nach dem tragischen Tod seiner Tochter verliert er völlig den Boden unter den Füßen. Allmählich wird er sonderlich, ein Kauz, ein Spinner. Die ganze Stadt kennt ihn als armen Schlucker, der dummes Zeug brabbelt. Und dann die Morde. Alles mit Hass und Perversion geplant. Gut, das könnte sich auch sein Kompagnon ausgedacht haben, dessen wahren Namen er ja partout nicht nennen will. Aber auch sein Treffen mit dir im ›Dachl‹, seine Äußerungen in der Vernehmung. Ich habe mich gefragt, ob er aller Welt nur etwas vorgespielt hat. Doch zu welchem Zweck? Und dazu habe ich immerhin eine Einschätzung bekommen: Manczics Störungen seien real gewesen. Er hat sich so etwas wie eine eigene Welt um sich herum errichtet, gestützt von seinem Hass und seinen Rachewünschen. Er ist so sonderlich gewesen bis zu dem Zeitpunkt, da seine Rachephantasien in die Tat umgesetzt wurden. Da ist er wie aus einer Höhle ans Licht gekommen, war anscheinend wieder ganz normal in seinem Benehmen. So was wie ein umgekehrter Schock. Der Psycho meint aber auch, dass Manczic wieder in sein altes Verhalten zurückfallen könnte. Es sei sogar ziemlich wahrscheinlich.«

»Ich geb mir Mühe«, hatte Wasle geantwortet. »Ich hol so viel wie möglich aus ihm raus, solange er noch halbwegs klar im Kopf ist.«

»Lass dir einen Psycho kommen, der bei der Vernehmung dabei ist. Du weißt ja, ich mag diese Zunft nicht. Aber in diesem Fall …«

Das war vor einer Stunde gewesen. Mittlerweile überschlugen sich die Ereignisse. Die Fahndung nach dem Fahrzeug von Kurth war ausgeschrieben, die Ehefrau von Tinhofer war ausfindig gemacht worden – sie hatte einen unheimlichen Schreck bekommen, als zwei uniformierte Beamte vor der Tür gestanden waren, ganz weiß war sie im Gesicht geworden, und sie hatte mehrfach gesagt: »Ich hab's geahnt … Ich hab's geahnt …«

Und in Hosps Büro hatte sich ein kleiner Krisenstab gebildet, der die nächsten Schritte planen und in die Wege leiten musste.

Telefone klingelten, es wurde diskutiert, wobei jeder mit jedem und alle aneinander vorbeiredeten. Das Problem war, dass die hinzugezogenen Beamten zum Teil nichts oder nicht viel über den Fall wussten und sich ihre Informationen erst beschaffen wollten, diese Beschaffung aber gleich um vorschnelle Einschätzungen erweiterten.

Hosp schlug mit dem langen Holzlineal auf den Tisch.

»Jetzt gebt endlich mal Ruhe«, maulte er. Und alle wurden still.

»Bei Wasle sitzt dieser Manczic und wird vernommen. In Kürze trifft die Frau des Fotografen ein, von der wir erfahren haben, dass er sich in den Bergen aufhält. In den Zillertalern. Wir suchen bereits das Auto des Mörders, vielmehr den Wagen, den er einer älteren Frau geraubt hat, und wir werden auch bald wissen, welchen Wagen Tinhofer gefahren hat – auch danach sollten wir Ausschau halten. Doch bevor wir weitermachen, drei Dinge: Ich will, dass einer von euch Butterbrezen besorgt, ich rufe derweil einen alten Freund und Kollegen von mir an, und in zwanzig Minuten möchte ich, dass ihr alle hier wieder erscheint, und zwar ein jeder mit einer Tasse Kaffee in der Hand. Ich verspreche euch, es wird noch ein langer Tag und wahrscheinlich auch eine lange Nacht. Raus mit euch!«

Als sie das Büro verlassen hatten und sich ihr Gemurmel am Ende des langen Korridors in nichts aufzulösen begann, wählte er die Handynummer von Paul Schwarzenbacher.

»Ich brauch dich hier«, sagte er. »Und zwar nicht irgendwann, in zwanzig Minuten. Nur so viel: Wir haben Manczic, wir wissen, wer der fragliche Fotograf ist und dass er sich irgendwo in den Zillertalern aufhält, und wir haben vielleicht eine ganz dünne Spur, die zum Mörder führen könnte. Also, schwing dich in deine Rennsemmel und komm hierher! Oder soll ich dir einen Wagen schicken?«

***

Schwarzenbacher sagte nichts, als er eine halbe Stunde später bei Hosp im Büro saß. Er hörte nur schweigend der Diskussion zu, die jetzt ruhig und konzentriert geführt wurde.

In der Zwischenzeit hatte Hosp erfahren, was Frau Tinhofer schon diesem obskuren Anrufer erzählt hatte. Sie wussten nun, dass Tinhofer im Gletscherbereich oberhalb der Kasseler Hütte unterwegs sein musste.

Fraglich war freilich, ob dieser Kurth, oder wie immer er auch hieß, nach wie vor ein Interesse daran haben konnte, Tinhofer zu suchen. Schließlich hatte sich ja sein Auftraggeber Manczic mir nichts, dir nichts aus dem Staub gemacht. Es wäre eigentlich logisch, dass dieser Auftragsmörder zusähe, möglichst rasch von der Bildfläche zu verschwinden.

Doch darauf konnte man sich nicht verlassen.

Tinhofer musste gefunden und geschützt werden. Das war die vorrangige Aufgabe. Und das bedeutete: Großeinsatz. Helikopter, Bergrettung, Polizeibeamte zur Hütte. Verdammte Scheiße, dachte Hosp.

Und Schwarzenbacher, der ihm diesen Fluch im Gesicht ablas, grinste.

»Verdammte Scheiße« bezog sich aber nicht allein auf den Großeinsatz, sondern vor allem auch auf die gegebene Situation: Es war bereits Viertel nach fünf am Nachmittag, bald würde die Dämmerung einsetzen, bald würde es Nacht, und die Chance, heute noch etwas zu erreichen, wurde von Stunde zu Stunde geringer.

Doch es gab keine Alternative. Hosp gab das Startzeichen, und die Fahndungsmaschinerie setzte sich in Gang.

»Ich werde Marielle und Pablo auch dorthin schicken«, sagte Schwarzenbacher am Ende des Treffens zu Hosp. »Schaden kann es ja nicht.«

Hosp nickte, sah dann nachdenklich in Schwarzenbachers Augen: »Du sorgst aber bitte dafür, dass sich das Mädchen nicht schon wieder in Gefahr bringt. Ja? Kann ich mich verlassen?«

»Blöde Frage! Ich will nicht, dass sie einen Mörder jagen, sie sollen lediglich ihre alpinistische Erfahrung einbringen. Gut, über so was verfügen die von der Bergrettung auch. Aber es schadet nichts, zwei gute Leute mehr vor Ort zu haben.«

»Ich mach mir einfach Sorgen um Marielle. Die Geschichte in Scharnitz letztes Jahr ist gerade noch so gut gegangen. Genauso könnte sie jetzt tot sein, und wir könnten ihr ab und an ein paar Blümchen auf ein Grab am Ostfriedhof legen. Sie begibt sich einfach zu leichtfertig in Gefahr.«

Schwarzenbacher nickte.

»Da hast du schon recht. Ich werde darauf achten, dass sie diesmal nicht ins Schussfeld gerät. Versprochen.«

»Sie sollte mal einen richtig guten Selbstverteidigungskurs machen. So was wäre jeder Frau zu empfehlen. Doch Marielle ganz besonders. Sie ist jung. Sportlich. Vielleicht nicht im eigentlichen Sinn hübsch, aber sie hat irgendetwas, das Männer ganz ordentlich in Fahrt bringen kann. Wahrscheinlich ist sie sich dessen gar nicht so bewusst. Sie sollte wirklich auf sich aufpassen. Gerade, wo sie mit euch in alten Kriminalfällen herumschnüffelt. Wie gesagt, Selbstverteidigung, Kampfsport …«

»Das habe ich ihr auch schon empfohlen. Und ich werde es ihr noch mal ins Poesiealbum schreiben.«

»Gut«, sagte Hosp. »Tu das.« Er nickte nachdenklich. »Aber jetzt lass uns erst mal den Tinhofer finden. Und seinen Mörder, hätte ich beinahe gesagt.«

***

Zwei Helikopter landeten unweit der Kasseler Hütte. Der eine brachte Hosp und den lokalen Bergrettungsobmann hinauf, im anderen waren zwei erfahrene Bergretter. Eine ganze Mannschaft der Bergrettung war zu Fuß zur Hütte unterwegs – und ›zu Fuß‹ bedeutete, dass sie höchstens ein Drittel der Zeit benötigten, die in den Führern und Tourenbeschreibungen für den Aufstieg angegeben waren.

Die Spitzen der dreitausend Meter hohen Berge wirkten im goldenen Licht der längst hinter den nächsten Gebirgskämmen verschwundenen Sonne geradezu feierlich. Eine herrliche Stunde, diese letzte des hellen Tages. Doch zum Staunen oder gar Genießen blieb keine Zeit. Hosp befragte die Wirtsleute, ob sie etwas über den Verbleib des Fotografen wussten – ohne Erfolg. Weder, dass er sich bei ihnen gemeldet hätte, noch, dass ein Eintrag im Hüttenbuch verzeichnet wäre. Immerhin kam aus Mayrhofen die Nachricht, dass man seinen Wagen am Bergsteigerparkplatz entdeckt hatte.

»Macht euch auf in die Lüfte«, sagte Hosp zu den Piloten. »Wir suchen einen Mann, der wahrscheinlich allein unterwegs ist. Der vor allem hier heroben ist, um Gletscher zu fotografieren. Irgendwo muss er einen Schlafplatz haben: Schlafsack, Proviant, all das. So was ist meines Wissens heutzutage knallbunt und müsste eigentlich leicht zu finden sein.«

»Haben Sie eine Ahnung«, sagte einer der Piloten, »wie schwer es ist, aus der Luft derartigen Kleinkram zu erkennen? Stecknadel und Heuhaufen, Sie wissen, was ich meine ...«

»Kann ich mir vorstellen. Aber wir haben keine andere Wahl. Das Handy ist abgeschaltet. Wir können ihn nicht erreichen.«

»Warum veranlasst ihr nicht eine Peilortung?«, fragte einer der Piloten. »Muss doch möglich sein. Auch im abgeschalteten Zustand.«

»Danke für die Belehrung. Man lernt ja nie aus. Aber ganz blöd sind wir auch nicht. Die Aktion ist eingeleitet, und ich hoffe, dass wir bald wissen, wo Tinhofer ist. Zumindest, wo sein Handy ist. Dass wir dennoch die große Maschinerie anlaufen lassen, hat ganz einfach damit zu tun, dass ich nicht nur hinter einem Mobiltelefon her bin. Ich muss diesen Mann aus dem Gebirge holen, und zwar schnell. Ihr fliegt ihn hier raus – und dann will ich, dass er bei mir in einer dreifach verriegelten Zelle sitzt, und zwar so lange, bis wir seinen Mörder – was rede ich für einen Scheiß –, nicht seinen Mörder, sondern den Kerl, der hinter ihm her ist, ein für alle Mal dingfest gemacht haben. Und deshalb seid ihr hier. Also, schaut euch auf den Gletschern um und bringt mir Tinhofer.«

»In einer Stunde, spätestens eineinhalb ist es finster«, sagte einer der Bergrettungsmänner. »Viel Zeit bleibt uns nicht.«

»Nutzen wir sie! Für morgen ist eine Wetterverschlechterung angesagt, ab Mittag haben wir höchstwahrscheinlich null Sicht hier oben.« Die Piloten setzten ihre Helme wieder auf, und in Begleitung jeweils eines Bergretters rannten sie zu ihren Maschinen. Wenig später knatterten die Rotoren los, ein ungeheurer Lärm machte sich im ganzen Gebirge breit, und der Luftdruck nahm Hosp den Atem.

Hoffentlich finden wir ihn schnell, dachte er. Hoffentlich noch heute Abend. Er hatte kein gutes Gefühl.

***

Tinhofer sah hinauf zu dem Loch. Das Licht wurde fahler. Er zitterte vor Kälte und vor Angst. Er war auf einer Schneebrücke in der Spalte zum Liegen gekommen, war nicht bis in die tiefsten Tiefen gestürzt. Der Schnee, der während des letzten Winters vom Wind in die Spalte geweht worden war, ehe sie sich oben völlig schloss, hatte eine Art Balkon gebildet. Und da lag er. Gefangen in einer Spalte, die an dieser Stelle vielleicht zwei Meter breit war und die sich nach oben allmählich verengte. Eine dieser teuflisch gefährlichen A-Spalten, die an der Gletscheroberfläche ganz schmal waren, die sich nach unten hin aber rasch weiteten – kein Gelände, aus dem es Auswege gab.

Tinhofer stand unter Schock, und er hatte kaum Schmerzen. Er sah die Knochen aus seinem Unterschenkel ragen, sah dort, wo ihn das Steigeisen verletzt hatte, das Blut durch die Hose sickern – viel Blut! –, spürte, wie ihm Blut übers Gesicht rann, und merkte bei der winzigsten Drehung seines Oberkörpers, dass mit der Schulter etwas nicht stimmen konnte – sie machte ein knarzendes Geräusch und widersetzte sich jeder Bewegung. Schmerz aber war da keiner. Oder doch: der Rücken, der schmerzte. Da musste er aufgeprallt sein, und der Fotoapparat im Rucksack hatte den Sturz nicht gerade gemildert.

Zitternd lag er da, und er suchte einen Ausweg. Er kannte die Gletscher, hatte in den letzten beiden Jahren unzählige Spalten gesehen, viele davon fotografiert. Er wusste, es gab welche, die an einer Schmalseite gestuft nach oben führten, man also geradezu bequem in sie hinein- oder aus ihnen heraussteigen konnte. Davon aber, von einem Fluchtweg, war hier keine Spur. Und selbst wenn …

Er sah in seiner halb liegenden, halb sitzenden Position an sich hinab, sah die geborstenen Stücke des Schien- und des Wadenbeins und wusste sofort, dass ihm selbst eine mit dem Rollstuhl befahrbare Rampe nicht aus dieser Falle hätte helfen können.

Tinhofer kehrte in sich selbst zurück. Jetzt beobachtete er sich nicht mehr von außen wie während des Sturzes, sondern sein Ich, seine Seele oder was auch immer war jetzt wieder in seinem Körper. Nun kam auch der körperliche Schmerz, und er kam mit aller Macht.

Tinhofer schrie, schrie wie noch nie in seinem Leben. Sein Bein, seine Schulter, sie erschienen ihm wie weggerissen, so, als hätte ihm eine Bombe, eine Tretmine, irgend so etwas Perverses die Gliedmaßen zerfetzt, den Körper zerstört.

Er schrie, und er konnte gar nicht mehr aufhören zu schreien. Und er fing immer stärker zu zittern an. Die Zähne klapperten so heftig, dass seine Kiefer aufeinanderschlugen. Er zitterte vor Kälte, vor Schmerzen und vor Angst.

Er schrie, und er hoffte, dass sein erbärmliches Gebrüll von irgendjemandem gehört wurde. Es musste doch jemand hören. Es war ganz einfach unmöglich, dass sein Schreien nicht zu hören war.

Er dachte an sein Handy, dass es hier sein müsste, dass er es jedoch nicht dabeihatte, es lag nämlich bei seinen Sachen im Biwak, weil es hier, in diesem Teil des Gebirges, eh nie Empfang hatte. Einen Versuch aber wäre es wert gewesen.

In dem Loch hoch über ihm sah er die Dämmerung. Er flehte und betete in sein Schreien hinein, dass jemand dort auftauchen würde, dass sich jemand über den Rand beugte, zu ihm herunterrief.

Er zwang sich, nicht mehr auf die Knochenspitzen zu schauen, zwang sich, sein kaputtes Bein zumindest so weit zu ignorieren, wie es der Schmerz zuließ, und er starrte stattdessen unablässig hinauf zu dem Loch, wo die Retter kommen würden, kommen mussten.

In den kurzen Pausen, die zwischen den Schreien lagen und die er brauchte, um wieder zu Atem zu kommen, dachte er nichts anderes, als dass sie kommen würden.

Ich schreie, schreie, schreie, dachte er. Sie werden mich hören, dachte er. Sie werden mich hören, und sie werden mich finden und dann herausholen.

Vor Schmerzen schrie er um Hilfe. »Hilfe! Hallo! Hilfe!«

Er schrie bis zur absoluten Erschöpfung.

Und dann sah er sie. Die Retter! Zwei Gesichter tauchten am Spaltenrand auf, darüber der Himmel im letzten Licht dieses grausamen

Tages. Er konnte ihre Gesichter nicht sehen, sie schauten ja zu ihm herab ins Finstere. Doch er hörte ihre Stimmen – und allein das tat schon gut. Stimmen, Menschen, und er war nicht mehr allein.

»Wir holen dich raus«, hörte er einen der Männer rufen. »Halt durch! Wir holen dich rauf.«

Und dann vergingen endlose Minuten des Wartens, wo für ihn kein Mensch mehr zu sehen war und er auch nicht hören konnte, dass jemand in der Nähe war.

Er wimmerte und schrie, die Schmerzen waren so unerträglich wie die Kälte. Und doch gab es den Trost: »Halt durch! Wir holen dich rauf.«

Dann geschah wieder etwas. Schnee rieselte herab, fiel ihm ins Gesicht, fiel ihm kühlend auf die Wunden in seiner Wade. Ein Seil wurde langsam, ganz langsam herabgelassen, es kam immer näher, reichte aber noch nicht ganz bis zu ihm herab. Egal, es würde jemand kommen, gleich, zu ihm herab auf den Boden der Spalte oder was immer das war, worauf er lag, und dieser Mensch würde ihm helfen.

Er sah ihn kommen, Meter um Meter am Seil herab. Er wollte etwas sagen, brachte aber nichts mehr heraus. Nicht einmal ein Stöhnen oder Wimmern. Nur die Hand, die linke, konnte er leicht anheben; grüßen wollte er damit, dankbar seinen Retter begrüßen.

Dann war der Mann bei ihm. Er sah das Abzeichen der Bergrettung am roten Anorak. Es war ein Geschenk, fast eine Wiedergeburt.

Der Retter kniete neben ihm im Schnee, sprach mit ihm, legte ihm die Hand auf die gesunde Schulter. Das Erste, was der Mann machte, war, den Medizinkoffer aus dem Rucksack zu holen.

Medizin! Das war es, was er so dringend brauchte. Medizin, die ihm die Schmerzen nahm. Sein Ärmel wurde zurückgeschoben, der Bergretter zog eine Spritze auf, desinfizierte die Stelle, wo er einzustechen gedachte, und setzte dann mit erstaunlich ruhiger Hand die Injektion.

Es dauerte nur Sekunden, bis ihn ein Gefühl der Wärme durchflutete. Hatte er vor Kurzem noch am ganzen Körper gezittert – eine Gletscherspalte ist ein Kühlschrank, dachte er, ist ein Kühlschrank, ist ein Gefrierschrank, ist ein Kühlschrank oder eine Tiefkühltruhe, ja, so was ist eine Gletscherspalte –, jetzt wurde ihm warm von den Zehen bis unter die Haarwurzeln, und die Schmerzen verflüchtigten sich. Er machte die Augen zu in dem wohligen Gefühl, dass alles gut werden würde, trotz der schweren Verletzungen. Dass er leben würde – zumindest noch ein paar Monate. Vielleicht sogar noch länger.

Er machte die Augen zu. Er ließ sich zurücksinken, dankbar, dass er gerettet würde, dankbar, dass die Spritze ihm die Schmerzen nahm, dankbar für alles, was jetzt mit ihm geschah.

Als er die Augen wieder öffnete, es waren nur Sekunden vergangen, höchstens aber eine Minute oder vielleicht zwei oder drei, war alles schwarz. Die Gletscherspalte war schwarz. Das Loch hatte sich verdunkelt. Niemand war da. Nur der Schmerz. Und der kehrte mit Gewalt in ihn zurück.

Das Erschrecken darüber, dass er alles nur geträumt, nur phantasiert hatte – den Bergretter, die Spritze, die Wärme –, war grauenvoll, war unerträglich. Aber es musste ertragen werden.

Tinhofer nahm seinen ganzen Verstand zusammen, um seine Situation zu analysieren. Als er in die Spalte gestürzt war, hatte die Dämmerung noch nicht eingesetzt. Er hatte sich schwere Verletzungen zugezogen, und es gab keinen Ausgang aus der Spalte. Nicht einmal ein gesunder, unverletzter Alpinist wäre ohne Hilfe aus der Spalte gekommen. Er konnte sich an die Dämmerung, ans letzte Licht erinnern, jetzt war Nacht. Und wenn er sich genügend konzentrierte, was allerdings kaum noch gelang, konnte er dort, wo das Loch war, ein paar Sterne sehen.

Die Schmerzen kamen jetzt wie Ebbe und Flut, nur dass die Ebbe nie lange dauerte, die Fluten aber mit aller Macht kamen und es ewig dauerte, bis sie sich wieder zurückzogen.

Er hörte auf, um Hilfe zu rufen. Es war Nacht, und niemand war im Gebirge, der ihn hören konnte. Er schrie nur mehr vor Schmerzen. Doch diese Schreie wurden kraftloser, glichen jetzt schon mehr einem Röcheln und Würgen.

Diese Nacht, das wusste Tinhofer, konnte er nicht überleben.

Zugleich setzte er alles daran, wenigstens noch so lange zu leben, bis wieder Licht in die Spalte fallen würde.

Ich darf nicht einschlafen, dachte er. Einschlafen ist der Tod. Wenn ich einschlafe, richtig einschlafe, wache ich nicht mehr auf.

Sein zerstörter Körper verlangte nach nichts stärker als nach dem Schlaf, der Ohnmacht, dem Tod. Nicht mehr existieren, nichts mehr spüren, nicht mehr leiden.

Mach die Augen zu!, schien ihm sein Körper zu sagen. Mach die Augen zu! Mal war es ein Flehen, mal ein Befehl. Mach die Augen zu, und du bist erlöst …

Nicht einschlafen!, sagte ihm sein Geist. Nicht einschlafen!, forderte sein Verstand! Nicht einschlafen!, befahl ihm sein Wille. Denn Tinhofer hatte noch etwas vor. Dazu aber brauchte er Licht, wenigstens ein klein wenig Licht, und das würde vor sechs Uhr früh nicht zu haben sein.

Unter größten Schmerzen und Anstrengungen setzte er sich ein wenig auf, um den Rucksack von den Schultern nehmen zu können. Dabei schrie er wieder. Es war furchtbar, wenn sich die gebrochene Schulter auch nur einen Millimeter bewegen musste. Irgendwie schaffte er es. Der Rucksack lag neben ihm, mit der linken Hand nestelte er zitternd und in immer neuen Versuchen die Verschlüsse auf, holte dann, was das Schwierigste war, die gepolsterte Fototasche heraus und legte sie neben sich.

Diese Aktion hatte ihn die allerletzte Kraft gekostet. Er lag wieder auf seinem Rucksack, der jetzt halb leer war, atmete hechelnd, röchelte, würgte, zitterte am ganzen Körper und dachte: So ende ich also.

Dachte: Als ich losging, wusste ich, dass ich nicht mehr lange zu leben habe. Scheißdiagnose. Etwas ist in mir drinnen, das mich von innen her auffrisst.

Dachte: Als ich in die Berge kam, habe ich mit dem Gedanken gespielt, irgendwo runterzuspringen. Ein schnelles Ende. Hätte ausgesehen wie ein Unfall, die Lebensversicherung hätte gezahlt, Marianne wäre versorgt gewesen.

Jetzt, dachte er, habe ich diesen Unfall. Kein schnelles Ende. Keine frei gewählte Entscheidung. Einen Tod, der noch schlimmer ist als das Verenden in einem Krankenhaus.

Er dachte: Ich möchte noch leben. Möchte mit Marianne reden, möchte meine Tochter und meinen Sohn wiedersehen, möchte mein Buch fertigstellen.

Und, dachte er, ich möchte die Stadt wiedersehen, Innsbruck, am frühen Abend, wenn die Türme und Dächer leuchten, wenn der Föhn die weißen Wolken durchs Inntal bläst, und ich würde gerne, so gerne noch einmal auf einen Berg steigen, ganz früh am Morgen, und auf dem Gipfel stehen, wenn im Osten die Sonne aufgeht.

Aber es war Nacht. Er schaute hinauf zu dem Loch und sah einen gelben Punkt, der größer war als ein Stern. Er sah einen Planeten.

14

Die klare, kühle Gebirgsluft tat unglaublich gut. Es war eine Wohltat, tief einzuatmen und langsam wieder auszuatmen, ganz dem Rhythmus des Gehens entsprechend.

Mit den Stirnlampen leuchteten sie kalte Lichtkegel in die sternklare Nacht. Es wäre für Marielle ein geradezu berauschendes Erlebnis gewesen, den Duft dieser Luft zu atmen, das Tosen der nahen und ferneren Wildbäche zu hören, die Bergspitzen im schwachen Licht des Sternenhimmels zu sehen – wäre es nicht ein Aufstieg, bei dem die Gedanken an Gefahr und Tod die Begleiter waren.

Pablo schritt kräftig aus. Sie war immer wieder beeindruckt, über welche Kräfte und welche Ausdauer er verfügte. Ich muss trainieren wie blöd, dachte sie, um annähernd seine Fitness zu haben. Und er trainiert eigentlich kaum, geht nur so oft wie möglich in die Berge und ist einfach bärenstark.

Und das, obwohl oder gerade weil Pablo eher schmal gebaut war, nicht sonderlich muskulös wirkte. Er verfügte über eine angeboren gute Konstitution, er war zäh, besaß ein großes Bewegungstalent und eine oft stoische Gelassenheit – sonst würde er es mit mir auch gar nicht aushalten, dachte Marielle bisweilen –, und er war nervlich belastbar. Marielle beneidete ihn manchmal um seine Eigenschaften. Er studierte, ging klettern, schlief mit ihr, war auch sonst gut zu ihr, kurzum: Er schien mit seinem Leben zufrieden. Und das Aufklären alter Fälle, zu dem er mit ihr gemeinsam seinen Teil beitrug, schien ihm eine nette Nebensache zu sein – spannend, anregend und irgendwie besonders.

Sie stiegen zur Kasseler Hütte hinauf, schnell und schweigend. Sie ging zwei Schritte hinter Pablo und leuchtete mit ihrer Lampe immer mal wieder seinen kleinen Hintern an. Die Bewegungen seiner Pobacken gefielen ihr. Aber sie wusste auch, dass jetzt nicht der richtige Moment war, um darüber nachzudenken, wie es sich anfühlen würde, wenn sie jetzt aufeinander, aneinander im Bett lägen und er seinen Po so rhythmisch kreisen ließe.

Nicht jetzt, dachte sie.

Sie war ein bisschen müde, und sie wäre gern daheim gewesen. Obwohl sie derartige Nachtwanderungen eigentlich immer gemocht hatte: das nächtlich frühe Aufbrechen bei langen Gletschertouren zum Beispiel oder auch die späten Abstiege nach einem langen Hüttenabend.

Es war jedoch anders geworden. Das Gebirge hatte seine Unschuld verloren. Zweimal war sie in den letzten Jahren in Lebensgefahr geraten, nicht durch Lawinen, nicht durch Steinschlag, sondern durch Menschen, die ihr nach dem Leben getrachtet hatten. Das Gebirge war nicht mehr nur schön für sie. Es war – ja, wie war es?

»Warte mal kurz«, sagte sie.

Pablo blieb stehen, wandte sich zu ihr um, fragte: »Magst du was trinken?«

»Hmmhmm«, verneinte sie. »Ich möchte nur Musik hören.« Sie holte ihren iPod aus der Deckeltasche des Rucksacks und drückte sich die Stöpsel ins Ohr.

»Was hörst du?«, fragte Pablo.

»Weiß noch nicht.«

Marielle entschied sich für »SuperHeavy«. Sie hatte zwei, drei Songs aus dem neuen Mick-Jagger-Album auf FM4 gehört und war auf Anhieb von dieser Mischung aus Rock und Reggae begeistert gewesen. Die Stimmen von Joss Stone, Damian Marley und Mick Jagger taten ihr jetzt einfach gut.

»›SuperHeavy‹«, sagte sie, als sich Pablo schon wieder zum Weitergehen angeschickt hatte.

»Was?«, fragte Pablo.

***

Ellen hatte eine CD gekauft und Schwarzenbacher damit überrascht. Sie hatte in irgendeinem Magazin gelesen, dass der Jazz-Akkordeonist Richard Galliano die Musik des Filmkomponisten Nino Rota neu interpretiert hatte.

Jetzt saß er auf seiner Couch und hörte die Musik, die in ihren ursprünglichen Versionen beispielsweise zu Filmen von Fellini gehört hatten.

Sie ließ ihn ganz ungestört die Musik genießen, schaffte in der

Küche ein wenig Ordnung, achtete dabei immer darauf, keinen Lärm zu machen, und hin und wieder lurte sie durch die lediglich angelehnte Tür. Es war ihr eine Freude, ihn so zu sehen: ganz wach, beinahe andächtig, hoch konzentriert und irgendwie glücklich, ja, einfach glücklich.

Schwarzenbacher sah sie. Er lächelte sie an und klopfte mit der flachen Hand auf den Platz neben sich. Komm, setz dich, sollte das heißen.

Ellen setzte sich zu ihm, still, und hörte mit ihm Musik. Nach ein paar Takten nahm sie seine Hand und zog sie zu sich auf den Schoß.

»Sie gefällt dir, die Musik?« Es war eigentlich keine Frage.

Er sah sie an, sagte nichts, nickte nur.

»Passt die Musik für diesen Abend?« Jetzt war es wirklich eine Frage.

»Nicht ganz«, gab Schwarzenbacher zurück. »Nicht ganz. Fast zu fröhlich, fast zu beschwingt. Ich glaube, es ist ein besonderer Abend heute. Es geschieht etwas. Hosp ist auf der Hütte. Marielle und Pablo müssten dorthin unterwegs sein. Es geschieht etwas, das spüre ich. Und doch macht es mir gar nicht so viel aus, dass ich nicht dabei sein kann.«

»Wirklich nicht?«

»Wirklich nicht.«

»Vielleicht«, fügte er hinzu, »bin ich ja auch trotz des Rollstuhls immer noch ein Bulle.«

»Ich glaube schon«, sagte sie. »Und ich glaube auch, dass du ein guter Bulle bist. Lass die anderen laufen – du hast den Kopf dazu. Und nicht nur das, du hast auch die Intuition.«

Schwarzenbacher lächelte sie an, wurde aber gleich wieder ganz ernst: »Ich hoffe es«, sagte er. »Ich hoffe es wirklich sehr.«

***

Kurth brauchte einige Zeit, um sich in der Stadt zurechtzufinden. Er kannte Innsbruck nicht gut. Deshalb war er einfach den Wegweisern »Zentrum« gefolgt, war an der Triumphpforte nach rechts abgebogen und hatte dann gleich ein Parkhaus gefunden. In der öffentlichen Tiefgarage unter dem Innsbrucker Kasino waren genug freie Stellplätze; er stellte den gestohlenen Wagen ab, fuhr mit dem im Vergleich zu anderen Parkhäusern wirklich edlen Aufzug nach oben und machte sich zu Fuß auf den Weg. Er brauchte etwas zu essen. Und er brauchte ein klein wenig Zeit, um nachzudenken, um einen Plan fassen zu können.

Als er aus dem Aufzug trat und das Kasino- und Hilton-Hochhaus durch eine Passage verließ, hatte er nicht die geringsten Orientierungsschwierigkeiten. Es gab Städte, die hatten einen Sog zu ihrem Zentrum hin, da brauchte es keinen Reiseführer und keinen Stadtplan. Innsbruck war für ihn so eine Stadt. Ohne sich dessen bewusst zu sein, vermittelte ihm der Stil der Häuser, wohin er gehen musste, um dorthin zu gelangen, wo alle waren. Wo alle waren, würde ihn niemand wahrnehmen.

Er bog in die Maria-Theresien-Straße ein und ging bis zum Fußgängerbereich bei der Annasäule. Es herrschte die typische Feierabendgeschäftigkeit: Noch hatten die Läden alle geöffnet, viele der Passanten eilten dahin, um ihre Besorgungen erledigen zu können, andere flanierten scheinbar ziellos, bei ihnen spielte Zeit keine Rolle. Inmitten dieses Treibens fiel Kurth nicht im Geringsten auf. Niemand nahm Notiz von ihm.

Rechter Hand entdeckte er einen Fischimbiss. Die Frau hinter der Ladentheke schien nicht sehr begeistert darüber, dass er noch ein warmes Gericht haben wollte.

»Es ist schon Viertel vor sieben«, sagte sie. »Um Sieben machma zu.«

»Ich brauch nicht lange«, sagte er und verlangte ein Goldbarschfilet, Kartoffelsalat, Mayonnaise. An den Verkaufsbereich grenzte ein schlauchartig langes Lokal mit einfachem Fast-Food-Mobiliar. Er war der einzige Gast, und das kam ihm sehr gelegen. Doch es beunruhigte ihn, dass es anscheinend keinen anderen Ausgang gab als den nach vorn durch den Laden. Wenn jetzt ein paar Polizisten reinkommen würden, um ihn zu suchen und zu finden, dann säße er in der Falle.

Aber es kam niemand mehr. Die Frau am Tresen putzte den Herd und schielte immer wieder zu ihm herüber. Sicher hoffte sie darauf, dass er bald fertig war und verschwinden würde.

Kurth aß, er war hungrig, und es schmeckte ihm. Er behielt den Ausgang im Auge, und er versuchte, seine Gedanken zu ordnen.

Ich bleibe ein paar Stunden in der Stadt, dachte er. Dann fahre ich mit dem Auto zum Brenner, stelle es ab und nehme den ersten Zug am Morgen nach Italien. Und dann weiter mit meinem Auto. Abends bin ich wieder in Kroatien. Damit ist alles vorüber.

Doch er wusste, dass er sich das nur einredete, dass nichts vorüber war. Wenn Manczic, dieser verblödete Alte, von der Polizei gefasst werden würde – und das würde er, daran hatte Kurth keinen Zweifel –, was würde der dann alles erzählen? Würde er die Morde beichten? Würde er sagen, dass er sie bestellt hat? Würde er auch sagen, wer sie ausgeführt hat? Ich kann nicht zurück, dachte Kurth. Nicht einfach so.

Er hatte keine Ahnung, wo Manczic jetzt war.

Er wusste, dass er noch eine Hinrichtung auszuführen gehabt hätte und dass er dafür noch einige tausend Euro hätte bekommen sollen. Geld, das er jetzt brauchte. Es war die Situation eingetreten, dass er untertauchen musste – und das ging nicht umsonst. Er brauchte Geld. Und er brauchte es schnell.

***

In einem Nebenzimmer der Berghütte, das die Wirtsleute bereitwillig freigeräumt hatten, saß der kleine Krisenstab zusammen: Hosp, ein Bergrettungsobmann und zwei weitere Bergretter sowie Marielle und Pablo, die aber gerade erst angekommen waren und sich mit vom schnellen Aufstieg hochroten Gesichtern zu ihnen gesellten. Ihre Sweatshirts waren schweißgetränkt, und ihre Ausdünstung war alles andere als angenehm. Hosp rümpfte kurz die Nase, sagte aber nichts.

Auf dem Tisch stand ein Laptop, der zwar angeschaltet war, aber bislang nicht benutzt wurde. Daneben lagen Karten ausgebreitet. Auf ihnen war jedes Detail der Landschaft zu erkennen: die Gletscherflächen, die Steilzonen, die Einschnitte, Schluchten und Täler. Es fehlte keine Hütte, kein Weg, kein Wasser. Alles war genau beschriftet, und Hosp wusste, dass die Bergsteiger, zumindest die guten, so eine Karte lesen konnten wie er eine Zeitung. Er selbst machte sich nicht viel aus den Bergen. Er hatte nichts gegen sie, mochte sie bisweilen sogar, zum Beispiel, wenn er nach nicht allzu langem Anstieg vor einer Hütte sitzen und Ausblick, Jause und ein kühles Bier genießen konnte. Für die jedoch, die in jeder freien Minute kletternd ihr Leben riskierten, brachte er wenig Verständnis auf.

Er sah, wie Marielle sich über den Tisch beugte, und was er sah, gefiel ihm, auch wenn sie verschwitzt war und stank.

Jung müsste man sein, dachte er. Einmal noch jung.

Andererseits, dachte er, hätte mich dieses Mädchen nie angeschaut, als ich jung war. Ich war einer von denen, die immer blöd ausschauen, vor der Pubertät, während der Pubertät sowieso und danach immer noch. Wahrscheinlich, dachte er, während die Bergler um ihn herum die Karte studierten, mögliche Ziele von Tinhofer erörterten, das weitere Vorgehen besprachen, wahrscheinlich bin ich deshalb zur Polizei gegangen …

Er war richtiggehend froh, dass ihn sein Handy aus diesen Gedanken riss. Es kam die lange erwartete Nachricht: Tinhofers Handy war geortet. Hosp notierte sich die Daten, schob den Zettel dem Bergrettungsobmann über den Tisch.

»Warum, zum Teufel, hat das so verdammt lang gedauert?«, maulte er ins Telefon. Er hörte sich an, was ihm der Mann in Innsbruck zu sagen hatte, dankte kurz und beendete das Gespräch. Er sah den fragenden Blick der Bergretter. Und er gab ihnen die Erklärung.

»Das alte Problem: Wenn die Handys in abgelegenen Gegenden keinen Empfang haben, sind sie, so hab ich mir sagen lassen, auch viel schwerer zu lokalisieren. Aber jetzt haben wir ja was. Wo ist das?«

Einer der Bergretter hatte sich bereits an den Laptop gesetzt, gab die Daten ein, die wenig später auf einer dreidimensionalen Karte ihre Zuordnung fanden.

»Wo ist das?«, wiederholte Hosp ungeduldig. »Ich kenn mich mit so was nicht aus.«

Sie zeigten es ihm auf der herkömmlichen Karte: Ein Gletscher, gar nicht allzu weit entfernt von der Hütte, allerdings ein gutes Stück weiter oben. Ein Gipfel von fast dreitausend Metern Höhe.

»Da«, sagte der Bergretter, ein junger Mann, der mit dem Computer anscheinend genauso vertraut war wie mit dem Gebirge. »Genau da ist es. Ein Stück oberhalb des Gletschers, fünfzig bis hundert Höhenmeter etwa. Wir geben den Helis Bescheid. Die können zwar jetzt nicht viel sehen und werden kaum Chancen haben, ein Telefon in dieser riesigen Bergflanke zu entdecken. Aber ich weiß, dass sie mit Wärmebildkameras ausgestattet sind. Falls auch ein Mensch in der Nähe ist, der Mann, den wir suchen, dann finden sie ihn.«

Eine Dreiviertelstunde später kamen die Helikopterpiloten zur Hütte.

»Nichts. Null und nichts.« Ihre Suche war absolut ergebnislos verlaufen. Kein Handy, kein Tinhofer, gar nichts.

»Und die … Wärmebildkamera … kann man da nicht …?«, fragte Hosp etwas zögerlich.

»Paahh«, machte einer der Piloten. »Zuerst sind wir das ganze Gebiet zwischen der Lapenscharte und der Hütte abgeflogen, dann kam die Meldung, wo wir konkreter suchen sollen, und das haben wir von Anfang an mit Wärmebild gemacht. Wir sind nicht ganz blöd, Herr Kommissar.«

»Was würden Sie mir raten?«, fragte Hosp.

»Vielleicht wäre es gut, zwei oder drei von den Bergrettungsleuten da hochzufliegen. Ich meine, in die Gegend, wo wir das Handy suchen müssen. Falls der Mann in der Nacht auftaucht … Ich weiß, das klingt unwahrscheinlich, aber ich würde es trotzdem machen, wenn ich an Ihrer Stelle wäre. Noch lieber allerdings wäre mir, wenn die Leute zu Fuß hochgehen könnten. Diese Nachtflüge im Gebirge, die sind kein Kinderspiel. Wir sollten da nichts unnötig riskieren.«

Hosp nickte.

»Zwei von ihren jungen Leuten«, sagte er zum Obmann. »Und Pablo und Marielle – wenn ich euch das noch zumuten darf.«

Marielle war zwar nicht glücklich darüber, noch einmal zwei Stunden aufsteigen zu müssen, andererseits war sie froh, einer Nacht im Matratzenlager zu entgehen. Sie hatte zum einen schlimme Erinnerungen daran, Bilder von tödlicher Gefahr. Doch das war es nicht allein. Zum anderen nämlich hatte sie eine Abneigung gegen diese Quartiere, wo die Menschen schnarchten und im Schlaf furzten, wo immer einer dabei war, der auch noch das letzte Fenster schloss, damit er nicht erfrieren würde, während doch vielmehr die Gefahr des Erstickens bestand.

»Bin dabei«, sagte sie. »Muss mich aber vorher frisch machen und was anderes anziehen. Und«, sagte sie mit Blick auf den Obmann, »hat irgendwer Schlafsäcke?«

Schlafsäcke hatten sie nicht dabei. Aber die Wirtsleute schleppten reichlich Hüttendecken heran, die dann zu Rollen gewickelt an den Ski-und Steigeisenhalterungen der Rucksäcke befestigt wurden.

Es war schon halb elf, als die zwei Bergretter, Marielle und Pablo aufbrachen.

Was für eine komische Geschichte, dachte Hosp.

Für ihn, den Bergrettungsobmann und die beiden Piloten hatte es auf der Hütte noch Zimmer gegeben. Die anderen Bergrettungsleute fanden in den Matratzenlagern Quartier.

Hosp war müde. Doch er wollte sich nicht hinlegen. Er blieb bei spärlicher Beleuchtung im Besprechungsraum sitzen und trank den leichten Rotwein, den er sich noch hatte kommen lassen, ehe die allgemeine Hüttenruhe eingekehrt war. Die meiste Zeit schaute er auf sein Handy, das am Tisch lag.

Ich wäre gerne in der Stadt, dachte er.

***

Er hatte etwas gegessen, er war innerlich zur Ruhe gekommen, und er hatte jetzt einen Plan. Keinen großartigen, keinen Geniestreich, das war ihm schon klar, aber immerhin einen Plan, der ein paar Fliegen mit einem Schlag zerdetschen würde. Vielleicht konnte er Tinhofer noch kriegen – aber eigentlich war das jetzt nicht mehr seine Sache. Doch wenn schon von Manczic kein Geld mehr zu erwarten war, so könnte er es sich mit ein bisschen Glück direkt bei Tinhofer holen. Geld für Leben.

Kurth ging zurück in die Tiefgarage, packte den Rucksack um, den er auf dem Rücksitz deponiert hatte, ließ seinen Anorak drinnen, prüfte, ob er genug Kabelbinder hatte, holte die Waffe unterm Fahrersitz hervor und schob sie in die zusammengelegte Weste.

Er hielt sich nicht damit auf, seine Spuren zu verwischen – das wäre ohnehin ein Ding der Unmöglichkeit gewesen. Trotz seines kriminellen Werdegangs war er nie polizeilich erfasst worden. Daheim, in Kroatien, wussten einige, dass er im Krieg gemordet hatte und dass er auch danach kein unbeschriebenes Blatt gewesen war. Dort aber hatte er wenig zu befürchten: Weil alle etwas über alle wussten, herrschte ein einvernehmliches Schweigen.

Daheim.

Daran zu denken machte ihn schwermütig, vor allem auch, weil er vorerst nicht zurückkehren konnte. In Gedanken fluchte er in seiner Muttersprache.

Er hatte keine Ahnung, wo er hinmusste. Aber er hatte eine Adresse. Als er im Internetcafé Tinhofers Telefonnummer recherchiert hatte, ließ er nichts unvermerkt: Telefonnummer, Mailadresse, Straße, Hausnummer. Alles stand auf dem kleinen Zettel, den er zusammengefaltet in der linken Gesäßtasche bei sich trug.

Zuerst hatte er sich überlegt, sich zum Bahnhof durchzufragen, dort einen Stadtplan zu kaufen und zu Fuß zu der Adresse zu gehen. Doch weil ihm die Stadt nicht vertraut war und er sich auf derart fremdem Terrain nicht sicher fühlen konnte, verzichtete er darauf. Es hätte zu befürchten gestanden, dass er, spät am Abend mit dem kleinen Rucksack durch die Straßen ziehend, einer Polizeistreife aufgefallen wäre.

Wahrscheinlich rede ich mir das ein, dachte er. Aber Vorsicht ist besser als Handschellen.

Er ging in die Richtung, wo er den Verkehr am stärksten fließen sah, und stand nach einigen Minuten am Südtiroler Platz. Da war ja der Bahnhof, und es standen Taxis davor. Im Schein der Straßenlampe las er den Zettel noch einmal, dann überquerte er den Platz und stieg in ein Taxi.

»Burghard-Breitner-Straße«, sagte er zu dem Fahrer, der dösend Radio gehört hatte. »Bitte.«

Der Taxifahrer sagte: »Gern«, schaltete die Zähluhr ein, blinkte nach links und fuhr in den immer noch regen Nachtverkehr hinaus.

***

Die Nacht war kalt, aber nicht so kalt wie auf dieser Höhe üblich. Sie hatten ein Stück oberhalb des Gletschers einen kleinen Lagerplatz gefunden, nicht groß genug, um zu viert bequem liegen zu können, doch immerhin bretteben und ein bisschen geschützt gegen den Wind, der eigentlich immer wehte. In jeweils zwei Decken eingewickelt, hatten sie sich halb liegend, halb sitzend hingekauert, die Oberkörper und die Köpfe gegen einen Steinbrocken gelehnt, und zu schlafen versucht.

Für Marielle war es ein seltsames Gefühl, eingebettet zwischen lauter jungen Männern, zwischen Pablo und Felix, der erst neunzehn war, aber sicher ein guter Bergsteiger und Kletterer, und der, sie musste es vor sich selbst zugeben, wirklich süß aussah.

Ganz außen lag, hockte, kauerte Michael. Er war ein wortkarger, scheuer, vielleicht sogar schüchterner Typ. Nett waren sie beide, Felix und Michael. Und dennoch kam ihr die Situation komisch vor.

Sie schlief nicht, zumindest glaubte sie, überhaupt nicht zu schlafen. Sie schaute in den Himmel, war glücklich über die Sternbilder, die sie erkannte, war unzufrieden mit ihrer Schlafposition, wälzte sich herum, hoffend, die anderen in ihrem labilen Schlaf damit nicht allzu sehr zu stören, richtete sich in ihrer neuen Position ein, betrachtete die Sterne, hörte, wie entfernt Steine polterten, dachte an den Tag, der hinter ihr lag – und schlief ein. Freilich schlief sie ein! Sie fiel in einen unruhigen, traumlosen und alles andere als erholsamen Schlaf, aus dem sie nach vielleicht zwanzig Minuten … oder waren es vierzig … oder sogar mehr als eine Stunde? … aus dem sie jedenfalls immer wieder erwachte, bis sie eigentlich nur noch hoffte, diese unbequeme Nacht würde endlich zu Ende gehen, das Schwarz von der frühen Dämmerung vertrieben werden.

Es war noch Nacht, als sie Felix hörte, neben sich. Sie hatte geschlafen, war jetzt aber sofort hellwach.

»Habt ihr das gehört?«, fragte er aufgeregt. »Habt ihr das nicht gehört?«

»Hnnn?!« Es war Michael, der sich als Erster verschlafen meldete.

Pablo raffte sich in seinen Decken auf, knipste die LED-Lampe an, leuchte allen in die Gesichter.

»Mach doch die Scheiß-Lampe aus«, maulte Felix. »Blendet ja, dass man halb blind ist davon. Habt ihr nichts gehört?«

Anscheinend hatte niemand etwas gehört.

»Was hätten wir hören sollen?«, fragte Marielle.

»Es hat geklungen, als ob jemand geschrien hätte. Sehr weit weg. Es war, als wenn sich wer ein Tuch vor den Mund hält und dann schreit. So gedämpft und so fern, wenn ihr versteht, was ich meine.«

Pablo schraubte seine Trinkflasche auf und nahm einen Schluck. Er rülpste, laut, und von irgendwoher kam der Rülpser als Echo zurück.

»Bist doch eine Sau!«, sagte Marielle zu ihm.

»Hast du auch nix gehört?«, fragte Felix seinen Bergrettungskumpel, den stillen Michael.

Es hatte wirklich keiner etwas gehört. Aber jetzt waren sie aufgeschreckt, zogen sitzend ihre Decken über die Schultern und lauschten in die kalte Hochgebirgsnacht.

Erst hörten sie nichts. Nein, sie hörten etwas: die Stille. Denn die Stille war nicht einfach nichts. Die Luft schien zu atmen, der Gletscher unter ihnen schien sich wie eine Schnecke vorwärtszubewegen, beinahe lautlos, aber eben nicht völlig. Sie hörten ihr eigenes Atmen, vielleicht sogar ihren Herzschlag, und das alles zusammen klang beinahe so wie das Rauschen in der großen Muschel, die Marielles Vater ihr vor vielen, vielen Jahren immer wieder einmal ans Ohr gehalten hatte. »So klingt das Meer, meine Kleine.«

»Wahrscheinlich hast du das nur geträumt«, hörte sie Michael sagen. »Da schreit niemand.«

Stille.

»Ich denke die ganze Zeit darüber nach«, sagte Felix nach einer Weile, »ob der Mann vielleicht in eine Gletscherspalte gestürzt sein könnte. Und jetzt irgendwo unten liegt, noch lebt und immer wieder um Hilfe ruft. Der Gedanke lässt mich nicht los.«

»Warum ist dann sein Handy irgendwo hier in den Felsen?«, fragte Michael.

Felix zuckte die Schultern. Keiner von ihnen hatte darauf eine Antwort.

Stille.

Obwohl Pablo leise sprach, schrak Marielle zusammen.

»Wenn er im Gletscher wäre, hätten ihn dann nicht die Hubschrauber mit ihren Wärmebildkameras …«

»Da hab ich Zweifel«, sagte Michael. Wenn der irgendwo richtig unten liegt, vielleicht sogar noch in einer A-Spalte, die oben ganz eng ist und unten viel breiter, dann ist es bestimmt gut möglich, dass auch die Kamera kein derartiges Signal bekommt.«

Stille. Stille. Nichts als Stille.

Und dann die Frage von Marielle. Laut ausgesprochen, was jeder dachte: »Können wir denn nichts tun? Wir müssen doch irgendetwas tun, oder? Wir können doch nicht nur so dasitzen und warten, während da drunten einer in so einer Scheiß-Gletscherspalte verreckt!«

Es war Nacht, kurz nach halb vier Uhr, und es blieb ihnen gar nichts anders übrig, als auf den Tagesanbruch zu warten. Bei Nacht gingen die Chancen, jemanden zu finden, gegen null. Doch die Chancen, dass ihnen selbst etwas passieren würde, stiegen da ganz erheblich.

»Keine Chance bei Nacht«, sagte Michael. »Das Einzige, was wir tun können, ist warten. Beim ersten Licht brechen wir auf. Okay?«

Natürlich hatte er recht. Marielle wusste, dass es die einzige vernünftige Antwort war.

Und doch hasste sie nichts mehr als das Warten.

***

Tinhofer lag in seinem Grab. Es war schwarz, und es hatte Wände aus Stahl, kaltem Stahl. Er war froh, hier zu sein, wo die Kühle seine Schmerzen gelindert und ihm die beinahe völlige Finsternis nach und nach alle Angst genommen hatte.

Mit der Hand, die er besser bewegen konnte, befühlte er den Stahl. Nur der erste Eindruck hatte ihn glatt erscheinen lassen, poliert wie eine Panzerglasscheibe. Die Stunden hier – waren es Stunden? Sein Zeitgefühl war abhandengekommen – hatten ihn gelehrt, dass im glatten Material Dellen und Wölbungen waren, dass er es mit seinen Fingernägeln ritzen konnte, dass kaltes Wasser über seine Hand rann und weiter in den Ärmel.

Wie lange es wohl her war, dass er in diese Höhle, diese kalte Kluft, sein Grab geraten war? Die Torturen waren ihm bewusst, die grässlichen Schmerzen, die er anfangs erlitten hatte. Es war furchtbar gewesen, das Schlimmste, was er je erlebt hatte. Und doch war das nun fern wie eine Erinnerung. Alles Grauenvolle hatte sich abgemildert, die schrillen Töne waren leiser, die grellen Farben, mit denen sein Gehirn das Chaos versinnbildlicht hatte, waren immer zarter geworden. Und: Er zitterte nicht mehr.

Tinhofer war sich nicht sicher, ob er träumte oder ob das die Realität war. Auch war er sich nicht sicher, ob es ein schlechter oder ein guter Traum war, wenn es denn ein Traum war …

Es gab Momente, da war er sich der Situation, in der er sich befand, völlig bewusst. Er erinnerte sich des Sturzes, der schweren Verletzungen, der Ausweglosigkeit seiner Lage – und dass er sterben würde. Dennoch loderte keine Angst mehr in ihm auf, keine Panik. Es war nicht schlimm, dass sein Leben zu Ende ging. Schlimm war nur, dass er sich nicht von seiner Frau und seinen Kindern verabschieden konnte. Dass er keine Gelegenheit haben würde, sie noch einmal zu sehen, ihre Stimmen zu hören. Dafür hätte er viel gegeben: die Stimmen noch einmal zu hören, die Augen zu sehen, ihnen über die Gesichter, das Haar streichen zu können.

Doch bei diesen Gedanken tauchte er in eine andere Dimension ein, war nicht mehr hier, aber auch noch nicht fort, wusste sich in seinem Grab – und fühlte sich darin geborgen, ohne Schmerzen eben, ohne Angst, sehr ruhig, sehr zuversichtlich. Auch wenn er nicht hätte sagen können, worauf seine Zuversicht gestützt war.

Manchmal schrie er noch. Wenn er seine Lage veränderte, den Körper ein klein wenig bewegte, wenn er seine zerborstenen Knochen zu spüren bekam. Doch das war selten. Das Eis umfing ihn mit einem Kokon aus Kälte.

Tinhofer ertastete die Fototasche. Er hatte auf den Tag warten wollen, darauf, dass Licht in die Spalte einfiel. Aber es machte nicht den Eindruck, als ob die Nacht jemals aufhören würde.

Ich … kann … nicht … länger … warten, dachte er. Seine Gedanken waren bereits so unterkühlt wie jede seiner wenigen Bewegungen.

Er zog die Fototasche noch näher zu sich heran. Die Bewegung kostete ihn enorme Kraft und verursachte unheimliche Schmerzen. Einmal schrie er auf.

Den Reißverschluss der Tasche zu öffnen, die Kamera aus dem gepolsterten Fach zu holen, den Objektivdeckel zu entfernen und sich das Gerät dicht ans Gesicht zu holen, bereitete ihm unendliche Mühen. So oft hatte er die Kamera bedient, dass er das auch in völliger Dunkelheit schaffte. Das Problem war nicht die Nacht, das Problem waren seine Finger, die steif geworden waren, seinem Ansinnen nicht mehr gehorchen wollten. Es dauerte lange, bis das Display aufleuchtete und somit einen Hauch von Licht in seiner Gletscherspalte erzeugte.

Licht, das nicht reichen würde, um ihn, der noch etwas sagen, etwas hinterlassen wollte, im Filmmodus aufzunehmen. Man würde ihn nicht sehen können, davon war er überzeugt. Doch weil die Kamera nicht nur Fotos und bewegte Bilder zu erstellen in der Lage war, sondern zugleich auch noch den Ton aufnahm, konnte er so zumindest eine Sprachnachricht hinterlassen – seinen Abschiedsgruß.

Wenn man mich findet, dachte er, ist es mein Abschiedsgruß. Wenn man mich je findet. Wovon er keineswegs ausging. Vielleicht, dachte er, bleibe ich auf ewig im Eis verschollen. Nein, nicht auf ewig. Der Gletscher wandert, und irgendwann, in Jahrzehnten vielleicht, wird mein Körper dann an der Spitze des Gletschers, an der Gletscherzunge, wieder freigegeben.

Er musste beinahe lachen bei dem Gedanken, dass er in fünfzig oder sechzig Jahren aus dem Gletscher gerotzt werden würde, wahrscheinlich immer noch bestens erhalten, tiefgekühlt, gefriergetrocknet, und vielleicht würden das ja seine Kinder noch erleben. Nein, dachte er, sie nicht mehr. Aber wahrscheinlich die Enkelkinder.

Lachen hatte er wollen. Eben noch war ihm zum Lachen zumute gewesen. Jetzt aber kamen ihm die Tränen. Weinend begann er zu sprechen – hoffend, die Kamera würde seine Worte festhalten und aufbewahren. Und hoffend, dass man ihn nicht erst in fünfzig Jahren finden würde.

»Meine … Lieben …«, begann er.

15

Schwarzenbacher hatte sich die halbe Nacht unruhig im Bett gewälzt, bis er um kurz nach halb sieben endgültig erwachte. Alles Mögliche war ihm während des Schlafes und des Halbschlafes durch den Kopf gegangen. Und alles hatte den Fall betroffen. Direkt oder mittelbar.

Er hatte viel an Manczic gedacht und was das für ein Mensch war. Wie er sich entwickelt hatte nach dem tragischen Tod seiner Tochter. Ob er den psychisch Kranken simuliert hatte, ein blödes Schmierentheater, oder ob er wirklich so verstört war, wie man ihn lange durch die Stadt hatte ziehen sehen.

Er wälzte sich herum, fühlte Schmerzen vom Liegen, weil sein ganzer Körper selbst bei besserem Schlaf schon lange nicht mehr die Entspannung fand, die er eigentlich gebraucht hätte. Er dachte an die jungen Leute, die jetzt droben bei Hosp in der Hütte die Nacht verbrachten. Es war bestimmt nicht falsch gewesen, sie dorthin zu schicken. Im Gebirge hatten sie einen Riecher, über den Hosp, dieser alt werdende Stadt- und Jazzmensch, gewiss nicht verfügte.

Er wird langsam so alt, dachte Schwarzenbacher, wie sein Jazzgeschmack längst ist. Natürlich war Ellington genial, auch Lionel Hampton oder Bix Beiderbecke und wie sie alle hießen. Aber deshalb mag man doch nicht seine ganze Begeisterung … außer man ist schon alt, wenn man auf die Welt kommt … Verdammt, ich hätte jetzt Lust …

Um kurz nach fünf war er bereits beinahe wach genug, um sich aus dem Bett zu quälen und im Wohnzimmer die erste Scheibe jener Doppel-CD von e.s.t. einzulegen, Stück Nummer zwei »The Rube Thing« oder Stück Nummer fünf »Definition of a Dog« – das Album »Live in Hamburg« war ihm ans Herz gewachsen, es gehörte in diesen Tagen zum Liebsten, was er sich musikalisch gönnte.

Doch er schaffte es dann nicht, aus dem Bett zu kommen, drehte sich zu Ellen, ertastete ihren Rücken, spürte ihre gleichmäßigen Atemzüge und wurde etwas ruhiger. Er ließ die Hand über ihre Hüfte gleiten, sehr langsam, sehr vorsichtig, damit sie nur ja nicht aufwachte, und fuhr dann nach oben, bis er eine ihrer vollen, warmen Brüste in seiner Handfläche fühlte.

Ellen stöhnte im Schlaf zweimal kurz auf, was irgendwie wohlig klang, und so lagen sie, Schwarzenbacher und seine Gefährtin, aneinandergedrückt, bis auch er wieder eingeschlafen war.

Eineinhalb Stunden später war er schlagartig wach.

»Verdammt!«, sagte er und versuchte, sich so schnell aufzusetzen, wie ihm die Gedanken gekommen waren und ihn wachgerüttelt hatten. »Verdammt, verdammt, verdammt! Warum hat daran niemand gedacht?!«

»Schlaf doch noch … Paul … Ist doch noch früh …«

Ellen hatte seine Aufregung offensichtlich noch nicht bemerkt.

»Ich kann jetzt nicht schlafen«, sagte er mit solcher Entschiedenheit, dass auch sie im nächsten Moment hellwach war. »Ich muss etwas unternehmen. Kannst du einen Kaffee machen?«

»Was ist denn los? Natürlich kann ich dir einen Kaffee machen. Aber warum so früh am Morgen, es ist Samstag, wir hätten noch liegen bleiben können, oder? Was ist nur wieder los mit dir?«

Doch er war schon auf. X-beinig hangelte er sich am Kleiderschrank entlang, hielt sich am Türrahmen fest, dann sah sie ihn nicht mehr, doch sie wusste, dass er jetzt an der Garderobenstange Halt fand, dann am Türstock der Toilette, an der Duschwand, am Waschbecken, und dass er sich direkt daneben aufs Klo fallen lassen konnte. Sie hörte bis ins Schlafzimmer, dass er lange und ausdauernd urinierte. Erst als sie auch die Klospülung hörte, stand sie auf und ging ebenfalls raus.

Er ist wirklich alles andere als schön, mein Schwarzenbacher, dachte sie. Er hockte auf einem Schemel vor dem Waschbecken und putzte sich die Zähne. Sein Haar, schon wieder viel zu lang, war zerzaust und stand nach allen Richtungen vom Kopf ab. Und das Rasieren hätte er schon vorgestern wieder nötig gehabt.

Ellen pinkelte, wusch sich die Hände und sagte: »Ich mach dir einen Kaffee. Tasse oder Kanne? Entscheid dich schnell, weil ich mag mich noch mal hinlegen.«

Es ist einfach unglaublich, dachte sie. Wie lange ist das her, seit ich ihn so aktiv gesehen habe? Seit dem letzten Krankheitsschub nicht mehr.

Wenig später duftete die ganze Wohnung nach gutem und starkem Filterkaffee, so wie Schwarzenbacher ihn liebte, und Ellen saß im Bademantel bei ihm am Tisch und verfolgte das Telefongespräch, das er führte.

»Jaa … ich bin's … Paul! Verstehst du mich nicht?«

Er wandte sich zu Ellen und flüsterte: »Ganz schlechter Empfang. Hosp geht vor die Hütte, da müsste es hoffentlich besser sein.«

Es verging eine ganze Weile. Schwarzenbacher hielt den Hörer mit der einen Hand still an sein Ohr, mit der anderen griff er nach der Tasse, um wieder einen Schluck vom Kaffee zu nehmen. »Tut gut«, flüsterte er.

Dann schien Hosp besseren Empfang zu haben. Das Gespräch fand seine Fortsetzung. Und Ellen merkte schnell, um was es ging.

»Kein Mensch denkt noch an die Frau des Fotografen, stimmt's? Sie war bei euch auf dem Revier, stimmt's? Ja? Es muss kurz nach der Verhaftung von diesem Manczic gewesen sein, als eine Information zur anderen kam. Von ihr wissen wir doch erst, dass sich Tinhofer in den Bergen aufhält. In der Nähe dieser … wie heißt sie gleich, diese Hütte? … Ja, in der Nähe der Kasseler Hütte aufhält. Ihr Mann ist dort irgendwo. Und ich gehe davon aus, dass ihr ihn noch nicht gefunden habt. Hörst du mich? Bist du noch da?«

Zu Ellen flüsterte er über den Tisch: »Blöde Berge.«

»Aah … da bist du wieder. Ich habe gesagt, dass ich vermute, dass ihr Tinhofer auch noch nicht gefunden habt. Stimmt doch, oder? Jetzt versetz dich mal in die Lage dieses Auftragsmörders. Er weiß, und diese Vermutung hat die Frau doch geäußert, dass sein eigentliches Opfer irgendwo im Gebirge unterwegs ist. Genauso gut könnte er im Wacker-Fanclub einen Austria-Anhänger suchen. Kaum Chancen, ihn zu finden. Also, was würdest du an seiner Stelle tun?«

Ellen sah Schwarzenbacher nicken. Wieder und wieder.

»Genau«, sagte er dann. »Ich sähe keine Chance, ihn in den Bergen zu finden. Aber ich könnte seine Frau besuchen und in der Wohnung warten, bis Tinhofer nach Hause kommt. Und falls das zu lange dauert … Ja, da will man gar nicht dran denken.«

Es dauerte noch einige Zeit, bis Schwarzenbacher das Telefon abschaltete und auf den Tisch legte.

»Hosp veranlasst alles Nötige«, sagte er. »Sie werden das Haus observieren und einen vorbeischicken, irgendwie getarnt. Er soll herausfinden, ob alles in Ordnung ist. Oder ob doch was dran ist an meiner Befürchtung. Es wäre mir lieber, meine Sorge wäre unbegründet. Das kannst du mir glauben.«

***

Zu dieser Zeit war Kurth jedoch schon seit Stunden in der Wohnung, in der Tinhofer mit seiner Frau Marianne lebte. Nur dass Tinhofer eben nicht da war. Es war ganz leicht gewesen, sich Zutritt zu verschaffen. Zweimal hatte er geläutet, abends um halb elf. Einmal relativ kurz, beim zweiten Mal länger und drängender. Die Frau hatte sich über die Sprechanlage gemeldet, barsch, wie er es nicht anders erwartet hatte, jedenfalls nicht um diese Uhrzeit: »Ja? Bitte?«

Er wusste um seinen Akzent, und er war sich ganz sicher, dass sie ihn normalerweise als den Anrufer in Sachen Buchpublikation wiedererkennen würde. Doch er glaubte auch daran, dass die Nachricht, die man verkündete, nur erschreckend genug sein musste, damit jemand jeglicher Vernunft beraubt wäre.

»Oskar hier«, sagte er. »Oskar Meier. Ich habe Ihren Mann getroffen in den Bergen. Haben gemeinsam Tour gemacht. Ist ihm etwas passiert …«

»Was?« Der Frage hörte man Angst und Entsetzen an.

»Es ist nicht so schlimm. Haben Sie keine Angst, bitte schön. Ist im Krankenhaus, ist stabil. Vielleicht ich kann reinkommen, Ihnen die Situation –«

Noch bevor er zu Ende gesprochen hatte, war der Türsummer betätigt worden.

Dritter Stock, dachte er. Und er hatte sich gefragt, wie viele Sekunden es dauern würde, bis sie merkte, dass er kein Bergsteiger war, keiner, der mit ihrem Mann eine Tour unternommen hatte.

Er ging langsam und gleichmäßig die Stufen vom Parterre bis zum zweiten Stockwerk hinauf. Das Licht war offensichtlich von der Frau für ihn angeschaltet worden. Ab dem zweiten Stock ging er schneller. Er sah sie auf dem Treppenabsatz stehen und zurückweichen, als er die letzten Stufen im Laufschritt nahm. In ihren Augen sah er ihre Erkenntnis, einen Fehler gemacht zu haben. Doch die kam zu spät, und ihr Zurückweichen ging zu langsam. Im nächsten Moment hatte er ihr eine Hand an den Hals gelegt und die andere über den Mund und sie mit der ganzen Kraft seines Körpers durch die offene Tür in ihre Wohnung geschoben.

Niemand, wirklich niemand konnte auch nur das Geringste davon mitbekommen haben.

Die Tür schob er mit dem Fuß zu. Dann schlug er der Frau mit dem Handrücken zweimal ins Gesicht, und zwar mit solcher Heftigkeit, dass sie aufstöhnend und aus einer Platzwunde an der Schläfe blutend zu Boden sank.

Das verschaffte ihm die Zeit, die er brauchte, um die Wohnung kennenzulernen. Das gut, gediegen, jedoch nicht übertrieben teuer eingerichtete Wohnzimmer; das Arbeitszimmer des Fotografen mit einer ganzen Schrankwand voller Schubfächer – bestimmt waren Fotos und Dias darin –, mit Leuchttisch und zwei großen Computermonitoren; das Zimmer, das wie ein ehemaliges Kinder- oder Jugendzimmer aussah und das umfunktioniert worden war zu einem Gästezimmer oder was auch immer: Eine Couch stand da, ein halb offener, schmaler Kleiderschrank, aber auch ein aufgebautes Bügelbrett samt Bügeleisen, und auf der Couch lagen zwei Stapel sorgfältig zusammengelegter Wäsche; schließlich das Schlafzimmer mit Doppelbett und Nachtkästchen, einem silbern gerahmten Großfoto – gewiss von diesem Tinhofer –, das einen weißen Ballon bei der Fahrt über eine verschneite Berglandschaft zeigte, sowie einem etwas altmodischen Frisiertisch, der aber bestimmt nicht genutzt wurde, zumindest nicht zum Zweck des Frisierens oder Schminkens, er war nämlich vollgestellt mit gerahmten Bildern, die wohl ein und dieselbe Frau als Kind, als Jugendliche und in reiferem Alter zeigten.

Kurth hörte die Frau im Flur stöhnen. Er kehrte zu ihr zurück, nahm das nächstbeste Tuch und knebelte sie auf die gleiche Art wie die Frau, deren Wagen er an sich genommen hatte. Dann erst setzte er den kleinen Rucksack ab und holte die Kabelbinder heraus.

***

Marielle, Pablo und die beiden Bergretter hatten sich schon beim allerersten Licht, das eigentlich noch nicht mehr war als ein vages

Versprechen des neuen Tages, aus ihren Decken geschält. Sie hatten ein paar Bissen gegessen, Wasser aus ihren Trinkflaschen getrunken und fröstelnd ihre Sachen zusammengepackt.

»Was suchen wir?«, fragte Pablo. »Den Mann oder sein Telefon?«

»Den Mann!«, forderte Marielle. »Ich hab so ein verdammt schlechtes Gefühl.«

Die Bergretter hatten ohnehin nichts anderes vorgehabt. »Er wollte Gletscher fotografieren. Gut, dann suchen wir da unten am Gletscher. Es wird nicht mehr lange dauern, dann kommen die Kollegen rauf und wahrscheinlich auch wieder die Helis. Wir finden was, da könnts sicher sein.«

Müde und zugleich nervös stieg Marielle hinter den Bergrettungsleuten her. Pablo machte den Schluss der Reihe. Sie hatten alle ihre Stirnlampen an; noch war es längst nicht hell genug, und das Gelände war, wenn auch nicht ernsthaft gefährlich, doch eines, wo man beim Absteigen verdammt aufpassen musste, sich nicht die Füße zu verstauchen oder gar einen Knöchel zu brechen.

Unter ihnen lag der Gletscher. Grau wie ein Leichentuch lag er da, eingebettet von Bergflanken, die in diesem fast noch nicht vorhandenen Licht bedrohlich schwarz und düster wirkten.

Marielle hatte das Gebirge geliebt. Bisweilen hatte sie geglaubt, süchtig nach der Landschaft und nach dem Bergsteigen zu sein. Das aber waren die Momente, da sie alles in Frage stellte.

Hässlich, dachte sie. Es ist nichts als hässlich. Man muss ein Spinner sein, ein psychisch verquerer Mensch, um das da zu mögen.

Als sie den Firn des Gletschers erreichten, banden sie sich zu einer langen Seilschaft zusammen – so war die Gefahr am geringsten, dass etwas Ernsthaftes passieren könnte. Und zugleich wäre es so am leichtesten, einen in die Spalte gestürzten Seilpartner wieder zu bergen. Drei Leute würden keine allzu großen Probleme haben, den Sturz abzufangen und den Gestürzten wieder hochzuziehen.

Schon beim Abstieg hatten sie versucht, Spuren am Gletscher ausfindig zu machen. Doch sie sahen nur die eigenen, die vom gestrigen Aufstieg herrührten. Und auch die nur, weil sie geschulte Augen hatten: Außer den charakteristischen Steigeisenabdrücken – jeweils acht oder zehn Löcher im harten Firn – war nichts zu entdecken.

»Irgendwie ist das ein Schmarrn«, sagte Felix. »Wahrscheinlich hat der Mann sein Handy verloren, ist dann abgestiegen, heimgefahren und liegt im warmen Bett, während wir uns hier den Arsch aufreißen.«

»Oder er ist woanders, nicht hier am Gletscher«, sagte Pablo. »Der kann überall sein.«

»Ist er aber nicht«, sagte Michael, der selten etwas sagte, dann jedoch meist etwas von Bedeutung. »Schaut da rauf! Ja, dort, wo wir biwakiert haben. Und von dort bisschen höher und ein gutes Stück nach links, in Richtung Grat, der die Felsen vom Himmel trennt. Seht ihr das?«

Alle kniffen die Augen zusammen, um besser sehen zu können. Und dann sahen alle, was er meinte: Da leuchtete etwas. Farbig. So farbig wie ein Schlafsack oder eine Daunenjacke oder ein Biwaksack oder was auch immer.

»Wieder rauf!«, sagte Felix. »Vielleicht liegt ja der Mann dort oben.«

»Nicht alle«, sagte sein stiller Kollege. »Es genügt, wenn erst einmal einer raufsteigt. Mach du das, Felix. Wir anderen sollten uns weiterhin den Gletscher vornehmen.«

Sie begleiteten ihn in der Seilschaft bis ins sichere Gelände, und Felix befolgte den Auftrag, ohne noch lange zu fragen. Der etwas ältere Michael genoss eine gewisse Autorität, zu der es keiner großen Worte bedurfte. Allein stieg Felix im unschwierigen Urgesteinsblockwerk wieder hinauf, während die anderen am Gletscher leicht bergab gingen, dorthin, wo auf jeden Fall Spalten zu vermuten waren.

Sie konzentrierten sich auf die Zone, die ein Stück weiter unten lag, vielleicht zwanzig Gehminuten entfernt. Für nichts anderes hatten sie mehr Augen. Konnte ja gut sein, dass dieser Tinhofer, der sich mit viel Hingabe der Gletscherfotografie widmete, genau dort sein Eldorado gefunden hatte. Oder sein Verderben, dachte Marielle.

Sie schaute nach oben, sah hinauf zu den Gipfeln, die bereits im Licht der noch verborgenen Sonne zu erstrahlen begannen, sie ließ den Blick über die immer noch abweisend wirkende Bergflanke, über von Eis und Schnee zusammengehaltenes Geröll nach unten gleiten, erreichte gleichsam mit den Augen den Gletscher und wollte schon wieder in Richtung der Seilschaftsbewegung schauen, als sie etwas sah, was sie innehalten ließ: ein Loch. Ein Loch im Schnee, in der Gletscherdecke. Und wenn sie noch genauer hinsah, die Augen zusammenkniff wie vorhin, als sie den Farbfleck in den Felsen suchten, dann …

»Schaut«, schrie sie. »Da drüben ist was! Ein Loch! Eine Spalte! Und wenn ich mich nicht ganz täusche … Wirklich, es führt eine Spur hin. Seht ihr? Seht ihr das?«

Es waren knapp hundert Meter bis dorthin, wo im leicht ansteigenden Gelände ein eigentlich unscheinbares Loch im Schnee auszumachen war. Die Dreierseilschaft versuchte, möglichst schnell dorthin zu gelangen – dabei aber nicht die Achtsamkeit aufzugeben.

Sie hatten das Loch noch nicht erreicht, als sie die Stimme von Felix vernahmen. Von einem mehrfachen Echo begleitet, drangen seine Worte zu ihnen: »Jaaa … hier … ist … ein Biwak…platz …« Kurze Pause, gefüllt vom Nachhall. »Versteht … ihr … mich? … Biwakplatz … Aber es … ist … niemand hier …«

»Jaa!«, rief Michael zurück. »Verstehen dich! Bleib oben, bis unsere Leute kommen! Verstanden?«

»Jaa! … Ver…stan…den.«

Sie waren jetzt nur mehr ein paar Schritte von dem Loch im Schnee entfernt. Die Spur, die dorthin, aber nicht mehr davon wegführte, war jetzt deutlich zu erkennen. Es gab kaum Zweifel, dass jemand dort hineingestiegen oder hineingestürzt war. Eher war Letzteres zu vermuten.

Als Erstes gruben sie einen Eispickel als stabilen Sicherungspunkt, als sogenannten »toten Mann« ein. Während Michael grub, rief Marielle immer wieder Richtung Loch: »Hallo! Ist da wer? Kannst du mich hören? Wenn du da bist, gib uns ein Zeichen.«

Hätte die Antwort aus Stille bestanden, wäre es nicht so schlimm gewesen wie dieses Echo, diese geisterhaft verzerrte Stimme, die auf jeden ihrer Rufe folgte. Marielles Herz schlug heftig, und sie hatte eine Gänsehaut, jedoch keine Zeit, sich mit ihren Ängsten und Sorgen auseinanderzusetzen.

Doch es kam für sie noch schlimmer. Als der »tote Mann« gegraben war, sagte Michael: »Du musst da runter.«

»Ich? Warum ich?« Sie war entsetzt und entrüstet.

Er sah sie verlegen an, allerdings nur ganz kurz, weil er sich überhaupt schwer damit zu tun schien, einer Frau in die Augen zu schauen. Dann sagte er: »Ganz einfach, du bist die Leichteste von uns allen. Wir beiden Kerle können dich leichter hinunterlassen und vor allem leichter wieder raufziehen. Ist auf alle Fälle besser, als wenn einer von uns da runterginge.«

Marielle schüttelte den Kopf. Sie wollte das nicht tun. Wollte auf keinen Fall in die Spalte. Wahrscheinlich lag ein Toter darin.

Nicht schon wieder ein Toter, dachte sie. Ich hab so was von genug davon.

Sie schüttelte immer noch den Kopf.

Ich will nicht, dachte sie. Ich mach's nicht.

Und wenn der nicht tot ist? Wenn der Mensch noch lebt? Wenn der dringend Hilfe braucht?

Sie hatte keine andere Wahl.

Sie nickte. Sie musste es tun.

Marielle war unglaublich wütend auf Pablo und den Bergretter, auf diese blöden Typen, die ihr das antaten. Sie konnte, während sie sich für diesen Einsatz fertig machte, keinem von ihnen ins Gesicht sehen.

Ich bin ungerecht, dachte sie. Aber sie sind trotzdem Arschlöcher.

***

»So geht das die ganze Nacht schon«, sagte ein Vollzugsbeamter zu seinem Kollegen, während er ihn gerade durch das Guckloch in die Zelle schauen ließ, wo Manczic vorerst untergebracht war.

»Der geht auf und ab, eine halbe Stunde, eine Stunde. Auf und ab. Immer nur auf und ab. Und du weißt ja: Die Zellen sind nicht groß. Viereinhalb Meter lang, und die Breite kannst du eh vergessen. Da geht der auf und ab. Redet dabei ständig vor sich hin. Auch das stundenlang. Was sagst jetzt dazu?«

»Ein Gspinnerter«, gab der Kollege zur Antwort, ohne das Auge auch nur einen Moment vom Guckloch zu nehmen.

»Aber jetzt, jetzt geht er nimmer. Kniet neben seiner Pritsche und betet. Ja, schau selbst: Beten tut er.«

Sie wechselten sich am Guckloch ab. Jetzt schaute der andere in die Zelle. »Hast recht, der betet. Aber wenn du mich fragst ...«

Er wandte sich von der Zellentür ab und seinem Kollegen zu. »Wenn du mich fragst: Das war ja immer schon ein Irrer. Ich habe den ja oft in der Stadt laufen sehen. Der hat immer vor sich hin geredet, ist in Kirchen gegangen oder aus Kirchen gekommen. Alle haben ihn für einen harmlosen Spinner gehalten. Aber jetzt … jetzt sieht man, was dann rauskommt, wenn man die Irren so rumlaufen lässt. Und, du wirst schon sehen, am Schluss sprechen die den schuldunfähig …«, er tippte sich mit dem Zeigefinger mehrmals an den Kopf, »und tun ihn in die Psychiatrische. Ich möchte fast wetten drauf.«

Der Kollege nickte.

»Da hast du schon recht. Andererseits: Was willst mit dem alten Teufel machen? Im regulären Gefängnis weiß man ja auch nicht, was man mit dem noch anstellen soll.«

Sein Gegenüber grinste, winkte den Kollegen dann mit einer verschwörerischen Geste zu sich heran, ganz nahe, noch näher, und sagte dann: »Unter uns gesagt: Man sollte solchen Typen bei der Inhaftierung die Hosengürtel nicht abnehmen. Dann hätten die wenigstens was, woran sie sich aufhängen könnten. Verstehst?«

***

Marielle hatte den Ersthelfer-Rucksack von Michael am Rücken und stieg, von den anderen bestens gesichert, immer näher an das Loch heran. Dort, wo sie hintrat, waren auch die Spuren der Person, die hier gegangen und in die Spalte eingebrochen sein musste.

Ein beschissenes Gefühl, dachte sie. Ein wirklich beschissenes Gefühl.

Noch drei Schritte, noch zwei.

»Nehmt mich straffer!«, rief sie. »Die Scheiße unter mir kann ja jederzeit zusammenbrechen.«

Sie ließ sich auf die Knie sinken und krabbelte das letzte kurze Stück ganz vorsichtig bis an die Bruchstelle heran.

Tief, war ihr erster Gedanke, als sie den Kopf über den Rand streckte. Tief und düster. Unheimlich.

»Halloooo!«, rief sie wieder. Diesmal direkt in die Spalte.

»HAAALLLLOOOOOO«, hallte es zurück, als käme ihre Stimme aus einem riesigen Walfischbauch.

Nichts sonst. Nur das Geräusch von Tropfen, die »pling, pling, plong« tief im Innern der Spalte irgendwo aufklatschten.

Kein Lebenszeichen. Nichts, was darauf hingewiesen hätte, dass sich jemand im Inneren des Gletschers befand. Marielle legte sich in den Schnee, jede Bewegung dabei bedächtig und höchst vorsichtig ausführend. »Nehmt mich straff!«, rief sie. »Ich muss da richtig reinleuchten.«

Sie lag am Rand des Lochs, schaltete die LED-Lampe an, die sie am Kopf über der leichten Mütze trug, und ließ den Lichtschein durch die tiefe Höhlung kreisen. Sie sah Reflexionen und Schimmer, sah glitzerndes Eis, das in ihrem Licht blau aufleuchtete, sah weiße Schneekrusten an blank polierten Eisflächen, sah ein Wunder der Natur – an dem sie sich nicht freuen konnte, denn das Entsetzen kam sofort. An zwei Stellen sah sie rote Flecken an den Eiswänden, und unten, tief unten, da schien ein Mensch zu liegen, sonderbar verdreht und weiß beschneit.

Sie schob sich zurück, nur einen halben Meter oder einen Meter, und wandte sich zu Pablo und Michael um: »Er ist da unten«, sagte sie mit tonloser Stimme. »Er ist wirklich da unten …«

Sie wusste, was die beiden Kerle von ihr erwarteten. Und sie wusste auch, dass ihr gar nichts anderes übrig blieb. So rappelte sie sich hoch, setzte sich an den Rand der Öffnung, ließ die Beine hineinhängen und sagte: »Lasst mich ab. Verdammt noch mal, lasst mich vorsichtig ab. Ich scheiß mir derart in die Hose.«

Mit angeschalteter Stirnlampe tauchte sie hinab in diesen Schlund aus Eis. Es war nicht das erste Mal, dass sie sich in einem Gletscher befand. Im Rahmen der Bergführerlehrgänge, an denen sie bislang teilgenommen hatte, waren die Techniken des Gletscherbegehens ebenso Thema gewesen wie die Gefahren und die Techniken des Bergens im Falle eines Unglücks. Immer hatte sich ein Teilnehmer opfern müssen – natürlich auch Marielle –, war dann in die Spalte abgelassen worden und hatte sich entweder mittels Steigklemmen und Prusikschlingen selbst zu befreien oder hatte auszuharren, bis es den Kameraden gelang, den gestürzten Seilpartner hochzuziehen. Das war für sie das Schlimmste gewesen: In ihrem Sitzgurt im Seil zu hängen, frei baumelnd zwischen den sich nach oben verengenden Spaltenwänden, nichts als Kälte um sich und unter sich viel Luft. Dabei immer die Frage im Hinterkopf:

Machen die dort oben alles richtig? Und wenn sie etwas falsch machen – was geschieht dann mit mir? Die Antwort auf die zweite Frage war einfach. Aber sie war auch schockierend. Vor allem in so einer Situation. Wenn die dort oben was falsch machten, darüber war sie sich im Klaren, dann wäre das mit ziemlicher Sicherheit ihr Ende. Das Eis war hart wie Stahlbeton. Alle Knochen würde sie sich brechen.

Meter für Meter glitt sie in die Spalte hinein. Anfangs hatte sie noch Kontakt zur linken Eiswand, hatte sich mit den steigeisenbewehrten Schuhen abstützen können. Mittlerweile aber hing sie frei in der Luft, drehte sich um die eigene Achse und kam der Schneebrücke, auf der eine Person lag, immer näher.

Sie hatte kein Gefühl dafür, wie tief sie in die Spalte gelassen wurde. Bis zu dem Augenblick, da die Zacken ihrer Steigeisen in den harten Schnee griffen, auf dem der Verunglückte lag, hatte sie nichts anders als Angst gehabt. Angst vor dem Abgelassenwerden in die eisige Kluft. Und Angst vor der Begegnung mit dem Menschen, der wahrscheinlich tot war.

»Bin da!«, schrie sie mit aller Kraft nach oben. »Gebt noch bisschen Seil! Noch bisschen! Stopp! Nicht mehr!«

Sie stand vor dem Verunglückten, hatte festen Halt auf der Schneebrücke, hatte sich gerade so viel Seil nachgeben lassen, wie sie benötigte, um die wichtigsten Handgriffe zu tun, aber auch nicht mehr – denn so eine Schneebrücke konnte trügerisch sein und vielleicht schon im nächsten Moment unter ihrem Gewicht zusammenbrechen. Denn das hatte sie schon gesehen: Hier, wo sie sich befand, war die Spalte nicht zu Ende. Nachtschwarz lauerte unter ihr eine unergründliche Tiefe.

»Hallo«, sprach sie den Verunglückten an. »Hallo! Hörst du mich? Kannst du mich hören?«

Sie hoffte auf ein kleines, ein winziges Lebenszeichen. Eine Bewegung. Einen Laut. Irgendwas.

Aber da war nichts. Die Person lag mit abnorm verdrehtem Körper in der Spalte. Der Kopf lag seitlich auf einer Schulter, eines der Beine war angewinkelt, und der Fuß lag unter dem anderen Bein, das in den Dimensionen unstimmig wirkte.

Marielle trat noch einen Schritt näher. Sehr vorsichtig natürlich und immer in der Angst, die Schneebrücke könnte einstürzen. Sie stand neben dem Mann – ja, es war wohl ein Mann, und allem Anschein nach kein junger mehr – und beugte sich zu ihm hinunter. Sie spürte den Seilzug an ihrem Sitzgurt – und das wenigstens war ein gutes Gefühl.

Wie eine Nabelschnur zur richtigen Welt, dachte sie.

Sie griff an seine Schulter, rüttelte ganz leicht daran. Doch es gab keine Reaktion. Sie bückte sich noch tiefer, leuchtete ihm ins Gesicht, fasste sich ein Herz, überwand sich, griff dem Mann an die Wange.

Marielle schrak zurück. Das war kein Mensch. So fühlte sich kein Mensch an. So fühlte sich ein Stück Fleisch an, wenn es aus dem viel zu hoch eingestellten Tiefkühlfach kam … Pablo maulte deswegen immer, weil sie das Gefrierfach zu hoch schaltete und vor lauter krustigem Eis dann kaum mehr Platz für die Lebensmittel blieb …

Der Mann war tot. Erfroren. Oder gestorben an den Folgen des Sturzes – und dann gefroren wie …

Sie tastete mit dem Licht den ganzen Körper ab, sah verkrustetes Blut am Kopf, sah weiße Hände, und eine der Hände hielt eine Kamera fest. Die Kamera lag auf dem Bauch und die Hand obendrauf.

Tinhofer. Der Fotograf.

Die Situation war so bizarr!

War der Mann abgestürzt und hatte dabei doch die Kamera nicht ausgelassen? Oder hatte er sie noch bedienen wollen, während er hier im Sterben lag?

»Ma…ri…elle! Ma…ri…elle!«

Sie hörte, wie von weit her, dass ihr Name gerufen wurde.

»Alles klar …? Was ist los da unten …? Hörst du uns?«

Marielle schob den Anorakkragen des Mannes ein Stück nach unten, tastete mit zwei Fingern der anderen Hand nach seinem Puls an der Halsschlagader, konnte jedoch nichts finden. Der Mann war tot, keine Frage.

»Er ist tot«, rief sie hinauf »Ich glaube, dass es dieser Tinhofer ist.«

»Was?«

»Tinhofer ist tot.«

Es kam keine Antwort. Marielle horchte in die Stille, hörte wieder Wassertropfen und, dabei war sie sich jedoch nicht ganz sicher, auch so etwas wie Wasserrauschen tief unter sich.

Endlich hörte sie eine Stimme, ohne sagen zu können, ob sie von Pablo oder von Michael stammte.

»Dann … komm … wieder … rauf … Wir … ziehen … dich … rauf!«

»Wartet noch«, plärrte sie nach oben. »War…tet … noch!«

Marielle bückte sich, hielt sich dabei mit einer Hand an dem sie sichernden Seil fest. Sie nahm den Fotoapparat an sich, ein ziemlich großes Gerät, und hängte ihn sich um. In diesem Moment fiel der Lichtschein ihrer Stirnlampe auf Tinhofers Bein, auf die weißen Knochenspitzen, die das Gewebe seiner Hose durchbohrt hatten und die ins Nichts ragten wie die Geweihenden eines Gamsbockes.

Sie konnte sich gerade noch ein wenig zur Seite beugen, dann aber konnte sie ihren Mageninhalt nicht mehr bei sich behalten.

Sie wollte das nicht, natürlich nicht, aber der Tote bekam auch einen Schwall von ihrem Erbrochenen ab. Sie spuckte aus, und die Spucke zog saure Fäden. Nur nicht mehr hinschauen, dachte sie.

»Hoch! Zieht mich hoch!«, versuchte sie zu rufen. Aber ihre Stimme war belegt und kraftlos, und jedes Wort schmeckte gallig in ihrem Mund. Sie musste es mehrmals versuchen, bis sie verstanden wurde. Dann aber dauerte es keine drei Minuten mehr, ehe sie wieder oben war, blass und schwer atmend im Schnee lag und sich in derselben Minute schwor, sich nie mehr auf ein solches Scheiß-Unternehmen einzulassen.

Sie sah auf zu Pablo und zu Michael. Und zum zweiten Mal innerhalb einer halben Stunde dachte sie: Arschlöcher. Verdammte Arschlöcher.

16

Gegen halb neun Uhr morgens, während am Östlichen Stillupp-kees in den Zillertaler Alpen mit der Bergung des toten Fotografen begonnen wurde – eine ganze Einsatzgruppe der Bergrettung sowie einer der Helikopter standen zur Verfügung –, läutete es in der Tinhofer-Wohnung Sturm. Einmal, zweimal, dreimal.

Kurth war darauf gefasst, dass so etwas geschah. Dennoch war es eine besondere Stresssituation für ihn. Es konnte die Polizei sein. Konnte er wissen, was Manczic ihnen alles gezwitschert hatte?

Er schlich an die Tür und lurte durch den Spion. Im Hausflur war niemand zu sehen. Was freilich nichts besagte. Wenn es die Bullen waren, könnten sie sich so postiert haben, dass sie gleichsam unsichtbar waren.

Und wenn es nicht die Polizei war?

Es gab verschiedene Möglichkeiten. Es konnte der Mann sein, auf den er es eigentlich abgesehen hatte. Vielleicht hatte er keinen Schlüssel mitgenommen, oder er hatte die Hände voll und wollte, dass seine Frau ihm öffnete. Das wäre ideal.

Es konnte aber auch einfach irgendwer sein. Ein Bekannter aus der Nachbarschaft, irgendein Zeitungsausträger, der einfach überall läutete, damit er an die Briefkästen im Eingangsbereich herankam. Oder auch die Post.

Er ging an ein Fenster und schaute, von den Vorhängen gegen Blicke geschützt, hinunter. Da stand wirklich ein Postauto. Es war die Post. Die würde aber auch wieder fahren, wenn sie niemanden antraf.

Doch … er traute der Sache nicht. Er wusste, was Krieg war. Und er konnte so etwas wie eine Falle geradezu riechen.

Es läutete wieder. Lang und unangenehm.

Kurth spürte, dass ihm jetzt nicht viel Zeit blieb, die richtige Entscheidung zu treffen.

Er stand neben der Wohnungstür, den Finger auf dem Schalter der Sprechanlage, doch noch war er sich seiner Sache nicht sicher.

Wenn es keine Falle war, dann war es der Postbote, der wahrscheinlich wegen eines Pakets, eines Päckchens oder einer eingeschriebenen Sendung kam. Den könnte er in der Tat ruhig ziehen lassen. Wenn der Postbote aber kein Postbote war, sondern nichts anderes als ein verkleideter Bulle, dann musste er schnell handeln.

Manczic, dachte er. Dieses alte Arschloch hat gepfiffen. Hat der Polizei was von Tinhofer gesagt.

Die Gefahr, dass die Polizei den ganzen Wohnblock abgeriegelt hatte, war einfach zu groß. Kurth hatte keine andere Wahl. Er drückte den Knopf der Sprechanlage und sagte: »Ja? Wer da?«

»Post!«, kam als Antwort. »Ein Päckchen für Frau Tinhofer.«

Kurth drückte den Türöffner. Leise trat er in den Hausgang hinaus und spähte zwischen den Geländern nach unten. Es kam nur eine Person. Der Postbote. Er hoffte, dass er sich mit seiner Befürchtung getäuscht hatte – was allerdings für den Mann mit dem Päckchen ohne Belang war. Denn an seiner Situation würde sich jetzt nichts mehr ändern.

***

Wasle hatte bei Schwarzenbacher angerufen und ihn über die bevorstehende Aktion informiert. Auch darüber, dass Tinhofer tot aufgefunden worden war, dass er, aller Wahrscheinlichkeit nach, bei einem Bergunfall ums Leben gekommen war und dass Hosp sich immer noch in den Bergen aufhielt, anscheinend um sich am Unglücksort umzusehen.

»Auch wenn man sich das nicht vorstellen kann: Der Herr Kommissar lässt sich da hinauffliegen und dann ans Seil nehmen – wo der doch die Berge, zumindest die richtigen mit Fels und Eis, überhaupt nicht leiden kann.«

Und Wasle hatte auch gesagt, dass es Hosp durchaus recht wäre, wenn Schwarzenbacher bei der anstehenden Aktion in der Nähe wäre. Schließlich hatte er sich doch genauso intensiv mit dem Fall befasst wie Hosp und er.

»Mir natürlich auch«, hatte Wasle gesagt. »Mir ist das natürlich auch ganz recht.«

»Wir haben beschlossen, einen Mann in die Wohnung hochzuschicken«, erläuterte er wenig später Schwarzenbacher das Vorhaben. Sie befanden sich in einer Seitenstraße zur Burghard-Breitner-Straße, waren von der observierten Wohnung aus nicht zu sehen. Eine kleine Einheit des EKO Innsbruck, des Einsatzkommandos Cobra, der berühmten Spezialabteilung des österreichischen Bundesinnenministeriums, war so positioniert, dass binnen weniger Augenblicke ein Zugriff erfolgen konnte.

»Anrufen haben wir erst gar nicht probiert«, sagte Wasle. »Wir haben Angst, wir könnten damit den Täter, so er sich dort aufhält, alarmieren und vielleicht zu einer Kurzschlusshandlung bewegen. Wir schicken lieber den altbewährten Postboten hin. Der soll sich ein erstes Bild machen, ob es der Frau gut geht. Bestehen Zweifel, greifen wir zu. Ansonsten: viel Aufwand für nichts. Doch genau dieses Nichts ist das Beste, was uns passieren kann, wenn es darum geht, die Frau sicher zu wissen, oder?«

Für Schwarzenbacher war das eine schwierige Frage. Er hatte den Polizeidienst lange hinter sich, hatte die Verantwortung für solche Entscheidungen wegen seiner Erkrankung vor Jahren schon niederlegen müssen – er hätte beim besten Willen in diesem Moment nicht sagen können, ob der Plan gut oder schlecht war, ob er damals ähnlich oder ganz anders gehandelt hätte. Er zuckte mit den Schultern.

»Was sagt Hosp dazu?«, fragte er dann.

»Wir haben alles telefonisch durchgesprochen«, sagte Wasle. »Er ist auch der Meinung, dass es so das Beste ist.«

Schwarzenbacher kaute nachdenklich auf seiner Unterlippe herum. Er hätte keine bessere Lösung gewusst. Doch es störten ihn die Fragezeichen, die Unwägbarkeiten. Es war einfach nicht die Art von Problemlösung, die ihm lag. So etwas hatte ihm nie gelegen. Seine Spezialität waren Fälle gewesen, bei denen ihm der Gesuchte allmählich vertraut geworden war. Dessen Handschrift er zu lesen lernte. In dessen Welt und in dessen Psyche er nach und nach einzudringen vermochte. Der Mann, der allem Anschein nach Spiss und Hellwage ermordet hatte, war ihm jedoch immer fremd geblieben. Bei anderen Gewalttätern hatte er bisweilen mit sich selbst gewettet: Welche Bücher sie lasen, welche Musik sie hörten, welche Frauen sie bevorzugten (bei Sexualmördern hatte sich die letzte Überlegung natürlich gar nicht erst gestellt; die Porträtfotos der Opfer waren ja eine Art persönliche Schönheitsgalerie). Er hatte sich überlegt, wie sie lebten. Ob sie in geordneten Verhältnissen daheim waren, vielleicht eine Familie, Kinder hatten. Ob sie einem ganz und gar seriösen Beruf nachgingen, Beamter vielleicht oder Schullehrer oder Tramfahrer, oder ob sie aus der Halbwelt kamen. Noch bevor es Mode geworden war, sogenannte Profiler in Untersuchungen mit einzubeziehen, hatte er sich die Profile selbst erstellt. Mit nichts als halbwegs gesundem Menschenverstand und ein wenig Intuition als Grundlage.

Vielleicht rührte seine Skepsis auch einfach daher, dass ihnen die ganze Sache bis vor Kurzem wie Sand durch die Finger geglitten war. Die Anhaltspunkte waren immer erst aus dem Nebel getaucht, wenn es zu spät war. Und ehe sie es sich versehen hatten, war an einem anderen Schauplatz das nächste Unglück geschehen …

Immerhin hatte sich in den letzten Tagen und Stunden ein Trichter gebildet. »Trichter« war das Wort, das er während seiner aktiven Zeit dafür immer gebraucht hatte: Am Anfang einer Ermittlung war da eine große Öffnung, in die alle Informationen hineingeworfen wurden, allmählich verengte sich das Ganze, bis es schließlich in einen dünnen Kanal mündete, der kein Ausweichen mehr zuließ. Hosp und sein Team waren jetzt kurz vor Erreichen des Kanals oder der Röhre, wie man eben wollte. Aus dem Gemisch von Fakten, Ermittlungsergebnissen, Vermutungen, Intuitionen hatte sich, widerstrebend zunächst, etwas nach unten abgesetzt, dorthin, wo das Ausweichen immer schwieriger wurde, wo es kaum mehr Alternativen gab.

Man muss die Sau jetzt durch den Trichter jagen, dachte Schwarzenbacher, und ihr dann, wenn sie rauskommt, das Bolzenschussgerät an den Schädel halten.

Schwarzenbacher hörte das leise Rauschen des Funkgeräts, das sich Wasle vors Gesicht hielt.

»Wann geht er rein?«

»Jetzt«, sagte Wasle. »Genau in diesem Moment ist er ins Haus. In den nächsten Minuten wird sich alles herausstellen: Ob du mit deiner Vermutung richtigliegst, ob sich dort in der Wohnung der Mörder von Spiss und Hellwage aufhält. Und ob wir alles in den Griff bekommen, ohne dass noch irgendetwas passiert.«

***

Die Stimmung auf der Kasseler Hütte war gedrückt. Die Bergrettungsleute, Pablo und Marielle saßen auf der Terrasse, stärkten sich mit einer Jause. Marielle rührte allerdings weder Speck noch Salami, nicht Käse oder Brot an. Sie trank jetzt schon das zweite große Glas Wasser. Aber sie hatte keinen Appetit, nicht den geringsten.

Die Bergretter hatten zuvor noch Tinhofers Ausrüstung aus seinem Biwakplatz geholt, auch sein Handy hatten sie dabei gefunden. Die Leiche Tinhofers war aus der Gletscherspalte geborgen und in einen stabilen schwarzen Kunststoffsack verpackt worden. Der Tote hatte schlimm ausgesehen – sein Anblick, vor allem für die jüngeren Bergrettungsleute schwer zu verkraften, war eine bizarre Mischung aus Erfrierungstod und zertrümmertem Körper. Das Gesicht, der von der gebrochenen Schulter verdreht abstehende Arm, die Kleidung, die Beine – den Anblick des offenen Beinbruchs würde so leicht keiner mehr vergessen – waren von einer hauchdünnen Frostschicht überzogen. Was dazu geführt hatte, dass alle Farben, auch die leuchtenden des Anoraks, seltsam pastellen wirkten und dass der entstellte Tote so weichgezeichnet im Schnee neben der Einbruchsstelle lag, als wäre er für eine besondere Art von Werbefotografie genau so ins Bild gesetzt worden.

Felix, der junge Bergrettungsmann, der die Nacht mit Pablo, Marielle und seinem Kameraden oben in den Felsen verbracht hatte, saß Marielle gegenüber und sah sie immer wieder an – mit raschen Blicken, dass sie es nicht merkte und dass die anderen es nicht merkten. Er fand sie schön, sympathisch, anziehend. Und er bewunderte sie: Marielle war es schließlich, die zu dem Toten in die Spalte hinunter war. Er konnte verstehen, dass sie nichts aß, dass sie nur durch alle, auch durch ihn, hindurchsah. Sie schien mit ihren Gedanken weit, weit weg zu sein: auf keinem Gletscher, in keinem Gebirge, nicht hier bei ihnen auf der Kasseler Hütte.

Gern hätte er sie getröstet, hätte etwas Nettes gesagt, hätte versucht, ihr wenigstens ein Lächeln abzugewinnen. Aber sie war unerreichbar: ein paar Jahre älter als er, und außerdem hatte sie ja einen Freund, Pablo. Und der war ständig in ihrer Nähe, auch jetzt. Legte wortlos seinen Arm um ihre Schultern, war einfach da, ohne zu reden, weil er sie natürlich gut genug kannte und wusste, dass reden jetzt eh keinen Sinn gemacht hätte.

Hosp ließ sich noch einen Kaffee bringen. Sein Handy lag mit dem Display nach oben auf dem Tisch. Er wartete. Wartete auf Nachrichten von Wasle. Auf gute Nachrichten.

Gnade uns Gott, wenn es schlechte sind, dachte er.

Neben dem Handy lag ein Notizblock, auf dem er die Aussagen von Marielle, Pablo und Michael festgehalten hatte sowie den Erstbericht der Helikopterbesatzung, die Tinhofers Leichnam abtransportiert hatte.

Er selbst hatte sich unmittelbar vor Ort alles ansehen können – ein seltsames Gefühl für einen Nichtbergsteiger, plötzlich auf so einem Gletscher zu stehen, am Seil und gesichert – und dennoch: So viel verstand auch er vom Gebirge, dass er wusste, wie gefährlich Gletscher sein konnten.

Heilfroh war er, wirklich heilfroh, wieder auf einem Boden zu stehen, der fest war, der nicht einfach so unter ihm nachgeben würde. Einen Moment lang musste er an Schwarzenbacher denken: was das für ein Gefühl wäre, im Rollstuhl zu hocken und den Boden gleichsam mit dem Arsch zu spüren …

Der Obmann der Bergretter kam zu ihm an den Tisch und sagte: »Schön langsam werden wir aufbrechen, ins Tal absteigen.«

Er deutete durch eine Bewegung des Kinns Richtung Westen. »Über der Lapenscharte kommt's schon ganz grau. Das Wetter wird schnell umschlagen. Wenn wir noch lange bleiben, erwischt es uns, und wir werden nass wie die Stockenten. Kommen Sie mit uns?«

Hosp bejahte, sagte aber auch, dass er noch einige Minuten brauchte. Er habe noch Sachen im Zimmer liegen, was schon stimmte. Vor allem aber wollte er diese paar Minuten lang allein sein.

Er nahm Tinhofers Fotoapparat mit und hockte sich in der Kammer auf das Bett. Das Fotografieren gab ihm zwar privat nicht allzu viel, doch von Berufs wegen kannte er sich einigermaßen damit aus. Es bereitete ihm keine Schwierigkeiten, herauszufinden, wie man den Apparat anschaltete und wie man in den Archiv-Modus gelangte. Zweihunderteinundvierzig Aufnahmen befanden sich auf der Speicherkarte. Es war ihm scheißegal, ob er und die anderen nass würden beim Abstieg – er wollte die Bilder sehen. Er drückte die Vorwärtstaste. Das Bild eines Gletschers. Totale. Abendlicht? Er drückte die Taste, schneller und schneller. Bilder von Schnee und Eis. Nahaufnahmen von Eiskristallen und von winzigen Rinnsalen. Totalen von Gletschern und Bilder von Gletscherspalten. Hosp kam dem Ende schneller näher, als er vermutet hatte. Die Bilder langweilten ihn. Nicht nur, weil sie auf dem Display natürlich nicht den Reiz entfalten konnten, den bestimmt viele von ihnen eigentlich hatten, sondern auch, weil ihm so viel Nur-Natur zuwider war.

Nichts gegen Natur, dachte er. Doch ganz ohne Menschen ist alles nichts.

Trotzdem stieg die Spannung in ihm. Er kam dem letzten Bild immer näher. Und genau um das ging es ihm doch: das letzte Bild, das Tinhofer gemacht hatte. Die Frage stand wie ein Ausrufezeichen im Raum. Warum hatte er in seinen letzten Lebensmomenten die Kamera in der Hand gehabt?

Noch fünf, noch vier, noch drei Bilder.

Nichts, was Hosp interessiert hätte. Das vorletzte: wieder eine Nahaufnahme, Firn, Schnee, Eis, irgend so was.

Dann verdunkelte sich das Display, und die Kamera war nicht mehr dazu zu bewegen, auch nur noch die leiseste Leistungsbereitschaft an den Tag zu legen.

Der Akku, dachte Hosp. Bestimmt ist der verdammte Akku leer. Er ärgerte sich, weniger jedoch wegen der Kamera als über sich selbst. Wenn ich mir nicht die zweihundert und x Fotos angesehen hätte, sondern gleich auf die letzten gezappt wäre ... Doch es half alles nichts. Er musste sich in Geduld üben.

Er sah auf sein Handy. Es zeigte guten Empfang an. Am liebsten hätte er Wasle angerufen und ihn nach dem Stand der Dinge gefragt. Aber natürlich wusste er, dass er damit seinem Kollegen nur noch mehr Stress gemacht hätte. Wasle würde sich rühren, sobald Bewegung in die Sache gekommen wäre. Natürlich würde er sich rühren.

Eine halbe Stunde später, als er sich zusammen mit den Bergrettungsleuten und Marielle und Pablo im Abstieg befand, begann es zu nieseln. Der Regen, der auf die Erde, die Steine, die Pflanzen fiel, erzeugte einen würzigen und sehr angenehmen Duft.

Hosp, der den Bergen sonst wenig abgewinnen konnte, atmete diese wohlriechende Luft ganz tief ein. Und für einen Moment überkam ihn das Gefühl, dass es schön gewesen wäre, länger auf der Hütte zu bleiben – vorausgesetzt, er hätte diesen Unglücksfall und die beiden Morde nicht am Hals gehabt. Einfach nur vor der Hütte sitzen, eine Kleinigkeit essen, ein Bier trinken oder ein Viertel Roten, ein Buch lesen – er hatte kürzlich einen Roman von Julian Barnes geschenkt bekommen und war noch gar nicht dazu gekommen, mehr zu lesen als den Titel – der ihm im Augenblick gar nicht einfiel – und den Aufkleber »Booker-Preis« – und ab und zu ein Blick in die Landschaft … Hosp spürte das Beruhigende, das allein schon von dieser Vorstellung ausging.

Ich muss mal wieder raus. Urlaub machen. Wegfahren. Die Stadt und die Toten hinter mir lassen. Das würde mir wirklich guttun.

Doch dann sah er wieder aufs Mobiltelefon und verging vor Neugier und Aufregung. Warum rief Wasle nicht an? Die Sache musste längst laufen, eigentlich bereits schon durchgezogen sein.

Er spürte ein leichtes Ziehen in der Brust, wie es ihm seit längerer Zeit schon nicht mehr fremd war. Bisweilen befiel ihn das, ohne ihm noch große Angst einzujagen. Sein EKG war doch in Ordnung.

Jetzt aber … jetzt hätte er sich gerne wo hingesetzt … auf einen Stein neben dem Weg … aber die anderen gingen drauflos, mit ausholenden Schritten, jung oder zumindest vital genug, um gar nicht ahnen zu können, wie es ihm, dem Kommissar, mit seinem Älterwerden und mit seinen dienstlichen Sorgen gerade erging.

Ich werde Urlaub machen, dachte er. Wenn diese Sache durch ist, mache ich Urlaub.

***

Der Postbote trat, ein Päckchen in beiden Händen vor seinem Körper haltend, einen Schritt von der Wohnungstür zurück. Sein Name war Eugen Raffl, und er war ein guter und erfahrener Polizist, hatte einige Auszeichnungen bei polizeiinternen Schießwettbewerben erhalten und hatte sich zudem dadurch hervorgetan, dass er sich in der Freizeit dem Kampfsport und der Selbstverteidigung widmete, Jugendliche trainierte, sich selbst dabei in hohem Maße fit hielt.

Die Waffe hatte er sich am verlängerten Rückgrat in den Hosenbund geschoben; die ärmellose Postlerweste verdeckte das ganz gut. Er hatte nicht läuten müssen. Er hatte in der Wohnung näher kommende Schritte gehört, war ein wenig zurückgetreten, und schon war die Tür geöffnet worden. Von einem Mann, wahrscheinlich jenem, dessen Stimme er durch die Sprechanlage gehört hatte.

»Herr Tinhofer?«, fragte er, wissend, dass es den Herrn Tinhofer nicht mehr gab.

Der Mann, der groß und kräftig war, einen ziemlich athletischen Eindruck machte, schüttelte verneinend den Kopf.

»Sie sind also nicht Herr Tinhofer?« Raffl sah auf den Anschriftsaufkleber am Päckchen und sagte: »Ich hätte nämlich eine Sendung für Frau Tinhofer.«

»Die ist krank«, sagte der Mann. »Kann ich …?«

»Nein«, sagte Raffl. »Das ist eine eingeschriebene Sendung, da müsste sie den Empfang schon persönlich bestätigen. Außer eben, Sie wären Ihr Ehemann. Aber das sind Sie ja nicht. Kann sie nicht kurz an die Tür kommen?«

Der Mann schüttelte wieder den Kopf. »Liegt in Bett. Sehr krank. Fieber, verstehen Sie. Aber … ich meine … wenn Sie zu ihr reinkommen … unterschreiben wird sie schon können …«

Raffl zögerte. Es konnte eine Falle sein. Falls dieser Mann der war, den sie suchten … Nur, was hätte der davon, ihn in die Wohnung zu locken, wo er doch zweifelsohne Informationen bekäme über den Verbleib beziehungsweise die Situation der Frau?

Raffl trat ein. Er war gut trainiert und fühlte sich stark und jeder Eins-gegen-eins-Auseinandersetzung gewachsen. Da war ein Risiko, das wusste er, doch er hatte keine Angst. Und er glaubte, dieses Risiko in Kauf nehmen zu können.

Darin täuschte er sich …

***

»Ich kann hier nicht herumhocken und warten«, sagte Schwarzenbacher. »Das bringt mich um. Ich fahre jetzt einmal um den Block. Ein Rollstuhlfahrer wie ich wird bei diesem Typen, wenn er sich denn hier aufhält, weniger Verdacht erregen als ein Postbote oder eine Frau, die ihren Hund zum Kacken ausführt.«

Er sah die skeptische Miene Wasles.

»Du musst dir keine Sorgen machen. Ich werde schon nicht im Weg umgehen, wenn ihr zugreifen müsst. Aber nur hier rumhocken, nein, das halt ich nicht aus.«

Wasle klopfte ihm auf die Schulter, schob die Unterlippe vor und nickte zögernd, aber letztlich doch zustimmend.

»Geh bitte keine Gefahr ein, Paul«, sagte er. »Und noch etwas: Halte dich immer aus der Schusslinie. Versprichst du mir das?«

Schwarzenbacher sah ihn ernst an.

»Du meinst, weil ich nicht mehr laufen kann, bin ich auch zu sonst nichts mehr in der Lage. Da täuschst du dich, mein Lieber. Hab meinen Verstand schon noch beieinander …«

»So war es doch nicht gemeint!«, rief ihm Wasle noch nach, konnte sich aber nicht sicher sein, dass der alte, kranke, bitter gewordene Kriminaler das noch hörte.

Er umrundete den Block, rollte ohne Hast über die Gehsteige. Schaufenster wären ihm jetzt lieb gewesen. Da hätte er stehen bleiben können und so tun, als ob ihn etwas von den Auslagen interessierte. Doch es war wie überall: Die kleinen Läden, die es einmal gegeben hatte, waren verschwunden. Das alltägliche Geschäftsleben spielte sich fast nur noch in den Fußgängerzonen der Innenstädte und in den lieblos hingebauten Einkaufszentren der Gewerbegebiete ab. Läden, wo man die Eigentümer gekannt hat und wo man von ihnen mit Namen begrüßt worden ist, waren so selten geworden wie gute Sammlerstücke aus Vinyl.

Schwarzenbacher ließ sich Zeit. Es war egal, ob er sich in der Straße aufhielt, wo die Tinhofers daheim waren, oder in der Parallelstraße oder einfach nur ums Eck. Wichtig war ihm, in der Nähe sein zu können.

Denn hier, in diesem Wohnviertel, in diesen Straßen, wahrscheinlich in dem Haus, wo die Tinhofers wohnten, musste sich dieser Fall entscheiden. In diesen Minuten oder in einer Viertelstunde. Die Ermittlungen würden eine Wendung erfahren, dessen war er sich gewiss. Was ihn plagte, war die Ungewissheit, ob es eine Wendung zum Guten oder zum Schlechten sein würde.

***

Raffl hatte sich getäuscht. Das merkte er in dem Augenblick, da er hinter dem Mann in das Zimmer trat, in dem es nach Angst, Urin und Tod roch. Er sah die Frau, sah ihre gefesselten Hände und ihre gefesselten Füße, sah, dass sie geknebelt war und ihr Gesicht sich bereits bläulich verfärbt hatte, dachte: Sie ist tot, konnte sich aber nicht sicher sein. Und so war er chancenlos, als der Mann im nächsten Augenblick lächelnd neben der Frau am Rand der Couch saß und ihr ein Rasiermesser an den Hals hielt. Raffl hatte nicht die geringste Ahnung, wo das Messer, ein altmodisches Klapp-Rasiermesser, plötzlich herkam. Eine Sekunde lang dachte er an die Waffe, die er dabeihatte. In der nächsten Sekunde wurde ihm bewusst, dass die Frau sein Eingreifen nicht überleben würde – falls sie denn noch lebte. Wenn der Mann der war, den sie suchten, dann würde er der Frau ohne Skrupel die Hauptschlagader öffnen, mit einem kleinen, entschlossenen Schnitt.

»Stell Paket auf den Boden«, sagte der Mann. »Langsam. Alles machst du langsam jetzt.«

Raffl tat wie ihm geheißen.

»Bist du von der Post oder bist du Bulle?«

Raffl zögerte. Dieses Zögern dauerte einen Moment zu lang. Der Mann reagierte sofort: »Bulle!« Er drückte nur leicht auf das Messer, und Raffl sah, wie ein Schnitt am Hals leicht zu bluten begann. Das Gute daran: Die Frau gab ein stöhnendes Geräusch von sich. Sie lebte also noch.

Noch lebt sie, dachte er.

»Leg deine Waffe auf Boden. Bin sicher, dass du bewaffnet bist. Und dann zieh dich aus.«

Raffl nahm die Waffe heraus. Wieder zögerte ein Teil seines inneren Ichs: Wäre das nicht der richtige Moment, um zu handeln? Der richtige und der letztmögliche Moment. Wenn alles gut ginge, hätte der Mann ein Loch im Kopf, bevor er das Messer auch nur mehr einen Millimeter weit bewegen konnte. Aber wenn nicht? Wenn nicht alles gut ginge?

Er legte die Waffe auf den Boden.

»Schieb sie her. Und zieh dich endlich aus.«

Raffl zog die Jacke aus und das Polohemd. Er legte es beinahe so vorsichtig ab wie zuvor die Pistole, die mittlerweile der Mann in der anderen Hand hielt.

»Mach weiter. Alles aus. Bisschen schnell.«

Raffl schlüpfte aus den Schuhen, öffnete den Gürtel und wand sich aus seinen Jeans.

Er wollte keine Angst zeigen. Aber er zitterte, und es gelang ihm nicht, dieses Zittern zu unterdrücken. Auf der Couch saß ein Auftragsmörder mit ausgeprägt sadistischer Ader – und er stand ihm in Socken und in der Unterhose gegenüber. Dass sein Leben nicht mehr allzu viel Wert hatte, wurde ihm mit jeder Sekunde bewusster.

»Hinknien!«, forderte der Mann ihn auf. Und als er kniete, musste er sich nach vorn beugen, bis er die Stirn auf den hellbeigen Teppichboden legen konnte.

»Ist sie geladen, deine Pistole?«

Er wird mich erschießen … Er wird mich erschießen … Er wird mich …

»Probieren wir, was meinst du?«

Der Mann stand plötzlich neben ihm, er konnte aus den Augenwinkeln seine Beine sehen. Und jetzt …

Er erschießt mich … Er erschießt mich …

Raffl spürte einen unglaublichen Schlag auf die Mitte seines Hinterkopfes. Er hörte ein kurzes, aber starkes Rauschen, das von seinem Blut herrühren musste. Dann wurde es Nacht um ihn.

Sein letzter Gedanke war: So ist das also, wenn man stirbt.

***

Als Schwarzenbacher in die Straße einbog, sah er als Erstes das Postauto vor dem besagten Haus stehen. Ein paar Fußgänger waren unterwegs, darunter auch eine Frau mit Hund. Er wollte sich keine Gedanken machen, wer von denen ein »wirklicher« Passant war und welcher von ihnen ein getarnter Polizeibeamter. Das Einzige, was er mit einem leichten Lächeln quittierte, war die Feststellung, dass der kleine, stupsige Hund, der gerade an der Einfassungsmauer einer Grünfläche sein Bein hob, bestimmt kein Polizeihund war – sicherlich ungeeignet für die Verfolgung flüchtiger Gewalttäter.

Von irgendwoher war das Ploppen eines Tennisspiels zu hören. Er erinnerte sich, dass es hier in der Reichenau eine ganze Menge

Tennisplätze geben musste. Er bewegte seinen Rollstuhl langsam auf das parkende Postfahrzeug zu. Er war, seit er sich von Wasle getrennt hatte, sicherlich nicht mehr als siebenhundert oder achthundert Meter gefahren, seine Unterarme schmerzten ihn dennoch fürchterlich.

Vielleicht sollte ich mir wirklich so ein elektrisches Krüppelmobil anschaffen, dachte er.

Doch zum Nachdenken blieb ihm nicht viel Zeit. Der Postler kam aus dem Haus. Es ging alles ganz schnell. Mit Riesenschritten ging er zum Auto. Dabei sah er mehrfach nach links und nach rechts. Seine Bewegungen hatten etwas Hektisches. Ein unbeteiligter Passant hätte sich wahrscheinlich gewundert über diesen nervösen und hastigen Postler. Ein Kurierfahrer mochte so gehetzt erscheinen, das ja. Aber bei einem Postler war auch nach der Privatisierung des Betriebes immer noch ein Hauch von gelassenem Beamtentum zu verspüren.

Der Postler sprang in den Wagen, schnallte sich aber nicht an – soweit das Schwarzenbacher aus der Entfernung beurteilen konnte – und ließ den Motor beim Anlassen aufheulen.

Dieses Aufheulen! So fährt doch keiner, der sein Auto kennt!

Schwarzenbacher war bis in die Haarspitzen alarmiert. Der Mann versuchte auszuparken und den Wagen in die im Moment kaum befahrene Einbahnstraße hinauszulenken. Doch es gelang ihm nicht auf Anhieb.

Der kennt den Wagen nicht, dachte Schwarzenbacher.

Doch dann fiel ihm ein, dass auch der Polizeibeamte, der hier einen Postler doubelte, mit dem Postauto nicht sonderlich vertraut sein konnte.

Ich sehe ja schon Gespenster, dachte er. Ich sehe wirklich schon Gespenster.

Der Wagen scherte in die Straße hinein und fuhr davon. Schwarzenbacher sah ihm nach. Es hatte alles seine Ordnung. An der Ecke wurde der rechte Blinker gesetzt, und das Postauto verschwand nach rechts in die Radetzkystraße. Alles hatte seine Ordnung.

Im nächsten Moment hatte er die Erleuchtung. Anders hätte er es auch später nicht erklären können. Es war keine rationale Angelegenheit, es war im Gegenteil ein irrationaler Moment völliger Klarsicht, ein Blitzlicht im Gehirn, das alles binnen dem Bruchteil einer Sekunde erst durcheinanderwirbelte, um es dann geradezurücken. In aller Klarheit sah er vor sich, was geschehen war. Der gesuchte Mann hatte den Polizeibeamten, der als Postler verkleidet war, überwältigt, hatte sich seine Sachen angezogen und war aus dem Haus marschiert und weggefahren. In der Wohnung würde man den Polizeibeamten finden, hoffentlich ohne nennenswerte Verletzungen, hoffentlich lebend …

Im Auto aber saß der Mörder. Er hatte den Polizisten überwältigt, sich seiner Kleider bemächtigt und war als Postler aus dem Haus gekommen und davongefahren. Und alle, die irgendwo hier mehr oder weniger verborgen waren, hatten geglaubt, dass es ihr Kollege sei, der ins Auto stieg, davonfuhr und in Kürze zu ihnen stoßen und berichten würde.

Schwarzenbacher sah nach oben, versuchte zu entdecken, hinter welchen Fenstern, auf welchem Dach die Männer vom EKO-Cobra bereitstanden. Es war nichts zu sehen. Und doch waren sie da.

Er nahm sein Handy, wollte Wasle anrufen, doch bei dem war belegt. Wütend knallte er es sich in den Schoß und begann, mit der nicht mehr großen Kraft seiner Arme den Rollstuhl derart anzutreiben, dass er für die nächsten Paralympics als Medaillenanwärter hätte gelten können. Eine Frau, die mit Einkaufstaschen beladen mitten auf dem Gehsteig ging, schrie er an: »Weg! Machen Sie Platz! Es ist eilig!« Was die Frau zwar veranlasste, zur Seite zu springen, aber auch, ihm noch wüste Beschimpfungen hinterherzuschicken.

Atemlos kam er bei Wasle an, der gerade sein Handy in die Jacketttasche steckte. »Du musst … den großen Bahnhof … ganz großen Bahnhof … starten«, keuchte er.

Es dauerte einige Sekunden, bis er wieder genügend bei Kräften war, um zu erklären, was seiner Ansicht nach geschehen war. Wasle wurde blass.

»Du meinst …?«

»Ich bin mir sicher«, sagte Schwarzenbacher, immer noch schwer atmend und sich die Handgelenke massierend.

Wasle griff zum Funkgerät und löste den Einsatz aus.

17

Paul Kurth, wie der Mann immer noch hieß, war sich völlig klar darüber, dass die nächste Stunde über sein weiteres Leben entscheiden würde.

Wenn er von nun an in einer Stunde aus Innsbruck und aus Österreich entkommen konnte, dann bedeutete dies die Freiheit für ihn – nicht ganz zwar, dessen war er sich bewusst; er würde lange Zeit untertauchen müssen, doch deswegen machte er sich keine Sorgen. Würde es ihm nicht gelingen, dann würde ihn die Polizei einkreisen, unterstützt von allen Taxifahrern der Stadt, von allen Bus- und Tramchauffeuren, die bei einer großen Fahndung über Funk den Stand der Fahndung vermeldet bekämen und ihrerseits Informationen durchgeben könnten. Dann wäre die Chance gleich null.

Er steuerte das Postauto in die Innenstadt, verfranzte sich wegen einer Baustelle am Bozner Platz, geriet darüber beinahe in Panik und wäre am liebsten gegen den Einbahnverkehr weitergefahren, hatte jedoch Glück, fand heraus aus dem ihm fremden Stadtgewirr und fuhr zielstrebig in die Tiefgarage unter dem Innsbrucker Kasino.

Das wenige, was er bei sich hatte – unter anderem die Waffe des Polizisten, seine eigene sowie Bargeld und ein bisschen Schmuck aus der Tinhofer'schen Wohnung –, lud er um in den Wagen der alten Frau, den er natürlich auch möglichst bald loswerden musste. Er ging davon aus, dass in einer halben oder Dreiviertelstunde eine Fahndung nach ihm ausgeschrieben werden würde, die über die Grenzen Österreichs hinausginge. Lange sollte er nicht mehr mit dieser Karre unterwegs sein.

Er fuhr zum Bahnhof und folgte der Beschilderung »Brenner«. Am Stift Wilten vorbei, das er nur aus den Augenwinkel wahrnahm und das ihm so was von egal war, verließ er die Stadt. Ganz bewusst verzichtete er auf die Autobahn.

Zum einen fürchtete er, dass man ihn an der Mautstelle abfangen könnte, zum anderen wollte er vermeiden, in einen Stau zu geraten und festzusitzen. Auf der Landstraße konnte er immerhin umkehren, ausweichen, zur Not zu Fuß weiterflüchten. Er setzte alles daran, sich in der nächsten halben Stunde wieder unsichtbar zu machen …

***

Die Sondereinsatzkräfte glaubten im ersten Moment, zwei Tote aufzufinden. Raffl lag in seinem Blut; verursacht durch eine tiefe Schlagwunde am Hinterkopf; eine esstellergroße Lache hatte sich neben seinem Gesicht gebildet und war schon weitgehend in den Teppichboden eingedrungen. Die Frau auf der Couch war blau angelaufen, doch als man ihr den Knebel entfernte und sie von den Hand- und Fußfesseln befreite, kehrte das Leben in sie zurück: Röchelnd, prustend, würgend schnappte sie nach Luft. Und als sie wieder genug Luft zum Atmen hatte, begann sie zu schreien, geriet völlig außer sich, schrie, schrie, schrie.

Der sofort eintreffende Notarzt setzte ihr eine Beruhigungsspritze und ließ sie und Raffl, der allmählich aus einer tiefen Bewusstlosigkeit erwachte, in die Uniklinik schaffen.

»Lange hätte sie nicht mehr durchgehalten«, sagte er zu Wasle leise im Vorbeigehen. »Der Täter hat ihren Tod jedenfalls in Kauf genommen.«

***

»Das Wichtigste ist, dass sie leben«, sagte Hosp, als er wieder in der Stadt war. »Alles andere ist Scheißdreck.«

Wasle hatte gehofft, dass damit alles gesagt war. Doch Hosp hatte lediglich die Zusammenfassung vorweggenommen. Er war stinksauer. Das Schlimme war: Er schrie nicht, er tobte nicht, er sprach mit geradezu gedämpfter Stimme. Wer ihn kannte, und Wasle kannte ihn gut, wusste, dass in Hosp sozusagen die Lava brodelte – und dass der Vulkan, der in diesem sonst eher ruhigen und meist ausgeglichenen Mann verborgen war, jederzeit ausbrechen konnte. Wehe dem … Man konnte nicht mehr tun, als sich möglichst schnell in Sicherheit zu bringen.

»Warum habt ihr Raffl nicht verkabelt?«, fragte Hosp mit einer Stimme, der man die unterdrückte Wut nur zu deutlich anmerkte.

»Ist das denn so schwer? Ihr hättet alles mithören können. Und wenn man ihm auch nicht gleich hätte helfen können, man hätte den Täter zumindest gehabt, sobald er das Haus verließ. Geht überhaupt noch irgendwas ohne mich …?«

Jetzt hob er die Stimme, wurde lauter, ließ seinem Ärger freien Lauf.

»Geht überhaupt noch irgendwas bei der Bundespolizei, wenn ich nicht da bin? Schau mich an! Bringt ihr die einfachsten Sachen nicht mehr auf die Reihe? Glaubt ihr, ich bleibe, bis ich siebzig bin oder bis sie mich im Sarg aus dem Büro tragen?«

Wasle erwähnte kein Wort davon, dass Raffl nie in die Wohnung hätte reingehen sollen, sparte sich auch sonst jeden Einwand und brachte sich einfach nur in Sicherheit.

***

Kurth fuhr durch Matrei, Steinach und Gries zum Brenner hinauf. An der Tankstelle kurz vor dem früheren Grenzübergang hielt er an. Die der Tankstelle angeschlossene Cafeteria war vom Rauch wie vernebelt. Er setzte sich an den Tresen und bestellte einen Verlängerten, ein Wasser und eine Schinken-Käse-Semmel. Er hatte weder nennenswerten Hunger, noch ging es ihm darum, jetzt Kaffee zu trinken. Doch er wusste, dass der ehemalige Grenzübergang der neuralgische Punkt seiner Flucht war.

Hier, wo ein paar Müßiggänger und Schluckspechte saßen, würde er am ehesten erfahren, ob die Grenze wegen einer Großfahndung besetzt und sein Durchkommen mit dem Auto daher unmöglich wäre.

Auf dem Tresen lag eine zerfledderte »Kronenzeitung«. Die nahm er und blätterte sie so lange durch, bis er das Richtige fand: »Rentner von Trickbetrügern ausgenommen«. Er schüttelte über diese Schlagzeile so lange den Kopf, bis der Tankwart auf ihn aufmerksam wurde.

»Ja«, sagte der Mann, »heutzutage ist man nirgends und vor niemandem mehr sicher. Die armen alten Leute. Solche Gauner gehören eingesperrt, und zwar ein Jahr bei Wasser und Brot.«

»Um was geht's?«, meldete sich einer zu Wort.

»Die Gangster, die, wo alte Leut ausnehmen. Hast du es nicht gelesen?« Er tippte auf die Zeitung, die aufgeschlagen vor Kurth lag. »In der ›Krone‹ war's drin.«

Der Mann nippte von seinem fast schaumlosen Hellen, schüttelte den Kopf und sagte: »Die kommen alle von Italien und Jugoslawien zu uns rein. Seit es keine Grenzen mehr gibt, kann das ganze Gesindel einfach so zu uns rein. Fragt ja keiner mehr nach dem Ausweis. Die können kommen, die Leut ausrauben und dann wieder verschwinden.«

Kurth versuchte, nicht allzu sehr als Ausländer aufzufallen. Und er bemühte sich um korrekte Aussprache. Da aber die Leute um ihn herum des Hochdeutschen auch nur sehr bedingt mächtig zu sein schienen, waren seine Selbstzweifel unbegründet.

»Aber wenn … ich meine … wenn was Schlimmes passiert … dann werden die Grenzen doch geschlossen«, sagte er.

»Ha«, machte der Tankwart. »Das war in den letzten drei Jahren vielleicht zweimal der Fall. Da muss es dann schon um zehn Kilo Heroin gehen. Oder um einen Serienmörder. Oder wenn die Deutschen wieder mal ihre Terroristen-Hysterie haben …«

»Schlimm«, sagte Kurth, faltete die Zeitung zusammen, trank den Verlängerten und zahlte. Das Glas Wasser ließ er stehen, die Semmel aber nahm er mit.

Unbehelligt passierte er die leeren Grenzhäuschen, erst das österreichische, dann das italienische. Er war optimistisch, einfach davonkommen zu können.

***

Marielle und Pablo besuchten noch am selben Tag Schwarzenbacher. Sie hatten erwartet, ihn deprimiert anzutreffen, so niedergeschlagen und mit seinem Schicksal hadernd wie noch vor einigen Wochen.

Ellen hatte ihnen geöffnet, sie hatte gut aufgelegt gewirkt und sie gleich zu Schwarzenbacher ins Wohnzimmer geführt. Und auch er war freundlich und munter und gar nicht schlecht drauf.

»Die Sache ist nicht ausgestanden«, sagte er. »Aber ich befürchte, dass der Kerl weg ist. Der ist mit allen Wassern gewaschen. Dem hat die wenige Zeit, die ihm geblieben ist, völlig gereicht. Wir wissen nichts über ihn. Was wir haben, sind seine DNA und seine Fingerabdrücke. Es gibt aber keinen Eintrag dazu. Nicht in Österreich und bislang auch sonst nirgendwo. Den Optimismus kann mir jedoch niemand nehmen: Irgendwann wird dieses Schwein irgendwo auf der Welt wieder straffällig – und dann kriegen sie ihn.«

»Was ist mit dem Alten, der das alles erst losgetreten hat?«, fragte Marielle.

»Psychiatrische«, sagte Schwarzenbacher. »Bislang gibt es keine zweifelsfreie Einschätzung, ob er diese Rollen nur spielt oder ob er wirklich diese Persönlichkeitsstörungen hat. Als Zeuge taugt er wenig. Im Moment ist aber ohnehin nichts aus ihm herauszubringen. Wasle hat gesagt, dass die letzten Vernehmungen eher Bibel-Exegesen geähnelt hätten. Manczic hat ihm die Grauen des Alten Testaments geschildert. Heuschrecken und Hungersnot, Martyrien und Opfertode, das volle Katholenprogramm.«

Marielle griff sich ein Stückchen Schokolade aus der Schale am Tisch.

»Was können wir jetzt noch tun?«, fragte sie.

»Nichts«, sagte Schwarzenbacher. »Alle Fehler sind schon gemacht. Hosp hat die europaweite Fahndung veranlasst. Wir können nur mehr warten.«

»Kein Grund für ein Treffen in der ›Wolke 7‹, oder?«

Pablo spielte auf diese besonderen Treffen in dem Lokal hoch über Innsbruck an. Sie fanden immer dann statt, wenn es gelungen war, einen alten Fall neu aufzurollen und zu lösen. Reuss, Schwarzenbacher, Pablo, unter Umständen Marielle (sie war bislang nie dabei gewesen, und alle hatten den Eindruck, dass sie auch beim nächsten Mal Ausflüchte suchen würde) und oft noch einige andere setzten sich dann auf ein Abendessen und ein paar Flaschen guten Rotwein zusammen und ließen die Geschichte noch einmal ganz unaufgeregt Revue passieren.

»Können wir vergessen«, sagte Schwarzenbacher. »Es gäbe nichts, was wir feiern könnten. Und auch die Rückschau wäre alles andere als erfreulich. Außer du hast Lust, dass wir uns all der Fehler und unserer unablässigen Chancenlosigkeit erinnerten.«

Schwarzenbacher sah, dass Pablo den Kopf hängen ließ. Er wusste noch gut, dass es dem Jungen ziemlich schlecht gegangen war, nachdem Manczic bei den Wattenser Kristallwelten auf ihn aufmerksam geworden war.

»Mach dir nicht so viele Gedanken«, sagte er. »Was war, ist Vergangenheit. Was zählt, ist das Hier und Heute. Und natürlich, was uns als Nächstes einfällt. Ich für meinen Teil jedenfalls habe Blut geleckt. Ich weiß, es ist ein ziemlich ekliges Wortspiel angesichts der Lage. Aber egal, ich habe große Lust darauf, einen neuen Fall anzugehen. Ich meine, einen neuen alten Fall. Darüber sollten wir reden. Aber nicht jetzt. In den nächsten Tagen einmal. Einverstanden?«

Marielle war froh, Schwarzenbacher derart aufgekratzt anzutreffen. Gleichwohl war ihr bewusst, dass dies eine ziemlich unmissverständliche Aufforderung war, jetzt zu gehen, ihn allein zu lassen.

»Eines noch«, sagte sie. »Du hast mir mal geraten, einen Selbstverteidigungskurs zu absolvieren. Hast du eine Empfehlung für mich?«

Schwarzenbacher lächelte. Er schrieb ihr eine Adresse auf und sagte: »Heuberger ist ein guter Mann. War mal Polizist, ist dann aber zur Privatwirtschaft übergelaufen. Privatdetektei. Hat aber anscheinend nicht sonderlich funktioniert. Macht seit einigen Jahren in Sachen Selbstverteidigung. Man kann etwas von ihm lernen. Aber …«

Er sah Marielle prüfend ins Gesicht. »Aber er hat ein gewisses Problem mit starken Frauen. Ich meine das nicht im körperlichen Sinn, sondern was die Persönlichkeit angeht. Er glaubt, jede Frau sei zunächst mal ein hilfloses Hascherl, das erst durch sein Training so etwas wie Selbstbewusstsein entwickeln könnte. Na ja, du wirst schon sehen.«

***

Paul Kurth fuhr vorbei am Brenner-Outlet, an der Kirche, an den alten Grenzläden und Cafés. Er fuhr die Einbahnstraße entlang bis dorthin, wo sie am Ortsrand wieder in den Gegenverkehrsbereich mündete, wo alte Wohnkasernen herunterkamen und wo vor einem Supermarkt eine riesige Parkfläche zur Verfügung stand.

Er stellte den Wagen ab, packte seine Sachen zusammen und ging zum Bahnhof. Schalter gab es nicht. Niemanden, bei dem man Auskünfte hätte einholen oder ein Ticket hätte kaufen können. Ihm war das nur lieb – dann konnte sich auch später niemand erinnern, dass er hier gewesen war und einen Fahrschein nach irgendwo erworben hatte. Das mit dem Unsichtbarwerden gelang. Schließlich war es auch schon immer seine Spezialität gewesen.

An den aushängenden Ankunfts- und Abfahrtsplänen informierte er sich über den passenden Zug – das heißt, er checkte, wann der nächste Richtung Bozen fuhr, und löste dann am Automaten den Fahrschein. Bis zur Abfahrt blieben ihm noch zwanzig Minuten Zeit.

Zeit, während der er sich von Paul Kurth zurückverwandelte in seine eigene Person. Am anderen Bahnsteig stand ein Zug aus Mailand nach München. Hier am Brenner hatten viele Züge schwer nachvollziehbare, schon fahrplanmäßig festgelegte Aufenthalte. Die Leute standen draußen am Bahnsteig, vertraten sich die Beine, rauchten, vertrieben sich die Zeit.

Kurth, wie er noch hieß, schaute nach, wie viel Zeit noch blieb, ging dann durch den Tunnel zum Zug, stieg ein, ging an den Abteilen entlang, bis er eines entdeckte, das nicht nur menschenleer war, sondern auch keinerlei Gepäckstücke enthielt. Er trat ein, legte den Alpenvereinsausweis von Paul Kurth auf den Boden, schob ihn ein wenig unter einen der Sitze und verließ lächelnd den Zug.

Eine Spielerei. Ich hätte ihn genauso gut in den Mülleimer oder einen Gully am Straßenrand werfen können, dachte er.

Aber … wenn der Ausweis gefunden würde … gefunden und in Innsbruck, Kufstein, Rosenheim oder München abgegeben würde … könnte das die Verwirrung perfekt machen.

Eine knappe Viertelstunde später saß er in seinem Zug.

Er war jetzt nicht mehr Paul Kurth.

Er war wieder er selbst.

Der Zug fuhr mit gebremster Geschwindigkeit vom Brenner hinunter nach Sterzing. Der Mann lehnte seinen Kopf ans Fenster, die kühle Scheibe tat ihm gut, die Anspannung der letzten Tage und Stunden fiel langsam von ihm ab. Er war entkommen.

Als der Zugbegleiter ihn ansprach und um die Fahrkarte bat, schrak er auf, bereit, sich den Weg mit Gewalt zu bahnen. Dem Zugbegleiter fiel die kalte Wut, die mörderische Entschlossenheit in den Augen des Mannes nicht auf – er war mit seinen Gedanken woanders, wartete auf den Fahrschein und überhaupt: Wenige Sekunden später war dieser gefährliche Blick schon wieder erloschen, der Zugbegleiter nickte und ging weiter.

Ich fahre bis Bressanone, dachte er. Dann mit dem Bus in die Berge. Vielleicht muss ich irgendwo übernachten. Da muss ich aufpassen. Keine Papiere. Unsichtbar. Besser wäre, heute noch zu meinem Auto zu kommen.

Und dann? Was kommt dann?

In Gedanken zählte er das Geld, das ihm dieser Job gebracht hatte. Dass Manczic ihm den letzten Teil des Auftrags versaut hatte und ihm das Geld dafür durch die Lappen gegangen war, ärgerte ihn. Immerhin hatte er bei der Frau in Innsbruck achthundertfünfzig Euro gefunden, und das war ein kleiner Trost.

Ich fahre bis ganz in den Süden, dachte er. Bei Ivica kann ich fürs Erste bleiben. Und dann werde ich mich umsehen. Keine Aufträge mehr. Zu riskant. Ein oder zwei Jahre werde ich das gesunde Landleben genießen. Arbeiten. Ja, arbeiten. Vielleicht ein Mädchen. Ja, das wäre gut. Ein Mädchen. Ist egal, ob sie Kroatin oder Serbin oder sonst was ist. Nur keine Muslimin. Er stellte sich die Brüste und den Schlitz einer Frau vor, einer x-beliebigen, und er fand diese Vorstellung gut und sehr verlockend.

Das Leben bot Perspektiven.

***

Hosps Laune verbesserte sich auch in den nächsten Tagen nicht. Er war wütend über die Fehler, die gemacht worden waren, tobte, weil der Gesuchte wie vom Erdboden verschwunden war – »Wollt ihr sagen, dass dieses Arschloch plötzlich unsichtbar geworden ist?« –, und war nur schwer davon abzuhalten, den Chefredakteur des »Tiroler Stern« persönlich aufzusuchen und ihm die Leviten zu lesen.

Ausgerechnet der »Tiroler Stern« hatte sich mit unverhohlener Wonne auf den Fall gestürzt, hatte über »das Versagen der Polizei« hergezogen und die Frage gestellt: »Wie sicher sind die Tiroler Bürger noch?«

Zusammengeknüllt und in die Ecke geworfen, lagen die Exemplare des »Tiroler Stern« bei Hosp im Büro. Die »Tiroler Tageszeitung« hatte sich Mühe gegeben, sachlich zu berichten, konnte aber dem medialen Sog auch nicht ganz widerstehen.

Als dann auch noch »News« und »Profil« mit sogenannten Hintergrundreportagen an die Kioske kamen, reichte Hosp Urlaub ein.

»Urlaub?«, fragte Schwarzenbacher. »Was willst du denn machen? Hockst doch in deinen Urlauben eh immer nur zu Hause rum, und kaum passiert irgendwas, bist du wieder im Büro. Stimmt's etwa nicht?«

»Ich fahre weg«, sagte Hosp. »Ich kaufe mir ein Flugticket oder eine Bahnkarte und verreise.«

Doch er wusste nicht, wohin.

Das Leben, das er führte, zermürbte ihn.

***

Marielle saß in der Mensa der SOWI und wartete auf Pablo. Sie hatten sich verabredet, hier eine Kleinigkeit zu essen. Es war reichlich, ordentlich und nicht besonders teuer. Während sie wartete, blätterte sie in Canettis »Masse und Macht«, das sie gerade erst am Bücherflohmarkt in der Aula erworben hatte. Mehrfach wurde sie von anderen Studenten angesprochen, ein kleiner Small Talk hier, etwas Fachliches dort.

Sie holte ihre Geldbörse heraus, wollte eigentlich nur nachsehen, wie viel Geld sie dabeihatte. Da fielen ihr zwei Notizzettel auf, die sie in einem Seitenfach deponiert hatte.

Auf dem einen stand die Adresse von Heubergers Selbstverteidigungskursen. Einen Moment lang war sie geneigt, den Zettel zusammenzuknüllen und auf das Tablett mit schmutzigem Geschirr zu legen, das irgendwer gedanken- oder rücksichtslos hier am Tisch hatte stehen lassen.

Der andere Zettel?

Felix.

Wenn du wieder mal ins Zillertal kommst – meldest du dich? Wir könnten klettern oder irgendwo raufsteigen, wenn du Lust hast.

Er hatte seine Telefonnummer und seine Mailadresse dazugeschrieben.

Felix, dachte sie.

Warum ist das Leben oft so schwierig.

***

Marianne Tinhofer war immer noch geschwächt. Dennoch ging sie täglich ans Grab ihres Mannes am Ostfriedhof. Sie trug einen leichten schwarzen Mantel, schwarze Schuhe mit flachem Absatz, manchmal einen schwarzen Hut mit breiter, beinahe eleganter Krempe. Jeden Tag brachte sie eine Blume und legte sie zu den Kränzen und Gestecken, die sich über der Grabstätte aufhäuften und die allmählich verwelkten.

Für mich, dachte sie, war er ein guter Mann. Er war kein schlechter Mensch. Vielleicht war er kein wirklich guter Mensch. Aber für mich ein guter Mann. Und für unsere Kinder war er ein guter Vater.

Immer wieder dachte sie über die Botschaft nach, die er ihr und den Kindern auf der Kamera hinterlassen hatte. Nichts hatte er davor von seiner Krankheit erwähnt, nichts davon, dass er nicht mehr lange zu leben gehabt hätte. Es war eine tief bewegende, erschütternde, traurige und doch auch schöne letzte Nachricht, die er ihnen gleichsam aus dem Jenseits hatte zukommen lassen. Als der Kommissar ihr die Nachricht das erste Mal vorgespielt hatte, war ein Arzt dabei gewesen – was auch gut gewesen war, beinahe wäre sie zusammengebrochen.

Sie weinte jetzt häufig, leise und ohne viele Tränen. Beweinte den Verlust ihres Mannes und noch mehr die Einsamkeit, die sie jetzt umfangen würde bis ans Ende ihres Lebens. Da halfen auch die Kinder, halfen die Enkelkinder nichts. Das Alleinsein war wie ein stählerner Ring um ihre Brust. Und dieser Ring zog sich immer noch stärker zusammen und schnürte ihr das Leben ab.

Eines Vormittags sah sie eine Frau in Schwarz auf das Tinhofer-Grab zukommen. Die Frau hatte etwa ihr Alter, ihre Schultern waren nach vorn gebeugt, dennoch wirkte sie elegant – vielleicht lag das an dem vorzüglich geschnittenen Mantel, der ihr eine beinahe junge Figur verlieh, vielleicht lag es an den Pumps oder an der irgendwie aufwendig erscheinenden Frisur: silbergraues Haar, an der Seite und am Hinterkopf raffiniert zusammengesteckt.

Die Frau kam immer näher, ging zielstrebig auf das Grab zu.

»Frau Tinhofer«, fragte sie, als sie dann direkt vor ihr stand. Und während sie das mehr feststellte als fragte, zog sie den Handschuh ihrer rechten Hand aus.

»Ich habe alles in der Zeitung gelesen«, sagte sie. »Ich bin schon einige Male hierhergekommen. Habe Sie auch schon hier stehen sehen, habe es aber bislang nicht geschafft, Sie anzusprechen. Aber entschuldigen Sie bitte, ich habe mich noch gar nicht vorgestellt: Waldtraut Spiss.«

Sie streckte ihr die Hand entgegen, und Frau Tinhofer nahm sie. Sie war sehr durcheinander, musste sich erst sammeln und brauchte einige Sekunden, ehe sie in aller Klarheit begriff, dass diese Frau Spiss die Frau des Unternehmers war, der den Strudel der letzten Wochen ausgelöst hatte.

Spiss war tot, ein Zeitungsmann war tot, ihr Mann hätte ermordet werden sollen. Und sie selbst hatte das alles auch nur mit knapper Not und zutiefst traumatisiert überlebt. Über das, was sie erlebt und erlitten hatte, würde sie niemals hinwegkommen.

»Ich möchte Ihnen einfach nur sagen«, sagte Frau Spiss, »wie leid mir alles tut. Ich muss Ihnen das einfach sagen. Es wird Ihnen nicht viel helfen. Aber Sie sollen das wissen. Mein Beileid, was den Tod Ihres Mannes betrifft. Und mein tiefes Mitgefühl für Sie. Alles ist die Schuld meines Mannes …«

Die beiden Frauen, in Schwarz gekleidet, beide leicht gebeugt, vom Leben gezeichnet, standen am Grab des Fotografen Tinhofer, still, schweigend. Frau Spiss schien ein leises Gebet zu sprechen.

Frau Tinhofer sah verstohlen zu ihr hinüber, sah das Alter in ihrem Gesicht, mehr noch aber die Erschöpfung, die Lebensunlust, die tiefe, alles überdeckende Traurigkeit.

Das Leben, dachte sie, was ist das jetzt noch?

Stefan König
SCHATTENWAND
Broschur, 272 Seiten
ISBN 978-3-89705-619-0

»Stefan König kennt sich in den Bergen bestens aus und weiß mit seiner authentischen Schreibweise die Leser zu fesseln.« Panorama

»Der erste Alpen-Krimi aus dem Kölner Emons-Verlag, Experte für Regionalkrimis, bietet Spannung und Nervenkitzel pur.« Alpenadria

www.emons-verlag.de

Stefan König
KALTER FELS
Broschur, 304 Seiten
ISBN 978-3-89705-764-7

»Dramatische und berührende Begegnungen, packende und in sich stimmige Charaktere, eine schnörkellose und dabei fesselnde, gewählte Sprache und nicht zuletzt Überraschungen bis (fast) zur letzten Seite machen aus dem Buch einen Alpenkrimi jenseits üblicher Klischees, den auch der Normalbürger, der die Berge lieber aus dem sicheren Tal beobachtet, ungern vorzeitig aus der Hand legen wird.«
Weilheimer Tagblatt

»Selbst Spaßwanderer sind schon vom Prolog gefesselt: Da stimmt die Mischung aus Spannung und Naturbeschreibungen, gutem Schreibstil und echtem Know-how.«
LeonArt

www.emons-verlag.de